PREDESTINADOS

MINNIE DARKE

PREDESTINADOS

Traducción de
Mª del Puerto Barruetabeña Diez

PLAZA JANÉS

Papel certificado por el Forest Stewardship Council®

MIXTO
Papel procedente de
fuentes responsables
FSC® C117695

Título original: *Star-Crossed*
Primera edición: julio de 2019

© 2019, Minnie Darke
Publicado por primera vez por Penguin Random House Australia Pty Ltd
© 2019, Penguin Random House Grupo Editorial, S. A. U.
Travessera de Gràcia, 47-49. 08021 Barcelona
© 2019, Mª del Puerto Barruetabeña Diez, por la traducción

Fragmento de *Zolar's Starmates: Astrological Secrets of Love and Romance*
de Zolar reproducido con permiso de Dominick Abel Literary Agency
Fragmento de *The Winter of Our Discontent* de John Steinbeck, 1961: *copyright* renovado por Elaine Steinbeck,
Thom Steinbeck y John Steinbeck IV, 1989. Reproducido con permiso de McIntosh & Otis, Inc.
Fragmento de *Tales From Earthsea* de Ursula K. Le Guin reproducido con permiso de Curtis Brown, Ltd
© 2001, Ursula K. Le Guin [2006: *copyright* renovado] por Inter-Vivos Trust for the Le Guin Children
Fragmento de *Mysticism and Logic and Other Essays* (publicado por primera vez como *Philosophical Essays*)
de Bertrand Russell reproducido con permiso de Bertrand Russell Peace Foundation

Procedencia de las traducciones de las citas del interior: Henry David Thoreau, *Walden*, Javier Alcoriza y
Antonio Lastra, Madrid, Editorial Cátedra, 2007; John Steinbeck, *El invierno de mi desazón*, Miguel Martínez-
Lage, Editorial Nórdica, 2018; William Shakespeare, *Romeo y Julieta*, Josep M Jaumà, Penguin Clásicos, 2012;
J. R. R. Tolkien, *El Señor de los Anillos*, Matilde Horne y Luis Domènech, Ediciones Minotauro, 1977; William
Shakespeare, *Enrique V*, Elvio E. Gandolfo, Penguin Clásicos, 2012; William Shakespeare, *Macbeth*, Agustín
García Calvo, Penguin Clásicos, 2012; William Shakespeare, *Julio César*, Penguin Clásicos, 2012; William
Shakespeare, *Cimbelino*, Javier García Montes, 2012; William Shakespeare, *Enrique IV*, Mirta Rosenberg y
Daniel Samoilovich, Penguin Clásicos, 2012; Ursula K. Le Guin, *Cuentos de Terramar*, Franca Borsani, Editorial
Minotauro, 2002; William Shakespeare, *Mucho ruido y pocas nueces*, Edmundo Paz Soldán, Penguin
Clásicos, 2012; William Shakespeare, *Noche de Epifanía*, Federico Patán, Penguin Clásicos, 2012; William
Shakespeare, *El sueño de una noche de verano*, Agustín García Calvo, Penguin Clásicos, 2012.

Penguin Random House Grupo Editorial apoya la protección del *copyright*.
El *copyright* estimula la creatividad, defiende la diversidad en el ámbito de las ideas y el conocimiento,
promueve la libre expresión y favorece una cultura viva. Gracias por comprar una edición autorizada de este
libro y por respetar las leyes del *copyright* al no reproducir, escanear ni distribuir ninguna parte de esta obra
por ningún medio sin permiso. Al hacerlo está respaldando a los autores y permitiendo que PRHGE continúe
publicando libros para todos los lectores. Diríjase a CEDRO (Centro Español de Derechos Reprográficos,
http://www.cedro.org) si necesita fotocopiar o escanear algún fragmento de esta obra.

Printed in Spain – Impreso en España

ISBN: 978-84-01-02237-1
Depósito legal: B-12.905-2019

Compuesto en Comptex & Ass., S.L.

Impreso en Black Print CPI Ibérica
Sant Andreu de la Barca (Barcelona)

L022371

Penguin
Random House
Grupo Editorial

Para mi escorpio favorito: P. T.

¡De qué maravillosos triángulos son ápices las estrellas! ¡Qué seres distantes y diferentes en las varias mansiones del universo contemplan lo mismo a la vez!

HENRY DAVID THOREAU

La astrología es como la gravedad. No tienes que creer en ella para que funcione en tu vida.

Zolar's Starmate

No existe una pasión en la tierra que iguale la de cambiar un borrador escrito por otro. Ni el amor ni el odio la superan.

H. G. WELLS

ACUARIO

Nicholas Jordan no nació bajo un cielo estrellado, sino en el hospital Edenvale, un modesto edificio de ladrillo rojo a las afueras de un pueblo con cuatro bares, ninguna oficina bancaria, una piscina, seis centros recreativos y unas restricciones de agua durante los veranos que todos lamentaban amargamente. El hospital estaba rodeado de parterres de buganvillas rosas y zonas rectangulares de césped sediento. En el nacimiento de Nick, el cielo que había sobre su tejado de cinc caliente era de un azul abrasador, lo habitual en un mediodía de febrero en el hemisferio sur.

Pero las estrellas estaban ahí. Lejos, más allá del calor sin nubes de la troposfera, de la capa de ozono de la estratosfera, de la mesosfera y la termosfera, la ionosfera, la exosfera y la magnetosfera, pero estaban. Eran millones, formando un patrón en la oscuridad y orbitando hasta colocarse en la configuración precisa que iba a quedarse grabada para siempre en el alma de Nicholas Jordan.

En las horas que siguieron al nacimiento de su hijo, Joanna Jordan (aries, dueña y única empleada de la peluquería Edenvale's Uppercut, delantera del equipo de *netball* de las Edenvale Stars con una puntería increíble, y ganadora en dos ocasiones del título de Miss Eden Valley) no pensó en las estrellas. En su habitación individual del ala de maternidad, desaliñada pero exultante de felicidad, no podía dejar de mirar, embelesada, la cara del pequeño Nick, buscando influencias de una naturaleza más terrenal.

—Tiene tu nariz —le dijo en voz baja a su marido.

Y estaba en lo cierto. El bebé tenía una réplica perfecta en miniatura de la nariz, que tan bien conocía y tanto quería, de Mark Jordan (tauro, defensa de anchos hombros de los Australian Rules reconvertido en asesor financiero que vestía habitualmente polos, amante de la tarta de queso al horno y profundo admirador de las mujeres de piernas largas).

—Pero también tiene tus orejas —respondió Mark mientras apartaba el pelo oscuro que cubría la cabeza del recién nacido, Nick, lo que le hizo darse cuenta de lo enormes que se veían sus propias manos en comparación.

Joanna y Mark siguieron contemplando a su hijo y adjudicándole diferentes orígenes a las mejillas, la frente, los dedos de las manos y de los pies. Los flamantes padres encontraron un eco del hermano de Mark en la distancia que había entre los ojos del bebé, así como de la madre de Joanna en sus labios carnosos y expresivos.

Pero no encontraron, porque tampoco buscaron, las huellas de Beta Aquarii, una supergigante amarilla que ardía a 537 años luz de la tierra, ni el toque más difuso de la nebulosa Hélix ni, en realidad, el de ningún otro de los cuerpos celestiales que componen la gran constelación de acuario, bajo cuyos auspicios se encontraba el sol en el momento del nacimiento del bebé.

Si un astrólogo hubiera estudiado los pormenores del destino que se veía en la carta natal del pequeño Nick podría haber predicho, el mismo día de su nacimiento, que cuando creciera sería un niño creativo, cariñoso y original, incluso un poco excéntrico, aunque tendría una vena competitiva tan grande que sus hermanos preferirían comer coles de Bruselas a jugar al Monopoly con él. También sabría que iban a encantarle las fiestas de disfraces y que no podría evitar llevarse a casa a cualquier perro famélico o gato comido por las pulgas que se cruzara en su camino.

Ese mismo astrólogo podría haberse permitido una sonrisa cariñosa al decir a sus padres que Nick, desde la mitad de la adolescencia en adelante, sería un ferviente creyente en todo lo relacionado con las estrellas. A Nick le gustaría el hecho de ser acuario, un signo que él asociaría con el pensamiento innovador y original y con el verano, los festivales de música y los hippies jóvenes y cachondos que despedían olor a pachuli y sexo.

Pero el día del nacimiento de Nick no había ningún astrólogo a mano y la única persona que hizo una predicción astrológica sobre el bebé fue Mandy Carmichael, la amiga de Joanna Jordan. Mandy (géminis, la meteoróloga con hoyuelos favorita de la cadena de televisión regional, radiante recién casada y fan de ABBA) se presentó en el hospital como un hada madrina en cuanto salió del trabajo. Todavía tenía la cara cubierta por una gruesa capa de base de maquillaje y caminaba como mejor podía sobre unos tacones altos con un enorme osito de peluche azul en una mano y un ramo de supermercado de crisantemos en la otra. Poco después el osito acabó sentado en una silla, los crisantemos metidos en un tarro de cristal Fowlers y Mandy descalza junto a la cama, acunando al primogénito de su amiga con un cuidado infinito.

—Un pequeño acuario, ¿eh? —dijo con los ojos empañados—. No esperes que sea como tú y como Mark, ¿eh, JoJo? Los acuarios son diferentes. ¿A que sí, chiquitín?

—Será mejor que le gusten los deportes —comentó Jo medio en broma—. Mark ya le ha comprado una raqueta de tenis.

—Y seguramente por eso acabará siendo artista. O bailarín, ¿verdad, tesoro?

Mandy dejó que Nick le agarrara un dedo con su manita, que era como una estrella, y durante un momento se quedó sin habla, algo inusual en ella.

—Jo, es precioso. Simplemente precioso —dijo al cabo.

Para cuando Mandy salió del hospital ya estaba anocheciendo y se había levantado una brisa un poco fresca pero agradable, como el estado de ánimo melancólico que experimentó cuando, con los zapatos en las manos, cruzó la hierba que le pinchaba los pies de camino al aparcamiento. El cielo por el oeste se veía de un azul ahumado, entreverado con retazos de nubes bajas y rosadas, pero por el este ya asomaban, en la oscuridad creciente, unas cuantas estrellas ansiosas por brillar. Mandy se sentó tras el volante de su coche y se quedó un buen rato mirando esas estrellas. Todavía le parecía notar en la nariz el olor del bebé.

El viernes siguiente, en Curlew Court, una calle sin salida en una zona recién construida de Edenvale con aceras de hormigón y llena de casas de una sola planta con tejados de planchas de acero de colores, céspedes bien cortados y eucaliptos jóvenes rodeados por una rejilla protectora, Drew Carmichael se tumbó boca arriba y exclamó:

—¡Uau!

En la cama elástica de su vecino de al lado había una botella vacía de Baileys Irish Cream, dos vasos sucios y también su mujer, sudorosa, medio desnuda y sonriente. Drew (libra, asesor agrícola, aficionado a la aviación no profesional, amante de Pink Floyd y guitarrista espantoso que tocaba su instrumento imaginario ante el espejo de su dormitorio) llevaba en casa menos de una hora después de haber estado fuera dos semanas, en un viaje de trabajo, y en ese momento tenía la sensación de que aquello había sido un asalto sexual deliberado. Y que el propósito era dejarlo exhausto, además. Por suerte, los vecinos estaban de vacaciones en Gold Coast.

—Uf —murmuró Mandy sin dejar de sonreír mientras miraba un cielo cubierto de estrellas.

Drew se incorporó apoyándose en un codo y miró a su mujer. Vio una sombra en su mejilla izquierda, donde tenía un hoyuelo, y percibió el olor de las travesuras en su piel húmeda.

—¿Y a qué ha venido eso? —preguntó al tiempo que le ponía una mano sobre el suave vientre pálido, que tenía al aire—. ¿Eh?

—Perdona —dijo Mandy, y le apartó la mano de un manotazo, si bien con una gran sonrisa—, pero soy una mujer casada. No toques lo que no puedes tener.

Drew le hizo cosquillas y ella soltó una risita.

—¿Qué pretendes?

—¿Pretender? ¿Yo? Solo... estoy mirando las estrellas.

Un poco borracho y muy feliz, Drew apoyó la cabeza en los brazos flexionados y miró hacia donde Mandy miraba, a lo más profundo del espacio.

Esa noche de febrero los Carmichael encargaron una niña que nacería a primera hora de una mañana de noviembre, bajo el signo de sagitario. Llegaría, menuda y perfectamente formada, con la cabecita cubierta de una versión muy fina del pelo castaño claro que, con el tiempo, se le rizaría para enmarcarle el afilado contorno de la cara. Tenía los ojos de color avellana, la barbilla prominente y sus labios habían adquirido la forma de un bonito arco, como el de Cupido (igual que los de su madre). Sus cejas oscuras (como las de su padre) serían rectas y casi severas.

Un astrólogo habría predicho que ese bebé iba a convertirse en una persona en la que se podía confiar, juguetona, pero también bastante perfeccionista. Alguien a quien le encantarían las palabras, que a los nueve años participaría en un concurso infantil de ortografía de la televisión, y lo ganaría, y que llevaría a menudo un bolígrafo colocado detrás de la oreja. Su mesilla de noche siempre tendría que soportar el peso de un buen montón de libros (leídos, a medio leer o por leer) y seguramente, oculto entre ellos, habría también un catálogo de Howards Storage World o de IKEA, porque el «porno» de la organización de armarios iba a ser para esa chica su placer culpable de por vida. Su memoria estaría tan organizada como un brillante archivador de acero inoxidable y hasta sus mensajes de texto tendrían un formato y una puntuación impecables.

Ese astrólogo habría podido prever también, con un movimiento triste de la cabeza, que esa niña no le prestaría la menor atención a las estrellas. Lo cierto es que consideraría los horóscopos algo sin interés, tan superfluo como un montón de estiércol.

—Justine —murmuró Mandy.

—¿Qué? —preguntó Drew.

—Justine —repitió Mandy, pronunciándolo con más claridad—. ¿Te gusta?

—¿Quién es Justine? —volvió a preguntar Drew, confuso.

«Ya lo verás —pensó Mandy—. Ya lo verás.»

PISCIS

Pasó el tiempo. Las lunas orbitaron alrededor de los planetas. Los planetas dieron vueltas alrededor de las estrellas más brillantes. Las galaxias giraron. Y, según fueron transcurriendo los años, fueron uniéndose más satélites. Hasta que, un día, como por arte de magia, allí estaba ella: Justine Carmichael, de veintiséis años, un viernes de marzo por la mañana, recorriendo como podía una calle arbolada de un barrio residencial con un montón inestable de tazas de café para llevar. Se había puesto un alegre vestido verde con lunares blancos con vuelo y unas zapatillas de deporte casi blancas en las que se proyectaba el patrón de luces y sombras de la acera iluminada con motas por la que caminaba.

La calle, que estaba a unas dos horas al este de Edenvale, era Rennie Street, una de las principales vías de una zona residencial de alto nivel de Alexandria Park. Había mansiones estilo Federación y bloques de apartamentos art déco, floristerías y cafeterías, uno de esos lugares donde es fácil encontrar un café vienés servido en vaso alto con una cuchara larga y donde los peluqueros de perros se especializan en razas como el bichón maltés y el west highland terrier. Justine se dirigía a la sede del *Alexandria Park Star*, su lugar de trabajo. Oficialmente la denominación era «asistente de redacción», pero el director de la revista, un hombre dado a las florituras verbales, algo que no tenía nada que ver con la incisiva brevedad que mostraba su estilo periodístico, prefería llamarla «nuestra querida y adorada periodista en prácticas en la reserva», aunque la habría denominado simplemente «recadera», de haber escrito sobre ella.

Las oficinas centrales del *Star* estaban en una elegante casa de madera rehabilitada un poco apartada de la carretera. Cuando Justine cruzó sin detenerse la cancela abierta, pasó por debajo de uno de los monumentos más controvertidos de Alexandria Park: la estrella que daba nombre a su revista. Tan horrible como inconfundible, era una escultura de mosaico, del tamaño de la rueda de un tractor, que colgaba sobre la acera, bien alta y reluciente, gracias a un soporte unido a un poste. Era muy rechoncha y curvilínea para ser una estrella y sus cinco puntas, que no eran simétricas, estaban toscamente recubiertas con trozos de azulejos de color amarillo ácido y los fragmentos de un juego de té con un dibujo de rosas amarillas.

Treinta años antes, cuando la colocaron allí, en las alturas, los lugareños la apodaron «el peligro amarillo» e intentaron encontrar alguna argucia legal en la normativa municipal para lograr que la quitaran. En aquellos tiempos para la mayoría de los residentes de Alexandria Park el *Star* no era más que una inmunda revista de las que se reparten gratis por la calle, y consideraban a su joven director, Jeremy Byrne, un despreciable degenerado de pelo largo. Tenían la firme opinión de que el disoluto hijo mayor de Winifred Byrne no tenía derecho a instalar la sede de su panfleto sensacionalista, que solo servía para envolver pescado, en la elegante casa de Rennie Street de su difunta madre.

Pero Alexandria Park aprendió a vivir tanto con la revista como con su llamativo emblema, y a esas alturas el *Star* era una publicación de éxito y muy respetada en la que se trataban temas de actualidad, deporte y cultura. Sus números mensuales no solo se leían en Alexandria Park, sino también en toda la ciudad, e incluso llegaban a los barrios residenciales del otro extremo. Aunque el trabajo de Justine no estaba siquiera en el último nivel del escalafón periodístico, sino por debajo, muchos brillantes recién licenciados en periodismo no habrían dudado en ponerle la zancadilla para quedarse con su puesto.

En su primer día en ese empleo, a Justine le había enseñado las instalaciones el mismísimo Jeremy Byrne, que ya no tenía el pelo largo sino que estaba bastante calvo, y para entonces ya era mucho más burgués que hippy. Durante su visita a las oficinas la había hecho detenerse justo debajo de la enorme y delirante mole de la estrella.

—Quiero que la veas como el talismán que protege los audaces e independientes principios periodísticos en los que se basa esta publicación —le dijo, y después empezó a hablar de los «rayos de inspiración» de la estrella y se puso a gesticular como para indicar que caían sobre su cabeza, lo que a Justine le pareció muy extraño y le dio vergüenza, aunque intentó ocultárselo a su jefe.

El *Star*, como su director le había prometido, era un lugar estupendo para trabajar. El personal se esforzaba mucho, pero también sabía divertirse. Los reportajes de la revista eran muy buenos y las fiestas de Navidad eran una orgía de comida y bebida. El problema que tenía Justine era que se trabajaba tan bien en el *Star* que ninguno de los periodistas dimitía nunca. En ese momento había tres periodistas en plantilla en la oficina central y uno en Camberra, y todos llevaban en su puesto más de una década. El asistente de redacción que había ocupado el puesto antes que Justine había esperado tres años a que surgiera alguna vacante de periodista en prácticas antes de rendirse y aceptar un trabajo de relaciones públicas.

Pero en su primer día, allí plantada bajo la estrella con Jeremy Byrne, muerta de vergüenza, se convenció de que su predecesor era quien había tenido que soportar toda la espera y que eso no iba a sucederle a ella. Seguro que había un trabajo de verdad esperándola a la vuelta de la esquina. Habían pasado dos años, sin embargo, no había a la vista señales de ningún avance y Justine empezaba a pensar que su primera oportunidad de verdad en el *Star* no llegaría hasta que uno de los empleados actuales muriera de viejo.

Apretó el paso por el caminito flanqueado por arbustos de lavanda mientras recolocaba su pila de tazas de papel para dejarse una mano libre con la que recoger un montón de correo que había sobre las losetas de piedra. Por fin llegó a lo más alto de un corto tramo de escalones y abrió, empujando con la cadera, la puerta principal. Pero antes de que llegara a cerrarse detrás de ella, le llegó una voz melosa por el pasillo.

—¿Justine? ¿Eres tú?

La voz pertenecía a Barbel Weiss, la directora de publicidad, que había transformado uno de los dos preciosos salones delanteros de la casa, con sus ventanas en saliente, en un espacio tan bien arreglado y femenino como ella. Cuando Justine entró en su despacho, Barbel, que llevaba un traje pantalón de color rosa oscuro y se había retorcido la melena rubia hasta formar un recogido que parecía sacado de una pastelería alemana, estaba agitando en el aire un folleto y ni se molestó en levantarse de su mesa.

—Querida, lleva esto al departamento de diseño, ¿quieres? Diles que la fuente que quiero para el anuncio de Brassington es esta... Esta de aquí. La he señalado con un círculo.

—No hay problema —respondió Justine, y se acercó con cuidado a la mesa para que Barbel pudiera añadir el folleto a la pila que ya llevaba.

—Oh —exclamó Barbel, arrugando la frente solo un poquito al ver el arsenal de tazas de café que Justine llevaba—, veo que acabas de venir de Rafaello's. No te importará volver a ir, ¿verdad? Va a venir un cliente dentro de veinte minutos y se me había ocurrido que estaría bien ofrecerle unos macarons. Pongamos de... frambuesa. Gracias, Justine. Eres un ángel.

El salón que había al otro lado del pasillo era el despacho del director, pero era muy diferente del de Barbel. Parecía más bien el salón de alguien con síndrome de Diógenes, con montones de periódicos extranjeros que llegaban a la altura de la rodilla y estanterías atestadas de manuales legales, biografías políticas, ejemplares del *Wisden Almanack* y libros de crímenes reales. Jeremy, que llevaba una camisa que podría considerarse formal pero que, de alguna manera, recordaba ligeramente a un caftán, estaba hablando por teléfono. Cuando Justine se abrió paso para dejarle su té chai con leche de soja, él levantó una mano abierta en su dirección, lo que significaba: «Vuelve dentro de cinco minutos». Justine sonrió, obediente, y asintió.

Siguiendo por el pasillo se encontraba la sala de redacción, donde estaban los periodistas en plantilla. Cuando oyó los pasos de Justine, Roma Sharples dejó de mirar la pantalla de su ordenador, se volvió y miró a la asistente por encima de la montura azul eléctrico de sus gafas. Famosa por ser quejica y mandona, debía de estar ya cerca de los setenta años, pero no parecía tener intención de jubilarse.

—Gracias —dijo Roma cuando Justine le dio su café negro y largo. Despegó un posit del cuaderno que tenía sobre su mesa y se lo dio a Justine—. Dale esta dirección a Radoslaw y dile que tenemos que estar allí a las once en punto. Y, Justine, trae el coche hasta la entrada, ¿quieres?

Justine dejó un *caffè latte* con un cuarto de café en la mesa vacía que había al lado de la de Roma. Pertenecía a Jenna Rae, quien seguramente había tenido que salir a ocuparse de algún encargo. Jenna tenía solo treinta y muchos, así que por ese lado no había esperanzas para Justine.

El especialista deportivo del *Star* era Martin Oliver, de cincuenta y tantos. Estaba al teléfono, y cuando Justine le dio su capuchino doble con mucho azúcar notó el habitual hedor que despedía, mezcla de alcohol y nicotina. Martin llamó su atención con un leve codazo. En el cuaderno de su mesa escribió: «Atasco de papel en la impresora». Y a continuación: «El ordenador no me imprime los PDF, otra vez. Díselo a Anwen».

—Sí, es verdad, los seleccionadores de críquet son imbéciles. No serían capaces de diferenciar un tiro con efecto de un efecto especial —contestó a quien le hablaba por el teléfono mientras subrayaba las palabras «otra vez» con tanta fuerza que hizo una profunda rasgadura en el papel.

Justine le quitó el bolígrafo y dibujó una carita sonriente debajo de su mensaje.

Un poco más allá, siguiendo por el pasillo, había un despacho angosto que en algún momento debió de ser un armario. Allí, detrás de su mesa, estaba Natsue Kobayashi, la secretaria general de redacción. Natsue había sido bendecida con un gusto exquisito para la ropa y una tez a la que no le afectaba el paso del tiempo, hasta el punto de que todo el mundo se sorprendía al saber que tenía edad suficiente para ser abuela de tres niños. Cada día se tomaba exactamente cuarenta y cinco minutos de descanso para comer y pasaba la mayor parte de ellos tejiendo prendas con materiales lujosos (lana merina, alpaca, zarigüeya o camello) para sus queridos nietos, que vivían en Suecia. Natsue también tenía un don para la multitarea.

Sin dejar de transcribir la carta que tenía puesta en el atril que había junto a su ordenador, dijo:

—Buenos días, Justine. ¡Oh, qué vestido! ¡Es precio-o-oso! *Kawaii!*

El vestido era una prenda vintage genuina: había pertenecido a la abuela de Justine.

—Expreso doble con espuma —dijo Justine, y le dio su vaso de papel.

—Eres un cielo —contestó Natsue sin parar de teclear—. Y veo que has recogido el correo. Te agradecería mucho que me trajeras el mío en cuanto lo clasifiques.

—Claro —respondió Justine.

Por suerte, Justine encontró la sala de diseño vacía; no había nadie que pudiera añadir más tareas a su lista de cosas por hacer, así que dejó una breve nota, junto con el folleto que Barbel le había dado, y salió de allí lo más rápido posible. Al otro lado del pasillo, en el departamento de informática, el ángel custodio residente del *Star*, Anwen Corbett, parecía estar echándose una siesta.

Anwen era un ave nocturna, al menos en parte, y muchas veces iba a la oficina a altas horas de la noche para hacer algún ajuste a los ordenadores cuando nadie los utilizaba. En ese momento tenía su cabeza llena de rastas apoyada en un grueso manual de informática que había sobre una mesa, que en su mayor parte era un enorme desastre de cables, placas base y figuras de acción de *La guerra de las galaxias*.

—Anwen —llamó Justine—. ¡An!

Anwen levantó la cabeza bruscamente, aunque no llegó a abrir los ojos.

—Sí, sí. Todo está bien. Todo está aquí.

—El ordenador de Martin no imprime los archivos otra vez. Me ha dicho que quiere que le eches un vistazo —comunicó Justine.

Anwen volvió a dejar caer la cabeza sobre su almohada improvisada y soltó un gruñido.

—Dile que eso es un PICNIC.

PICNIC era el acrónimo favorito de Anwen: «Problema del Individuo en Cuestión, No del Indefenso Computador».

—Tengo café —dijo Justine con tono adulador.

—¿Ah, sí? —contestó Anwen abriendo sus párpados hinchados.

—Un *macchiatto* largo... que podrás recoger en mi mesa en cuanto le hayas echado un vistazo al ordenador de Martin.

—Eso es una crueldad.

Justine sonrió.

—Pero funciona.

El departamento de fotografía era la siguiente parada por el pasillo. Justine se apoyó en el marco de la puerta.

—Buenos días, Radoslaw —saludó—. Roma me ha pedido que te diga que te necesita para un trabajo a las once en punto. Toma la dirección.

Como un gallo de pelea en un campeonato, el fotógrafo del *Star*, con una lata de Red Bull en la mano, apareció dando un salto de detrás del enorme monitor de su ordenador. Llevaba una camisa de cuadros de manga corta completamente abrochada, justo hasta el borde de su barba negra bien cuidada. Justine miró la papelera, donde ya había otras dos latas de color azul y blanco vacías.

Sabía que Roma le había pedido que llevara el coche de la empresa a la puerta delantera por la forma de conducir de Radoslaw. Por su culpa, el Camry tenía arañazos en ambos lados y había pintura blanca de coche en varios puntos de la valla lateral. Aun así, Radoslaw siempre insistía en conducir cuando iban a hacer un trabajo. Ni siquiera Roma había conseguido imponerse en ese asunto.

—Oye, di a Roma que se vaya a la mierda —contestó Radoslaw, sin molestarse siquiera en bajar la voz—. Tengo que ir al circuito de carreras con Martin esta mañana. ¿Es que no pueden hablar entre ellos, joder? Coño. Trabajan en la misma puta habitación. Hostia.

Esa era la forma habitual de responder de Radoslaw, así que era una verdadera suerte para él que no hubiera hecho una mala foto en su vida.

Por fin Justine llegó a su mesa, que estaba en un anexo situado en la parte de atrás de la vieja casa. Las paredes estaban sin revestir, aunque sí las habían pintado toscamente. Apoyada en una de ellas había una bicicleta que probablemente Martin Oliver había usado por última vez siete meses atrás, algún día que sintió la necesidad de hacer un poco de ejercicio a la hora de comer en vez de ir directamente al pub Strumpet and Pickle. Entre las ruedas de la bici sobresalía un hocico blanco y cubierto de pelo manchado y un par de ojos llorosos marrones oscuros. Pertenecían a un bichón maltés pequeño y peludo que arrastraba una correa con estampado de leopardo.

—Falafel —lo llamó—. ¿Qué haces aquí?

El perro se limitó a mover la cola, pero la respuesta a la pregunta de Justine estaba sobre su mesa: una nota del director del departamento de diseño del *Star*. Con su letra, firme y segura, Glynn había escrito: «¿Podrías llevar a F. a la peluquería? Tiene cita a las diez de la mañana. Los peluqueros se pondrán hechos una furia si llega tarde otra vez. ¡Gracias! G.».

Falafel fue trotando hasta los tobillos de Justine y le ladró, impaciente.

—No empieces... —le advirtió ella.

Durante unos segundos Justine se quedó allí de pie, respirando despacio y profundamente. No tenía sentido agobiarse, se dijo. Cuando todo el mundo quería algo de inmediato, había que priorizar. Pensó que, aunque Jeremy le hubiera pedido que fuera a su oficina en cinco minutos y a pesar de que era el jefe, también era un hombre que no controlaba el tiempo. Cinco minutos en el mundo de Jeremy podían significar cualquier intervalo entre diez minutos y seis horas. Por eso consideró que por lo menos podría revisar el correo y llevar sus cartas a Natsue, después pasar por Rafaello's para comprar las galletas de Barbel, y a la vuelta ir a la peluquería canina y dejar allí a Falafel. Luego se ocuparía de arreglar el atasco de papel en la fotocopiadora, de llevar el Camry a la puerta y de transmitir el mensaje de Radoslaw a Roma (el sentido general, no las palabras exactas), lo que iba a provocar una pelea entre Martin y Roma. Y a continuación...

—¡Justiiiiiine!

«Oh, mierda.»

Era la voz de Jeremy la que resonaba por el pasillo.

—Sé bueno —ordenó a Falafel—. ¡Perro bueno!

Antes de llegar a la puerta del despacho de Jeremy, Justine redujo el paso y se alisó el vestido. «Profesional, competente, imperturbable», se dijo. Y entró.

—¡Querida! —la saludó Jeremy con una sonrisa que provocó que le aparecieran unos capilares rotos en las mejillas y la nariz—. Siéntate, siéntate.

A Jeremy le encantaba ejercer de paterfamilias, y Justine sabía que, como director y mentor suyo autodesignado, creía que era su responsabilidad mantener conversaciones con ella regularmente. Le gustaba contar a Justine batallitas de su peligroso y glorioso pasado, así como perorar sobre cuestiones como la ética, el proceso reglamentario, la jurisprudencia y la delicada maquinaria del sistema de Westminster.

—Querida —repitió inclinándose sobre la mesa, para a continuación lanzarse a hablar del tema que se le hubiera ocurrido ese día—, ¿qué sabes de la separación de poderes?

—Bueno... —dijo Justine, y decir eso ya fue un error. En las conversaciones con Jeremy era una mala idea empezar con una muletilla.

—Tenemos que dar las gracias a la Ilustración francesa por el concepto de la separación de poderes —la interrumpió—, que defiende que los tres poderes del gobierno, el ejecutivo, el legislativo y el judicial...

Y allí se quedó Justine durante un buen rato, sentada frente a Jeremy, escuchándolo monologar. Apoyó las manos en el regazo de su vestido de lunares e intentó que pareciera que estaba muy atenta y aprendiendo algo, y no pensando en macarons, la anchura del callejón del lateral, los problemas con la impresora de Martin y si Falafel se habría zampado su comida, que había dejado en la bolsa, sin protección, sobre su mesa.

Al cabo de un rato sonó el teléfono de Jeremy y él lo cogió al momento.

—¡Harvey! —exclamó—. Espera un segundo, viejo amigo. —Tapó el micrófono con la mano y miró a Justine con una sonrisa compungida—. Ya seguiremos con esto.

Libre al fin, Justine salió al pasillo. Por el jaleo supo al instante que Radoslaw no había esperado a que Justine tuviera tiempo de transmitir su mensaje a Roma.

Además, Martin estaba gritando:

—¡Justiiine! ¡Necesito imprimir algo! ¡Y tendría que ser este año!

Justine miró el reloj. Falafel ya llegaba tarde a la peluquería.

Y entonces Barbel asomó por la puerta de su despacho, con su bonita frente arrugada por los nervios.

—¿Dónde están mis macarons? —preguntó, pero Justine solo pudo responderle con una sonrisita triste.

Menudo día le esperaba.

Esa tarde, cuando Justine acabó su trabajo ya eran las seis y media. Unos mechones ondulados de pelo le caían lacios sobre la cara, le daba la sensación de que tenía la piel grisácea y, gracias a la impresora averiada, había acabado con una mancha de tinta en un lado de su vestido de lunares. También tenía hambre, porque aunque Falafel no se había zampado su rollito de curri de pollo, sí que había jugueteado con él hasta dejarlo incomible, y Justine no había tenido tiempo de ir a por otra cosa para comer.

Cuando pasó debajo de la estrella cubierta de mosaico que colgaba de su poste a la entrada, la miró con rencor.

—Rayos inspiradores —murmuró entre dientes, y salió a Rennie Street.

Caminó tres manzanas y giró a la izquierda hacia Dufrene Street, donde había gente que salía del Strumpet and Pickle y se dispersaba por la acera tras haberse tomado una copa después del trabajo. Cruzó la calzada, y estaba a punto de atravesar la puerta oriental de Alexandria Park cuando se detuvo en seco, se volvió y miró al otro lado de la calle, en dirección a la hilera de almacenes renovados que habían convertido en mercado.

Es difícil saber por qué hizo lo que hizo justo en ese instante. Tal vez el sol, desde su posición en piscis, proyectaba sus rayos en cierto ángulo sobre ella, o quizá Venus y la Luna, desde su posicionamiento en acuario, propicio para el amor, se aliaron para llamar su atención. O puede que Júpiter estuviera enviándole algún tipo de vibración desde su dominante situación en virgo. O a lo mejor solo fue el subconsciente de Justine, que le sugirió sutilmente que esa era una forma de retrasar el inevitable momento de cruzar la puerta de su apartamento vacío, ponerse el último episodio de la nueva adaptación de *Emma* de la BBC y pensar durante un minuto en llamar a su mejor amiga, Tara, para luego decidir tirarse en el sofá con el consuelo de una tostada con Vegemite, la pasta de untar salada que tanto le gustaba, para cenar.

Justine se quedó parada, justo al borde la acera, preguntándose si tenía tiempo. El mercado no cerraba hasta las siete. Miró el reloj. Sí que lo tenía.

Buscó en el interior del bolso, tipo cesta, que llevaba colgado del brazo y se alegró de ver que allí dentro, en su bolsillito especial, estaba esperando su boli negro. Se bajó las gafas de sol de lo alto de la cabeza y se acercó.

Justine iba muy pocas veces a Alexandria Park Markets a comprar algo para comer. Casi siempre entraba en aquel espacio fresco de techos altos con la misma actitud con la que se visita una galería de arte. Le gustaba mirar las flores extrañas y exóticas que llenaban los enormes frascos de vidrio de la floristería y pasar por delante de la pescadería para admirar las brillantes criaturas marinas en sus lechos de hielo.

Dejó atrás la floristería, la carnicería y la panadería en su camino hacia la sección de fruta y verdura. Esquivó una caja de madera llena de sandías, se quitó las gafas de sol y miró los aguacates Hass que estaban expuestos. Y allí estaba, encima de esas frutas, en un portarrótulos de plástico; el cartel que hacía daño a la vista:

«Agüacates».

¿Es que la gente no iba a aprender nunca? Aquel era un frutero evidentemente competente. No, más que competente. Había apilado las granadas para que parecieran las joyas de la corona de una nación remota y exótica. Sabía seleccionar manzanas de una perfección invariable y mantener las uvas con una leve capa de bruma para que lucieran apetitosas todo el día. No tenía sentido que ese hombre, de forma tozuda y recurrente, persistiera en escribir mal «aguacates». Pero así era. Una semana tras otra, Justine corregía su error y el frutero respondía quitando el cartelito corregido y poniendo otro con su maldito «Agüacates». Era muy irritante. No obstante, Justine estaba decidida a no dejarse vencer.

Esperó hasta que el dependiente que había detrás del mostrador estuvo distraído y entonces sacó su bolígrafo y en un abrir y cerrar de ojos tachó la diéresis que sobraba. «Aguacates». Sí, mucho mejor.

Satisfecha tras haber recuperado el orden del mundo, Justine se volvió con la intención de dirigirse rápidamente a la salida que daba a Dufrene Street. Pero solo había dado unos pasos cuando se topó con un pez descomunal.

Costaba saber qué tipo de pez era. Era plateado y con los labios dibujados con una cinta de satén rosa. Tenía los ojos enormes, amarillos y saltones, como dos mitades de una pelota de ping-pong pintadas. También tenía una aleta dorsal que le sobresalía por la parte de atrás de la cabeza y continuaba por todo su lomo en ondulaciones con pinchos. Donde deberían estar las aletas pectorales, había unos grandes guantes plateados. Y entonces el pez le dijo:

—¿Debería estar haciendo eso?

Estaba a punto de ponerse a discutir cuando reconoció la cara humana que se veía por un agujero ovalado en la tela plateada del disfraz de pez.

—¿Nick Jordan? —preguntó Justine, sin poder creérselo.

—Madre mía, ¿Justine?

—¡Hola!

—Hola.

—Oh, Dios mío... Estás igual —respondió Justine, alucinada y sonriendo.

Nick puso cara de incredulidad a su vez y se miró el disfraz de pez.

—Gracias. Creo.

—Ha pasado... ¿cuánto?

—Años —contestó Nick, y al asentir con la cabeza la tela brillante y plateada del traje se estremeció de arriba abajo.

—¿Once? ¿Doce? —aventuró Justine, como si no estuviera segura.

—No puede haber pasado tanto tiempo —respondió él.

Pero sí. Habían pasado doce años, un mes y tres semanas. Y Justine lo sabía con exactitud.

En alguna caja de zapatos, o tal vez en un álbum, tenía que haber una fotografía de Justine Carmichael, una niñita de pocas semanas de vida rosadita y diminuta como un conejo despellejado, acostada sobre una alfombra al lado de Nicholas Jordan, de diez meses, que en comparación con ella parecía un luchador de sumo vestido con un bodi de Winnie the Pooh.

Cuando eran bebés y estaban en el parquecito de arena de la guardería, Justine y Nick compartieron sus paquetes de galletas con forma de osito y la experiencia traumática de ser destronados por la llegada de los hermanos pequeños. En ese aspecto,

Justine había salido mejor parada que Nick: en su segundo intento, sus padres habían tenido un niño, Austin, y habían decidido parar ahí. Pero los padres de Nick, Jo y Mark, tras tener otro niño, Jimmy, habían ido a por un tercero, con la ilusión de que fuera una niña. Y entonces llegó Piper.

Para cuando Justine y Nick dejaron la guardería y pasaron al colegio Eden Valley Primary, Nick estaba en una fase de imitación y además se negaba a ir a clases vestido con ninguna otra cosa que no fuera un disfraz de lémur que era un mono de cuerpo entero. Y eso incluso en verano. Así que Justine, como la amiga leal que era, se pasaba las mañanas sentada a su lado en la colchoneta mientras él chupeteaba la cola rayada del disfraz durante la lectura de los cuentos y después de comer lo ayudaba a quitarse del pelo todos los trocitos de serrín de la zona de juegos.

Durante los primeros años de la primaria, Nick adquirió la costumbre de jugar al fútbol en los recreos, mientras que Justine se encaramaba a los árboles o alternaba entre los diferentes juegos inventados con los que las chicas se entretenían, que normalmente incluían a alguien tirado en el suelo y berreando porque fingía ser un bebé. Pero fuera del colegio Nick y Justine jugaban juntos durante las interminables horas que sus madres se pasaban charlando con una taza de té o una copa de vino delante. En esas ocasiones, los dos niños sabían que podían ignorar sin problemas las ocasionales advertencias de Jo y Mandy de: «¡Cinco minutos y nos vamos!». Y Justine sabía exactamente dónde encontrar las chocolatinas en la despensa de los Jordan, mientras que Nick tenía un cepillo de dientes en casa de los Carmichael.

En algún momento hubo una cinta VHS en la que los dos tenían siete años, y Nick estaba montando escándalo, aporreando las cuerdas de nailon de una vieja guitarra acústica y Justine, que llevaba unas gafas de sol con los cristales en forma de corazón, cantaba con el micrófono de un karaoke de juguete de *La Sirenita* en la mano. Cantaron «Big Yellow Taxi», que no sonó del todo mal, y «Yellow Submarine», que tampoco quedó tan horrible, pero después se atrevieron con una versión inocentemente provocativa de «Some Girls» de Rancey. En cierto momento de la canción, Justine y Nick se dieron cuenta de que su público, formado en exclusiva por sus padres, no paraba de reírse de forma incontrolable. Reírse de ellos. Pasarían unos cuantos años antes de que Justine entendiera lo que esa canción decía que algunas chicas sí hacían y otras no. Pero la noche en que dieron ese concierto en el salón, no necesitaba saber los detalles para comprender que estaban riéndose de ella.

Para Nick esa experiencia fue absolutamente reveladora. Poco después de la noche del concierto se apuntó al festival de teatro de Eden Valley Drama Eisteddfod y allí descubrió que las artes podían ser un deporte tan competitivo como un partido de fútbol. Y los trofeos empezaron a acumularse.

Nick estuvo tres días enteros sin hablarle a Justine después de que ella lo eclipsara al salir en la televisión nacional en aquel famoso concurso de ortografía en el que su amiga participó. Pero al cuarto día no pudo continuar y abandonó su estado de enfurruñamiento dando un puñetazo a Jasper Bellamy por llamar «empollona» a Justine. Después de eso las cosas entre los dos volvieron a la normalidad en un santiamén.

Sin embargo, todo cambió cuando Justine tenía diez años y Nick estaba a punto de cumplir once. Mark Jordan consiguió un trabajo en el otro extremo del país y los Jordan vendieron la casa y se fueron de la ciudad. A pesar de las buenas intenciones de todos con respecto a mantener el contacto, las llamadas de teléfono nocturnas entre Mandy y Jo se volvieron cada vez menos frecuentes y la correspondencia fue disminuyendo hasta limitarse únicamente a la obligatoria felicitación navideña, con un Papá Noel en la playa con un bañador slip.

En cualquier caso, las familias no perdieron el contacto del todo. Todavía quedaba el puente del día de Australia, en enero del año en que Nick y Justine iban a cumplir quince años. Los Carmichael viajaron al oeste y los Jordan al este hasta el punto medio donde se reunieron, bajo el calor sofocante de un destino vacacional en la playa situado en el estado de Australia Meridional. A pesar de que Justine se había pasado todo el viaje apretujada en el coche, imaginándose la escena, muy peliculera, del reencuentro con su mejor amigo de la infancia, cuando lo vio se quedó paralizada como un gato aterrado ante un perro.

Se dio cuenta al instante de que Nick había dejado de ser un niño un poco tontorrón y se había convertido en un chico increíblemente guapo, uno de esos que Justine sabía por experiencia que era mejor evitar para no sufrir la dolorosísima vergüenza consecuencia del rechazo. Por eso estuvo todo el sábado y todo el domingo con aire taciturno, intentando pasar desapercibida, escuchando en bucle en su *walkman* Sony el recopilatorio *So Fresh* que le habían regalado por Navidad y fastidiando a todo el mundo al encerrarse en el baño y cerrar la puerta con el pestillo para poder estar un rato a solas, cambiándose los pendientes y probando diferentes colores de sombra de ojos. Nick se mostró igual de distante y pasó mucho tiempo corriendo por la playa o tumbado junto a la piscina.

Pero el domingo por la noche sus padres hicieron uso de su potestad y los arrastraron a ambos, huraños y resentidos, a la playa para asistir a una feria. Tal vez los olores nostálgicos de las salchichas rebozadas y el algodón de azúcar los convirtieron de nuevo en los niños que eran en realidad. O quizá fueron las escandalosas colisiones de los coches de choque las que los arrancaron de su timidez. Fuera lo que fuese, acabaron en la playa, muy tarde, juntos, solos, sintiendo la música disco de la feria que retumbaba en la arena.

A la mañana siguiente Justine todavía estaba en la cama cuando los Jordan llegaron en tropel para despedirse. Oyó todo lo que estaba pasando a través de las finísimas paredes de la casita: su hermano Aussie montando alboroto con Jimmy, Piper lloriqueando porque no le hacían caso, las voces de Mandy y Jo subiendo y bajando como escalas tocadas en un violín y las de Drew y Mark aportando las notas graves.

Oyó que su madre decía: «Seguro que se levanta dentro de un momento, Nick, cariño, porque querrá despedirse».

Pero a pesar de que Mandy entró en el dormitorio y se estiró hasta la litera de arriba para sacudir el hombro de su hija, Justine se limitó a taparse más con la sábana. Sentía demasiada vergüenza para dar la cara. Estaba segura de que todos los miembros de su familia, y los de la de Nick, verían que tenía los labios hinchados después de tantos besos y las mejillas enrojecidas por los arañazos de la incipiente barba de Nick. Y, lo que era aún peor, estaba convencida de que todo el mundo vería desde fuera lo que ella sentía por dentro: una cosa nueva y preocupante, deliciosa y humillante, embriagadora y extraña. Era como si algo hubiera estallado en su interior, como una palomita de maíz de muchos colores. Y no se veía capaz de volver a cerrarlo y hacer que recuperara su tamaño anterior.

«Seguramente ni se acuerda», le dijo a Justine su cerebro. Y después lo repitió, por si acaso no lo había oído la primera vez.

Cerebro: «Seguramente ni se acuerda».

Justine: «¿Y si te callas?».

Cerebro: «¿Por qué iba a recordarlo? Tú llenaste un montón de páginas de tu diario, pero él seguro que se fue a su casa y se olvidó de todo aquello».

A pesar de que Justine estaba teniendo ese diálogo mental con su cerebro, no por ello dejó de mantener una conversación educada con Nick.

—¿Cómo está tu madre? —preguntó ella.

—Igual —respondió Nick—. Parece que no envejece.

—Me la imagino.

A Justine le vino a la mente una imagen de la preciosa Jo, con su gran sonrisa blanca y su largo pelo castaño que siempre olía a caramelo. Jo fue la primera peluquera de Justine. Se sentaba con ella a la mesa de su cocina y la sobornaba con galletas rellenas de crema para que se quedara quieta mientras le cortaba el flequillo. «Rondas», así llamaba Jo a la mezcolanza de rizos y ondas, impredecibles y sensibles a la humedad, de Justine. Jo también fue la que convenció a Mandy para que dejara a Justine ver *La guerra de las galaxias* cuando tenía siete años, aunque estaba calificada como «no apta para niños». Y también fue Jo la que defendió a Justine cuando se metió en graves problemas por llamar zorra a su profesora de tercero. Justine oyó a Jo decir a Mandy: «No seas tan dura con ella, Mands. Hay que valorar a una niña que sea tan precisa con las palabras».

—¿Y Jimmy? —siguió preguntando Justine.

—Bailarín de claqué profesional, por increíble que parezca. Piper es la que ha seguido los pasos de papá.

—Ah, ¿sí?

—Juega en la liga femenina de fútbol australiano, es defensa del Carlton. Es puro músculo. Yo no podría enfrentarme a ella aunque quisiera. ¿Y tus padres?

—En Edenvale, como siempre.

—¿No me digas que tu madre sigue siendo la chica del tiempo?

—No, ahora es la directora de la administración municipal. Ni te imaginas cuánto le gusta ser la jefa. Mi padre se ha jubilado. Se compró una avioneta Cessna Skycatcher y lo único que hace con ella es dar vueltas por ahí y observar los campos de cultivo. Cuesta perder las costumbres.

—¿Y tú? ¿Vives cerca de aquí?

—Al otro lado del parque. Mi abuela, bendita sea, le dejó a papá su antiguo refugio en la ciudad. ¿Y tú?

—Estoy buscando piso, pero está bien esta ciudad. Me siento como en casa.

Justine miró con expresión crítica el disfraz de lamé plateado de Nick.

—¿Y esto a qué viene? ¿Es para vender... pescado?

—Ostras, en realidad —dijo Nick mirando el mostrador lleno de hielo de la pescadería—. Solo un par de días, es una promoción especial. Voy por ahí repitiendo: «Como reza el dicho: el mundo es tu ostra, amigo. Dale un beso de tornillo a una sirena, sabes que lo estás deseando».

Justine hizo una mueca.

—Sé que estudiaste arte dramático.

Nick le explicó lo complicado que era ganarse la vida como

actor y que complementaba sus irregulares ingresos con trabajos temporales de camarero, repartidor de catálogos, profesor de teatro durante el verano o albañil.

—Y ese trabajo es mucho más duro que hacer de pez —concluyó—, aunque menos humillante. ¿Y tú? ¿Qué haces? ¿Revisar los carteles de las frutas y las hortalizas de toda la ciudad para asegurarte de que están bien escritos? Eso sí que es una profesión, ¿no? Una para niñas que ganan concursos de ortografía de la televisión.

«Se acuerda de lo del concurso de ortografía», dijo Justine con cierto orgullo a su cerebro.

—Trabajo en el *Alexandria Park Star*.

—¿Escribes en el *Star*? Me encanta el *Star*. ¿Habré leído algo que has escrito?

—Bueno, la verdad es que no... —empezó Justine—. Yo solo...

Buscó las palabras para explicarlo, pero antes de que pudiera encontrarlas, Nick dijo:

—Oye, es un poco raro tener esta conversación vestido de pez. Termino dentro de diez minutos. ¿Y si...? Ya sabes, si no estás ocupada, podríamos comprar fish and chips para llevar e ir al parque. Para ponernos al día con el resto de las novedades. Pero bueno, sin compromiso... Solo si no te esperan en otra parte para hacer algo.

Tenía hambre y lo del fish and chips sonaba perfecto. Aun así, Justine se tomó un momento. Ladeó la cabeza y dejó que él viera que se lo estaba pensando.

—Si no es un buen momento... —dijo Nick.

Entonces Justine sonrió.

—No tengo que ir a ninguna parte.

Una fresca brisa nocturna agitaba las hojas superiores de los enormes y viejos árboles de Alexandria Park de forma que parecía que estaban haciendo la ola cuando Justine y Nick cruzaron entre los pilares de hierro forjado de la puerta oriental del parque. Nick llevaba a su lado, sujeta con una mano, una bicicleta que había visto tiempos mejores y, aunque para entonces ya se había quitado el disfraz de pez, cierto aroma marino impregnaba sus pantalones cortos, su camiseta con la cubierta del libro *Donde viven los monstruos* y su piel.

Deportistas que salían a correr después del trabajo daban zancadas por los senderos del parque y perros pequeños con collares caros perseguían pelotas por el césped. Nick eligió un lugar que tenía vistas a la ciudad, en una ladera con una ligera pendiente donde la luz oblicua del sol del atardecer le daba un tono cobrizo a la hierba. Apoyó la bicicleta contra una maceta llena de coles rizadas ornamentales y se tumbó. Recostado sobre un codo, rasgó sin miramientos el paquetito de papel blanco de la comida y cogió un puñado de patatas fritas todavía calientes.

—Perdona, estoy siendo un poco bruto, lo sé, pero es que hacía siglos que no comía fish and chips —explicó Nick con la boca medio llena.

Justine, sentada frente a él, cogió una patata y le dio un mordisquito. Estaba muerta de hambre y la patata estaba perfecta: crujiente y doradita por fuera y blanca y esponjosa por dentro.

Nick ya iba por su segundo puñado de patatas cuando dijo:

—Así que el *Star*, ¿eh? ¿Y cómo es trabajar ahí? ¿Cuál ha sido tu último artículo importante?

Justine suspiró.

—No he escrito artículos importantes. Todavía. Por ahora solo soy la asistente de redacción.

—¿Y eso no es más o menos...?

—Sí, justo eso. Soy, oficialmente, la que se ocupa de la mierda de todo el mundo. Esperaba que a estas alturas me hubiera surgido algún puesto de verdad allí, pero...

—Hablando del *Star*, ¿no tendría que salir un nuevo número por estas fechas?

—Ya está en imprenta —confirmó Justine, con su mejor voz de comercial—. Pero a veces circula por ahí algún que otro número adelantado.

Y señaló su bolso, del que asomaba una revista enrollada recién salida. Nick abrió mucho los ojos, reflejo de una emoción genuina e infantil.

—¿Puedo? —preguntó.

—Claro.

Nick se limpió los dedos grasientos distraídamente en la camiseta antes de coger la revista. La abrió por el final y fue hojeando las páginas hasta llegar al horóscopo («Como si lo hubiera hecho muchas veces», pensó Justine). Con una sonrisa recordó que estaba obsesionado con la astrología, una afición que ella creyó que dejaría atrás en algún momento, como hizo con su disfraz de lémur.

«Esto es raro», se dijo Justine. Por un lado, se sentía totalmente cómoda con Nick, como si lo conociera de toda la vida. Y podría decirse que así era, en cierto modo. Pero por otro, ese hombre era un extraño para ella. Tal vez solo era un poco más alto de lo que recordaba y un poco menos desgarbado, pero su cara... su cara era diferente. «¿Qué tiene de diferente?», se preguntó, como si tuviera un bolígrafo en la mano y necesitara anotar de forma precisa las diferencias sutiles que veía en ese Nick Jordan nuevo y más adulto.

Al principio pensó en un juego de matrioskas. Tal vez mirar a Nick era como contemplar a la muñeca hueca más grande, cuando la que conoces mejor es la que es un poco más pequeña y un poco diferente a la que la cubre y la oculta. Pero no, no era eso. Era más bien como si el Nick más mayor hubiera emergido a partir del Nick más joven: las mandíbulas, los pómulos y los arcos superciliares se veían más sobresalientes y definidos. Aunque todavía tenía los ojos grandes y azules, las facciones muy expresivas y la sonrisa un poco torcida.

Lo vio leer con interés, con las cejas unidas por la concentración. Por fin cerró la revista y tamborileó con los dedos sobre la cubierta trasera. Parecía desconcertado. Después sacudió la cabeza levemente, como si quisiera aclararse los pensamientos.

—¿Cómo es él? —preguntó.

Justine no sabía a quién se refería.

—¿Él? ¿Quién?

—Leo Thornbury —contestó Nick, como si fuera lo más obvio del mundo.

Justine tardó unos segundos en reaccionar. Cuando leía el *Star*, ella solía saltarse las secciones fijas que le parecían inútiles, como por ejemplo la columna de jardinería. Y también los horóscopos, que escribía un astrólogo supuestamente eminente: Leo Thornbury.

Solo conocía tres cosas sobre Leo Thornbury. Una era su aspecto, gracias a la pequeña fotografía en blanco y negro que aparecía en la parte superior de su columna y que, hasta donde Justine sabía, no se había actualizado nunca. En ella se lo veía con una buena mata de pelo canoso y una frente prominente sobre unos ojos de mirada profunda; parecía un cruce entre George Clooney y el monstruo de Frankenstein, o eso había decidido ella hacía algún tiempo. También sabía que tenía una especial predilección por incluir en sus horóscopos citas de sus escritores, filósofos e intelectuales favoritos. La tercera y última cosa que sabía de Leo Thornbury era que se trataba de un ermitaño reconocido.

—No lo he visto nunca —reconoció—. Y creo que tampoco nadie de la revista.

—¿Qué? ¿Nunca? ¿Ninguno de vosotros?

—Bueno, tal vez Jeremy. En su momento. Es el director. Pero el resto no. Leo Thornbury ni siquiera viene a la fiesta de Navidad. Y eso es lo más sospechoso de todo. La comida de la fiesta de Navidad del *Star* es tan buena que hasta la mujer que escribe la columna de jardinería hace un esfuerzo por superar su trastorno de ansiedad social una vez al año. Se supone que Leo vive en una isla, pero me parece que la idea es que no sepamos dónde exactamente.

—¿Y por teléfono? Alguien hablará con él, al menos.

—No lo creo. Nunca he oído a nadie mencionarlo. Si te soy sincera, no estoy segura de que sea... real. Tal vez Leo Thornbury no es un hombre, sino una máquina. Un ordenador que hay en alguna sala de alguna parte y que escupe frases al azar.

—Oh, no seas cínica.

—¿Cínica? Creía que era sagitario.

Nick se quedó pensando un momento.

—Sí, sagitario. Del veinticuatro de noviembre —puntualizó él.

Se acordaba de su cumpleaños. Lo recordaba. «¿Qué? ¿Lo has oído? Se acuerda de mi cumpleaños», le dijo a su cerebro, con más orgullo aún esa vez. Sintió un acceso de calor que le subía cuello arriba, hasta las mejillas, y se alegró de que, gracias a la luz tenue del atardecer, Nick no pudiera ver que se había sonrojado.

Él volvió a abrir el *Star* por la página de los horóscopos. Le costaba leer por culpa de la débil luz. Pero entonces algún botón invisible que había en alguna parte se activó y se encendieron las farolas de Alexandria Park, unas esferas de cristal esmerilado que se cernían sobre los senderos desde lo más alto de unos postes de hierro forjado.

—Ah, muchas gracias —dijo Nick—. ¿Dónde está, dónde? Libra, escorpio..., sagitario. Aquí. «Preparaos, arqueros. Durante este año la estancia de Saturno en vuestro signo provocará una auténtica actividad sísmica que afectará a vuestros sistemas de creencias; este mes empezaréis a experimentar leves temblores. Finales de marzo es propicio para una mejora profesional y es probable que no dejen de producirse cambios en el entorno de trabajo durante los meses venideros».

Miró a Justine y asintió, como si le impresionara algo que ella hubiera logrado.

—¿Y qué? —dijo ella.

—Eso es bueno, ¿no? Yo diría que muy bueno.

Justine rio entre dientes.

—«Actividad sísmica que afectará a vuestros sistemas de creencias...» ¿Qué significa eso?

—No, yo me refería a la parte de la mejora profesional. Los cambios en el entorno de trabajo.

—En el *Star* nunca cambia nada. Nada. Los únicos cambios se producen cuando Jeremy nos sorprende alguna vez viniendo con corbata.

—Bueno, Leo habla de «cambios en el entorno de trabajo». Y Leo lo sabe todo —aseguró Nick y, aunque había un matiz burlón en su sonrisa, Justine tuvo la clara impresión de que lo decía en serio, al menos en parte.

—¿Y qué verdades profundas tiene Leo para ti este mes?

—Pues no sé muy bien de qué habla —admitió Nick—. Aquí pone: «Acuario. Steinbeck dijo: "Realmente, es de ver el miedo que puede llegar a dar el ser humano, un amasijo de indicadores, diales y registros, de los cuales solo podemos leer e interpretar algunos, y seguramente sin demasiada exactitud". Para los aguadores este va a ser un mes de reajustes en el que tendréis que reconocer que no solo es misterioso lo que pasa en el interior de los demás, sino también en el vuestro. Convendría que dedicarais unos momentos tranquilos de atención a recalibrar vuestro concepto de lo que creéis que os mueve en la vida». ¿Qué te parece que significa?

Justine se encogió de hombros.

—Eh... Que Leo Thornbury tiene su diccionario de citas abierto por la ese, de Steinbeck.

—No, ¿qué significado tiene en mi vida? —insistió Nick, pero a Justine le pareció que en realidad no estaba preguntándoselo a ella.

Entonces, justo antes de que le diera tiempo a empezar un breve monólogo sobre la naturaleza genérica de las predicciones astrológicas y que acertar con ellas significaba encontrar frases que pudieran aplicarse a cualquier persona en cualquier situación, se percató de que en la mente de Nick estaba formándose una idea, pues apareció en su cara como la notificación de un correo entrante.

—Un momento —dijo.

Se sacó el móvil del bolsillo, y Justine vio que escribía algo en Google y después se desplazaba a toda velocidad por la pantalla para ver los resultados.

—¡Sí, sí, sí! —exclamó—. Lo tengo. ¡Ya sé lo que Leo intenta decirme!

—¿Qué?

—¡Está diciéndome que haga de Romeo!

Justine frunció el ceño.

—¿Romeo?

—Sí, Romeo —repitió Nick—. Leo quiere que haga el papel de Romeo.

—¿Sí? ¿Y cómo has llegado a esa conclusión?

—La cita. ¡La cita!

—La cita es de Steinbeck —le recordó Justine.

—Sí, sí —afirmó Nick, y señaló la pantalla con energía—. Pero no de cualquier obra de Steinbeck. Es de *El invierno de mi desazón*.

Justine reflexionó un momento y después sacudió la cabeza.

—No lo entiendo.

—El invierno de mi desazón —repitió enfatizando la última palabra—. El invierno de mi desazón. —Esa vez había recalcado «invierno»—. Sabes de dónde viene eso, ¿no?

—Si la memoria no me falla, es de *Ricardo III*.

—¿Y?

—¿Y qué?

—¿Quién escribió *Ricardo III*? Shakespeare escribió *Ricardo III*. —Nick estaba emocionándose y empezaba a ponerse muy histriónico—. ¿No lo ves? Tienes que verlo.

—Eh... Me está costando un poco.

—Mira, tengo que elegir. Pronto se representará *Romeo y Julieta*. Me han dicho que el papel de Romeo es mío, si lo quiero. Pero la obra... no la monta una gran compañía, que digamos. Ni siquiera es del todo profesional. Pero nunca he hecho el papel de Romeo. Y el director ha convencido a unos cuantos actores profesionales bastante impresionantes para que hagan algunos de los papeles principales. Hay muy poco trabajo...

—Entonces ¿quieres hacerlo? —preguntó Justine.

—Es un papel que siempre he deseado interpretar. Pero voy a ganar una mierda. O nada, más bien. Los actores cobrarán un porcentaje de los beneficios, lo que suele significar que el día de la última representación podremos pagarnos unas cuantas botellas de vino y ya está. —Hizo una breve pausa y después continuó—: Leo siempre acierta con sus horóscopos, tanto que incluso da miedo. Si él dice que vaya a por Shakespeare, seguro que hay una buena razón. Leo sabe cosas, simplemente. Siempre que sigo sus consejos las cosas me van bien. Unas cosas llevan... a otras cosas, ya sabes.

Justine se lo quedó mirando.

—¿Así es como tomas las decisiones importantes de tu vida? ¿En serio?

Nick se encogió de hombros.

—A veces sí.

—¿Y no fue también Steinbeck quien dijo algo sobre aceptar tan solo los consejos que van en consonancia con lo que querías hacer desde un principio? —insistió Justine.

Nick sacudió la cabeza, incrédulo e impresionado a la vez.

—Es cierto. Me acuerdo de esa memoria tan rara que tienes. Eres la única persona que conozco que podría soltar algo como eso así, de repente.

Justine se encogió de hombros como respuesta al cumplido.

—Lo que yo pienso es que, si quieres hacer el papel de Romeo, deberías hacerlo y ya está. No tienes que retorcer las palabras de un chalado que se dedica a mirar las estrellas para encontrar una excusa y darte permiso.

—Leo Thornbury no es un chalado que se dedica a mirar las estrellas. Es un dios. —Nick se levantó de un salto de la hierba impulsado por una energía repentina. La ladera cubierta de hierba se convirtió en su escenario—. Shakespeare era tauro. Terrenal, hedonista... Pero Romeo... Romeo era piscis.

—¿Qué? ¿Acabas de decir que conoces el signo zodiacal de Romeo?

—Sí.

—¿Y en qué parte del texto se menciona su fecha de nacimiento?

—Lo sé, y punto. Es un soñador que sueña con cosas hermosas. Y nadie está más dispuesto al autosacrificio que un piscis.

—Creo que has pasado demasiado tiempo metido en ese disfraz de pez hoy.

—«Pero, ¡oh!, ¿qué luz asoma a esa ventana? Viene de Oriente, y Julieta es el sol.»

—Creo que sí deberías hacer de Romeo —afirmó Justine, y se echó a reír—. Al fin y al cabo, la toma de decisiones tampoco es su fuerte.

—Búrlate, pero Leo dice que eso es lo correcto. Leo dice que es lo que debo hacer. Y Leo tendrá sus razones.

Y, sin previo aviso, se subió a una maceta cercana, colocando los pies a ambos lados con sumo cuidado para no chafar las coles que había en ella. Con el *Star* enrollado en la mano haciendo las veces de antorcha apagada, adoptó la pose del héroe, con el cielo de fondo. Justine sacudió la cabeza sonriendo.

—«¡Que quien gobierna el rumbo de mi nave hinche mi vela!» —gritó Nick.

Cúspide

Hacia finales de marzo, el sol avanzó una casilla en el gran tablero de Monopoly que es el cosmos y pasó de piscis a aries. Así concluyó una ronda completa por el Zodíaco y comenzó otra inmediatamente. La noche que separaba el pez del carnero, justo después de que el reloj marcara las doce, una mujer joven salió por la puerta de atrás de su casa prefabricada alquilada de dos dormitorios a su diminuto patio trasero.

Levantó la vista hacia el cielo nocturno y permitió que su alma diera un giro de ciento ochenta grados dentro de su cuerpo para sentirse como si colgara de la superficie de la tierra: una lámpara de araña humana sujeta por los pies a un techo de feos adoquines alternos que ya no tenía que contemplar. Dejó que su mirada vagara por las estrellas.

La mayor parte del tiempo era Nicole Pitt: acuario, manicura que trabajaba por cuenta propia, madre soltera de dos hijos, mujer que huía sin mirar atrás de (más) hombres holgazanes y resignada cuidadora del esquelético gato de su vecina drogadicta, que había deducido, por raro que pareciera, que se llamaba Idiota. Dentro de la casa, los dos niños de Nicole dormían en colchones de espuma en el suelo, con sus pequeñas y delicadas extremidades fuera de las sábanas.

La mesa de su cocina (joder, su única mesa) estaba cubierta de una constelación de basura que era un buen reflejo del caos y la desorganización de su vida: la medicación para el TDAH de su hijo mayor, varios frascos casi vacíos de tonos populares de laca de uñas que hacía mucho que necesitaba reponer, almanaques astrológicos abiertos, un voluminoso y viejo portátil con la pantalla partida y el número de marzo del *Alexandria Park Star* abierto por la página de los horóscopos.

Pero allí fuera, mirando las estrellas a esa hora robada en la que solo había paz, ella no era Nicole Pitt, sino Davina Divine: astróloga privada, madre de nadie, experta en ropa de cama de lujo, inquilina de una lujosa casa de inspiración balinesa y amante distante y desganada de una lista interminable de ocasionales maromos estupendos. Remota, serena y muy bien arreglada, era la infalible guía que mostraba los múltiples caminos señalados en el cielo estrellado, el oráculo délfico que sabía, tanto por instinto como por experiencia, cómo iban a actuar las cambiantes fuerzas que gobernaban los cielos.

«Ojalá», pensó.

La verdad era que, desde el día en que había llegado por correo su certificado de astrología (y ya habían transcurrido unos cuantos años), se había pasado mucho más tiempo soñando con convertirse en una astróloga famosa que intentando en serio hacerse una clientela.

«Convendría que dedicarais unos momentos tranquilos de atención a recalibrar vuestro concepto de lo que creéis que os mueve en la vida.» Eso era lo que Leo Thornbury había escrito para los acuarios en las páginas del *Alexandria Park Star* de ese mes. Para los aguadores del Zodíaco había predicho que el mes siguiente sería un período de reajustes, de contemplar las maquinaciones del yo. Y Davina era una fan confesa de Leo.

Leo estaba diciéndole que había llegado el momento de hacer sus sueños realidad. Pero ¿cómo? Podía apuntarse para sacarse el certificado de nivel avanzado de astrología y empezar a anunciarse para conseguir clientes. También poner un folleto en el tablón de anuncios del supermercado local. Y hacer algunas cartas natales gratuitas a amigos y familiares y pedirles que le hicieran publicidad. Con ese plan en mente, Davina se dejó llevar por la fantasía, imaginándose cómo sería conocer, en persona, a Leo Thornbury. Pero entonces un extraño alarido se coló en sus pensamientos. Fue lo bastante alto para apartar su mente de las estrellas y obligar a su alma a volver a su prosaica orientación habitual.

Para su total decepción, se encontró en medio de un patio diminuto y triste, de cuyo pavimento de adoquines no nacía nada más que un tendedero rotatorio barato. Y le provocó una desilusión aún mayor ver que volvía a ser, una vez más, solo Nicole Pitt. El alarido había salido de una fina hilera de vértebras cubiertas por un ralo pelaje anaranjado que estaba frotándose contra sus tobillos. Con una mano con uñas pintadas de un color morado verdoso tornasolado, un tono que se llamaba Sueños de Sirena, Nicole rascó las descuidadas orejas al gato.

—Hola, Idiota —lo saludó—. Supongo que tienes hambre.

Mientras Nicole Pitt preparaba una cucharada de la comida de gato rebajada que ya se había acostumbrado a incluir en su carrito de la compra cada semana, Nick Jordan caminaba por una calle de la ciudad llevando al hombro un macuto lleno de ropa con tufo a pescado, un olor que invadía todo su mundo en los últimos tiempos.

Nick lo sabía todo sobre el poder del olfato y cómo los olores podían devolver a una persona, en un instante y sin posibilidad de error, a momentos concretos de su vida. Había una marca de champú que lo transportaba a esa primera y emocionante vez que se duchó con una chica a la mañana siguiente. Y existía un vínculo que no podía evitar entre el olor de una lámpara de queroseno y el recuerdo de aquellas acampadas que tanto le gustaban cuando era pequeño. Por eso sabía que el olor a pescado iba a recordarle siempre esa fase de su vida: los meses de abatimiento, aunque teñidos de cierta esperanza, que habían seguido a su ruptura con Laura Mitchell.

Ese había sido su último día de trabajo en la pescadería del Alexandria Park Markets. El siguiente sería su primer día como camarero en un bistró de categoría en Alexandria Park, y por eso se dirigía en ese momento a la lavandería, aunque fuera tan tarde.

De los altos y despejados escaparates del establecimiento salía una luz brillante que destacaba aún más en la calle oscura. Cuando Nick cruzó la puerta vio, con cierta desilusión, que estaba vacía. Aunque una de las secadoras emitía un zumbido diligente, no había clientes sentados en los bancos ni hojeando revistas gastadas: nadie con quien poder entablar una conversación trivial que hiciera que ese lugar resultara un poco menos deprimente.

Volcó el contenido del macuto en una cesta y revisó todos los bolsillos, como su madre siempre le decía que hiciera. Y resultó ser un buen consejo porque, rebuscando en el bolsillo de atrás de sus mejores pantalones negros, encontró una servilleta de papel de esas que se desintegran en forma de confeti y se esparcen por toda una colada. Tenía algo escrito:

Aun detrás del recodo quizá todavía esperen
un camino nuevo o una puerta secreta.

La cita era de Tolkien y Nick la había copiado con un boli que no escribía muy bien y que había dejado manchurrones de tinta azul en la delicada superficie de la servilleta. Era una parte del horóscopo para los acuarios que Leo Thornbury había escrito para el mes de enero: «Con Venus en el signo espiritual de piscis, os veréis enfrentados al espinoso asunto de la autoestima. Pero no os precipitéis, acuarios. Mercurio retrógrado traerá consigo un espíritu de caos que hará que los viajes no sean recomendables. Utilizad estas primeras semanas del año para recuperar horas de sueño y afinar vuestra intuición, siempre recordando lo que Tolkien dijo: "Aun detrás del recodo quizá todavía esperen un camino nuevo o una puerta secreta"».

Por supuesto, Leo había acertado. Siempre acertaba. Había sido un mal momento para viajar, pero aquel viaje estaba planificado desde mucho antes. Por eso, y a pesar de todo, el día de

Año Nuevo Nick fue con Laura al extremo norte de Queensland para acompañarla mientras ella hacía un anuncio para un nuevo perfume. Aunque el resort en el que se alojaron era espectacular, el agua de la piscina estaba a una temperatura que era el contrapunto perfecto al aire cargado de humedad y las piñas coladas del bar de la piscina estaban exquisitas, y gratis, el viaje había sido un desastre, al menos para Nick.

—Me parece que ha llegado el momento de afrontarlo —le había dicho Laura en la habitación del hotel una noche en que el aire olía a franchipán.

Nick creía que nunca olvidaría lo preciosa que estaba cuando lo soltó, allí, al pie de la cama, con su bata de seda color crema abierta y sin nada debajo.

—Si no lo has conseguido ya... Bueno, lo que quiero decir es que... Tal vez ha llegado el momento de trazar un plan B.

No lo dijo con crueldad. Y tampoco era nada que él no hubiera pensado ya. En febrero iba a cumplir veintisiete años y Hollywood le quedaba aún muy lejos, tanto como siempre. Pero dejando a un lado Hollywood... Hasta las compañías de teatro profesionales estaban en una estratosfera inalcanzable para Nick. En todo el año anterior los únicos trabajos remunerados relevantes que había hecho fueron de figurante en una serie de televisión, de pimiento con un enorme disfraz hinchable en una exposición de comida saludable y un papel en una gira rural de un espectáculo de marionetas que versaba sobre los gérmenes y destacaba la importancia de lavarse las manos. Nick manejaba una marioneta que se llamaba Moco y había arrasado en los salones de actos de varios colegios con unos chistes sobre meterse el dedo en la nariz contados justo en el momento adecuado.

—Sobre todo si lo nuestro va en serio —añadió Laura con intención—. Algo que me gustaría que pasara.

Pero lo que Nick pensó en ese momento, tumbado entre las sábanas de la enorme cama del resort, fue: «Aun detrás del recodo quizá todavía esperen un camino nuevo o una puerta secreta».

—No estoy preparado para rendirme aún —le contestó a Laura, la hermosa, la grácil, la de las piernas larguísimas. Laura Mitchell, la capricornio que a la edad de veintiséis años ya tenía varias cuentas bancarias sustanciosas, una cartera de acciones y un plan de pensiones.

—No quiero perderte, Nick —dijo ella—. Pero si vamos a estar juntos, es hora de que seas más... Bueno, de que seas consciente de que ya no eres un adolescente. No puedes pasarte toda la vida comiendo fideos instantáneos de microondas y yendo a los sitios en bicicleta.

—¿Y si no me importa ir en bicicleta? ¿Ni lo de los fideos?

—Entonces tienes un problema —replicó Laura con tristeza.

Romper con Laura no fue fácil. Nada fácil. Pero Nick lo hizo, y Laura se lo tomó con elegancia y dignidad. Durante todo el vuelo a casa Nick solo deseaba consolarla, a ella y a sí mismo. Pero se repitió: «Aun detrás del recodo quizá todavía esperen un camino nuevo o una puerta secreta», y eso fue suficiente para que resistiera.

Nick metió la ropa en la lavadora, insertó unas cuantas monedas en la ranura y calculó que pronto haría cuatro meses de la ruptura con Laura. Todavía estaba en una fase provisional, porque no había encontrado una vivienda propia. Por el momento estaba cuidándole la casa a un artista que se había ido a Cuba en busca de inspiración para una nueva exposición. El apartamento era genial, pero no contaba con comodidades. Tenía poca ropa de cama, esta no era más que un futón que parecía relleno de cemento y todas las paredes de la casa estaban cubiertas por los lienzos del artista, muchos de ellos con animales decapitados. Algunas mañanas a Nick le costaba comerse sus cereales con todas esas carótidas derramando sangre delante de él.

Durante los últimos meses se había sentido a diario como si estuviera en la cuerda floja. Por un lado, sabía que Laura tenía razón, que había llegado el momento de madurar, desistir y conseguir un trabajo de verdad. Por otro lado, sin embargo, estaba la tentadora posibilidad de que su futuro soñado todavía lo aguardaba.

El director de *Romeo y Julieta* se había mostrado encantado cuando Nick lo llamó para aceptar el papel protagonista, lo que le resultó gratificante. Cierto era que no se imaginaba a un grande del teatro asistiendo al Alexandria Park Repertory Theatre y, tras ver a Nick, sintiendo la necesidad de darle esa oportunidad que necesitaba tan desesperadamente. Pero Nick había aprendido a confiar en Leo Thornbury. Si seguía el consejo del astrólogo, las cosas saldrían bien.

Fue el director quien, feliz porque Nick había decidido hacer de Romeo, le dio el soplo sobre el trabajo en el Cornucopia, un bistró que estaba convenientemente cerca de las salas de ensayo del Alexandria Park Repertory y que era conocido por pagar salarios por encima de la media. Pero había algo más que tenía a Nick asombrado. El dueño del bistró era Dermot Hampshire, el crítico gastronómico del *Alexandria Park Star*, donde trabajaba Justine Carmichael. Primero se la encontraba en el mercado y después eso. «¿Qué significará?», se preguntó.

En los doce años transcurridos desde la última vez que la vio, Justine apenas había cambiado. Todavía era menuda y sus ojos avellanas aún tenían ese brillo travieso. Seguía tan ocurrente como siempre también, de una forma que a Nick le hacía pensar, tal vez demasiado, en todo lo que ella decía. Sus cejas tampoco habían cambiado. Aunque eran gruesas y rectas, seguían realizando esos hábiles movimientos que siempre le hacían preguntarse si, en el fondo, estaba riéndose de él.

Durante toda la tarde que pasaron en Alexandria Park, Nick esperó una puerta abierta, una invitación a recordar esa noche que habían pasado, cuando tenían catorce años, en una playa de Australia Meridional. Hablaron de muchas otras cosas: del trabajo de ella y de las familias de ambos, de astrología y de Shakespeare. Y cuando le pidió su número de teléfono, Justine se lo dio de buen grado, pero se quedó un poco sorprendido de que no le pidiera el suyo. Y, además, no dio la menor muestra de que quisiera hablar de aquella noche, ya lejana.

Nick creía que ambos podrían haberse reído de cómo se escabulleron de sus padres y encontraron una licorería en una calle cercana a la feria. Y de cómo Justine, que obviamente no tenía dieciocho años, se había quedado fuera, nerviosa, mientras Nick, que era alto para su edad y se le daba muy bien poner una voz más grave, compraba una botella de vino con jengibre Stone's Green. Se bebieron la mayor parte mientras hablaban y poco a poco fueron relajándose, tanto que Nick, para lucirse, empezó a imitar todos los acentos que sabía y Justine se puso a recitar poesía.

Nick se sonrojó al recordar lo idiota que era entonces. Tan joven e inexperto. Cuando se besaron, probablemente se abalanzó desesperado sobre Justine sin darse cuenta. No le extrañaba que a la mañana siguiente ella se escondiera y se negara a salir de su cuarto para despedirse. Cuando volvió a casa intentó escribirle varias veces. Pero todos los sentimientos que conseguía plasmar en la carta sonaban estúpidos. Además, lo aterrorizaba cometer alguna falta de ortografía.

Ver a Justine de nuevo le había afectado. Lo había retornado a una versión más joven de sí mismo y, aunque le agradó rememorar toda aquella energía y confianza de su juventud, también le hizo sentirse incómodo, como si Justine estuviera allí para recordarle que no estaba a la altura de todas las promesas y del potencial de su anterior yo. Le había evocado partes de sí mismo que estaban... ¿en pleno retroceso?

Sacó el teléfono y, al ver en la pantalla que no tenía llamadas perdidas de Laura, no supo si sentirse aliviado o decepcionado. Durante las últimas semanas le había telefoneado varias veces y le había dejado mensajes en los que afirmaba que quería hablar con él. Para saber si el compromiso aún era posible. Pero Nick no dejaba de decirse que para Laura compromiso significaba en realidad que él cambiara de opinión para estar de acuerdo con ella.

Buscó en sus contactos hasta que encontró a Justine Carmichael y pulsó la pantalla para que las letras de su nombre brillaran, grandes y nítidas. Entonces se detuvo. Era muy tarde, demasiado para llamar a nadie. De todos modos, sí que podía enviarle un mensaje.

«Fue genial verte la otra noche...», empezó, si bien borró de inmediato lo que había escrito.

—Qué aburrido —murmuró.

Justine era una persona que podía componer poemas enteros en su cabeza sin esfuerzo, que recordaba citas de Steinbeck como si fueran la letra de una canción. Si iba a escribirle, tenía que ser algo que por lo menos fuera medianamente interesante.

«Estaba pensando...», empezó de nuevo. Lo borró todo. Suspiró.

«¿Qué estoy haciendo?», se preguntó, y tuvo que reconocer que estaba sentado en una lavandería vacía, a medianoche, escribiendo un mensaje a una chica que no le había pedido su número y que sin duda tenía una vida perfecta sin él. Y entonces, con el rítmico siseo de la lavadora de fondo, Nick se limitó a guardarse el teléfono en el bolsillo de nuevo.

ARIES

♈

El final del verano se convirtió en otoño. Algunas cosas terminaron y otras empezaron. Pero en la vida de Justine Carmichael las cosas siguieron más o menos igual que antes. Por las mañanas se levantaba e iba a trabajar al *Star*, y por las noches volvía a casa y se acostaba. Y por muchas veces que mirara el teléfono y deseara que sonara, Nick Jordan no se decidía a llamarla.

Lo que Justine llamaba «casa» era un piso en la duodécima y última planta del Evelyn Towers, un bloque de apartamentos de Alexandria Park con curvas clásicas y ribetes de color verde menta que parecían sacados de una tarta nupcial, ventanas con vidrieras originales y un vestíbulo con suelos de parquet. Que Justine pudiera permitirse vivir en un lugar como aquel se debía casi totalmente a su abuela paterna. Fleur Carmichael, consciente de que la granja familiar de Eden Valley la heredaría su hijo mayor, hizo todo lo posible para asegurarse de que, cuando muriera, sus dos hijos más pequeños también tuvieran algo de valor como legado. En el caso del padre de Justine, Drew, ese algo valioso había sido una inteligente inversión inmobiliaria: un elegante apartamento a las afueras de la ciudad.

Drew y Mandy dejaban a Justine el apartamento por un alquiler prácticamente simbólico, aunque la desventaja de ese acuerdo eran las frecuentes, y muchas veces imprevistas, visitas de familiares que pasaban por la ciudad para ir al teatro, al fútbol, al tenis, al dentista o a un buen restaurante. Por lo general, le fastidiaba ver su casa invadida de repente por sus parientes, pero ese miércoles por la tarde habría agradecido un poco de compañía.

Corrió de un tirón las cortinas que cubrían las puertas acristaladas que daban acceso al balcón semicircular, e intentó no fijarse en las vistas. Tiempo atrás las ventanas y los balcones de tres de las cuatro fachadas de Evelyn Towers tenían vistas al parque cercano. Pero en los años setenta se construyó un bloque de apartamentos de ladrillo marrón justo en el estrecho espacio que había entre Evelyn Towers y el edificio gemelo que había al lado. Y por eso las vistas de Justine se limitaban a la fea fachada del bloque contiguo y su balcón solo estaba separado unos pocos metros de la oxidada barandilla del diminuto porche de su vecino. Veía perfectamente el salón que había junto al porche y, lo que era peor, a través de la ventana veía el cuarto de baño. El inquilino actual del piso era un hombre de mediana edad con un tatuaje de AC/DC enorme en una nalga que no tenía cortina de ducha.

Justine dejó el bolso en la mesa de la cocina y sacó el teléfono. No tenía llamadas perdidas, nadie que reclamara su atención ni mensajes que le proporcionaran una distracción y le dieran algo que hacer.

Hacía dos meses que su mejor amiga, Tara, había dejado su trabajo en una emisora de radio de la ciudad, donde se ocupaba de asuntos de actualidad, por otro de reportera a tiempo completo en uno de los centros rurales más distantes que tenía la cadena ABC. Durante esos meses Justine se había dado cuenta de que la mayor parte de su vida social la había generado el motor de la inagotable y extrovertida energía de Tara. Sin ella apareciendo en el *Star* al final de la jornada y arrastrándola a un pub o llamando a su puerta del Evelyn Towers sin avisar cuando iba de camino a una fiesta a la que Justine «tenía que ir», ella tendía a trabajar más horas extras y pasar su tiempo libre con los amigos que encontraba dentro de las tapas de los libros y de las cajas de los DVD.

Justine y Tara se habían hecho amigas durante su primer año de universidad. Las dos cursaban Periodismo, y esa era una de las poquísimas cosas que tenían en común. A Justine le gustaba estudiar, mientras que Tara invertía la mayor parte de su energía trabajando de voluntaria en la emisora de radio del campus y en procurar no perderse ningún acontecimiento que incluyera cerveza gratis. Con todo, eso nunca le impidió sacar notas estupendas en todas las asignaturas.

En aquellos años de universidad, Tara, que se había criado en un barrio residencial cercano a la ciudad, había sido la guía de Justine en la metrópolis, mientras que Justine había sido para su amiga el salvoconducto que Tara necesitaba para experimentar el tipo de vida rural que se había imaginado en sus fantasías infantiles. Unos fines de semana se quedaban en la ciudad y otros iban a Edenvale, donde Tara pasaba todo el tiempo que podía en la granja del tío de Justine, aprendiendo a conducir cualquier maquina e intentando destrozar sus botas Blundstone de la forma más auténtica posible.

A diferencia de Justine, que se aferraba con uñas y dientes al deseo cada vez más pasado de moda de trabajar en un medio de comunicación impreso, a Tara le atrajeron los medios digitales desde el principio. En los últimos años le habían ofrecido trabajos fantásticos en televisión, ocupándose de temas de actualidad, en la capital y también en una impresionante lista de lugares del extranjero, pero ella los había rechazado todos para elegir un puesto de reportera multiplataforma en el campo. En esa época, cada vez que Justine oía a su amiga a través de la televisión o la radio, estaba hablando de *fracking*, exportaciones de ganado vivo, velocidad de internet regional o la eterna sequía.

Justine marcó el número de Tara, y el teléfono sonó y sonó. Se imaginó que probablemente su móvil se habría quedado abandonado en el asiento polvoriento de un utilitario mientras Tara se dedicaba a entrevistar a algún granjero. O estaría sobre la barra del pub local mientras ella echaba una partida de billar.

«Si no puedes escribirme un mensaje de texto, déjame uno grabado», dijo la voz del buzón de Tara.

No sonaba irritada, solo directa. Y eso era muy propio de Tara. En todos los años transcurridos desde que se conocieron, Justine no había tenido que preguntarse nunca qué era lo que Tara estaba pensando.

Justine se resignó a una noche solitaria, así que se puso a fregar los platos del desayuno, tendió una colada de ropa y para cenar se acabó un tarro de Vegemite con unas tostadas. Después se dio un baño y se fue a la cama pronto con la edición de Arden de *Romeo y Julieta*, que llevaba unos cuantos días instalada en su mesilla de noche. Abrió el libro por la página señalada y empezó a leer.

Julieta estaba lloriqueando.

«Daban las nueve cuando envié a la nodriza y prometió volver en media hora. Quizá no lo ha encontrado. ¡Qué va, es que cojea! Los recados del amor deberían volar mucho más rápido que la luz cuando ahuyenta las tinieblas.»

Seguro que era una mierda tener que esperar a que una criada te entregara un mensaje de tu amado, pensó Justine. ¡Lo que habría dado Julieta por un smartphone!

Justine miró su teléfono, que estaba sobre una pila de libros en la mesilla de noche. Aunque para lo que servía... ¿Qué sentido tenía contar con un dispositivo capaz de entregarte los recados del amor a una velocidad más rápida que la de la luz, si nadie se molestaba en aprovechar la tecnología para enviártelos?

Cerebro: «Han pasado diez días».

Como si no se hubiera dado cuenta ya.

Justine intentó volver a centrarse en las palabras de la página que tenía delante, las palabras de Shakespeare: «¿Son buenas o son malas? Di solo eso. Sí o no y me espero a los detalles. Contéstame si son buenas o malas».

Cerebro: «Recuérdame una vez más por qué decidiste no pedirle su número de teléfono».

Justine: «Porque, como bien sabes, soy impulsiva. Y si lo tuviera, a estas alturas seguro que ya lo habría llamado».

Cerebro: «¿Y qué?».

Justine: «Pues que entonces nunca sabría lo que sé ahora: que él no tiene la menor intención de llamarme».

—Querida —la llamó Jeremy Byrne a la mañana siguiente.

Era muy temprano y Justine se había vestido a toda prisa: mallas negras piratas y una camiseta que tenía liebres saltando. Acababa de pisar la entrada de las oficinas del *Star* cuando la repentina aparición del director en el umbral de la puerta de su despacho la sorprendió tanto o más que el tono de su voz, que era extrañamente bajo y un poco conspirador.

—¿Tienes un segundo? —preguntó Jeremy.

—Claro —respondió Justine, y lo siguió al interior de su despacho, inundado por aquel caos de papeles.

Revisó mentalmente, en un segundo, si había algo por lo que tuviera que preocuparse. ¿Algún olvido? ¿Conflictos? ¿Algún error? No. Nada. Entonces ¿de qué querría hablar con ella?

—Querida —empezó Jeremy de nuevo, después de dejarse caer en su silla al otro lado del escritorio e inclinarse hacia delante para apoyar la barbilla en los dedos unidos y extendidos de sus manos—. Ha sido un placer y un privilegio tenerte como periodista en prácticas en la reserva. Y aunque esperaba poder darte mejores noticias hoy, parece...

Justine sintió que se le aceleraba el corazón por una elevación repentina de la adrenalina. ¿Qué? ¿Malas noticias? Intentó decir algo, pero Jeremy siguió adelante sin hacerle caso.

—Los cambios que van a producirse no son del todo... ¿perfectos? Si te parece bien la idea, nos gustaría..., como te he dicho, si te parece bien, que pasaras a ocupar el cargo de secretaria general de redacción, que no es el puesto que todos teníamos en mente para ti, claro. Pero seguro que llegará más adelante. A largo plazo. Tal vez podríamos considerar esto como un pasito para acercarte un poco más a ese puesto. De hecho, esperemos que, con el tiempo, en su debido momento, surja una vacante...

Jeremy se aceleraba y ralentizaba, así que Justine no consiguió captar algunas palabras como «secretaria general», pero sí otras como «con el tiempo», que él pronunció tan despacio que le parecieron erróneamente importantes.

—Perdona, Jeremy, pero no estoy entendiéndote —lo interrumpió Justine.

—Oh —exclamó Jeremy, e hizo una pausa para buscar otra forma de abordar el tema—. Veamos... Natsue va a dejarnos. Se marcha a Europa para vivir con su... familia. Y yo me preguntaba si tú querrías sustituirla en su cargo de secretaria general de redacción. Está claro que no es el camino habitual para llegar a un puesto de periodista en prácticas y por eso puedes, si quieres, dejar pasar este ofrecimiento y seguir esperando a que surja una vacante en la sala de redacción. Créeme, nada me alegraría más que ofrecerte un lugar en ella hoy mismo. Nuestro objetivo, después de todo, es que acabes escribiendo para el *Star*, pero el puesto de secretaria general de redacción te daría la oportunidad de dejar tu impronta en cierta manera en la publicación: seleccionando las cartas al director o corrigiendo mi editorial, por ejemplo. O recortando la columna de Dermot hasta que encaje. Y después convenciendo por teléfono a nuestro rebelde sibarita. Y... Hum, además puedes aprender de Natsue. Que ella te enseñe la mejor forma de hacer las cosas.

Justine procuró mantener la calma mientras dos sentimientos diferentes iban desencadenándose en su pecho.

—¿Natsue se va? —preguntó con expresión triste.

«Está ofreciéndome una oportunidad de ascenso», pensó, y soltó internamente un gritito de alegría.

—Es muy triste, sí. Natsue ha sido un oasis de calma y la echaremos mucho de menos. Nos va a dejar pronto. El viernes que viene, de hecho. Quería quedarse más tiempo, pero le he sugerido que, si tiene el corazón en Suecia, allí es donde debe estar. ¿Qué te parece entonces, eh?

—Estoy lista, mucho más que lista, para ese nuevo reto —afirmó Justine.

—Excelente, excelente. Eso creía yo —contestó Jeremy sonriendo.

—¿Y seré la siguiente cuando surja una vacante de periodista en prácticas?

—No lo dudes —aseguró Jeremy.

—¡Entonces sí! —exclamó Justine—. ¡Sí, claro que sí!

—Bien, muy bien —contestó Jeremy arrellanándose en su silla.

Justine intentó, con poco éxito, contener sus ganas de ponerse a bailar para celebrarlo.

—Así pues —continuó Jeremy—, me parece que me pasaré el resto del día buscándote un sustituto. Ojalá logre encontrar a alguien tan maravilloso como tú. A veces resulta muy difícil todo eso de andar de acá para allá, trayendo y llevando cosas, lo sé. ¿Te he hablado alguna vez de la época en que yo fui asistente de redacción en el *New York Times* y...?

Pero la mayor parte del cerebro de Justine ya no estaba escuchando. Solo una octava parte, como mucho, seguía prestando atención. ¿Cómo era aquello que Nick le había leído de la columna de Leo? «Finales de marzo es propicio para una mejora profesional». Justine también recordaba que Leo había escrito: «Es probable que no dejen de producirse cambios en el entorno de trabajo durante los meses venideros». Tal vez su tan esperado puesto de prácticas no quedaba tan lejos, después de todo. Quizá pronto estaría escribiendo para el *Star*. Se imaginó su primer artículo firmado, su primera historia de portada, su primer premio Walkley... «Bueno, bueno, un momento», se dijo. Acababan de ascenderla a secretaria general de redacción del *Alexandria Park Star* y en su nuevo puesto tendría que ser profesional, eficiente y lógica. No iba a ponerse de repente a creer en lo que decían «las estrellas», por el amor de Dios.

Para el viernes de la semana siguiente por la tarde, Justine ya había llenado tres cuartas partes de un cuaderno con instrucciones sobre su nuevo trabajo. Y aun así Natsue no dejaba de soltar píldoras con detalles nimios pero importantes.

—No te olvides de que Dermot espera recibir cinco copias

de cada nuevo número —apuntó Natsue—. Es porque le gusta exponer su columna en todos los sitios que frecuenta: el Cornucopia, la cafetería de la fábrica de quesos y la cocina abierta al público.

Mientras hablaba no dejaba de mover las manos a toda velocidad sobre el teclado, porque estaba transcribiendo una carta en papel que tenía sujeta a un atril junto a la pantalla.

—Eso son tres, no cinco —comentó Justine con el ceño fruncido.

—La cuarta —explicó Natsue sin dejar de producir esa musiquilla acelerada con las teclas— es para el archivo particular de Dermot y la quinta tiene que ir... Esto es importante, Justine; si no lo haces, recibirás muchas llamadas histéricas. La quinta tiene que ir a la residencia Holy Rosary, de Leederwood, donde está la madre de Dermot.

Justine no se podía creer que ese despacho con forma de cubo y mucha luz natural iba a ser suyo ya el lunes. Le encantaba lo compacto que era, su orden y la forma en que Natsue tenía puestas las cosas en su mesa. Eran cosas normales: un ordenador, una bandeja de documentos, un atril, un punzón para documentos, un fax pequeño, un bote con lápices afilados, un helecho en una maceta... Pero Natsue había creado una composición que era a la vez agradable y relajante.

—¿Sabes qué es lo que ha provocado más quejas en toda la historia del *Star*? —preguntó Natsue.

Justine no lo sabía.

—Fue un problema con el crucigrama críptico. Las definiciones no estaban correctamente emparejadas con las casillas —reveló Natsue—. ¡Un caos!

El segundo de los episodios más graves de la historia de la revista se produjo cuando, por accidente, se confundieron las definiciones de las verticales y las horizontales. Y, aunque Natsue le contó que eso había ocurrido hacía una década, Doc Millar, el crucigramista que componía esos pasatiempos crípticos, todavía tenía la herida a flor de piel.

—Así que no te olvides de enviarle por email la maquetación

final del crucigrama para que Doc le dé el visto bueno —recomendó Natsue—. Y no te sorprendas si aparece por tu despacho para comprobarlo en persona y asegurarse. Le gusta el café fuerte y sin leche, con tres terrones.

Justine siguió tomando notas sin parar mientras Natsue le hablaba de los deslices de la persona que escribía sobre economía para el *Star* y las paranoias de la que se ocupaba del consultorio sentimental.

—Solo quedan dos columnistas que no se han sumado a la revolución del correo electrónico —continuó Natsue.

Eran, según dijo, Lesley-Ann Stone, la de la columna de jardinería, y Leo Thornbury, el astrólogo. Lesley-Ann era una activista contra la fluoración del agua, cultivaba narcisos de variedades no híbridas y su columna mensual llegaba, muy ahorrativamente, escrita a lápiz en el reverso de sobres usados y en la parte interior de paquetes de semillas abiertos, muchas veces con un poco de tierra orgánica certificada de regalo.

—En los casos de Lesley-Ann y Leo, nuestra tarea consiste, en esencia, en transcribir lo que envían —dijo Natsue a Justine—. Ninguno quiere que le enviemos más correspondencia ni ejemplares de la revista; Lesley-Ann porque cree que publicar en papel es malgastar los recursos del planeta y Leo porque no tiene ningún interés en los asuntos terrenales. Por lo visto no tiene ni teléfono. Aunque al menos cuenta con un aparato de fax.

Natsue cogió de su bandeja de documentos un fax y se lo dio a Justine; era una página de texto con letra limpia y espaciado reducido, que parecía redactada originalmente en una máquina de escribir antigua.

—¿Así es como nos llega el horóscopo de Leo? —preguntó Justine, sin poder creérselo—. ¿Por fax?

Natsue asintió.

—Y suele enviarlo por la noche.

Justine le devolvió el fax y Natsue lo colocó en su atril. Nada más empezar a copiarlo a una velocidad increíble, llegó desde el pasillo el sonido del descorche de una botella de champán, seguido de gritos de alegría. Jeremy apareció en el umbral de Natsue con una copa en la mano en la que estaba sirviendo un torrente de burbujas.

—Kobayashi-san —dijo a la vez que hacía una reverencia—. Solicitamos tu presencia en la sala de descanso para tomar unas libaciones. ¡Rauda!

Natsue miró el reloj de su ordenador, que marcada las 16.05 de la tarde.

—Pero, Jeremy, es que el horóscopo... —dijo—. Cinco minutos más, por favor.

—Ni hablar —negó Jeremy, y le tendió la copa de champán.

—Yo me ocupo del horóscopo, Natsue —se ofreció Justine—. No me cuesta nada. Ve.

Justine vio la tensión en la expresión de Natsue, indecisa entre ambas obligaciones.

—En serio, ve —insistió Justine—. Me vendrá bien para ir cogiéndole el ritmo a esto, de verdad.

—¿Estás segura? —preguntó Natsue.

—Del todo.

Y con eso Natsue se levantó de su silla por última vez. Justine esperó un momento y después se acomodó encantada en su nuevo asiento tras la mesa.

«Aries», leyó. Según Leo, a los aries iba a afectarles Lilith en el plano de las relaciones. ¿Y quién demonios era Lilith? Aparentemente, gracias a que Venus iba directo a la casa XV, significara eso lo que significara, los tauros experimentarían una avalancha de posibilidades amorosas. Justine pensó que debía decírselo a Tara, una tauro orgullosa de serlo. Aunque seguro que no era una novedad para ella, porque Tara parecía vivir en una perpetua avalancha de posibilidades amorosas.

Los géminis, según decía Leo, estaban superando la influencia de una serie de problemáticos eclipses, y notarían un soplo de aire fresco y una gran liberación. Esa era exactamente una de esas cosas que servían para todo el mundo y que a su madre, una géminis, le encantaría leer, pensó Justine divertida. «Un soplo de aire fresco y una gran liberación», leería Mandy Carmichael antes de pasarse un día o dos fijándose en lo bien y lo libre que se sentía cuando respiraba a pleno pulmón.

Justine llegó a la entrada de sagitario: «Acosados por vuestra mente inquieta, los sagitarios sentiréis una gran necesidad de cambio, pero con Venus retrógrado durante la mayor parte del mes entrante, no es un buen momento para que os planteéis modificar vuestra apariencia. Es recomendable que retraséis hasta mayo cualquier tentación de cambiaros el color del pelo o renovar el armario. Los arqueros más intuitivos notaréis el impacto de la gran actividad estelar que está produciéndose en su casa XII, que es la de los secretos y los deseos».

Nada sobre el cambio en el entorno de trabajo. Ni sobre antiguas ascuas que se avivan para convertirse en nuevas llamas. Suspiró y buscó más abajo la entrada de acuario: «Llega el momento de disfrutar por fin de los beneficios tras las decisiones difíciles de los últimos tiempos. Debéis recorrer este nuevo camino con determinación y recordar que Venus retrógrado aumentará las tentaciones de volver atrás y hará surgir pensamientos melancólicos y nostálgicos. Para quienes estén buscando casa o pensando en renovarla, los últimos días del mes traerán condiciones cósmicas favorables para elegir bien».

¿Qué le parecería eso a Nick?, se preguntó Justine. Tal vez se lo tomaría como un mensaje subliminal de que debía hacer el papel de *Hamlet*. O de *Enrique IV*. Negó con la cabeza al pensar en la absurda confianza que Nick tenía en las estrellas. Pero también se le ocurrió algo. Algo interesante.

Si había alguien que podía hacer que Nick cogiera el teléfono y la llamara, ese era Leo Thornbury.

El miércoles anterior a Viernes Santo era el día de entrega para imprenta del *Star*, el primero desde que Justine era la secretaria general de redacción. La fotografía de portada del nuevo número era un cautivador primer plano de la cara preocupada de Tariq Lafayette, el joven director de cine que acababa de recibir un premio por sus emotivos y duros documentales sobre los refugiados. El editorial, que hablaba del trabajo de Lafayette e instaba a los líderes nacionales a demostrar un verdadero liderazgo moral, no lo había escrito Jeremy, sino el corresponsal en Camberra del *Star*, Daniel Griffin, y Justine había sufrido haciendo las correcciones. También se había pasado horas con la página de gastronomía, intentando reducir la columna de Dermot Hampshire sobre los placeres de la comida otoñal para que quedara espacio para su receta de costillar de cordero con salsa de remolacha. Aparentemente era una buena señal que solo le hubiera colgado el teléfono una vez durante sus largas negociaciones.

Justine dedicó las primeras horas de la jornada a revisar cada centímetro de las secciones que eran responsabilidad suya. Las quería perfectas y sin un error para que Jeremy pudiera enviar los archivos al final del día. A última hora de la mañana recibió la visita del crucigramista, Doc Millar, como Natsue había predicho. Doc se colocó detrás de Justine, mirando la pantalla de su ordenador por encima de su hombro con ojos llorosos y tristones, y comprobó una, dos y hasta tres veces, todos los detalles de la maquetación sin dejar de darle sorbos al café, que pasaba lentamente entre los pelos de su bigote gris, que parecían las cerdas de un cepillo.

Doc acababa de irse, tras anunciar con tono lúgubre que el crucigrama estaba bien, cuando sonó el teléfono de la mesa de Justine.

«Otra vez no», pensó, segura de que se trataba de una nueva llamada de Dermot Hampshire, que querría discutir o quejarse de las correcciones que le había hecho en su página. Cuando levantó el auricular, se preparó para la batalla. Tenía que ser una batalla serena y profesional, se dijo.

—¿Diga? —respondió, intentando sonar firme desde el principio.

—¿Justine?

No era Dermot.

—Sí —contestó Justine.

—Hola. Soy Daniel. Daniel Griffin. De Camberra.

—Oh —exclamó Justine, porque no supo qué decir.

Su cerebro recuperó rápidamente una imagen del periodista

político del *Star*. Era una combinación de la foto, algo pretenciosa, que acompañaba a la columna de Daniel y la impresión que había causado a Justine en las dos últimas fiestas de Navidad. Aunque se lo habían presentado, no tenía la sensación de conocerlo de verdad. Lo tenía por el tipo de persona que no deja de mirar por encima de tu hombro mientras habla contigo por si hay alguien más interesante en el otro extremo de la habitación.

¿Y por qué la llamaba? Tal vez era para quejarse también. Quizá se había pasado recortando su artículo. ¿Se sentiría insultado por todas las veces que ella le había simplificado una frase un poco rimbombante?

Se preparó para lo peor.

—Oye, no tengo mucho tiempo —dijo Daniel tras un silencio demasiado largo—. Solo quería darte las gracias. Por el trabajo que has hecho con el editorial que he escrito. Ha sido muy minucioso. Qué atención al detalle... Has conseguido que el artículo brille.

—Oh, gracias —respondió Justine, totalmente desconcertada.

—Y ya que estamos, felicidades por el ascenso. Yo también pasé varios años como asistente de redacción en el *Star* y recuerdo muy bien que hubo días en que pensé que me haría viejo en ese puesto. Sé que secretaria general de redacción no es exactamente un puesto de periodista en prácticas, pero al menos es un paso en la dirección correcta.

—Sí, sin duda. Un paso en la dirección correcta —consiguió contestar Justine.

Dios, parecía un loro.

—Te veo la próxima vez que vaya por la ciudad, ¿vale?

—Claro.

Justine colgó el teléfono, se arrellanó en la silla y se frotó los ojos, secos y enrojecidos después de tantas horas de estar mirando la pantalla, mientras procesaba lo que acababa de ocurrir. Daniel Griffin había telefoneado para darle las gracias. Había valorado su trabajo y se había molestado en llamarla para decírselo.

Cerebro: «Tal vez no es tan engreído como parecía, después de todo».

Justine: «¿Eso piensas?».

Cerebro: «Sin comida no puedo pensar».

Justine cogió su taza de café, sacó su comida del bolso y fue a la sala de descanso. Todavía sonriendo por el cumplido que Daniel le había hecho, estaba a punto de meter su sándwich de queso en la tostadora cuando Jeremy apareció poniéndose la chaqueta del traje.

—¡Aquí estás! Excelente —exclamó, y señaló el sándwich de Justine agitando la mano—. ¡Cielos! Guárdate eso. Tenemos que ir a una reunión.

—¿Una reunión? —preguntó Justine.

—Una comida. En el Cornucopia. Dermot quiere conocerte —explicó Jeremy—. Por lo que parece le has causado una gran impresión cuando ha hablado contigo por teléfono y por eso quiere invitarnos a comer.

Aunque era pleno día cuando Justine y Jeremy llegaron al bistró de Dufrene Street, el lóbrego interior del establecimiento buscaba replicar un ambiente nocturno más íntimo. Había unas enormes lámparas globulares colgando del techo de madera oscura y sus leves filamentos naranjas brillaban como si fueran columpios de hadas.

—¿Señor Byrne? ¿Señorita Carmichael? —preguntó una camarera.

Llevaba una coleta larga y desestructurada de rizos de color claro y unos *piercings* prominentes en los cartílagos de ambas orejas. Los precedió por entre el laberinto de mesas y sillas, todas ocupadas, hasta un reservado al fondo del comedor.

La decoración del bistró era rústica, todo madera sin tratar con aristas por todas partes, pero cuando Justine se sentó en el banco del reservado descubrió que estaba cubierto con una mullida piel de oveja.

—Dermot ha dicho que no necesitan pensar lo que van a

pedir —informó la camarera mientras servía agua con hielo de una jarra en los vasos de Justine y Jeremy—. Él se ha ocupado de todo.

Cuando la camarera se fue, Jeremy preguntó:

—¿Qué tal te las has ido arreglando? Con Dermot, ¿eh?

—Creo que hemos logrado llegar a un entendimiento. Aunque no puedo decir que haya sido sencillo.

—Ah —respondió Jeremy, asintiendo con aire comprensivo—. Tengo que reconocer que el talento no excluye la arrogancia. Pero, en mi experiencia, ambas cosas están en cierta forma relacionadas.

Dermot Hampshire era indiscutiblemente un chef con un enorme talento, y para Justine y Jeremy preparó una demostración de sus habilidades propia de un virtuoso. Desde la cocina les envió una sucesión continua de tapas y platos de cuchara. Había un caldo sustancioso y especiado, espesado con cebada perlada, chuletas de cordero rebozadas con unas hortalizas de hoja verde elegantemente dispuestas y una breve y tentadora selección de carnes, verduras y pinchos.

La camarera no hacía más que salir de la penumbra para servirles comida, llevarse platos vacíos o rellenar los vasos y las copas de agua o vino. Justine no tardó en notar los efectos del excelente pinot de la casa del Cornucopia, un vino con mucho cuerpo. Sentía calor en las mejillas, y sus habituales fuegos artificiales internos estaban más tranquilos y suavizados. Se dio cuenta de que en ese estado podía hacer o decir algo inconveniente, así que decidió beber solo agua durante el resto de la comida.

Estaba acercándose la copa a los labios para tomar un último sorbo («Solo uno», se dijo), cuando apareció Dermot Hampshire en persona con un gran plato de quesos y una botella de oporto de color pardo. Los quesos eran claros y cerosos, e iban acompañados de cuñas de pasta de higo y unas rodajas de pera bellamente dispuestas. Además del propietario del Cornucopia, Dermot era el fundador de la fábrica de quesos llamada Unewes-ually Good, que estaba en una pequeña ciudad rural que no quedaba muy lejos de Edenvale.

—Jezza —saludó Dermot a Jeremy—. Qué alegría verte, amigo.

«Jezza —repitió mentalmente Justine—. ¿Jezza?»

—Ah, mi buen amigo —respondió Jeremy—. Un banquete excelente. Soberbio de verdad.

Dermot inclinó la cabeza con fingida modestia y, con un par de movimientos expertos, despejó la mesa para colocar el plato que traía. Después acomodó su intimidante corpachón en el banco, lo que obligó a Justine a apartarse un poco.

—¿Te han gustado los huevecitos? —le preguntó.

Ella se quedó perpleja.

—¿Perdón?

—Los huevecitos —repitió Dermot, y entonces cogió un cuchillo y dio unos golpecitos con la hoja a un plato en el que ya solo quedaba unas pocas migas.

Lo que había en ese plato estaba delicioso. Eran una especie de pepitas de algún tipo de carne; estaba un poco correosa tal vez, pero no en el mal sentido.

—Estaban deliciosas —reconoció Justine.

—Eran testículos de cordero —anunció Dermot, evidentemente muy orgulloso de sí mismo.

Justine se quedó pálida y acto seguido toda la sangre le volvió a las mejillas a la vez.

Dermot se echó a reír.

—¿Por qué no comes más, ya que te han gustado tanto? —Chasqueó los dedos con fuerza—. ¡Dolly! ¡Oye, Dolly! ¡Trae más huevecitos!

—Gracias, Dermot, pero de verdad que no...

—Insisto. Nada de estupideces de buena educación aquí. Si alguien te ofrece más, lo aceptas. ¿Sabéis eso que dice la gente de «menos es más»? ¡Qué gilipollez! En mi libro más es más. Eso me lleva a mi columna. Creo que me merezco dos páginas. Pero el director, aquí presente, me corta las alas al darme solo una. Díselo Justine, dile que necesito más espacio. Espacio para explayarme.

Justine esperó a que Jeremy interviniera, pero él simplemente se quedó mirando con una especie de interés divertido.

Se oyó el roce de la porcelana sobre la madera cuando otra ración de «huevecitos» apareció junto a su brazo, pero esa vez no lo traía la camarera con los rizos claros, sino un hombre joven. Uno con el pelo oscuro, los ojos azules y una sonrisa un poco torcida.

—¡Nick! —exclamó Justine. «Oh, Dios, ¿lo he dicho con un gritito?», pensó sintiendo que se le enrojecían las mejillas. Se apresuró a añadir algo—. ¿Ahora trabajas aquí? ¿Qué ha pasado con el disfraz de pez?

—Me soltaron del anzuelo —contestó él, y Justine rio, tal vez un poco más de lo que ese chiste merecía.

Dermot se echó hacia atrás y extendió un brazo sobre el respaldo del asiento de forma que su mano quedó justo detrás del cuello de Justine. Era un hombre grandote, pero ese gesto parecía estudiado para dar la sensación de que lo era aún más.

—Veo que os conocéis —dijo.

—Sí —respondió Nick al tiempo que recogía los vasos vacíos de la mesa y los apilaba para sujetarlos con el brazo.

Dermot intentó expandirse aún más y preguntó:

—¿Y conoces a Jeremy también?

Nick sonrió de un modo muy profesional.

—No, yo...

Dermot hizo un gesto regio.

—Jeremy Byrne, director del *Alexandria Park Star*, este es Nick, uno de mis nuevos empleados.

—Un placer —saludó Jeremy.

—Lo mismo digo —contestó Nick—. Y no puedo más que felicitarlo por haber tenido el buen criterio de contratar a Justine. Está hecha para ser escritora. Había señales claras de ello incluso antes del concurso de ortografía.

—¿Concurso de ortografía? —se interesó Jeremy.

—¿No conoce la historia? —continuó Nick burlón, aunque con una expresión completamente imperturbable—. ¿Es que ha estado guardando en secreto su verdadera identidad?

Dermot miró a Justine y enarcó ambas cejas.

—Están en presencia —prosiguió Nick— de alguien que en

su momento ganó el campeonato nacional de ortografía televisado para menores de diez años.

—¿Es verdad eso? —preguntó Dermot.

—Lo cierto es que no me sorprende —confesó Jeremy.

—Siempre ha sido una de esas chicas tan inteligentes que dan miedo, ¿saben? Tenía aterrados a todos los niños del colegio.

«¿Era una de esas niñas? ¿Y estaban todos aterrados de verdad?», pensó Justine.

Se fijó en que Nick se comportaba de una manera bastante formal; en presencia de Dermot, caminaba por el filo entre la sumisión y la seguridad en sí mismo.

—Nick es actor —aportó Justine, con la esperanza de que cambiaran de tema. Pero de repente se dio cuenta de que podía haber sonado mal, así que añadió—: Además de camarero, claro. Si no me equivoco, dentro de poco va a interpretar a Romeo.

—Señores —saludó él, dando un corto paso atrás y haciendo una leve reverencia.

Dermot intervino.

—Pues Justine, aquí presente, ha conseguido un ascenso hace muy poco. Ahora se ocupa de mantenerme a raya a mí. No me digas que no es una suerte.

Nick consiguió mantener la sonrisa cuidadosamente neutral mientras recogía los platos de las tapas vacíos y la servilleta arrugada de Jeremy.

—Un ascenso... —comentó Nick asintiendo como si estuviera impresionado, aunque cuando se irguió y se volvió para regresar a la cocina Justine vio en la expresión de sus cejas un tácito: «Te lo dije»—. Ya nos veremos, ¿no?

Justine, que sintió que Dermot y Jeremy tenían los ojos fijos en ella, se encogió de hombros con toda la despreocupación que pudo reunir.

—Ya tienes mi número —dijo.

Cerebro: «Eso ha sonado tan dulce y seductor como una manta hecha de carámbanos de hielo».

Justine: «Mierda».

Un momento después, Dermot pinchó con el tenedor uno de los huevecitos rebozados y miró a Justine.

—¿He notado cierta... tensión en el aire?

Justine se ruborizó.

—Tienes buen gusto, Justine, hay que reconocértelo. Es un chico muy guapo. Pero todos mis camareros lo son. Entonces ¿Nick y tú sois... ya sabes? —Dermot elevó y bajó las cejas un par de veces.

Justine miró a Jeremy en busca de ayuda, pero su jefe estaba concentrado en servirse otra copa de oporto.

—Creo que es tarde. Deberíamos... —empezó a decir Justine.

—Vale, te gustaría que lo fuerais, pero no lo sois. Todavía —añadió Dermot.

—¿Jeremy? —insistió Justine con tono de súplica.

Dermot se inclinó hacia ella.

—Deberías llamarlo.

—No creo que...

—¡Te faltan un par de huevos, muchacha! Llámalo. Llá-ma-lo.

Justine inspiró hondo para calmarse y sonrió con toda la confianza que pudo reunir.

—Tienes un restaurante precioso. Casi perfecto.

—¿Cómo que casi? —preguntó Dermot.

Justine cogió una carta, la colocó abierta delante de él y señaló una descripción especialmente prolija de un plato de pasta.

—«Fetuccini» lleva doble te, además de la doble ce: «fettuc-cini». He pensado que te gustaría saberlo.

Dermot miró con atención la carta, sin poder creérselo.

—Y, para tu información, Dermot —continuó Justine—, a las mujeres no nos faltan huevos; solo es que no los llevamos colgando para que todo el mundo los vea.

Jeremy soltó una risa genuina. Dermot miró fijamente a Justine un momento y después se echó a reír también con una enorme carcajada que dejó al descubierto todos sus dientes blanquísimos.

—Me caes bien, Justine. Muy bien —respondió.

«Genial», pensó Justine mientras Dermot le servía una generosa cantidad de oporto en una copa limpia que tenía delante. A pesar de su decisión anterior, le dio un largo trago.

Eran más de las cuatro cuando Justine y Jeremy volvieron a la oficina, los dos con las mejillas enrojecidas y un poco achispados. Después de tomarse un café cargado, Justine se encerró en su despacho. Había perdido muchas horas por la hospitalidad de Dermot; solo le quedaban cuarenta y cinco minutos antes del cierre. ¿En qué debería invertir ese tiempo para aprovecharlo al máximo?

—¿Qué es lo peor que podría pasar? —se preguntó en voz baja, y abrió la página que contenía el crucigrama de Doc Millar.

Costaba creer que esa página, aburrida y genérica (falta de la vida que da el color, en la que solo estaban el horóscopo y los dos crucigramas, el críptico y el rápido), pudiera provocar tantos problemas tras llegar a las manos de los lectores. Pero, como Natsue le había advertido, esa aburrida página en blanco y negro tenía el poder de desencadenar todo un tsunami de consecuencias.

Justine leyó las definiciones de Doc en orden y después al revés. Como no encontró ningún error, volvió a leerlas en orden una vez más, por si acaso. Satisfecha porque había sido más que escrupulosa, estaba a punto de cerrar la página definitivamente cuando se le ocurrió que también debería comprobar los horóscopos. Leo Thornbury, desde la foto que acompañaba a su columna y que ella veía en la pantalla, la miraba con cierto aire místico en sus ojos oscuros bajo una buena mata de pelo cano.

Cerebro: «Ese Nick...».

Justine: «¿Qué pasa con él?».

Cerebro: «Creo que te gusta. Y no solo un poco».

Seguramente era cierto. Pero no era excusa para retocar el texto de Leo.

Cerebro: «¿Pero quién va a enterarse?».

Justine lo pensó. El fax original de Leo estaba en el punzón para documentos de su mesa, donde lo había puesto como Natsue le había indicado. Pero ya estaba enterrado bajo la columna de jardinería de Lesley-Ann y una selección de cartas al director. Además, Leo no leía el *Star*. Y nadie del *Star* había visto el fax de abril de Leo. Solo Justine y Natsue. Y Natsue estaba en Suecia. Aunque alguien le enviara un ejemplar del *Star* de abril, ¿se molestaría en leer los horóscopos? Y, si los leía, ¿se acordaría de lo que decía el texto de acuario? ¿Palabra por palabra? ¿Después de haberle echado solo un vistazo antes de que Justine se ofreciera a ocuparse de la transcripción?

Pero ¿y si Leo acababa con una revista en las manos, aunque fuera solo esa vez?

Cerebro: «Seguro que no».

Justine: «¿Cómo lo sabes?».

Cerebro: «De todas formas, tampoco es que los horóscopos sean... reales. Son tonterías. ¿Qué diferencia hay entre una frase al azar y otra? ¿Qué daño puede hacer?».

El aire del despacho de Justine pareció llenarse de posibilidades. Miró la maquetación de la página en la pantalla del ordenador durante mucho rato, hasta que empezó a emborronarse y desenfocarse ante sus ojos.

Cerebro: «Venga...».

Justine: «No, voy a cerrar la página ya».

Cerebro: «Pero mañana los archivos ya no estarán y será demasiado tarde. Si vas a hacerlo, tiene que ser ahora».

Sin ninguna intención definida y sin haber tomado aún una decisión, Justine seleccionó el texto de acuario. 433 caracteres. Si la entrada con sus cambios no se alejaba mucho de ese número, ni por encima ni por debajo, no se producirían alteraciones en la composición de la página.

Podía escribir: «Acuario: Algo o alguien del pasado cobrará importancia en vuestras vidas este mes...».

No, demasiado obvio. Justine había visto con sus propios ojos cómo analizaba Nick ese horóscopo: leyendo entre líneas, buscando mensajes ocultos. Necesitaba algo que a él le recordara a ella, pero no de forma directa. ¿Podía mencionar el concurso de ortografía? No, demasiado específico. Y, además, ¿cómo puede introducirse algo así en un horóscopo?

Entonces se le ocurrió una idea.

«Big Yellow Taxi» de Joni Mitchell, pensó, y recordó su karaoke de juguete de *La Sirenita*. Nick se acordaría de su famoso concierto en el salón de su casa, seguro.

Sus dedos volaron sobre las teclas. «¿No suplicaba el ruiseñor de dulce voz Joni Mitchell, al principio de la era de acuario, que dejáramos las manzanas con sus defectos y que no pavimentáramos el paraíso? Este mes los acuarios vais a experimentar una fuerte oleada de nostalgia por lo que una vez fue, que a la par despertará vuestra intuición de cara a lo que todavía podría ser».

Justine sonrió. Escribir chorradas era sorprendentemente divertido. Pero con sus 344 caracteres, la entrada era demasiado corta. Recordó la entrada de Leo. Lo mejor sería incluir al menos algo de lo que había en el original, así que añadió: «Además, se avecina un cambio de aposento o, al menos, de improvisada morada, aguadores».

Eso hacía 432 caracteres. Perfecto. Justine lo leyó una vez más, movió el ratón y pulsó el botón... Guardado.

—Querida —oyó decir desde la puerta.

Era Jeremy, todavía un poco afectado por los excesos de la comida. Intentando no parecer una niña a la que acababan de pillar con la mano en el tarro de las galletas, Justine sonrió de oreja a oreja y cerró la página que tenía en la pantalla.

—¿Va todo bien? —preguntó Jeremy—. ¿Hay algo que pueda hacer por ti? ¿Eh?

—Pues... no. Todo está bien. Solo quiero que el primer número que hago sea... perfecto —reconoció Justine.

—Muy bien. Me parece muy bien que te preocupes —contestó Jeremy mientras se ponía la chaqueta y se colocaba el cuello de la camisa—. Pero tengo que advertirte que no deberías marcarte la perfección como objetivo. Como dicen los italianos: «El que tenga un hermano perfecto tendrá que resignarse a no tener hermano». Bueno, me gustaría, si te parece bien..., enviar los archivos ya.

—Oh, Jeremy, claro, lo siento. Solo estaba repasando el crucigrama de Doc una vez más.

—Sí, claro. Muy bien hecho, sí —afirmó Jeremy asintiendo—. ¿Has acabado ya?

—Sí. Acabado del todo. Justo a tiempo, en realidad.

—Excelente —dijo Jeremy volviendo al pasillo—. Entonces voy a enviar el nuevo número al éter. La siguiente vez que lo veamos estará en puro Tecnicolor y con cubierta.

¿De verdad había hecho lo que acababa de hacer?

Sí que lo había hecho.

Cuando Jeremy cruzó el pasillo, Justine le oyó decir con una voz potente y cantarina:

—¡Esa es la magia del mundo de la edición!

Cúspide

✦

Fue por las cebollas, precisamente. Por cómo cortar las malditas cebollas.

La forma que Gary tenía de hacerlo era partir cada cebolla a lo largo y después poner las dos mitades en una tabla, con la parte plana hacia abajo, y cortar cada mitad en vertical y después de lado a lado... ¡y *voilà*! Trozos de cebolla de un tamaño más o menos uniforme. Aunque era obvia y objetivamente la mejor forma de cortar cebollas, Nola insistía en cortarlas en rodajas gruesas e irregulares, para después apilarlas y cortarlas de cualquier modo. Lo que daba como resultado, por supuesto, trozos de diferentes tamaños.

—Admítelo —le había dicho él en la cocina cinco semanas atrás—. Mi forma es mejor.

—La mía no tiene nada de malo —repuso Nola mientras cortaba. Cada golpe del cuchillo provocaba un leve temblor en la piel fofa de la parte superior de su brazo.

—Pero no es la mejor forma.

—Solo son cebollas.

—Sí, pero el modo que tú tienes de hacerlo es muy... propio de Rokeville —sentenció él.

Lo dijo en broma, pero Nola paró de cortar en seco.

—¿Qué has dicho?

—He dicho que es un modo muy propio de Rokeville.

Los dos provenían de Rokeville.

Nola sostenía aún el cuchillo, que tenía pequeños trozos triangulares de cebolla adheridos a la hoja.

—¿Estás diciendo que corto cebollas como una paleta?

—Yo...

—Eres un puto esnob —replicó Nola, y clavó la punta del cuchillo en la madera de la tabla, a un milímetro del dedo índice de Gary.

—¡Joder! ¡Podrías haberme rebanado el dedo!

—¡Que te den!

Y después la pelea fue a peor. Y al final Gary Direen (acuario, cincuenta y dos años, funcionario de escala media, expulsado en la primera ronda de *MasterChef*, que no tenía miedo de llevar camisas de color salmón, pero que hacía mucho que se arrepentía de su decisión de juventud de tatuarse una imagen grande y realista de los AC/DC en la nalga izquierda) acabó viviendo solo, casi sin muebles, en un minúsculo piso de una única habitación en la planta duodécima del bloque de apartamentos más feo de Alexandria Park. Mientras Nola, la que había sido su pareja durante cuatro años, vivía fuera de la ciudad, en el bonito dúplex que compraron sobre plano los dos.

Como muchas relaciones, la de Gary y Nola tenía su caja de Pandora de cosas molestas que nunca se mencionaban y de verdades que se obviaban por educación. La pelea por lo de la cebolla provocó que la tapa de esa caja saliera volando por los aires. Nola soltó a Gary que media Australia estuvo a punto de vomitar al ver su lacrimógeno vídeo de presentación para *MasterChef*, en el que hablaba de una madre soltera que no sabía cocinar nada aparte de palitos de pescado. No era lo que se dice una tragedia, aseguró ella, y añadió que había quedado como un niñato y un llorón. Entonces Gary le dijo a Nola que había cortado las etiquetas a la lencería que le compró por San Valentín para evitar que tuviera que enfrentarse a la dura realidad de que necesitaba una talla XL de culo. Lo que provocó que Nola informara a Gary de que el único modo de alcanzar el orgasmo cuando tenía sexo con él era pensar en Liam Hemsworth.

Tras eso Gary, a punto de estallar de ira justificada, hizo las maletas y se fue a un motel. El enfado le duró justo el tiempo que necesitó para ver unos cuantos pisos de alquiler poco prometedores, firmar el contrato del menos malo de todos, comprar un colchón individual bastante limpio en una tienda de segunda mano y coger prestado del equipo de camping de su hermana un plato, un cuenco y una taza de plástico, unos cuantos cubiertos doblados y una sartén de aluminio.

Para cuando el agente inmobiliario entregó a Gary las llaves de su caseta de perro con humedades, gran parte de la ira se había evaporado. La primera mañana en el apartamento se despertó incómodo en el colchón de segunda mano y con frío bajo un edredón barato de poliéster con muy poco relleno.

—Cebollas... —murmuró sacudiendo la cabeza.

Cinco semanas después, una mañana de abril fría y nublada, Gary se descubrió echando leche a sus cereales mientras pensaba en Nola, que en ese momento estaría tomando té y tostadas en la zona de desayuno de su casa, donde tenían la temperatura ideal programada. Ella estaría calentita, todavía con las arrugas de las sábanas marcadas en la cara y llevando esa bata de algodón blanco que se ataba de una forma que hacía que destacara la suave curva de sus fabulosos pechos.

No, se dijo. No debía pensar cosas agradables sobre Nola. Estaba enfadado, se recordó. Y tenía que seguir estándolo. Debía mantener el enfado hasta que Nola lo llamara y le suplicara que volviera a casa.

El cuarto de baño de su apartamento estaba, por extraño que fuera, enmoquetado y olía a nailon mojado y a moho. La ducha expulsaba alternativamente chorros de agua hirviendo o helada, pero Gary se metió en ella por necesidad y se recordó que tenía que ir a comprar una cortina.

Gracias a los recuerdos de alguna de sus peleas antiguas, consiguió mantenerse lo bastante enfadado hasta la hora de comer. En la sala de descanso del trabajo, solo y con un sándwich de huevo con curri de cafetería, se puso a mirar los mensajes de su teléfono. Nada. Miró su email. Nada. Pero al menos Nola no había dejado de ser su amiga en Facebook ni había cambiado su estado sentimental. Tampoco había empezado a compartir citas inspiradoras, como hacían muchas mujeres en su situación, ni a poner fotos de terrinas de helado al lado de los DVD con todas las temporadas completas de *Las chicas Gilmore*. Pero tampoco había colgado nada que insinuara que se sentía sola o triste.

Gary dio un mordisco al sándwich y cogió el *Alexandria Park Star* que alguien había dejado en la mesa. Miró la portada, un primer plano de un hombre joven de piel oscura con una cicatriz bastante aterradora en la frente, y leyó por encima un artículo de opinión en el que alguien se quejaba de la arrogancia del equipo de críquet de Australia.

—Al menos ganan —murmuró, hablando solo.

Como no encontró nada más que le apeteciera leer, fue a mirar el horóscopo. No es que le interesara mucho, pero al menos era, en cierta forma, algo personal. Y lo que quería y necesitaba Gary Direen justo ese día era un mensaje que le pareciera que estaba dirigido a él, aunque fuera solo en parte.

Leyó: «Acuario: ¿No suplicaba el ruiseñor de dulce voz Joni Mitchell, al principio de la era de acuario, que dejáramos las manzanas con sus defectos y que no pavimentáramos el paraíso? Este mes los acuarios vais a experimentar una fuerte oleada de nostalgia por lo que una vez fue...».

Si en el interior de Gary Direen hubiera habido un reloj de arena lleno de ira, ese fue el momento en el que el último grano dorado que quedaba cayó, cruzó el estrechamiento y aterrizó en la pila de los gastados. De repente lo único que sentía era arrepentimiento, vergüenza y un deseo irrefrenable de que todo volviera a ser como antes. En lo más profundo de la biblioteca sonora de su memoria oyó a Joni Mitchell cantar el estribillo de «Big Yellow Taxi». Realmente, como decía la canción, Gary Direen no sabía lo que tenía hasta que un día lo tiró por la borda.

A Nola le encantaba Joni Mitchell. Y a Gary le encantaba Nola. De verdad. La amaba.

—¿Qué demonios he hecho? —murmuró.

Dos segundos después, la sala de descanso estaba vacía. Solo quedó medio sándwich de huevo con curri abandonado sobre la mesa.

Margie McGee (acuario, escritora de haikus, observadora de aves y defensora de la fauna salvaje, donante habitual de sangre, AB negativo, y asesora política de los Verdes desde hacía años) había estado experimentando un fenómeno curioso durante los últimos meses. Era como si el contenido principal de su mente se hubiera desplazado un poco a la derecha y hubiera surgido una nueva columna estrecha a la izquierda. No había nada en esa nueva columna, aparte de hileras interminables de números. Había proyecciones, multiplicaciones, cálculos de interés compuesto, previsiones de lo mejor y lo peor, y todo ello dependía de los movimientos de la Bolsa, los tipos de interés y el Índice de Precios al Consumo. Pero por mucho que lo intentara, Margie no encontraba la equis donde pulsar para cerrar esa columna. Al parecer no había forma de hacer desaparecer la preocupación que tenía por lo que le decían esas complejas fórmulas sobre cuándo podría jubilarse. ¿Dentro de cinco años? ¿De diez? ¿De quince?

Una mañana borrascosa de un viernes de finales de abril, Margie estaba llevando en coche al senador Dave Gregson, el elegante e importante adalid de las energías renovables, de vuelta a su despacho de la ciudad tras una presentación para la prensa sobre el calentamiento global. Había sido idea de David hacer la comparecencia en una granja eólica de uno de los barrios más alejados; quería salir con un fondo de turbinas que giraran frenéticamente y acacias azotadas por el viento. Y seguramente había sido un golpe de brillantez ilustrativa, porque las imágenes reforzarían sus advertencias, casi bíblicas, sobre la posibilidad de que se produjeran catástrofes climáticas en el futuro.

Pero al final no había habido imágenes, porque todas las cadenas de televisión decidieron ignorar la convocatoria; les pareció que el predecible rollo del senador de un partido menor no tenía suficiente interés para enviar a un equipo fuera de la ciudad.

Y la única periodista que se había presentado, una chica del periódico gratuito local, había ido sin fotógrafo.

Margie tamborileó con sus dedos de uñas mordidas sobre el volante. Mientras tanto, Dave estaba sentado en la parte de atrás, utilizando una pila de informes del Comité de Presupuestos sin leer como soporte para el *Alexandria Park Star*.

Por el espejo retrovisor vio que Dave había intentado por todos los medios recolocarse el pelo alborotado por el viento y que se había aflojado la corbata. La habían elegido tras un debate de cuarenta y cinco minutos. Al final se decantaron por una de color rosa claro, como gesto de apoyo a las familias afectadas por el cáncer de mama. Aunque ninguna familia vería ni interpretaría el mensaje que la seda expresaba, pensó Margie con una punzada de frustración.

Cambió varias veces de emisora de radio y se preguntó si estaban poniendo la misma canción en todas.

—¿Qué signo del Zodíaco eres, Margie? —preguntó Dave.

Tuvo que pensar un segundo antes de contestar.

—Acuario.

Dave soltó una risa burlona.

—¿Qué?

—Debí haberlo imaginado.

—¿Qué quieres decir?

—Ya sabes. Esa especie de rollo de Woodstock que tienes —explicó Dave—. ¿Quieres oír lo que te pronostican las estrellas?

—A ver —contestó Margie.

Dave empezó a leer: «¿No suplicaba el ruiseñor de dulce voz Joni Mitchell, al principio de la era de acuario, que dejáramos las manzanas con sus defectos y que no pavimentáramos el paraíso?».

Cuando terminó de leer el horóscopo, Dave se lanzó a cantar «Big Yellow Taxi», un poco vacilante. Al llegar al último verso del estribillo, Margie se unió a él y en el interior del coche resonó la última nota descendente, que cantaron al unísono.

Después hubo un breve silencio. Margie apartó los ojos de la carretera, miró la corbata rosa de Dave y después volvió a la columna de la izquierda de su mente, llena de números. Estaba medio loca: en las filas que pasaban a toda velocidad había cifras que aparecían, desaparecían, se daban la vuelta y estallaban. Sacudió un poco la cabeza, intentando hacer que pararan o ignorarlas.

—«Big Yellow Taxi.» Esa sí que es una buena canción —comentó Margie para distraerse.

Dave cantó un poco más, y Margie recordó cómo sonaban los acordes de Joni en una guitarra acústica durante una barbacoa en el jardín de alguien, en los días de pantalones de campana de su juventud. Oh, Joni, Joni...

Al verse en el espejo retrovisor las arrugas profundas de la cara, en la mente de Margie apareció una imagen de sí misma mucho más joven, con suciedad en las mejillas y el pelo como el de un ángel de cabellera alborotada. Tenía las muñecas encadenadas a la rejilla delantera de un buldócer y las piernas enterradas en el barro. Sí, así era ella. Prácticamente tan rubia y soñadora como la propia Joni.

¿Y cómo esa Margie McGee, manifestante de corazón puro a favor de los bosques, se había convertido en una mujer que leía los informes de la Bolsa con la intención de que le sirvieran para tomar decisiones importantes sobre su vida? ¿Desde cuándo era su trabajo asesorar a políticos ecologistas sobre qué corbata ponerse para una rueda de prensa? ¿Y, además, cuándo los Verdes se habían convertido en personas que llevaban corbata?

Había llegado el momento de abandonar todo aquello. De salir de los despachos y volver a encadenarse a un buldócer. De acampar en la copa de un árbol. De recuperar el contacto con la realidad. Y si el dinero no le alcanzaba, tiraría de la pensión. Y si eso significaba alimentarse con comida de perro, pues lo haría hasta que ya no la soportara y después se buscaría la receta para una pastilla con la que acabar con todo. Entonces volvió a mirar en su mente, justo a tiempo para ver que la columna de la izquierda se minimizaba hasta desaparecer. Acababa de tomar una decisión.

—¿Dave?

—¿Sí, Margie?

—Dimito.

—¿Qué?

Le sonrió mirándolo por el espejo retrovisor.

—¡Dimito! Del todo.

No el año que viene. No dentro de cinco o diez años. Ahora. Ahora mismo.

Por el retrovisor, Dave parecía completamente perplejo.

Margie cantó el potente estribillo de «Big Yellow Taxi», y se sintió más joven de lo que se sentía desde hacía años.

Nick Jordan, sentado en un taburete junto a la cristalera delantera de Rafaello's, intentó sin éxito sacar un sorbo más al capuchino que ya se había acabado hacía un cuarto de hora. Fuera, en la calle, los transeúntes que pasaban por allí ese sábado por la tarde se arrebujaban en sus abrigos o se acurrucaban bajo unos paraguas que parecían tener voluntad propia para decidir en qué dirección ir.

Nick tenía varios periódicos frente a él, todos abiertos por la página de los alquileres, y también un ejemplar del *Alexandria Park Star*. La revista estaba gastada por los bordes y arrugada por el efecto del agua ya que Nick la había llevado a todas partes durante la semana, porque intentaba entender. Pero no lo conseguía, por muchas veces que leyera y releyera las palabras de Leo.

«Acuario: ¿No suplicaba el ruiseñor de dulce voz Joni Mitchell, al principio de la era de acuario, que dejáramos las manzanas con sus defectos y que no pavimentáramos el paraíso? Este mes los acuarios vais a experimentar una fuerte oleada de nostalgia por lo que una vez fue, que a la par despertará vuestra intuición de cara a lo que todavía podría ser. Además, se avecina un cambio de aposento o, al menos, de improvisada morada, aguadores.»

Por lo menos la última frase estaba clara. Su estancia en la casa del artista se acabaría en poco más de una semana y, a continuación, se quedaría sin hogar. Así que tenía por delante un cambio de aposento, sin duda. Pero ¿y el resto del horóscopo? No tenía sentido. Miró a los ojos de cuencas prominentes de Leo. «¿En serio? ¿Quieres que vuelva por ahí?», le preguntó mentalmente.

Era cierto que los días que había pasado sin Laura le habían resultado muchas veces solitarios y llenos de abatimiento. Pero también se había alegrado de no tener que preocuparse de estar a la altura de los estándares de estilo del *Vogue*. De hecho, había sacado un par de pantalones de chándal que ni recordaba que tenía y se había zampado una cantidad escandalosa de comida que estaba en el extremo incorrecto del índice glucémico.

Nick miró fijamente a Leo. «¿Ahora quieres que vuelva? ¿Con Laura?»

¿Era una locura tomar una decisión como esa basándose en las estrellas? Justine habría dicho que sí. «Justine...», pensó. ¿Y qué pasaba con ella? Después de no verla en más de una década, ese mes se la había encontrado dos veces. ¿No era posible que la «fuerte oleada de nostalgia» de Leo tuviera que ver con Justine y no con Laura?

No, no podía ser, comprendió Nick. Porque Leo también había elegido apuntalar ese sentimiento con las palabras de Joni... Mitchell. Parecía que Leo estaba diciéndole, incluso a pesar de todo lo que había pasado, que llamara a Laura Mitchell y le diera otra oportunidad.

Nick agachó la cabeza y golpeó la madera de la mesa de la cafetería con la frente tres veces. Y bastante fuerte. Tras el tercer golpe, mantuvo la frente sobre la revista. Una mujer que estaba sentada un poco más allá en la barra lo observaba con una mezcla de preocupación y alarma.

—Estoy bien —dijo Nick y, sin levantar la cabeza, la miró con una sonrisa torcida—. De maravilla.

Y a Leo le dijo mentalmente: «¿Sabes qué, amigo? Tengo muy buena opinión de ti y no es que no confíe en tus palabras, pero antes de llamar a Laura, creo que esperaré a ver qué dices el mes que viene, ¿vale?».

TAURO

Durante los primeros días después de que el *Star* llegara a los quioscos, Justine se dijo que no debía esperar una reacción aún. Nick necesitaría tiempo para enterarse de que había salido el nuevo número. Después tenía, no solo que leer la columna de Leo, sino también que considerar los posibles significados y sentidos de sus palabras, recordar su famosa interpretación de «Big Yellow Taxi», pensar un poco y decidirse a actuar.

Pero una semana después el optimismo y la paciencia de Justine habían mermado. Aunque en los días laborables no paraba, los fines de semana se le hacían largos y vacíos. El sábado, consiguió perder un poco de tiempo levantándose tarde y luego un poco más ocupándose en ver, otra vez, los primeros episodios de la serie clásica de la BBC *Orgullo y prejuicio*. Se preparó un sobre de macarrones con queso para comer y dejó lo que le sobró para la cena, prometiéndose que por la noche les añadiría unos cuantos guisantes.

¿Por qué no la había llamado? ¿Acaso su referencia a «Big Yellow Taxi» había sido demasiado críptica? ¿No recordaba aquel lejano concierto en Curlew Court? ¿O era por otra razón? Durante las horas que pasaron en el parque no le había parecido que Nick tuviera ninguna relación. Desprendía cierta libertad, falta de ataduras. El Nick que recordaba era un alma sincera, demasiado leal para comportarse así si hubiera tenido el corazón comprometido. Oh, Dios, sonaba como Lizzie Bennet. Tal vez estaba engañándose y en realidad no sabía nada de Nick Jordan.

¿Y en qué estaría pensando cuando rehizo los horóscopos? ¿Y si Leo se había enterado? ¿Y si escribía a Jeremy? ¿Qué ocurriría si la despedían? ¿No sería una verdadera mierda que pasara eso por haber corrido un riesgo que, al parecer, no había servido para nada? Muchas preguntas, y solo una cosa segura: su carrera como astróloga, además de ser breve, había terminado.

A primera hora de la tarde, justo cuando Lizzie Bennet estaba dando su notablemente elocuente réplica a lady Catherine de Bourgh en el jardín, Justine se percató de que estaba ocurriendo algo fuera de lo corriente en el piso de al lado. Dejó en pausa la cara crispada de lady Catherine, fue de puntillas hasta las puertas cristaleras que daban al balcón y apartó un poco la cortina. Por la ventana del apartamento contiguo vio que el hombre del tatuaje de AC/DC no estaba solo, lo que suponía una novedad. También había una mujer con curvas generosas que llevaba vaqueros y una camisa de franela.

Justine vio que el fan de AC/DC y la mujer estaban embalando sus cosas. Y se reían. Tal vez había música de fondo, porque el fan de AC/DC se balanceaba un poco mientras cerraba una caja de cartón. La boca de la mujer, destacada con pintalabios rosa fuerte, se movía. Quizá cantaba mientras doblaba ropa y la metía en una maleta.

Había música, seguro, decidió Justine cuando el fan de AC/DC cruzó el salón, levantó con los brazos a la mujer y se puso a bailar con ella por el salón a medio recoger. Después se besaron, él empezó a desabrocharle la camisa de franela y... Justine soltó la cortina y se quedó pegada a la pared. Un hombre de mediana edad con barriga y un tatuaje horrible la superaba en el tema amoroso.

El lunes por la mañana Justine se vistió cuidadosamente con una combinación muy colegial de falda plisada, camisa abrochada hasta el cuello y chaleco de rombos. Se plantó delante del espejo y se miró fijamente a los ojos. «Nick Jordan es un amigo de la infancia y nada más», se dijo. Después se ató las botas con firmeza y se fue a trabajar cruzando el parque.

Cuando llegó a Soapbox Corner, vio una pizarra encima de un caballete. Supuso que la había colocado el hombre de apariencia extraña que estaba allí al lado con expresión muy seria y un montón de panfletos fotocopiados sobre colisiones de asteroides y el inminente final de la tierra.

Justine se apartó de su camino y aminoró el paso. Cuando el hombre miraba para otro lado, vio la fugaz oportunidad. Sin pararse más que un segundo, fue junto a la pizarra y borró un par de eses sobrantes incorrectas que había en el mensaje: «Si te callastes, fuistes cómplice», decía originalmente. Después siguió su camino quitándose el polvo de tiza de los dedos con la misma satisfacción de un vaquero que soplara el humo que salía del cañón de su pistola.

Al llegar al despacho, encontró a Jeremy de pie bajo la estrella de mosaico con un hombre joven muy pulcro y con el pelo bien peinado. Todavía se veían unas arrugas en la parte de delante de su camisa azul real que indicaban que acababa de sacarla del paquete.

—Querida —la saludó Jeremy y le sonrió—, quiero presentarte a Henry Ashbolt. Henry, esta es Justine, tu... bueno, no digamos predecesora, que suena un poco lúgubre. Será mejor decir que vas a recibir el testigo de asistente de redacción de las capaces manos de Justine.

—Hola —la saludó a su vez Henry, y le dio un apretón de manos que estuvo a punto de destrozarle los nudillos.

—Hola, Henry —contestó Justine—. Bienvenido.

—Gracias —dijo Henry, y volvió a mirar a Jeremy de una forma que a ella le recordó a un perro que contemplara a su amado dueño.

—¿Y dónde estudiaste? —planteó Justine.

La universidad que el joven nombró era la misma en la que ella había estudiado, pero Justine tuvo la seguridad de que eso no iba a interesarle a Henry Ashbolt.

—Me gradué en Ciencias Políticas y Periodismo —continuó él—. Con sobresalientes. El primero de la clase.

Justine se mordió la lengua para no decir: «Impresionante».

—Ah, Justine —intervino Jeremy, que aparentemente había notado la tensión que había en el aire—, pásate por mi despacho, ¿sí, querida? Y mira en mi mesa. Hay una viñeta de Ruthless que acaba de llegar. Del primer ministro. Quiero que me des tu opinión sobre si crees que sería... excesiva. Para ponerla en la portada, ya sabes.

Ruthless Hawker era un humorista gráfico y alcohólico profesional que de vez en cuando obsequiaba al *Alexandria Park Star* con los frutos de su cáustico ingenio.

—Espero que Henry guarde en secreto ese pequeño adelanto de información, ¿eh, Henry? —continuó Jeremy.

Justine miró a Henry inquisitivamente.

—El primer ministro es el padrino de mi hermana —explicó—. Fue al colegio con mi padre.

—Vaya —exclamó Justine, perdiendo un poco el control del tono de su voz—, seguro que estás muy orgulloso.

Henry se encogió de hombros, pero Justine notó que la comisura de la boca de Jeremy se elevaba un poco en una media sonrisa divertida.

—Encantada de conocerte, Henry —dijo Justine, y continuó por el camino.

Estaba deseando ver cómo se las apañaba Henry Ashbolt con sus tareas de repartir el correo, arreglar atascos de papel, llevar perros a la peluquería canina e ir y venir a Rafaello's seis veces al día. Y todo eso durante años.

Sobre la mesa de Jeremy había un A3 con una caricatura endemoniadamente buena del primer ministro. Llevaba un uniforme de la Gestapo y se pavoneaba ante un espejo mágico en cuyo marco se leían las palabras: «protección de fronteras». En el reflejo del espejo llevaba un elegante traje y una corbata de un azul alegre y estaba celebrando una victoria electoral.

Cuando Jeremy entró en el despacho, Henry ya no estaba con él.

—¿Qué te parece? —preguntó a Justine acercándose a la mesa y rascándose la barbilla.

—La gente va a comentarlo —opinó Justine—. Llegarán cartas al director..., muchas.

—Pero ¿es excesivo?

—Un director de revista que conozco me dijo una vez que la fortuna favorece a los valientes —repuso Justine.

Jeremy asintió.

—Ah, sí. Un buen efecto secundario de dar consejos a la gente es que a veces te los recuerdan justo cuando los necesitas. Gracias.

—De nada —respondió Justine, y se dirigió a la puerta.

—Oh, antes de que te vayas... —exclamó Jeremy y bajó la voz—. Dime, ¿qué te parece Henry? ¿Eh?

Justine lo pensó un momento.

—No sabía que era posible llevar la etiqueta de «joven liberal» hasta en la colonia —respondió al cabo.

Jeremy rio entre dientes.

—Creo que las cosas van espectacularmente bien desde que eres secretaria general de redacción. La revista es mejor gracias a tu... agudeza. Nuestro último número estaba muy pulido. El puesto parece hecho a tu medida.

Aunque le dedicó una sonrisa de agradecimiento, mientras recorría el pasillo hacia su despacho oyó en su cabeza unas lejanas campanillas de alarma. Henry Ashbolt era sin duda un joven muy ambicioso. Se preguntó si debería dejar caer a Jeremy que el siguiente puesto de periodista en prácticas que surgiera se lo había prometido a ella, por muy bien que estuviera haciéndolo desde que ocupaba la silla que antes era de Natsue.

Acababa de sentarse precisamente en esa silla cuando oyó que sonaba su móvil, que estaba en el fondo de su bolso. En cuanto consiguió recuperarlo, sintió que un hormigueo de anticipación le recorría el dorso de las manos: no conocía el número que había en la pantalla. ¿Sería Nick?

Cerebro: «¡Oye! No te olvides de sonreír al contestar. Las sonrisas se oyen en las voces de las personas, ¿sabes?».

—¿Diga? —respondió.

—¡Hola, ratón de ciudad! Soy yo.

Toda la anticipación de Justine se desvaneció. Era su mejor amiga, Tara. Y entonces Justine no supo qué era peor: la decepción porque era su mejor amiga la que estaba al otro lado de la línea o la culpa por sentirse decepcionada.

—Ah, hola, ratón de campo —contestó Justine intentando parecer contenta—. ¿Y este nuevo número?

—Por fin he dejado Telstra —anunció Tara—. Ya sabes que hacía tiempo que se veía venir. Gilipollas. Por alguna razón que no comprendo y que sin duda me habría tenido «en espera» durante otro millón de años para que lo arreglaran, no dejaban de cobrarme el plan que tenía antes y el nuevo. Así que los he mandado a la mierda. ¡Yupi! Pero, oye, voy de camino a una protesta contra el *fracking*. No puedo hablar ahora. Solo te llamaba para decirte que este fin de semana estaré ahí. La BCA me ha invitado a una gala el sábado por la noche...

—¿La BCA?

—Beef Cattle Australia, la asociación de ganaderos bovinos de Australia —explicó Tara—. ¡Y Dios bendiga a la ABC! Me han dicho que puedo comprometer mi integridad asistiendo, siempre y cuando vuelva con un par de historias geniales y no pretenda que ellos me paguen el alojamiento.

—Mi casa es tu casa, como siempre —ofreció Justine.

—Gracias, cariño. ¿Qué me dices entonces? ¿Quieres ser mi acompañante para el baile? Tal vez nos sienten al lado de algún joven y guapo magnate del ganado bovino con un sombrero muy grande. Y, aunque no sea así, podremos celebrar lo de tu ascenso. Entre otras cosas.

—¿Qué otras...? —empezó a preguntar Justine, pero se interrumpió porque cayó en la cuenta. Entre ese día y el sábado estaba la propicia fecha del cuatro de mayo, que no solo era el día de *La guerra de las galaxias*, sino también...—. ¡Tu cumpleaños!

—Así qué, ¿vienes conmigo? —insistió Tara.

—Al baile contigo iré —aceptó Justine.

A Justine no le costó encontrar la parte de ese hotel tan grande y glamuroso en la que se celebraba el baile de la BCA. Solo tuvo que seguir a los hombres con sombrero y a las señoras con chifón plisado que subían por la escalera mecánica en dirección al vestíbulo de la primera planta. Allí, un pianista con zapatillas Converse con aplicaciones de estrás interpretaba un tema de Carole King en un piano de media cola.

Justine llevaba uno de los vestidos de su abuela, uno negro con falda de tubo de los años sesenta cubierto de encaje y con una cremallera rígida que le venía estupendamente para mantener la postura. Se quedó por allí, esforzándose por no ponerse a cantar el tema de Carole, hasta que por fin vio subiendo por la escalera a Tara, sonriente y pechugona, con un vestido de cóctel de firma ajustado hasta la cintura y con vuelo en la falda.

—¡Feliz cumpleaños un día atrasado! —saludó Justine—. ¿Te acompañó la Fuerza?

—Siempre —respondió Tara, y abrazó a su amiga. Y no fue un abrazo educado, sino un auténtico abrazo que provocó que Justine se emocionara.

—Oye, ¿estás bien? —preguntó Tara.

—Claro. Sí. Bien. Es que... Dios, te echo de menos.

Volvieron a abrazarse.

—Basta ya de cosas tristes —dijo Tara—. Vamos a por algo de beber.

Llamó a un camarero que iba de acá para allá, le cogió dos copas altas de champán de la bandeja y dio una a Justine.

—No te vayas todavía —pidió al camarero.

Tara se bebió el champán con una rapidez alarmante, dejó la copa vacía en la bandeja y cogió dos más. Justine intentó recordar si tenía aspirinas en casa.

—No pongas esa cara, guapa —le dijo Tara—. Estamos de celebración.

Para cuando los invitados entraron en el salón de baile propiamente dicho, donde el centro del bufet era una escultura de hielo de un toro de tamaño natural, Justine ya estaba achispada. Tara y ella fueron hasta su mesa, en la que desgraciadamente no había hombres ni jóvenes ni solteros. Tara se presentó al caballero de pelo canoso que tenía a su lado y pronto estuvieron enfrascados en una conversación sobre una enfermedad bovina que tenía el desagradable nombre de campilobacteriosis.

Justine se puso a leer el menú. Para los entrantes podían elegir entre tataki de caballa o tartaleta de quesos de cabras. En cuanto reparó en el extraño plural, se dijo que quien había escrito el menú no debía de tener claro si se trataba de queso hecho con la leche de una sola cabra o bien diferentes quesos de varias cabras. Ya se había encontrado con problemas similares antes. Abrió su bolsito de mano, sacó un portaminas, rodeó el término ofensivo y se puso a escribir una nota en el margen del menú.

Decía: «Siempre me ha parecido mejor utilizar el singular como genérico. Así no hay que preocuparse de especificar si han contribuido a la producción del queso una o más cabras...».

—Cariño, pero ¿qué haces? —preguntó Tara.

Evidentemente la conversación sobre la campilobacteriosis ya había dado de sí cuanto podía dar.

—Estoy corrigiendo...

—No. Dime que no estás poniendo correcciones en el menú.

—Es que...

—Cielo, ¿cuánto tiempo hace que no te acuestas con alguien? —la interrumpió Tara sin bajar la voz.

El hombre del pelo canoso sonrió divertido y miró a Justine, que se puso como la grana.

—En serio —insistió Tara—. ¿Has tenido sexo últimamente? ¿Ni un poquito? No me digas que llevas en el dique seco desde Tom. ¡Eso es terrible! La última persona con la que tuviste sexo hablaba sobre la teoría de los primates voladores durante los preliminares.

—Oh, venga, no era tan malo —la contradijo Justine.

—Hola, soy Tom Cracknell —imitó burlonamente Tara— y estoy haciendo un doctorado sobre el córtex motor y el tracto...

—Corticoespinal del zorro volador —terminó Justine.

Era cierto que Tom, durante el tiempo que mantuvo una relación con Justine, había estado bastante obsesionado con el tema de su tesis. Era el tipo de tío que podía nombrar a todo el elenco de actores de la serie de televisión *Doctor Who* y recitar el número pi con varios cientos de decimales. Había llevado a Justine a ríos remotos para recorrerlos en kayak, a rocódromos para subir paredes verticales y a un montón de otros sitios que estaban fuera de su zona de confort. Y había sido divertido. Pero cuando a Tom le ofrecieron un puesto posdoctoral en la costa atlántica de Estados Unidos, la separación no dejó a ninguno de los dos con el corazón roto.

—¿Cuánto tiempo ha pasado? ¿Ocho meses ya? Y en ese tiempo, ¿qué? ¿Nada? ¿Nada de nada?

—No —reconoció Justine con un hilo de voz.

—No me extraña que estés corrigiendo todo lo que cae en tus manos.

—Vamos, venga. Estoy haciéndole... un valioso servicio a la comunidad.

—¿Y no tienes posibilidades? ¿Ni perspectivas? ¿Algo en el horizonte? ¿Un rayo de esperanza? —preguntó Tara atravesando a Justine con su inquisitiva mirada de periodista.

Justine negó con la cabeza.

—¡Ah! Estás guardándote algo. Lo veo —aseguró Tara.

—Bueno, no es una esperanza —la corrigió Justine—. No creo que cuente ni como una pizca de esperanza.

Tara le dio un buen sorbo al vino.

—Una milésima de un fragmento de una pizca me parece mejor que nada de nada. Cuéntamelo todo, anda.

Así que Justine le contó a Tara lo de Nick Jordan. Lo del mercado y el disfraz de pez y la comida en el Cornucopia y lo de que Nick era actor e iba a hacer de Romeo. Incluso le confesó lo de su breve escarceo de pasión adolescente en una playa de Australia Meridional. Pero se dio cuenta de que estaba ocultándole, sin haberlo decidido conscientemente, todo el asunto de los horóscopos y las estrellas.

—Vale —dijo Tara, y fue como si estuviera remangándose mentalmente—. ¿Qué plan tienes ahora?

—¿Plan? —preguntó con inocencia Justine.

—Tendrás un plan, ¿no? —insistió Tara—. Y dime que es algo mejor que esperar a que te llame.

—¿De verdad es tan mala idea?

—Es penosa.

—Pero no tengo su número. No puedo contactar con él aunque quiera.

—Mentira —concluyó Tara—. Cielo, a veces hay que coger el toro por los cuernos. Búscalo en Facebook, contacta con sus padres, aparece por el restaurante... Lo que sea, pero prométeme que harás algo, cualquier cosa, para contactar con ese hombre. ¿Me lo prometes?

—Vaaaleee —concedió Justine.

No podía faltar mucho para que llegara el horóscopo mensual de Leo que ella tendría que transcribir para el nuevo número. Tal vez, solo tal vez, podría darle otra oportunidad a las estrellas.

—Creo que se me ocurre algo.

A eso de la medianoche, las oficinas del *Star* estaban silenciosas y tranquilas. Los ordenadores dormían tras sus pantallas apagadas y la vieja y temperamental fotocopiadora esperaba bajo su funda de vinilo. En medio del caos de la mesa de Anwen había un grupo de figuras de *La guerra de las galaxias* cubiertas de coloridas serpentinas surgidas de un paquete que había hecho explotar para celebrar la festividad del Cuatro de Mayo.

El aire, que apenas se movía, desplazaba levemente las hojas del helecho de la maceta que había en la mesa de Justine y el halo de suaves pelos de la chaqueta de angora que tenía colgada del respaldo de la silla. Por el tragaluz que había encima de la mesa no se veía nada aparte del turbio naranja oscuro del cielo nocturno de la ciudad. Pero ¿sería posible que, unos minutos después de las doce, un rayo plateado de luz estelar atravesara el cristal que había sobre la mesa? ¿Podría un solo rayo brillante cruzar el silencio del despacho y hacer que el fax cobrara vida?

La máquina chirrió, preparándose para la acción, y entonces

los cabezales se pusieron a imprimir a toda velocidad de izquierda a derecha primero y después de derecha a izquierda, de lado a lado de la página. Con cada pasada dejaba en su estela una hilera de palabras cortadas por la mitad.

Píxel a píxel, fueron apareciendo predicciones y consejos para todos los signos del Zodíaco, uno por uno. Al llegar al undécimo signo, el fax escribió lo siguiente: «Acuario: Pascal afirmó que "ni la contradicción es indicio de falsedad ni la falta de contradicción es indicio de verdad". En pocas palabras, acuarios, este mes no os quedará más remedio que soportar el tira y afloja de las fuertes influencias de Marte y Neptuno. Mientras Marte os ordena que seáis atrevidos y agresivos, Neptuno aconseja precaución y reserva. Lo mejor será alcanzar la claridad antes de tomar cualquier decisión importante».

Unos segundos después se completó la transmisión y salió de la máquina una sola página que cayó flotando a la bandeja de salida, donde Justine la encontraría con el resto de los papeles, esperando su atención, el lunes por la mañana.

Cúspide

✦

En la cabina apenas iluminada de un avión que volaba por encima del ecuador, Zadie O'Hare notó bajo la palma fresca de su mano que la frente de la niña estaba caliente.

—¿Mamá? —preguntó la niña.

Pero no tenía tiempo en ese momento para sacarla de su error.

En vez de eso, Zadie (una acuario que había abandonado la facultad de Bellas Artes para convertirse en azafata de Qantas, coleccionista de zapatos de tacón vertiginoso y experta en llevarlos, hermana menor morena teñida de una farmacéutica de pelo rubio rojizo que se llamaba Larissa O'Hare) se puso en acción rápida pero silenciosamente.

Con la mano derecha realizó un contundente acto de origami inverso con una bolsa para el mareo y la puso en su posición, bajo la barbilla de la niña cuya madre acababa de asegurar, menos de dos minutos antes, que no iba a vomitar. Después, con la mano izquierda, Zadie le recogió el pelo alborotado por el sueño en una improvisada coleta. Y fue en el momento preciso. El vómito que cayó en la bolsa era marrón y espumoso, como una Coca-Cola con grumos, y llegó en abundancia. Zadie notó el calor que despedía a través del papel de la bolsa que tenía sobre la palma.

La madre de la niña, arrancada del engañoso optimismo que

había logrado gracias a varias botellitas de cabernet-merlot, reaccionó abriendo cremalleras y sacando toallitas, toda preocupación y remordimiento. Zadie se irguió y se quitó un pequeño rastro de vómito de la falda del uniforme. Dobló la parte de arriba de la bolsita blanca y la dejó precintada como un sobre.

—Es usted increíble —tuvo la deferencia de decir la madre—. ¿Cómo lo ha sabido?

Zadie, serena y eficiente, miró a la mujer y le guiñó un ojo muy profesionalmente.

—Digamos que no es la primera plaza en la que toreo —contestó, y después se alejó por el pasillo en sus fiables zapatos de tacón de color azul marino, como si estuviera recorriendo la terminal de mármol de un reluciente aeropuerto, aunque con una bolsa de mareo blandengue sujeta entre sus dedos con manicura perfecta.

Casi había llegado a la cortina que ocultaba la cocina de la parte de atrás cuando se dio cuenta de que ella también tenía problemas. Empujó las puertas plegables del aseo y en un segundo notó algo como un relámpago que hizo que la luz del cubículo se intensificara hasta parecer de un doloroso color platino. El vómito le subió por la garganta y aterrizó en el lavabo: era naranja pálido, como el impuro hijo bastardo de un curri de avión y una zanahoria rebelde.

La zanahoria de esa imagen, reconoció Zadie con una mueca torcida, era un desgarbado neozelandés que se llamaba Stuart. ¿Stuart qué? ¿Cómo se apellidaba? Zadie no lo sabía. A principios de abril (¿había sido el día uno?) se encontró sentada a su lado en el taburete de un bar con agradable aire acondicionado de Singapur. Había ido allí con su colega Leni-Jane que, tan eficiente como de costumbre, había subido a la habitación con un ejecutivo alemán solitario que tenía una suite enorme. Zadie, sola nada más empezar la noche, se encontró allí un poco borracha, peligrosamente aburrida y bastante guapa, con un par de zapatos Fluevog impresionantes y un vestido de cuello *halter* azul claro. Así que, tras varias ginebras y unas cuantas anécdotas, a ese Stuart no le había costado ir introduciendo poco a poco una rodilla cubierta por un pantalón vaquero entre los muslos de Zadie.

Tampoco era nueva en esas lides, y reconoció en los grandes ojos castaños de Stuart, el pelo aclarado por el sol que empezaba a faltarle y las leves arrugas de la cara, la ansiedad de un hombre que había sido guapo desde pequeño y que, no hacía mucho, se había dado cuenta de que no era Peter Pan.

Zadie se despertó en la cama de su hotel a la mañana siguiente con el pelo negro azabache, normalmente liso, enredado como el de Medusa y con la lengua pastosa e hinchada en la boca, sin ninguna utilidad. Sus glándulas salivales necesitaron unos momentos para reaccionar, tiempo que su mente utilizó para recordar los detalles más importantes: dónde estaba, por qué sentía cierta molestia entre las piernas, cuántas posturas diferentes e inusuales habían probado, y percatarse de que ella era la única persona que había en la cama y en la habitación. ¿Estaría él en el cuarto de baño? Salió de la cama y empujó un poco la puerta del aseo para fisgar. Pero no, Stuart no estaba.

Zadie abrió una botella de agua del minibar del hotel y se la bebió casi entera de un trago. Decidió que se sentía aliviada. Sí, aliviada. Al echar un vistazo alrededor se dio cuenta de que en aquella habitación en la que todo era beis sobre beis, la única señal visible de su encuentro con Stuart (aparte de las sábanas arrugadas) era el preservativo que estaba tirado sobre la mullida alfombra, como la piel descartada de un gusano. Pero al mirarlo vio claramente que tenía una rasgadura en un lado. Mierda.

Pulsó el botón de la cisterna, y el violento ruido de succión del sistema de evacuación del aseo del avión la llevó a ponerse una mano en el vientre de manera instintiva. En sus pesadillas así era como iba a sonar el jueves a mediodía, cuando acudiera a que le hicieran «el procedimiento». Así lo había llamado la mujer que la atendió por teléfono. Eran unos expertos en eufemismos en esa «clínica de control de la fertilidad».

Zadie se miró en el que a buen seguro era el espejo más implacable del mundo. Tenía el pelo bien, pero la piel fatal, con unos granos empeñados en asomar a pesar del maquillaje que se había aplicado en la frente y la barbilla. Y no había forma de ocultar que a la parte superior de su vestido le costaba contener sus pechos hinchados y sensibles. La semana anterior tuvo que cancelar una comida con Larissa, porque si alguien era capaz de percatarse de los repentinos y alarmantes cambios en su fisiología esa era su muy observadora y listísima hermana. La que nunca se vería en el aseo de un avión, inconvenientemente embarazada con veintitrés años, intentando decidir cuál de las dos malas opciones era la menos mala.

Eso nunca le habría pasado a Larissa, porque Larissa estaría tomando la píldora. Porque, además de tomar la píldora, Larissa llevaría en el bolso una buena cantidad de condones superfuertes, reforzados con acero y antimicrobianos. Porque durante toda su vida Larissa había sido cuidadosa y Zadie curiosa. Pero eso, como le gustaba decir a su madre, Patricia, era lo normal. Después de todo, Larissa era capricornio, lo que explicaba su inteligencia calculadora y segura, mientras que Zadie era acuario y estaba destinada al viaje y la aventura, la exploración y la experimentación.

Pero ¿adónde estaba conduciéndola esa caprichosa búsqueda de los acuarios? Con un trabajo en el que no paraba de viajar no podía tener ni un gato, mucho menos un bebé. No tenía ni dónde caerse muerta: los únicos objetos de valor que poseía eran su coche Kia, treinta y seis pares de sus adorados zapatos de tacón y un iPad de primera generación. Una madre soltera, sin empleo y sin perspectivas, viviendo al final de una calle sin salida a las afueras de algún pueblucho de mala muerte: esa sería ella si elegía tener ese bebé. La única opción que le quedaba, pues, era la clínica de control de fertilidad el jueves a mediodía. Y eso, como destino, le parecía algo igual de terminal.

Los pensamientos de Zadie quedaron interrumpidos por unos golpes urgentes en la puerta del aseo. Puñeteros pasajeros. ¿Es que no sabían leer? Quiso gritar: «Ocupado. ¡O-cu-pa-do!».

—¿Estás bien, guapa? —Era Leni-Jane, que seguramente había visto a Zadie entrar corriendo en el aseo. Porque no se le escapaba nada. Y además era, aparte de encantadora, risueña y divertida como compañera de fiesta, la persona menos discreta del mundo. Mierda.

—Sí, cariño. Salgo en un minuto —respondió Zadie.

Se esforzó por recomponerse y se irguió en el aseo. La bolsa para el mareo de la niña todavía estaba allí, junto a la pileta. Con mucho cuidado, Zadie la metió en la papelera y después se lavó las manos con mucho jabón. Para enmascarar el olor a vómito se roció con un producto que se llamaba «bruma refrescante». Cuando por fin salió del aseo, iba rodeada por una nube de olor a lavanda de procedencia química.

Leni-Jane la esperaba en la zona de azafatas, apoyada en uno de los carritos y con las cejas levantadas. Bajita y regordeta, con unos ojos brillantes como los de un pajarillo y un acento que podría haber pasado por el de Cilla Black, estudió con atención a Zadie.

—¿Seguro que estás bien? Pareces una muerta viviente, la verdad. Ven a sentarte un momento.

Zadie dejó que Leni-Jane la llevara hasta un asiento plegable y la tapara con una manta. Aceptó agradecida un vaso de agua con gas y un caramelo de menta. Estaba cansada, muy cansada. Sentía un cansancio que no había experimentado en su vida. Era como si de repente su alma se hubiera convertido en plomo y la gravedad que afectaba a su peso se hubiera cuadruplicado. Se imaginó cayendo, como un balón medicinal, por un agujero que acabara de aparecer en el asiento y en el suelo del avión, directa hacia la tierra. Y haría un cráter al impactar.

—¿Qué ocurre, eh? —preguntó Leni-Jane con la cabeza ladeada.

Sin los zapatos y con los brazos cruzados se la veía especialmente bajita y gordita, como una gallina en estado de alerta.

—Estoy bien, gracias por preocuparte. En serio. Es que cuando esa niña ha vomitado se me ha revuelto el estómago —dijo Zadie con una sonrisa forzada—. Seguro que se me pasa.

—Vaaale —contestó Leni-Jane con un ceño lleno de suspicacia—. Hum... Quédate ahí media hora, a ver si después te encuentras mejor.

Leni-Jane volvió a meter sus pies pequeñitos pero anchos en

los zapatos y sacudió su melena rubia. Antes de volver a la cabina en penumbra, dejó una revista en el regazo de Zadie.

—Toma. Te servirá para pensar en otra cosa —le recomendó, y le dedicó una mirada de complicidad que puso nerviosa a Zadie.

Zadie recordaría después lo que pasó a continuación con una claridad absoluta. Recordaría el peso del papel de buena calidad en el que la revista estaba impresa y la caricaturizada nariz muy roja de la viñeta del primer ministro de la portada. Zadie también se acordaría de otras cosas aleatorias: el color de la tierra roja del anuncio de Jeep, la extraña fuente retro que habían utilizado para el titular: «El divorcio es el nuevo negro», la foto en blanco y negro de las facciones marcadas del astrólogo de la revista.

No era aficionada a la astrología. Era a su madre a quien le gustaba. Patricia O'Hare no seguía la astrología de una forma mística, sino más bien práctica y directa. Su signo del Zodíaco era un hecho, como el color de su pelo, de sus ojos o de su piel, y ella creía que lo de ser virgo lo explicaba todo, desde cómo doblaba las sábanas ajustables (lo hacía como decía Martha Stewart en su vídeo de YouTube), hasta lo bien equipado que tenía el botiquín que llevaba en el bolso.

En ese momento lo que Zadie más deseaba en el mundo era que su madre estuviera allí a su lado, ofreciéndole una toalla caliente para la cara y dándole una charla seria pero llena de cariño. En ausencia de Patricia O'Hare, sin embargo, Zadie tuvo que conformarse con Leo Thornbury y un conciso párrafo de consejos proporcionados por las estrellas: «Acuario: Este mes es propicio para que los acuarios empecéis algún proyecto creativo. La sensación de que todo está bien y fluye se extenderá a todas las esferas de vuestra vida y desencadenará encuentros y acontecimientos aparentemente accidentales. Pero como Einstein decía: "Las coincidencias son la manera que tiene Dios de permanecer en el anonimato". Y cuando el universo envía un mensaje expresado en el lenguaje de la casualidad, es mejor abrir la puerta que cerrarla».

Al leer esas palabras, Zadie sintió que la cabeza empezaba a darle vueltas. «¿Mamá?», había dicho la niña, como si fuera una pregunta. Pero también estaba esa equivocación con el pedido por correo que hizo que recibiera una caja con una docena de trajecitos de bebé de algodón en vez de los sujetadores que realzaban el pecho que había pedido. Y eso ocurrió el mismo día que le llegó por correo un folleto de su antiguo colegio con una carta en la que se explicaba el proceso que había que seguir para inscribir a un bebé en su lista de espera. Pero todo eso no eran más que coincidencias, ¿no? No significaban nada. ¿O sí?

Zadie cerró los ojos para tranquilizarse y fue como si rotara los globos oculares hacia dentro para mirar en su interior, donde encontró un mundo nuevo. Parecía estar hueco, como una enorme geoda de lejanas paredes de cristales brillantes, pero era extenso, vasto, como si todo el universo cupiera entre las paredes brillantes de esa caverna privada.

«Y cuando el universo envía un mensaje...» Las palabras flotaron por el cosmos interno de Zadie como si estuvieran escritas con polvo de estrellas en el cielo. Brillantes y caleidoscópicas, se formaron y volvieron a formarse, reduciéndose y ampliándose. «El universo envía un mensaje.» Y entonces fue cuando Zadie lo sintió en lo más profundo del estómago. No solo se imaginó que lo sentía, lo sintió de verdad: una explosión de potencial, una detonación de fuegos artificiales de existencia, un Big Bang personal. Y después pensaría que fue en ese momento, justo en ese, cuando empezó verdaderamente la vida de su bebé.

Charlotte Juniper (leo, licenciada en Derecho y Ciencias Políticas, antigua dictadora, aunque bastante benevolente, de un sindicato estudiantil, orgullosa poseedora de una gloriosa melena caoba que le llegaba hasta la cintura, gimnasta infantil y una mujer que a veces no llevaba bragas cuando iba a una discoteca) esa noche estaba de pie, desnuda, en una cocina que no era la suya. Abrió el armario en el que ella guardaría los vasos si ese almacén reformado y decorado con un estilo vintage de los años cincuenta fuera su apartamento. Pero allí solo encontró un robot de cocina desmontado. Abrió otro armario, pero en ese había té y café. Abrió uno más. Bebidas alcohólicas.

—Puaj, no —exclamó con un estremecimiento.

Charlotte se había despertado a eso de la 1.30 de la madrugada con un latido en las sienes que anunciaba una resaca y el peso del futuro en el interior de su cabeza. La piel le olía al aroma anisado de la sambuca y su sudor seco despedía el olor salado del sexo de celebración. Ese día a Charlotte le habían ofrecido un trabajo y ella lo había aceptado. Un trabajo de verdad, uno de adulta. Un trabajo que era una rareza, maravilloso y suyo.

De la gente que conocía, todos los que habían entrado en el mercado laboral con estudios en Políticas y Derecho pronto habían descubierto que, si querían ganar dinero, tenían que ser los malos. Los trabajos con ideales llevaban aparejados unos sueldos miserables. Pero había surgido un puesto, gracias a la jubilación anticipada de Margie McGee. Inesperadamente, la entregada Margie había dimitido de su trabajo con los Verdes para volver a la primera línea del activismo medioambiental. Estaba planeando una épica sentada en los árboles en Tasmania, o eso había oído Charlotte. En fin, daba igual. Gracias al sorprendente cambio de rumbo de Margie, Charlotte tenía uno de esos trabajos que escaseaban, en el que iban a pagarle bastante bien por ser una de las buenas. Tendría dinero suficiente para comprarse ropa de adulta y tal vez también incluso para beber vino que saliera de una botella.

Charlotte Juniper, asesora de los Verdes. Específicamente del senador Dave Gregson. Dave Gregson, activista rockabilly con patillas que se había convertido en político. Dave Gregson, antiguo músico y actual pareja de la cantante de country y de western Blessed Jones, que en ese momento estaba de gira por Nueva Zelanda promocionando su nuevo álbum. Dave Gregson, que se encontraba arriba en su dormitorio, durmiendo después de la sambuca y el sexo. Dave Gregson, quien, sin que Charlotte se diera cuenta, se había dejado el teléfono en silencio en el bolsillo de la chaqueta. Ese teléfono llevaba varias horas recibiendo sin parar mensajes de texto y de voz de Blessed Jones, que había contraído la gripe, cancelado el final de su gira y volvía a casa en un vuelo que aterrizaba de madrugada. El mismo Dave Gregson que estaba claro que no guardaba los vasos en ningún sitio lógico en su cocina.

Charlotte abrió la puerta de la nevera, lo que hizo que la cocina quedara inundada de una fría fluorescencia. Una ráfaga de aire seco y gélido evaporó de inmediato el sudor de las zonas donde se le había acumulado, en las curvas de las clavículas y bajo los pechos generosos y recorridos por venas azules. Sacó el zumo de naranja y le dio un sorbo directamente de la botella. Y en eso estaba cuando oyó el inconfundible sonido de una llave girando en la cerradura.

La puerta del apartamento se abrió y apareció la silueta menuda e iluminada desde atrás de Blessed Jones. Estaba justo como estaría en la portada de uno de sus discos: llevaba un vestido ceñido a la cintura con una falda voluminosa, unos exquisitos botines hasta el tobillo, un sombrerito de fieltro sobre esa locura de rizos apretados y la funda con la guitarra en una mano. Y todo el conjunto estaba enmarcado por rayos de luz ambarinos. Charlotte bajó la botella de zumo para taparse el pubis. Se le endurecieron los pezones por el shock.

La silueta de Blessed Jones emitió un sonido bajito, como un respingo.

—Usted es Blessed Jones —dijo Charlotte, impotente ante la situación—. Me chiflan sus canciones.

Ladrillos y tablas: ¿Precio? ¿Entrega a domicilio?
Colgadores para cuadros (adhesivos)
Tendedero (pequeño)
Tapón para el fregadero (55 mm)
Bombillas (casquillo de bayoneta)
Cortina de ducha

Nick Jordan, que iba en bicicleta a la ferretería, intentó imaginar lo que pensaría de su lista una persona razonable si se la encontrara tirada en la calle o arrugada a sus pies en el autobús. ¿La confundiría con un poema experimental? O, si aceptara que era lo que parecía ser, ¿podría reconstruir las circunstancias personales de la persona que había confeccionado la lista?

¿Adivinaría quien la encontrara que la había hecho alguien que acababa de mudarse a una casa de alquiler en la que, como en todos los demás pisos de alquiler en los que había estado en su vida, no había ni una sola alcayata en la pared? ¿Podría imaginarse el fuerte olor de la pintura blanca recién aplicada? ¿Y también el hedor enmascarado del moho? ¿Y el salón con la sucia alfombra verde, todavía un poco húmeda porque acababa de limpiarla con una vaporeta, y sus pósteres enmarcados de obras de teatro, todos apoyados en la pared más o menos a la altura de la rodilla? ¿Y las pilas de libros, CD y revistas que no tenía donde poner? ¿Y también el balance de la cuenta de la persona que había hecho la lista, que hacía que, una vez más, tuviera que apañarse provisionalmente con ladrillos y tablas, en vez de estanterías de verdad?

«Dispone de un balcón», decía el anuncio del piso. Pero no era un balcón. Era un saliente de hormigón con una barandilla de metal oxidado en el que solo cabían unas jardineras con tomateras o el tendedero que Nick iba a comprar, no las dos cosas. Costaba entender por qué se había molestado en poner balcones el arquitecto, si es que «arquitecto» era el término que podía aplicase a la persona que había diseñado ese enorme bloque cutre en el que Nick viviría. El edificio se había construido tan cerca de los apartamentos art déco de al lado que Nick podía escupir el hueso de una cereza y conseguir que cruzara la ventana del piso que tenía justo enfrente.

Según el anuncio, la cocina era «de estilo americano», y Nick había descubierto que eso significaba ridículamente pequeña. Las placas eran viejas y estaban sucias y seguro que hacía falta una eternidad para calentarlas. En cuanto al dormitorio era diminuto, y Nick decidió que mejor no pensar en el cuarto de baño, que se había instalado durante el increíblemente breve período de la historia de la humanidad en el que parecía una buena idea poner moqueta en el suelo de los aseos.

Consiguió sobrevivir a un cruce tras esquivar a una jauría de perros salchichas que estaban de paseo con una correa que tenía más tentáculos que una hidra. Cuando llegó al extremo de la carretera, paró la bicicleta lo justo para ponerse los auriculares y marcar un número en el teléfono. Como ya habían dejado atrás el horario de verano, donde su familia vivía la diferencia horaria volvía a ser solo de dos horas menos. Y una tranquila mañana de domingo, mientras pedaleaba por las calles, era un buen momento para tener la charla que necesitaba con su madre.

El teléfono dio cuatro tonos. Se imaginó a Jo Jordan al otro lado del país cogiendo el móvil de la mesa de la cocina y abriendo la cara funda de cuero. Casi podía oler el aire salado y ver la vista de la abarrotada costa y el brillante azul del océano Índico desde la ventana de la cocina de sus padres.

—¡Cariño! —lo saludó.

—Hola, mamá. Perdona por el sonido del viento.

—¿Dónde estás?

—En la bici.

—No me gusta que hables por teléfono cuando vas en bici.

—Mamá...

—Vale, vale. ¿Qué tal el piso nuevo?

—Triste. Sucio. Cutre. Y muchas otras cosas en la misma línea. Y hablando de cosas en esa línea... —Nick inspiró hondo y se preparó para lanzarse a la piscina—. Tengo que hablarte de mi novia.

—Oh, has conocido a alguien. ¡Qué bien!

—La verdad es que no creo que esto vaya a parecerte bien.

Sintió que todo se quedaba congelado en ese instante, como si alguien acabara de echar nitrógeno líquido en la línea telefónica. Pero continuó.

—Laura y yo vamos a intentarlo de nuevo.

Durante el silencio que siguió Nick imaginó a la perfección la expresión de la cara de su madre. Le sorprendió que podía incluso oír cómo se mordía el labio inferior.

—Bueno, no vamos a volver juntos donde lo dejamos —explicó—. Comenzaremos de cero. Desde el principio. Ya sabes, empezar a salir, a tener citas. Pasito a paso.

Su madre siguió sin decir nada.

—Ella ha accedido a reducir la presión. Y yo he prometido que pensaré seriamente sobre la dirección que quiero tomar en mi carrera. Es una cuestión de compromiso. Tal vez ya sea hora de que empiece a... Bueno, papá siempre dice que... Hasta tú lo dices a veces... Nunca creí que lo de la interpretación resultara fácil, pero creo que no sabía que sería tan difícil. No puedo seguir sin un céntimo toda la vida. ¿Mamá?

La oía respirar. Pensar.

—¿Mamá?

—Tienes que encontrar tu propio camino, Nicko. Con tu novia, tu carrera. Con todo. Tiene que ser lo que tú elijas, no lo que elija yo.

—Ella...

—Lo sé, cariño. Lo sé. Tres años es mucho tiempo y te has esforzado una barbaridad. Entiendo que quieras aferrarte a ello. Pero cuando la relación ya ha fallado una vez... Según te haces mayor, la vida va presentándote muchos retos, Nick. Y tienes que estar muy seguro de que la persona que elijas es la correcta. Y todas las veces que hemos hablado durante estos últimos meses parecías convencido de que se había acabado para siempre. ¿Qué ha pasado?

Entonces fue Nick quien se quedó callado.

Leo había escrito: «la sensación de que todo está bien y fluye» y «encuentros y acontecimientos aparentemente accidentales». ¿Poner la cara de Laura por todas partes, para que Nick la encontrara mirara donde mirara, era la forma que Dios tenía de permanecer en el anonimato? Parecía que, cada vez que doblaba una esquina, ella estaba ahí, delante de sus narices, ampliada hasta proporciones descomunales en carteles y escaparates.

En ese momento estaba en un escaparate de Country Road, mucho más grande que en la vida real: todo caderas como las de un caballo de carreras, maquillaje ahumado y seda de color bronce cayendo en cascada. Su pelo oscuro, largo y liso brillaba y tenía una expresión... ¿de qué? Supuso que Country Road quería que pareciera glamurosa e intocable, como si la ropa de su marca fuera un pasaporte a un lugar totalmente libre de las preocupaciones que estropean la conciencia, la cara y la ropa. Y no era solo la ropa de Country Road, sino también los ojos de las gafas Ophelia. Pegada en la mitad de los autobuses de la ciudad había una foto de ella con unas gafas magentas y el pelo un poco rizado y flotándole sobre los hombros gracias a una brisa cuidosamente preparada.

En el propio *Alexandria Park Star*, a una página de los horóscopos de Leo, había un anuncio a toda plana de los vinos espumosos Chance y en ella, posando con un fondo rústico de barricas, con unos vaqueros que le cubrían las caderas hasta su cintura de avispa, estaba Laura Mitchell. Llevaba la blusa rosa recatadamente abrochada hasta arriba, pero era muy ceñida. Sus labios, pálidos y perfectos, estaban algo curvados en una expresión incitante y sujetaba entre las yemas de los dedos con uñas de manicura perfecta el pie de una copa alta de champán. El líquido amarillo pálido brillaba con la misma promesa que una alianza de matrimonio y una estrellita provocada estratégicamente por la luz destellaba en su superficie. «Arriésgate», decía el anuncio con una letra enorme y redondeada.

«Cuando el universo envía un mensaje expresado en el lenguaje de la casualidad, es mejor abrir la puerta que cerrarla.»

Nick cayó en la cuenta de que su madre esperaba su respuesta.

—Simplemente creo que esto... es lo correcto. ¿Sabes a qué me refiero? —dijo por fin.

—¿Nicko?

—¿Sí, mamá?

—Tienes cierta tendencia a ver solo lo mejor de las personas. Y es un rasgo maravilloso, pero... Ten cuidado con tu corazón.

—Por cierto —dijo Nick de repente al recordar que tenía algo más que contar a su madre—, ¿a que no sabes con quién me he encontrado? Dos veces además. Con Justine Carmichael.

—¿Justine? Oh, Dios mío. ¿De verdad? ¿Y qué tal le va? ¿Qué hace?

—Está trabajando en una revista.

—Claro —contestó su madre con un suspiro de felicidad—. Tenía que ser algo relacionado con las palabras, ¿no?

Nick acabó explicando a su madre todos los detalles de la cena que Justine y él compartieron en el parque y cómo se habían encontrado después en el Cornucopia y que ella estaba igualita. Se dio cuenta de que estaba divagando. Tal vez incluso dándole demasiados detalles, como si deseara hablar con alguien de ella, de Justine.

—Erais muy amigos vosotros dos —dijo la madre de Nick—. Mandy y yo teníamos la fantasía de que Justine y tú... Bueno, pero eso fue hace mucho tiempo. Echo de menos a Mandy. —Hubo otro silencio—. A veces me preguntó cómo habrían sido nuestras vidas si no nos hubiéramos ido de Edenvale —comentó Jo soñadoramente.

Nick ya había llegado a la ferretería.

—Tengo que dejarte, mamá.

—Te quiero, cariño —respondió ella—. Si vuelves a ver a Justine, salúdala de mi parte.

GÉMINIS

Ⅱ

Una tarde de viernes de finales de mayo, Jeremy Byrne reunió al personal del *Alexandria Park Star* en la sala de descanso tras avisar con poca antelación. Estaba de pie a la cabecera de la mesa con expresión seria.

—¿De qué va esto? —preguntó Justine cuando se sentó al lado de Anwen.

—No tiene buena pinta —fue la respuesta de Anwen.

—¿Alguien... ha hecho algo mal? —insistió Justine, pero Anwen solo se encogió de hombros.

Justine miró las caras de sus colegas. Barbel estaba al lado de la puerta y quedaba claro que la interrupción inesperada de su tarde le suponía una molestia. Henry, el nuevo asistente de redacción, estaba a la derecha de Jeremy, atento. Justine le había puesto secretamente el apodo de Hulk porque, aunque era pequeño y delgado, temía que su ambición se desatara y lo convirtiera en un monstruo del color azul intenso del partido liberal que reventara las costuras de su camisa de Rodd & Gunn.

Jeremy carraspeó y anunció que Roma y Radoslaw, que habían salido esa mañana en el Camry para hacer un encargo en el otro lado de la ciudad, habían tenido un accidente de tráfico.

—¿Pero qué demonios...? —exclamó Martin Oliver cerrando los puños como si quisiera dar un puñetazo a alguien.

Justine observó la cara de Jeremy e intentó no pensar lo peor. Al menos no hasta que fuera absolutamente necesario.

—¿Están bien? —preguntó Barbel.

Al mismo tiempo Anwen dijo:

—Oh, Dios mío.

Los dos estaban en el hospital, explicó Jeremy, y aunque la colisión se había producido en la autopista y a gran velocidad, las heridas de ambos eran relativamente leves, por suerte.

—Acabo de volver del hospital y he podido verlos —contó al resto de su personal.

Después continuó diciendo que Roma tenía que someterse a una intervención quirúrgica esa tarde por una mala fractura en el tobillo y la muñeca. Radoslaw estaba recibiendo tratamiento por el latigazo cervical y el shock sufridos y, si todo iba bien, le darían el alta a la mañana siguiente.

—Aunque tiene un chichón en la frente espectacular —añadió Jeremy—. Ahora mismo parece una beluga.

La otra conductora, que todavía llevaba la L y que iba al volante de un Holden Gemini antiguo, tampoco había salido mal parada, informó Jeremy, aunque debía de llevar la ropa interior manchada tras ver a Radoslaw salir del Camry de un salto, empujado por la adrenalina, e ir a por ella para darle su detallada opinión sobre su forma de conducir. Intercambiaron miradas comprensivas entre ellos y, aunque Justine supuso que todo el mundo estaba pensando lo mismo que ella, nadie dijo nada.

—Es evidente que estas noticias nos dejan a todos tremendamente afectados. Pero somos, incluso en las situaciones más críticas, profesionales. Y nuestro modesto espectáculo debe continuar. Por eso ya he llamado a Kim Westlake para que el departamento de fotografía siga en funcionamiento. En cuanto a las citas que Roma tenía, todos tenemos que arrimar el hombro.

Jeremy anunció que él mismo se ocuparía de la cobertura del caso judicial que implicaba a la fiscal general y a un monologuista al que se acusaba de haberla difamado. Los otros dos periodistas en nómina se ofrecieron rápidamente voluntarios, Martin Oliver para hacer un perfil de un novelista chileno que había recibido un premio y Jenna Rae para terminar el artículo de Roma sobre el impacto de los recortes de fondos en el National Ballet.

—Pues eso nos deja con un solo encargo por asignar —dijo Jeremy—. Un breve artículo biográfico de una joven actriz con mucho talento. Verdi, Verdi... Highsmith. Por suerte Radoslaw ya había hecho las fotos de ese artículo. La señorita Highsmith solo tiene quince años, pero me han informado fuentes fiables de que verdaderamente promete. Actuará en *Romeo y Julieta* con el Alexandria Park Repertory.

«¿*Romeo y Julieta*?», pensó Justine. Tenía que ser la obra de Nick.

Martin soltó una exclamación burlona.

—Sí, lo sé, lo sé —intervino Jeremy—. Por mucho que nos pongan a prueba con su sucesión infinita de comedias de salón, la buena gente de Alexandria Park Repertory son los trovadores de nuestro barrio y por eso debemos tenerles aprecio. Y si la señorita Highsmith resulta ser buena de verdad, obviamente el *Alexandria Park Star* quiere participar de su viaje desde el principio. ¿Quién se encargará de ese artículo?

Cerebro: «Puede que él esté ahí. En el lugar del encargo».

Justine: «¿Quién?».

Cerebro: «No seas tonta. Anda, levanta la mano».

—Yo lo haré —se ofreció Justine.

—Excelente. Gracias, Justine. Y con eso, ya está todo... cubierto. Buen trabajo, mis valientes soldados.

—Eh... ¿Jeremy? ¿Cuándo tengo que hacer la entrevista? —preguntó Justine.

El director miró sus notas.

—A las tres. En el Gaiety.

—¿Hoy?

Jeremy volvió a mirar sus notas.

—Efectivamente. Hoy.

Ya eran más de las dos y media.

Justine llegó al Gaiety dos minutos antes de la hora, con un boli nuevo en un bolsillo y un cuaderno sin estrenar en el otro. No recordaba cuándo fue la última vez que estuvo en el Gaiety, un teatro pequeño, barroco y anticuado que era el orgullo de la Alexandria Park Heritage Society. Pero en cuanto entró en el vestíbulo su nariz se llenó de su característico olor a antiguo y la transportó de inmediato a cuando tenía ocho años, un día que llevaba su mejor abrigo y unos zapatos de charol que le quedaban un poco pequeños. Recordó *El Cascanueces* en Navidad, producciones cursis de *Peter Pan* del Alexandria Park Youth Theatre y las representaciones interminables de *El abanico de lady Windermere*.

En el vestíbulo había un hombre joven, muy arreglado, con una camisa de estampado floral a la moda y zapatos con una punta exagerada. Se presentó como el director del teatro, y Justine supo que eso significaba en realidad que era el único empleado permanente del mismo.

—Yo soy Justine Carmichael, reportera del *Star* —respondió Justine. Aunque un segundo antes de pronunciarlo no sabía que diría eso, le gustó cómo sonaba.

—Van un poco retrasados, pero la acompañaré hasta el anfiteatro. No tardarán mucho. Verdi irá a buscarla cuando hagan un descanso —aseguró el director, y empezó a caminar decidido en dirección a la escalera cubierta por una alfombra roja—. Como sabrá, la obra no se estrenará hasta dentro de un tiempo. Lo de hoy es solo para ver la imagen en movimiento, con fines promocionales y demás.

En el vestíbulo de la planta superior había un diminuto y muy recargado bar y un par de puertas dobles que daban a la relativa penumbra del anfiteatro. El director se colocó un dedo sobre los labios para indicar a Justine que guardara silencio y después le hizo un gesto para que entrara.

En cuanto sus ojos se adaptaron a la oscuridad, Justine se percató de que habían tapizado de nuevo los asientos de terciopelo después de la última vez que había estado en ese teatro, de niña, aunque lo habían hecho con el mismo tono de rojo. Las paredes estaban igual, todavía de un azul huevo de pato bastante sombrío, y las figuras griegas de los murales que rodeaban el proscenio no se habían movido ni un milímetro. Por encima de las gradas, motas de polvo bailaban en los haces de luz que emanaban del armazón del techo y se dirigían a la negrura de pizarra del escenario desnudo. Había un par de cámaras detrás de sus trípodes cerca de las bambalinas y un tercer fotógrafo iba de acá para allá descalzo.

En el centro del escenario, en medio de la luz proyectada por un foco, había una mujer joven con ropa negra manchada de polvo y un libreto en la mano. Tenía el pelo castaño cortado muy corto y de forma elegante. Cuando toda la luz impactó en su cara ancha e inmaculada, Justine se quedó momentáneamente atónita.

—«¿Quién eres tú que, oculto por la noche, perturbas mi secreto?» —dijo la chica, y su voz, cálida y un poco ronca llenó todo el teatro sin esfuerzo.

«Oh», exclamó para sí Justine al reconocer las palabras como parte de la escena del balcón de *Romeo y Julieta*. En el círculo de luz entró un segundo actor con el libreto en la mano y también vestido de negro.

—«Con un nombre yo no sabría decirte quién soy» —fue la réplica de él—. «Mi nombre, oh adorada, me es odioso porque es el mismo de tus enemigos. Escrito en un papel, lo rompería.»

Era Nick. Y la iluminación destacaba los rasgos más importantes de su cara: sus ojos se veían más grandes que nunca, su boca más sensual y las mejillas estaban un poco marcadas, de una forma muy oportuna para el joven amante torturado que interpretaba.

—La dejo —dijo de repente el director—. Disfrute de la representación.

—Gracias —susurró Justine.

En el escenario, la chica que debía de ser Verdi Highsmith continuó:

—«Aún no he oído cien palabras espurias...»

Y en ese momento se rompió el hechizo. Verdi soltó una risita y en un instante volvió a ser una quinceañera normal y corriente. Julieta había abandonado el edificio.

—Palabras tuyas, no palabras espurias —se corrigió—. Palabras tuyas, palabras tuyas, palabras tuyas —repitió, rio otra vez e hizo una mueca mirando al fotógrafo que no paraba de moverse.

—Vamos, continúa —la animó Nick.

Verdi cerró los ojos, respiró por la nariz... y Julieta volvió a aparecer.

—«¿No eres Romeo y, además, Montesco?»

—«No, hermosa dama» —respondió Nick con ternura—, «si eso te disgusta».

Justine se sentó sin hacer ruido en una de las butacas de terciopelo rojo en la parte de atrás del anfiteatro, donde le pareció que no la verían.

Los actores estaban leyendo los libretos, todavía acostumbrándose a la dicción shakespeariana, y no había nada de decoración escénica ni llevaban los trajes. Pero estaba creándose algo: estaba formándose un hechizo con cada palabra, gesto e intención.

Nick y Verdi se movían mientras iban recitando los versos. No era la escena como el director quería que la hicieran; los actores solo hacían círculos el uno alrededor del otro y dejaban que sus cuerpos dictaran sus movimientos. Era como si estuvieran convirtiendo el escenario en un remolino y el polvo que giraba en él estuviera adquiriendo carga eléctrica con cada verso, pensó Justine. Recordó entonces que ver a Nick en el escenario siempre había sido como ver a una foca meterse en el agua: pasaba de repente de ser un animal torpe a cobrar autenticidad. El escenario era el verdadero elemento de Nick Jordan.

—«Con alas del amor salté este muro; jamás la piedra detendrá al amor» —estaba diciendo Nick.

Justine se dio cuenta, en medio de la aterciopelada atmósfera que olía a cerrado del anfiteatro, de que ya casi ni se acordaba de cómo era estar inmerso en esos tempranos momentos del enamoramiento correspondido. De hecho, en ese instante le parecía casi inconcebible que eso volviera a pasarle a ella. Porque un amor así no era algo que pudiera provocarse. Era una chispa mágica, y lo único que te cabía hacer era esperar, de alguna forma, en algún lugar y momento, estar allí justo cuando prendiera.

—«¡Adiós! Qué dulce es esta despedida: diría adiós hasta que sea de día» —recitó Verdi.

La escena terminó, pero Justine no se movió del asiento porque no quería que despareciera el mundo que la obra había creado.

Vio que el director aparecía al borde del escenario y que susurraba algo a Verdi, y ella bajó de un salto al auditorio. El cámara apagó su equipo y poco después Nick se quedó solo en el escenario. Justine podía haberse levantado entonces y saludarlo. Sin embargo, se quedó observándolo mientras estudiaba la página que tenía delante; su cara iba cambiando de expresión a medida que leía. Un momento más tarde cerró el libreto y se perdió en la oscuridad de un lado del escenario.

Detrás de Justine la puerta del anfiteatro se abrió con un sonoro ruido y entró un torrente de luz polvorienta.

—Eh... hola —saludó Verdi, que claramente había subido la escalera corriendo.

Saludó a Justine con la mano, pero de una forma un poco extraña, con el codo pegado al cuerpo. Fue un gesto más propio de una adolescente nerviosa que de la joven actriz llena de confianza y autocontrol que acababa de ver.

—Yo soy Justine —se presentó, y le tendió la mano—. Del *Star*.

Torpe e incómoda, Verdi se la estrechó.

—No me han hecho nunca una entrevista —confesó.

Por su parte Justine, que no quería que Verdi supiera que era su primera entrevista de verdad, le dijo:

—He estado viendo unos minutos del ensayo. Los dos trabajáis muy bien juntos. Va a ser una obra preciosa.

—Oh, sí, Nick es increíble —contestó Verdi.

Justine no debería haber dicho nada, pero todavía tenía el corazón lleno de Shakespeare y, en ese estado, no pudo evitar querer algo de todo aquello para ella.

—La verdad es que conozco a Nick. Fuimos juntos al colegio.

Verdi pareció intrigada. Se acercó un poco y abrió mucho los ojos.

—¿Ah, sí? ¿Y cómo era?

—Siempre fue un gran actor —dijo Justine con cariño—. Deberías preguntarle por su papel en *Toad of Toad Hall*. Toda la gente de Edenvale lo recuerda.

—¿Fuisteis al instituto juntos también?

Justine intuyó que Verdi estaba imaginando algún tipo de historia, que creaba una a partir de esos fragmentos de información.

—No —aclaró Justine—. La familia de Nick se mudó antes de que fuéramos al instituto.

Entonces la curiosidad alegre de Verdi se convirtió en un segundo en tristeza. La cara de esa chica era como un Telesketch, se dijo Justine. Tenía la capacidad de borrar de una pasada su expresión y sustituirla por otra.

—Oh —exclamó como si estuviera realmente desolada por Justine—. ¿Y lo echaste mucho de menos?

Justine se quedó sin aliento. ¿Tenía lágrimas acumulándose sobre sus párpados inferiores? «Para, para, para», se ordenó. Eso era lo que hacían los actores. Te hacían reír y llorar, y utilizaban sus caras, sus voces, sus manos y sus movimientos para hacerte sentir cosas. Ese era su trabajo.

La cara de Verdi estaba haciendo algo nuevo. De repente se la veía bastante eufórica, como un inventor loco o un chef en pleno proceso creativo.

—Y... —empezó a decir al tiempo que se ponía las manos delante de la cara y unía las puntas de los dedos estirados mientras separaba y volvía a unir los índices—. ¿Y todavía mantenéis el contacto vosotros dos?

—Nos vemos de vez en cuando —contestó Justine sin darle importancia, preguntándose si eso no era exagerar un poco.

—¿Conoces a su novia?

Esas palabras fueron un mazazo para Justine. Bueno, todas no, solo una. Solo «novia». Sintió que se le caía el alma a los pies.

—Es modelo —explicó Verdi, que interpretó correctamente el silencio de Justine como un no—. La habrás visto por ahí: está en todos los anuncios de los vinos Chance. Y de las gafas Ophelia. ¿Sabes a quién me refiero?

Justine no lo sabía, pero de todas formas su corazón se hundió hasta llegar a cotas aún más profundas de tristeza.

—Yo la conozco desde hace tiempo, porque cuando yo tenía... unos doce años, creo, hice de Laura de pequeña en un anuncio de televisión para St. Guinevere's Ladies College —dijo Verdi enarcando una ceja—. Yo era..., ya sabes, el proceso y ella la obra terminada. Pero lo increíble es que Laura es realmente así, casi no tuvieron que retocarla.

Justine supo que si su corazón se hundía más, llegaría al núcleo ardiente de la tierra y se fundiría.

—Pero es raro, creo yo. Es que Nick y Laura podrían venderse en pack, ¿sabes? Son calcados. El pelo oscuro, los ojos azules. Es como en los dibujos animados, el ratón, o mapache, o el animal que sea, en versión chico y chica, que solo sabes cuál es la chica porque lleva pestañas y lazo. Pues Nick y Laura son así. ¿No te resulta raro que la gente se busque una pareja con su misma pinta? —soltó Verdi del tirón casi sin respirar.

—¿Pero te parece que son felices? —preguntó Justine, y se sintió culpable nada más decirlo. Verdi tenía solo quince años; no estaba bien sacarle información así.

—Bueno, la verdad que ha sido una relación con idas y venidas —admitió Verdi.

—¿Por qué?

—Ya conoces la historia de Narciso, ¿no?

—Sí.

—Pues en mi opinión —continuó Verdi, demostrando una madurez que no era propia de sus años—, Nick no es más que el estanque.

Durante la semana que siguió, Justine trabajó en su artículo biográfico de Verdi Highsmith hasta que se lo supo de memoria. Para cuando lo entregó también se había aprendido los cinco lugares entre Evelyn Towers y las oficinas del *Star* en los que podía encontrar y escudriñar la cara de la novia de Nick Jordan, la modelo Laura Mitchell.

Una mañana temprano, cuando se detuvo delante de un gran cartel que había en el escaparate de una óptica de la zona, Justine se dijo que era tentador pensar que los dones se distribuyen de forma equitativa y que, como esa tal Laura había sido favorecida con una melena tupida y unas facciones simétricas, tendría que estar inmensamente menos dotada en cualquier otro aspecto. En el de la inteligencia, por ejemplo. O el encanto, el ingenio o la bondad. Pero Justine sabía, y lo defendería con uñas y dientes, que pensar así era injusto.

Cerebro: «Verdi dijo que era un poco frívola».

Justine: «No, cerebro, Verdi no dijo eso. No exactamente».

Cerebro: «Está bien, vale, lo dio a entender. Es lo mismo».

Justine: «Eso es un razonamiento incorrecto, cerebro. No es lo mismo, ni parecido».

Cerebro: «¿Qué vas a hacer ahora, eh? Te rindes, ¿no? ¿No crees que Leo puede tener algo que decir sobre lo superficial y lo profundo, sobre el amor verdadero y el falso?».

Justine: «¿Basándose en qué? ¿En la opinión de una adolescente cotilla? Creo que es mejor dejar las cosas como están».

Justine se apartó del cartel de esa chica preciosa del escaparate de la óptica y siguió su camino. Mientras caminaba llamó a su madre; supuso que estaría cogiendo sus cosas justo antes de salir por la puerta para ir a trabajar.

—Mandy Carmichael —respondió.

—¡Feliz cumpleaños, mamá osa!

—¡Oh, mi niña preciosa! ¿Qué tal estás, cariño? No te vas a creer lo que tu padre me ha regalado por mi cumpleaños. Ha organizado, él solito, una escapada a un retiro de cocina en las Blue

Mountains. Algo muy exclusivo. Por lo visto se centrarán en las tartas. A tu padre le parece muy gracioso. Iremos con la Skycatcher, pasaremos la noche en ese hotel art déco antiguo y volveremos al día siguiente. Aunque no es muy sensato aprender a hacer unas tartas maravillosas cuando tienen tantísimas calorías y yo me paso la mitad de la vida...

Hablar con su madre por teléfono podía resultar una actividad muy pasiva, recordó Justine mientras seguía andando y escuchando. Lo único que tenía que hacer era soltar de vez en cuando una exclamación de afirmación como hum, ajá...

—He de irme, tesoro. No puedo llegar tarde. Hoy tengo el día lleno de reuniones de gestión de resultados. Te quiero, cariño. Mua, mua.

—¿Tienes un momento, querida? —preguntó Jeremy cuando encontró a Justine junto a la fotocopiadora, justo después de comer—. ¿Puedes venir a mi despacho?

Quedaban cuatro días para enviar el número a imprenta.

—Claro —contestó Justine, y volvió a sentir esa sensación, como una leve oleada de culpa.

Mientras seguía a Jeremy por el pasillo pensó, nerviosa, en el original de los horóscopos de Leo, que estaba en el punzón para documentos en su mesa.

Al pasar por delante de la puerta abierta de la sala de redacción, vio fugazmente el sitio donde Roma solía trabajar. La pantalla de su ordenador estaba apagada y las flores del jarrón que había junto a su teclado se habían marchitado.

El despacho de Jeremy se veía un poco más caótico que de costumbre. Parecía que había estaba ordenando sus libros; había espacios vacíos en las estanterías y enormes pilas inestables en varios lugares de la habitación. El director se sentó detrás de su mesa y Justine enfrente, con cierta ansiedad. Pero cuando levantó la vista descubrió con alivio que estaba sonriendo. Tal vez eran buenas noticias, después de todo. ¿Por alguna casualidad el accidente de Roma habría hecho que pensara en la jubilación?

—Como sabes, teníamos en mente poner una imagen reivindicativa en la portada del siguiente número —empezó el director—. Y, como sabes también, a mí me seducen las imágenes de protesta. ¡Caras enfadadas! ¡Consignas! ¡Puños alzados! Sí, me gusta ver a la gente sublevarse y hacer que se oiga su voz.

Justine había visto la imagen elegida: una foto, tomada en el paseo marítimo, de una manifestación contra la exportación de animales vivos en la que había gente enojada con carteles manchados con pintura roja que goteaba como si fuera sangre. También había visto el diseño de Glynn de la portada: la imagen rodeada de un borde del mismo rojo sangre y solo unas líneas de texto en la parte inferior y en una fuente muy pequeña para no interferir con el poder que emanaba de la escena central.

—Pero después del revuelo provocado por la viñeta de Ruthless del mes pasado, reflexioné y he decidido que optaremos por algo más suave, un poco más alegre y menos conflictivo.

Jeremy le mostró acto seguido un boceto de la nueva portada que proponía. Si antes Justine veía rojo en la portada, lo primero que percibió ahora en ella fue un relajante verde. Estaba dividida horizontalmente en dos zonas, ambas llenas con la imagen de la cara de Verdi Highsmith sobre un sencillo fondo verde menta. Como con las máscaras clásicas del teatro, se veía la tragedia y la comedia: la boca en la imagen de arriba estaba curvada hacia abajo, para transmitir pena, y en la imagen de abajo estaba curvada hacia arriba, alegre. El texto era una mezcla caprichosa y juguetona de varias fuentes en colores pastel. Era preciosa.

Justine se tapó la cara con las manos.

—Está claro que lo ves...

—Oh, Dios mío —exclamó Justine—. ¿El artículo de portada? ¿El artículo de portada va a ser el mío?

—Has escrito un artículo impresionante. Descriptivo, pero no exagerado. Perceptivo, ingenioso, atractivo. Me encanta, y creo que a nuestros lectores les va a encantar también. Y no se me ha olvidado que tuviste la dificultad de haber de aceptar el encargo en el último minuto.

—Gracias.

—También soy consciente de que has invertido mucho tiempo en el artículo sobre Highsmith y que tal vez sea por eso por lo que... hum... eh... a cuatro días del cierre...

Justine lo interrumpió.

—Ya sé a qué te refieres. Lo siento mucho, Jeremy, voy un poco retrasada con las columnas, pero...

—No, no, no hace falta que te disculpes. Solo iba a sugerir que lo mejor sería que, durante los próximos días, le pasaras algunas de las tareas menos importantes que haces... a Henry. Podrías ponerlo a transcribir la columna de Lesley-Ann. Me he fijado en que no está lista todavía. Y creo que aún faltan críticas de libros. Es posible que necesiten algún ajuste, pero creo que Henry podrá con ello. Y quizá debería copiar el horóscopo también. ¿Qué te parece?

—Bueno... Me parece bien —dijo Justine—. Todo menos lo del horóscopo. Está...

La mente le iba a mil por hora. Aunque se había ordenado a sí misma, y había llegado casi a prometérselo, que dejaría en paz la columna de Leo, en ese momento sintió pánico. Aunque no fuera a alterar la columna de Leo, no quería que Henry la tocara. Había empezado a sentir que el horóscopo era, en cierto sentido, suyo.

—Lo que quiero decir es que lo tengo en la pantalla ahora mismo, casi listo —mintió Justine.

—Excelente —contestó Jeremy—. Excelente. Pues delega el resto. El horóscopo podemos dejarlo en tus más que eficientes manos.

Media hora después, el último fax de Leo estaba clavado en el punzón para documentos del despacho de Justine y los horóscopos del mes ya estaban enviados para que los maquetaran. Y aunque en el proceso de transcripción la entrada de acuario había sufrido una leve transformación, Justine consideró que el riesgo era mínimo. Ya se había salido dos veces con la suya tras su labor de prestidigitación. Y, si la relación de Nick Jordan con su preciosa y parecida novia era indestructible, entonces lo que el horóscopo dijera no le afectaría. ¿Qué daño podrían hacer, en tal caso, unas cuantas alteraciones mínimas?

Cúspide

Tansy Brinklow (acuario, oncóloga, exmujer del urólogo Jonathan Brinklow y madre de los adolescentes Saskia, Genevieve y Ava, admiradora de Diana Rigg en su etapa de *Los vengadores*, y votante liberal en secreto) comía todos los meses con sus amigas de toda la vida Jane Asten y Hillary Ellsworth. Como solía ocurrir, el restaurante que habían escogido para su reunión de junio estaba desconsideradamente lejos de la consulta de Tansy, porque ni Jane ni Hillary debían preocuparse por tener que encajar la comida en su jornada de trabajo.

Durante toda la comida Tansy había conseguido mantener la mano izquierda debajo de la mesa. La sopa no le había supuesto ningún problema y tampoco la bruschetta. Pero entonces Jane sugirió un plato de queso de postre, y Tansy se equivocó al aceptar sin pensarlo, ya que enseguida se dio cuenta de que no había forma de colocar un trozo de brie azul sobre una galleta para queso con una sola mano. Sentada con la mano izquierda debajo del muslo, era consciente del borde del flamante anillo que llevaba en el dedo. No tenía ni idea de si a Hillary y a Jane les gustaría o lo detestarían. Lo había hecho un joyero moderno y era muy diferente de cualquier otro: una enorme turmalina de color marrón ahumado, rectangular y tallada en facetas cuadradas, montada en un anillo de oro rosa y blanco. Tansy no estaba segura de si era lo más bonito que había visto en la vida o si no era propio de ella. A Simon le había dicho que era lo más bonito del mundo. Después de todo, ella era una persona muy bien educada.

Si hubiera que describir a la doctora Tansy Brinklow en una sola palabra sería «educada». Y si hubiera que utilizar otra más sería «tremendamente». Sus padres, más británicos que los propios británicos, consideraban la educación una de las virtudes cardinales. Otras eran el orden, la modestia y la buena pronunciación (la pequeña Tansy había recibido clases particulares de dicción para evitar todas esas vocales tan descuidadas de sus compañeras de clase). Y aunque el baile de puesta de largo de Tansy ya quedaba muy lejos, había aspectos de la vida en los que los guantes de satén blanco (con botones de madreperla hasta el codo) siempre tenían cabida.

La sonrisa educada y sencilla de Tansy y su asentimiento comprensivo e igualmente educado eran tan esenciales en su comportamiento que, unos seis años atrás, fueron su primera e instintiva reacción ante la sorprendente noticia de que estaba a punto de divorciarse. Jonathan se lo dijo justo después de que se abrocharan el cinturón de los asientos del avión, cuando iban de camino a Fiji para pasar dos semanas de vacaciones en familia, y en cuanto las niñas se pusieron los auriculares y los conectaron al sistema de entretenimiento del avión.

—Cariño —le dijo cogiéndole la mano—, he pensado que sería mejor anunciártelo ahora a fin de darte algo de tiempo para hacerte a la idea. Cuando volvamos, me iré de casa. Te dejo.

Jonathan ya había pensado en todo, aseguró, y recordó a Tansy que, cuando compraron su última casa, unos años atrás, la propiedad se puso solo a su nombre. Obviamente era más fácil y más lógico que ella se quedara con la casa familiar y él con el piso de la ciudad y la casa de vacaciones en la costa, aunque las niñas y ella podrían usarla cuando quisieran, siempre y cuando lo avisara con dos semanas de antelación. En cuanto a los activos líquidos (que eran bastantes), había pensado que sería razonable un reparto 60/40 a favor de Tansy, teniendo en cuenta los años en los que ella había cuidado a sus hijas y no había trabajado. ¿Tenía alguna pregunta?

¿Preguntas? Infinitas preguntas le rondaban la cabeza como peces en un remolino. ¿Cuánto tiempo llevaba planeando eso? ¿Poner la casa a su nombre no había sido por cuestiones de impuestos? ¿O es que ya sabía entonces que la dejaría? ¿Había otra mujer? Oh, Dios, ¿habría otro hombre? ¿Sería por eso por lo que llevaban cuatro meses sin tener sexo? ¿Pero qué demonios...? ¿La iba a dejar? ¿Por qué? Sin embargo, no fue capaz de atrapar ninguna de esas preguntas y mantenerla el tiempo suficiente para expresarla en voz alta. En cualquier caso, estaban en clase *business* y había una azafata muy cerca de ellos, en el pasillo, sonriendo de oreja a oreja y con una bandeja repleta de copas altas con mimosas.

—¿Una copita de burbujas? —les preguntó.

Y Tansy se obligó a corresponderla con una sonrisa radiante.

—Gracias —contestó.

Durante todas las vacaciones en Fiji, se sintió como suponía que lo haría si hubiera sufrido una conmoción cerebral. Pasó días y días enteros en estado de aturdimiento en playas de postal con arena blanca viendo a sus hijas chillar en medio de unos bajíos azules de foto. Por las noches bebía piñas coladas y fumaba cigarrillos de clavos de olor, ambas cosas no le gustaban antes ni le gustarían después de aquello. Al final hizo las maletas de toda la familia con su eficiencia habitual y volvieron a casa, su marido se fue y el marido de Hillary, que era médico de cabecera, le recetó algo que la ayudaría a pasar lo peor. Solo que no fue solo lo peor, fue todo. Con el tiempo se daría cuenta de que, durante años tras el divorcio, había vivido en algo parecido a un puzle lenticular, un lugar extraño en el que la tercera dimensión siempre resultaba ser una ilusión. Solo durante los últimos seis meses, desde que había conocido a Simon Pierce, había empezado a sentir que las cosas se despertaban en unas profundidades que había olvidado que tuviera.

Simon era enfermero. Enfermero partero, para ser exactos. Con el uniforme de camisa y pantalones azules y un recién nacido en sus brazos daba una imagen embriagadora, mezcla de virilidad y sensibilidad. Tenía quince años menos que Tansy y carecía de casa propia; vivía en un diminuto apartamento encantador desde el que podía ir andando a su librería favorita y al mejor cine de la ciudad, el Orion. No tenía coche, se movía en una Vespa que, según le había confesado, todavía estaba pagando. Tansy aún se reía cuando recordaba el impacto que le había causado saber que la única propiedad de Simon era una cafetera italiana de la más alta gama.

Hillary y Jane conocían a Simon, lo habían visto en varias ocasiones, y siempre se habían mostrado con él impecablemente cordiales. Tansy se había abierto a sus amigas y les había explicado todo sobre él: que lo había conocido en la cola del autoservicio de la cafetería del hospital y él había sugerido que los dos comieran en un restaurante en vez de pasar por la desagradable experiencia de tomar un plato de arroz pegajoso y un curri verde de pollo que ya había desarrollado costra. Sin embargo, no les había contado que fue en esa improvisada primera cita cuando Simon comentó, sin previo aviso, que Tansy se parecía bastante a Diana Rigg en su etapa de *Los Vengadores*. Y aunque Tansy había dejado entrever a Hillary y Jane que había mucho sexo, no les había dado detalles. La virilidad del marido de Jane había sido algo muy breve y el marido de Hillary hacía dos décadas que dedicaba todas sus atenciones a su secretaria. No habría estado bien revelarles que uno de los primeros regalos que Simon le hizo fueron un par de guantes para conducir de cuero negro muy ajustados que ella había llevado, más de una vez, en el dormitorio.

Tansy inspiró hondo y puso la mano sobre el mantel blanco, al lado del plato de queso. El perfil curvo y bajo de la gema brilló bajo el sol de la tarde, que se colaba por las ventanas del restaurante con vistas al mar. Hillary se quedó de piedra, con una miga de queso pegada al pintalabios que se le había estropeado por la comida. Las cejas de Jane se dispararon hacia arriba y quedaron cubiertas por su grueso flequillo rojizo.

—Simon me ha pedido que me case con él —anunció Tansy.

Era consciente de que se había ruborizado, y seguro que se le estaba enrojeciendo también el escote.

—¿Matrimonio? —preguntó Hillary.

Jane miró el anillo y se apartó un poco.

—Oh, Dios mío, ¿qué es? ¿Cuarzo?

—Turmalina —aclaró Tansy.

—Prácticamente lo mismo —contestó Hillary y se quitó las gafas para acercarse a mirarlo—. Está bien trabajado. Seguro que no le ha salido barato.

—Bueno, es un alivio —dijo Tansy con una sonrisa.

Hillary y Jane intercambiaron una breve mirada y Tansy notó que había cierta premeditación.

Fue Jane la que habló primero.

—Pero te habrás dado cuenta, Tansy, de que, aunque haya sido caro, es una pequeña inversión. Teniendo en cuenta lo que puede ganar.

Durante un breve momento, Tansy lo consideró un cumplido. Pero después entornó los ojos.

—¿Qué es lo que intentáis decirme?

—Míralo así —intervino Hillary—. Si hay un médico varón rico, un especialista, y va detrás de él una enfermera guapa y sin blanca, quince años más joven que él, ¿qué pensarías? ¿Que la ha deslumbrado la maravillosa personalidad de él?

—No —reconoció Tansy con una carcajada—. Pero Simon no es...

Jane levantó una mano y empezó a enumerar con los dedos.

—No tiene coche ni casa, se acerca a los treinta y cinco sin nada y aparece esta doctora mayor, soltera, con dinero...

Dejó la frase sin terminar. Tansy boqueó como un pez en una pecera.

—Lo que no entiendo es qué ha estado haciendo con su vida —continuó Hillary—. Quiero decir, ¿por qué no tiene dinero? Trabaja, ¿no? ¿Por qué no tiene coche?

Jane miró fijamente a Tansy.

—El otro día —hizo una pausa— dijiste que estabas pensando en cambiar el Volvo, que ibas a probar otro coche. ¿Fue idea suya?

—Sí. Sí, supongo que sí, pero...

—¿Cuál ibas a probar? —preguntó Jane. La expresión de su cara sugería que todo dependía de su respuesta.

—Un Alfa Romeo Spider —susurró Tansy.

Hillary soltó una risita.

—Oh, Tansy. ¿Un Alfa Romeo? No te pega nada.

—Me dijo que me lo merecía. Que trabajo mucho. Que debería tener lo que quisiera.

—Pero ¿quién lo quiere en realidad? ¿Tú? ¿O él? —preguntó Jane mientras se acababa el vino blanco que quedaba en la copa de Tansy y con un gesto indicaba al camarero que les sirviera una segunda botella. Se produjo un breve y pesado silencio.

—Sigo sin explicarme lo que ha hecho con su dinero —insistió Hillary.

—Ha viajado —explicó Tansy.

—Podrían ser deudas de juego —aventuró Hillary, y acto seguido abrió mucho los ojos—. O... la pensión alimenticia. ¿De dónde has dicho que es?

Tansy se lo dijo. Jane frunció los labios.

—Creo que tienes que admitirlo, Tansy. NCN, simplemente —dijo.

Tansy no reconoció esas siglas. Miró desconcertada a una de sus amigas y después a la otra.

—No es Como Nosotras —aclaró Hillary.

—Otra forma de llamarlo sería... —Jane hizo una pausa para intensificar el efecto—. Sería «cazafortunas».

Para una mujer nacida y criada en una ciudad minera, eso eran palabras mayores y la reacción de Tansy fue fisiológicamente violenta. El enrojecimiento que notaba parecía tener el epicentro en pleno plexo solar; sentía una oleada de vergüenza tan espantosa que le ardía la garganta, le quemaban las mejillas, le latía la nariz y le hormigueaban los dorsos de las manos.

—Oh, acabo de acordarme de algo —exclamó Hillary, y rebuscó en su enorme bolso hasta dar con un ejemplar del *Star*.

Lo puso en la mesa, como si fuera una prueba crucial en un caso judicial.

—¿Quién es esa? —preguntó Jane señalando con una uña de gel inmaculada la portada—. ¿La conocemos?

—Es la nieta de esa mujer que tenía la tienda de ropa detrás de Alexandria Park Markets. Hija de su hijo pequeño, el que se casó con aquella... No me acuerdo qué era ella. ¿Griega? ¿Macedonia? Lo que fuera, creo que es ridículo. Solo tiene quince años y van a permitirle hacer el papel de Julieta en el Gaiety. No quiero ni pensar el efecto que eso tendrá en los estudios de esa niña —concluyó Hillary.

—Es guapísima —dijo Tansy.

—Claro que sí —intervino Jane—. Tiene quince años. Todas las chicas del mundo son guapas con quince años. A menos que no lo sean.

—A lo que yo iba es —retomó Hillary en voz alta— a que leí esto ayer. Y me acordé de ti cuando lo vi. Es increíblemente exacto. Oh, Dios, adoro a Leo Thornbury. Siempre acierta. Espera a oírlo. ¿Dónde está? Acuario... acuario. ¡Aquí! Escucha: «Este mes, aguadores, vais a encontraros en una encrucijada del corazón. Pero ¿qué dirección deberéis tomar? Las estrellas os advierten que tengáis cuidado con el falso amor. "Ojalá pudiésemos distinguir el verdadero amor del falso igual que distinguimos los champiñones de las setas venenosas", dijo Katherine Mansfield. Lo mejor será que escuchéis con atención lo que os susurra secretamente vuestro corazón y que busquéis el consejo de aquellos en los que más confiáis».

Jane enarcó las cejas como si en ese momento estuvieran ante una revelación. Asintió muy seria y dio su veredicto sobre Simon Pierce:

—Seta venenosa.

Tansy se sintió como si le hubieran dado un puñetazo en el estómago. «Aquellos en los que más confiáis.» Hillary y Jane habían sido sus damas de honor y las madrinas de sus hijas. Nunca le mentirían.

—¿Tan ciega he estado? —dijo con un hilo de voz tensa.

—Bueno, la pregunta es —contestó Jane de forma directa— si alguna vez te ha pedido dinero.

—Le he pagado la deuda de la tarjeta de crédito —admitió Tansy.

—¿Él te lo pidió o tú te ofreciste a hacerlo? —preguntó Hillary.

Tansy no lo recordaba. Al menos no con exactitud. Simon había estado hablando de que no pagaría todos esos intereses si tuviera otra opción. Y ella había reaccionado ante ese comentario. «No te preocupes por el dinero. Tengo más del que necesito y no sé qué hacer con él», le había dicho. Oh, Dios, ¿cómo había ocurrido eso?

—Quién lo sugirió es irrelevante, Hillary. Para mí es suficiente con que te contara que tenía una deuda de la tarjeta de crédito.

—Es que no creo que pueda... fingir —replicó Tansy—. Él no es así.

Recordó que la primera vez que fingió un orgasmo con Simon, por educación, él se paró, la miró con una sonrisa traviesa y le dijo: «¿Y uno real no sería mejor?».

—Estoy segura de que siente algo por mí —insistió Tansy—. Estoy convencida.

—Ese es el problema que tienes, cariño —contestó Hillary—. Eres demasiado confiada. No viste venir lo de Jonathan tampoco, ¿a que no?

¿Cómo había ocurrido aquello? No lo sabía. Pero sí sabía que había ido al banco, sonriente y postorgásmica, del brazo de Simon. Engatusada. La había engatusado. Y le había hecho una transferencia de mil dólares. Oh, Dios, era una idiota total. Pensó en esas mujeres de la televisión, con las caras ocultas y las voces distorsionadas, que confesaban entre lágrimas que habían sido tan tontas como para entregar los ahorros de su vida a un novio por internet nigeriano.

Tansy se quitó el horrible anillo como si le quemara y lo dejó sobre la servilleta de tela. Las tres mujeres lo miraron como si fuera un catastrófico accidente de tráfico en miniatura, visto desde lejos.

—Oh, Dios —volvió a exclamar Tansy—. Ahora tengo que cortar con él, ¿no?

—Pobrecita —dijo Hillary.

—No te olvides de pasarle la factura —aconsejó Jane—. Por todo.

Y Tansy Brinklow sonrió con educación.

Len Magellan (acuario, cascarrabias, actual residente del geriátrico Holy Rosary, ateo fundamentalista, enfermo de Párkinson, padre de tres hijos y abuelo de siete nietos, amante de las cebolletas en vinagre picantes) se moría. La muerte estaba dentro de él, filtrándose por todos sus poros y decolorándole la piel en unos tonos morados y verdes amarronados faltos de vida. Se olía la muerte en su aliento cuando apoyaba la temblorosa cadera en el lavamanos del cuarto de baño de su habitación e intentaba pasarse el cepillo de dientes solo por los dientes, y no por la nariz y la barbilla. Len no creía en la otra vida ni en que lo aguardaba un juicio por sus «errores»; jamás usaría la palabra «pecados». No creía que se reuniría con su mujer fallecida ni esperaba que Della y él se sentaran en sus mecedoras, uno al lado del otro, al borde de una nube, desde donde mirarían con aire benevolente las cosas que les pasaban en la tierra a sus hijos y sus nietos. Creía que su consciencia simplemente se desvanecería y que su cuerpo se pudriría en una caja.

Cada martes una voluntaria iba a sentarse un rato junto a Len. Y no lo hacía porque él se lo hubiera pedido, sino porque las monjas que andaban por los pasillos se habían percatado de que las visitas de su familia eran escasas. La voluntaria era una mujer de mediana edad a la que le raleaba el pelo y que, según la placa identificativa que llevaba, se llamaba Grace.

Le repelía lo fácil que era verle a Grace el cuero cabelludo, rosado y escamoso, a través de sus rizos canosos. Notar cuánto se esforzaba, por cubrirse la piel con un minucioso cardado y un montón de laca, suponía para Len algo demasiado personal que no le apetecía ver todos los martes a las once de la mañana. Lo del pelo era casi tan repelente para él como la lástima bienintencionada que advertía en sus anodinos ojos azules verdosos. Pero supuso que, si él también le tenía lástima por su falta de pelo, por sus zapatos de cordones de color topo, por su figura asexuada y su cara insulsa, la de ella se compensaba con la suya y ambas se neutralizaban.

Len tenía la costumbre de ignorar a Grace poniéndose a mirar la televisión. Para demostrarle las pocas ganas que tenía de verla, agarraba el mando a distancia y forzaba a su pulgar tembloroso a seleccionar el canal de la teletienda. Al poner a esos insustanciales estadounidenses intentando venderle curas para el acné y aparatos de ejercicio para los músculos abdominales quería que Grace supiera que prefería eso a su piadosa e insustancial charla. Aunque, siendo justos, él no sabía si su charla era realmente así, porque nunca había conversado con ella. Grace iba todas las semanas y se sentaba allí durante media hora mientras él miraba la tele. Y sonreía como si creyera que su mera presencia le hacía algún bien.

Pero ese martes la estrategia de Len se vio truncada por culpa del mando a distancia. Se negó a responderle. Y eso era culpa de su hija, Mariangela. De las pilas baratas e inútiles que le compraba. Len rebuscó en el cajón superior de la cómoda para ver si había otras, pero no encontró ninguna.

—Dios... —murmuró, esperando ofender a Grace.

Las pilas, como el whisky y las cebolletas en vinagre picantes, eran cosas que tenía que pedir a sus familiares. Era como estar en una maldita prisión indonesia, solo que no había mercado negro. No importaba que estuviera podrido de dinero, porque no había podido encontrar una sola monja corrupta que accediera a ir a la licorería en su nombre.

—¿Quiere que le lea el periódico? ¿O una revista? A la señora Mills, la del final del pasillo, le gusta —sugirió Grace.

—Que le den a la señora Mills —murmuró Len.

—¿Qué ha dicho?

—Nada.

Así que Grace sacó el periódico del día de su bolso y empezó a leer, muy remilgada.

—¿Por qué no se larga a leerle la Biblia a algún nativo analfabeto o algo así? —sugirió Len, pero Grace siguió leyendo.

Se dio cuenta de que escogía cuidadosamente lo que le leía. No había crímenes, ni accidentes de coche ni muertes en el periódico, solo ponis en miniatura robados que sus dueños habían recuperado y famosos que se afeitaban la cabeza por una causa solidaria. Len fingió que estaba echándose una siesta. Por un ojo abierto apenas vio que Grace doblaba el periódico y volvía a metérselo en el bolso. Pero no había terminado. También tenía un ejemplar del *Star*.

—¿Cuál es su signo, Len?

El anciano fingió roncar.

—¡Len!

Había una leve e inesperada potencia en la voz de Grace que hizo que Len abriera los ojos.

—Le he preguntado bajo qué signo nació.

—No creo en esas charlatanerías mágicas.

—¿Cuándo es su cumpleaños?

—No me acuerdo.

—Oh, tonterías.

Len gruñó.

—No me costará enterarme, Len.

El anciano ladeó la cabeza, desafiándola. Grace cogió lentamente el historial con la medicación que había en el soporte de la pared, junto a la cama. «Por todos los santos», se dijo. No había caído en eso. Abrió el historial y se echó a reír.

—¿Qué?

—¿Len es el diminutivo de Valentine? Y nació, déjeme adivinar... ¿el catorce de febrero? Oh, sí.

Grace rio otra vez, y Len agarró con fuerza el mando a distancia esperando, sin auténtica convicción, que la televisión se encendiera y la habitación se llenara de testimonios de gente que hablaba de una píldora adelgazante o un remedio para la disfunción eréctil. Mierda de mando. Y mierda de hijos malcriados y de los tres riñones que había dilapidado en su educación en escuelas privadas, donde no les habían enseñado que gastándose el dinero en pilas baratas no se ahorraba nada. Mientras tanto, Grace carraspeó un poco.

—«Acuario» —empezó.

Ese mismo día, más adelante, unas horas después de que Grace se fuera a leerle a la señora Mills o a quien quiera que estuviera en su lista, las palabras del horóscopo seguían dando vueltas en la cabeza a Len. Champiñones, setas venenosas. Falso amor. Sus hijos solo querían lanzarse a por su dinero en cuanto pusieran la tapa al ataúd de palisandro; ninguno lo quería a él ni la mitad que a su herencia. Todos tenían un concepto de la equidad del tamaño del maldito Taj Mahal. Ese era su problema. Y también el de él.

Lo malo era, y Len lo veía con claridad en ese momento, que él había sido demasiado equitativo, y demasiado franco. Su testamento establecía que, a su muerte, sus activos (bien diversificados entre acciones, participaciones, bonos y propiedades) se liquidarían y la suma final se dividiría a partes iguales entre sus tres hijos. Por eso sus hijos, que lo sabían, no tenían ningún incentivo para hacerle la pelota. Si él hubiera jugado mejor sus cartas y no hubiera revelado nada, tal vez habría podido conseguir que se desencadenara una guerra de conductas aduladoras. Pero era demasiado tarde para eso. Aun así, no lo era para dar una lección a esas mimadas y desagradecidas setas venenosas.

¿Debía hacerlo o no?

¿Qué era eso que decía la columna de las cosas mágicas? «Aquellos en los que más confiáis.»

Len cogió el teléfono inalámbrico y, con mucho esfuerzo, marcó el teléfono de su abogado.

Nick Jordan estaba sentado en el suelo de la sala de ensayos con un libreto abierto y un rollito de sushi medio mordisqueado en la mano cuando Verdi volvió de comer muy emocionada.

—¡Mira! —dijo, se sentó al lado de Nick y le puso algo debajo de la nariz.

Nick tardó un momento en darse cuenta de que lo que le enseñaba era la portada del último número del *Alexandria Park Star*.

—¡Soy yo, soy yo! Yo soy las dos.

—¡Anda! Estás estupenda.

—¿A que sí?

Lo estaba. La portada del *Star* la ocupaban dos imágenes casi idénticas de la cara de Verdi. Al abrir la revista por una página interior, encontró una tercera versión de la chica, más neutra y de cuerpo entero. Llevaba una camisa negra y unos leggings grises y estaba sentada del revés en una silla con el respaldo curvado, con los pies descalzos y la barbilla apoyada en los brazos cruzados sobre el respaldo. Tenía una mirada directa, casi insinuante, sin temor alguno. El titular decía: «Una cara que no pueden perderse». Y debajo estaba la firma: «Justine Carmichael».

Ya en los dos primeros párrafos del artículo Nick notó que Justine había captado la esencia de su *partenaire* a la perfección, proporcionando al lector un destello de la inocente arrogancia de la joven actriz, pero sin dejar lugar a dudas de su prometedor talento.

Estar cerca de Verdi era enloquecedor para Nick. Tan pronto era tan madura que daba miedo como al cabo de un momento su autocontrol se evaporaba y era como una niña de ocho años que hubiera comido demasiados dulces. Era justo como lo había descrito el director, Hamilton: como si alguien hubiera metido a Minnie Mouse y a Helena de Troya en el cuerpo de una colegiala de quince años.

—Escribe muy bien —comentó Verdi.

—Desde siempre —contestó Nick con una inmensa sensación de orgullo.

Verdi le arrebató la revista de las manos cuando solo había leído la mitad del artículo.

—¿Me dejas terminar de leerlo?

Ella suspiró.

—¿No puedes leer más rápido? Quiero enseñárselo a los demás.

—Vale, vale. Ya lo leeré después. Pero ¿me dejas leer el horóscopo antes de que te la lleves?

—¿Tu horóscopo?

—Eso es.

—¿Tú quieres leer tu horóscopo? —insistió Verdi, abrazando la revista contra el pecho.

—Sí.

Verdi mascó chicle muy ruidosamente mientras consideraba la situación.

—Si adivinas qué signo soy a la primera, te dejo leerlo —lo desafió.

Nick reflexionó, pero por poco tiempo. Verdi era cambiante, versátil, enérgica... No le costaba ir a los ensayos después de las clases de hip-hop y en cuanto acababan salir corriendo para ir al entrenamiento de natación. Y después de que la entrevistaran para el *Star* se lo pasó en grande contando a todo el elenco que la periodista era una amiga de la infancia de Nick. Recordó cómo había pronunciado la palabra «amiga», como si encerrara cierto mensaje subliminal, y también que eso le había molestado y encantado al mismo tiempo.

—Géminis —anunció, casi seguro de que no se equivocaba—. El mensajero.

—Vaya —exclamó Verdi.

Nick, orgulloso, tendió la mano para que le diera la revista.

—Yo te lo leo —decidió Verdi, y se sentó a su lado—. ¿Qué signo?

—¿Cómo? ¿No lo adivinas? —la retó Nick—. Yo he acertado el tuyo.

Verdi se quedó pensando mientras seguía mascando escandalosamente.

—Una parte de mí quiere decir aries. Pero eres demasiado raro para ser un aries. No te ofendas. Y... otra parte de mí quiere decir piscis. Pero no eres lo bastante raro para eso. Lo que me hace pensar que probablemente seas... un acuario.

Nick parpadeó, sin poder creérselo.

—He acertado, ¿a que sí?

—Demasiado raro para ser un aries y no demasiado para ser un piscis... ¿Así lo has adivinado?

—Sí, bueno... También porque no tienes ni idea de emociones. Eso también me ha ayudado en parte.

—¿Cómo?

—Ya sabes... A veces es como si estuvieras desconectado.

—¿Desconectado? ¿Desconectado de qué? ¿Cuándo?

—Como con Laura.

—¿Qué pasa con Laura?

Verdi puso una expresión que significaba: «A eso es a lo que me refiero».

—¿No te recuerda a alguien?

—¿Qué quieres decir?

—Dios, eres imposible.

Nick se molestó. Pero Verdi no era más que una adolescente. ¿Qué sabía ella?

—¿No ibas a leerme mi horóscopo? —preguntó dejando a un lado la irritación.

—Oh, sí, claro.

Verdi se creó un personaje en un segundo (una astróloga soñadora y atolondrada con un leve ceceo) y empezó a leer.

Nick escuchó con atención y notó que el vello de los brazos se le erizaba cuando oyó lo de «encrucijada del corazón». Leo le advertía que tuviera cuidado con el falso amor y que se asegurara de diferenciar los champiñones de las setas venenosas.

—Vale —dijo Verdi, cerró la revista y la dejó caer en su regazo mientras miraba a Nick con un brillo divertido en los ojos—, ¿cuánto sabes de hongos?

CÁNCER

A finales de junio, cuando un distante sol septentrional se cernía sobre el trópico de Cáncer, el hemisferio sur tiritaba durante el día más corto del año. El vino se cocía a fuego lento en las cocinas con olor a canela, anís estrellado, nuez moscada y clavo; los que hacían malabares con fuego iniciaban los preliminares y se encendían las velas mientras los humanos conectados con los ritmos del año buscaban llamas parpadeantes para calentarse en la noche más larga.

El sol ya hacía tiempo que había abandonado los tejados de Evelyn Towers, y Justine, que llevaba zapatillas y una chaqueta de andar por casa, estaba doblando las prendas de la colada que había volcado sobre la mesa del comedor. De repente, bajo esa montaña de ropa arrugada, su teléfono empezó a sonar. Estuvo sonando un rato antes de que lo encontrara entre los calcetines y la ropa interior, los pantalones de pijama y los sujetadores, pero lo cogió justo a tiempo.

—¿Diga?

—Date la vuelta —dijo alguien. Era un hombre.

Justine frunció el ceño.

—¿Austin? ¿Eres tú?

Eso era algo propio de su hermano.

—Tú confía en mí —dijo la persona que llamaba. Pero no era su hermano. Justine estaba bastante segura de ello—. Vuélvete.

A pesar de que no le gustaba la idea de obedecer a esa voz, hizo lo que le decía.

Se dio la vuelta. Sin embargo, lo único que vio fue su salón: sofá de color crema, una mantita doblada, cojines ladeados de la manera apropiada, libros sobre la mesita del café y el televisor apagado.

—Excelente. Muy bien. Ahora ve hacia el balcón.

—¿En serio? —preguntó Justine—. ¿Pero quién eres?

—¿Puedes ir hacia el balcón?

Cerebro: «Justine, ¿has visto alguna película de terror?».

Justine: «Sí, ya lo sé. Pero ¿quién crees que es? ¿No te mueres por saberlo?».

Cerebro: «¿Sabes esa chica tonta con el vestido transparente que se dirige inexorablemente hacia las cortinas que se agitan? Ahora mismo, esa eres tú».

Justine: «¿Por qué no te callas?».

Cerebro: «Solo estoy intentando protegerte, amiga...».

—Oye, ¿quién eres?

—Mira.

Al otro lado de las puertas cristaleras y del borde con la moldura de hormigón de su balcón, al otro lado de un estrecho espacio y de pie en el porche del apartamento que estaba enfrente del de Justine estaba Nick Jordan.

Justine abrió las cristaleras y salió al frío de la noche más larga del año. Se echó a reír, y aquel sonido atravesó el espacio entre los dos edificios.

—«¿Quién eres tú que, oculto por la noche, perturbas mi secreto?» —dijo sin pensarlo.

Nick, que reconoció la frase al momento, respondió:

—«Con un nombre yo no sabría decirte quién soy. Mi nombre, oh adorada, me es odioso porque es el mismo de tus enemigos. Escrito en un papel, lo rompería».

Llevaba unos pantalones de chándal anchos, un jersey demasiado grande y un par de botas de piel de oveja, y Justine se lo imaginó así, tirado en el sofá, un domingo de invierno. Y se imaginó a sí misma apoyando la cabeza en su pecho en un sofá un domingo de invierno.

—«Aún no he oído cien palabras tuyas y ya conozco el eco de tu voz. ¿No eres Romeo y, además, Montesco?»

—«No, hermosa dama, si eso te disgusta.»

Justine se puso las manos en las caderas y, abandonando los versos pero siguiendo con el discurso, exigió saber:

—¿Cómo es que aquí te encuentro, dime, y por qué razón?

—Vivo aquí —respondió Nick.

—¿Eres mi nuevo vecino de al lado? ¿Tú?

—Eso parece.

Justine sabía que alguien había alquilado el apartamento; durante las últimas semanas había visto señales de vida siempre que miraba por la ventana. Unos pocos muebles se habían juntado en el salón y había aparecido un tendedero en el porche. Y lo mejor de todo: Justine se fijó en que el nuevo inquilino había comprado enseguida una cortina de ducha. Pero hasta ese momento no había visto a nadie en la casa.

—Al principio pensé: «Oye, esa chica se parece a Justine» —comentó Nick—. Pero después me he dicho: «Anda, pero si es Justine».

—Estas coincidencias... empiezan a ser un poco raras —comentó Justine, aunque sintió que estaba corriendo un riesgo al repetir la palabra que había utilizado Leo: «coincidencia». Se recordó mentalmente no mencionar «champiñones», «setas venenosas» ni demostrar conocimientos sobre las obras completas de Katherine Mansfield.

—¿Cuánto *Romeo y Julieta* te sabes, por cierto? —preguntó Nick.

—Fragmentos sueltos.

—Eso no es verdad, ¿a que no?

—Quizá —admitió Justine.

—¿Alguna vez olvidas algo?

—Nada importante.

Se produjo un breve silencio. La luna estaba escondida tras la gruesa atmósfera de la ciudad, solo se intuía su forma en el cielo, nada más que una vaga difusión de luz.

—Oye, muy bueno tu artículo sobre Verdi —la felicitó Nick.

—¿Lo has visto?

—Claro. Me ha dicho que estuviste en el teatro mientras hacíamos las imágenes de promoción.

—Sí —reconoció Justine, y se arrebujó dentro de la chaqueta que llevaba.

—Pero no viniste a saludar —recriminó Nick—. A mí no, desde luego.

—Yo... Es que estabas ocupado.

—No estaba tan ocupado. Al menos no lo habría estado para ti.

Cerebro: «Oye, ¿eso no ha sonado un poco a coqueteo?».

Justine: «No puede ser. Tiene novia».

Cerebro: «Lo que tú digas, pero yo no estaría tan segura».

Como no supo qué responder, Justine cambió de tema.

—Entonces ¿te gusta la vista?

Los dos miraron a un lado, por el estrecho espacio que había entre los dos edificios, en dirección a Alexandria Park. Al otro lado había una farola y se veía una diminuta sección de la verja de hierro forjado del parque. Más allá había unos árboles con lucecitas que brillaban en sus ramas desnudas.

—Este piso ya es bastante caro —contestó Nick—. No quiero ni pensar lo que costaría vivir en el otro lado, el que da a la calle.

—Pero sí que tiene vistas, y baratas. Si sabes hacia dónde mirar —dijo Justine.

—Y tú sabes.

—Algún día te lo enseñaré, si quieres.

Se oyó un sonido conocido de repente y Justine miró el teléfono que tenía en la mano. Pero no era el suyo el que sonaba, sino el de Nick.

—Tengo que cogerlo —se disculpó.

—Claro.

—Quizá... Me preguntaba si querrías ayudarme a repasar el libreto alguna vez —propuso Nick mientras su teléfono seguía sonando—. De balcón a balcón, ¿eh?

—Me encantaría. Cuando quieras. Ya sabes dónde estoy —contestó Justine.

—Nos vemos, vecina.

—¡Adiós, Romeo!

Pero Nick no contestó dándole la réplica de la dulce despedida. Entró en el salón y dejó a Justine allí, de pie bajo una triste luna oculta por la ciudad.

Justine necesitó hasta las siete de la mañana siguiente para asimilar que habría ciertas dificultades con eso de tener a Nick Jordan como vecino de al lado. Pero incluso en ese momento, mientras estaba en la semioscuridad de su salón, con las manos en las caderas, Justine entendió que sus cortinas iban a suponer un problema.

Las cortinas en cuestión, de damasco verde pálido, eran una reliquia de cuando Fleur Carmichael ocupaba el apartamento de Evelyn Towers y, aunque Justine sabía que debería abrirlas con normalidad, sin darle importancia, como hacía todos los días laborables más o menos a esa hora, se dio cuenta de que ya no era tan sencillo. ¿Y si Nick pensaba que lo hacía para buscarlo o que era una invitación a entablar una conversación? Tal vez debería esperar un poco... hasta las siete y media quizá.

Por las noches se le planteaba el mismo dilema: ¿cerrarlas o no cerrarlas? ¿Y cuándo? Y quedaban los fines de semana. Si corría las cortinas a una hora inusual, Nick pensaría que estaba haciendo algo raro. Pero si no las echaba, pensaría que ella quería que él viera lo que estaba haciendo, fuera raro o no. Justine se preguntó si habría, en algún libro o alguna otra parte, un protocolo establecido sobre la apertura y el cierre de cortinas, alguna especie de código que, de cumplirse, aseguraría que el comportamiento de las cortinas no podía considerarse extraño o inapropiado.

A media mañana, en el trabajo, seguía dando vueltas al asunto de las cortinas cuando Jeremy apareció en la puerta de su despacho con cara de agobio.

—Problemas —anunció.

—¿Qué problemas? —preguntó Justine y, con una punzada de

culpabilidad, cerró un cuestionario de internet titulado: «¿Eres de los que miran desde detrás de las cortinas?».

—¿No lo oyes?

Justine aguzó el oído para escuchar lo que ocurría más allá de su despacho y se dio cuenta de que sí se oía algo. Era la voz de Roma, que subía y bajaba de intensidad, aunque la mayor parte del tiempo subía. A pesar de que Justine captaba solo alguna que otra palabra con cierta claridad (por ejemplo «intolerante», «ignorante», «privilegio» y «suavizante»), era obvio que alguien era el foco de la ira de la temible señorita Sharples.

—¿A quién está echándole la bronca? —preguntó Justine.

—A Henry —informó Jeremy—. Lo odia.

—¿Y eso no lo habías anticipado?

—Pensé que lo vería como una hormiga o una pulga, o alguna otra cosa muy pequeña en la que no se fijara o a la que no concedería importancia —reconoció Jeremy—. Pero me preocupa un poco que acabe dándole una paliza con las muletas.

—¿Qué le ha dicho? —quiso saber Justine mientras se esforzaba por no ver el lado cómico de la situación.

—Creo que ha sido algo sobre las medidas contra el exceso de cotización social.

—Ay...

—Pero el problema —dijo Jeremy con un profundo suspiro— es que se supone que él tiene que llevarla en coche hoy. Al Tidepool, para una entrevista durante una comida.

El tobillo roto de Roma le impedía conducir. Y cuando Jeremy compró un nuevo Corolla para sustituir al Camry destrozado, también tomó la decisión de que Radoslaw no volvería a sentarse al volante de un coche que fuera propiedad del *Star*.

—¿Y no puede ir en taxi? —sugirió Justine.

—Podría. Pero como todavía lleva las muletas, preferiría que fuera alguien con ella para... ayudarla.

—¿Me lo estás pidiendo a mí? —preguntó Justine en ese momento, porque acababa de comprenderlo.

—Querida, ya sé que es trabajo para el asistente de redacción. Y no te lo pediría si no creyera que se trata de algo serio. No sé si me preocupa más que Henry se quede traumatizado de por vida o que a Roma le estalle la cabeza.

—¿Al Tidepool has dicho? —preguntó Justine con una mueca.

—Tiene nuevos dueños —intentó convencerla Jeremy—. Y una sopa de pescado excelente. Además, será una oportunidad para que veas a Roma en acción. Aprender de la maestra, ¿eh? Podemos considerarlo como unas prácticas profesionales. ¿Qué me dices?

—¿A quién va a entrevistar?

—A Alison Tarf.

—¿La directora de teatro?

—La misma.

—¿Y sobre qué?

—Su nueva compañía teatral.

Justine lo pensó un momento, y después se levantó y cogió el abrigo y la bufanda.

—Hecho —contestó.

El Tidepool estaba en un distrito semiindustrial cerca del puerto, en la planta más alta de un edificio bajo, macizo y circular con unos arcos que recordaban a los del Coliseo en la planta inferior y una capa de enlucido marrón rosado. Las vistas desde las ventanas curvas eran de norays y cobertizos, contenedores marítimos y barcos, todo sobre un fondo de mar invernal. Había gente en el restaurante a la hora de la comida, pero no estaba, ni mucho menos, abarrotado.

Alison Tarf, que debía de tener la edad de Roma, era una mujer alta con la piel estropeada por el sol y esa melena canosa suelta que recordaba vagamente a una colmena y que la caracterizaba cuando irrumpió en la escena teatral en los sesenta. Justine, como casi todo el mundo, conocía a Alison especialmente por haber hecho el papel de Eliza, la luchadora y joven presa en la clásica película australiana de naufragios *Asunder*. Pero habían pasado muchos años desde la última vez que Alison actuó, en el escenario o en la pantalla, y era poco probable que aceptara algún otro papel en el futuro cercano. En ese momento dirigir era su principal pasión, según decía, y el trabajo de crear una nueva compañía teatral consumía toda la energía que tenía.

—¿Shakespeare Inesperado? —preguntó Roma a bocajarro. La muñeca que tenía escayolada se veía extrañamente incorpórea allí, apoyada sobre la mesa, junto al cuaderno abierto—. ¿Por qué lo ha denominado así?

Alison Tarf dio un mordisco a un trocito de su bollito de pan.

—Porque vamos a abordar las obras de Shakespeare desde perspectivas nuevas y sorprendentes —contestó muy serena.

Roma empezó a escribir unas líneas de taquigrafía en su cuaderno.

—Pero ¿por qué más Shakespeare? —insistió—. Lleva muerto cuatrocientos años. ¿Y qué hay de las obras de los nuevos dramaturgos australianos?

Esas preguntas eran deliberadamente agresivas, pero Justine, apretujada entre las dos mujeres, no sabía si se trataba de que Roma sentía una animadversión genuina contra Shakespeare o si estaba intentando provocar algún tipo de respuesta por parte de la directora.

—La producción de teatro no es una ciencia exacta —contestó Alison—. Que se represente una obra en un escenario no significa que esté ocupando el lugar de otra. Shakespeare Inesperado lo que busca es que haya más público que va al teatro, no robárselo a otros.

—Tiene planeado debutar este diciembre próximo, por lo que veo. ¿Con qué obra? ¿Una histórica? ¿Una comedia?

—Vamos a empezar con *Romeo y Julieta* —anunció Alison.

Roma Sharples enarcó ambas cejas.

—Si no me equivoco, Alexandria Park Repertory ya va a representar esa obra este año.

—Sin lugar a dudas, nuestro montaje será muy diferente —repuso Alison.

Tal vez fue la tensión que se respiraba en aquella mesa lo que empujó a Justine a hacerlo. O tal vez tan solo perdió la cabeza temporalmente. Fuera lo que fuese, ella se sorprendió tanto como Roma y Alison cuando se oyó decir:

—Romeo es piscis, por lo que parece.

Roma se dio la vuelta en su asiento y clavó la mirada en Justine, sin poder creérselo.

—Qué tontería más grande —le espetó.

Justine se sintió empequeñecer por la humillación.

—Perdón —murmuró.

Tenía las mejillas al rojo vivo. No solo había interrumpido la entrevista de Roma, sino que lo había hecho soltando el comentario más extraño y menos profesional que podía habérsele ocurrido.

—Si Romeo es de algún signo, en todo caso será cáncer —aseguró Roma con firmeza.

La expresión seria de Alison Tarf se transformó en una que recordaba al placer.

—¿Sabe? Eso es lo que yo he pensado siempre. Y es un tema controvertido porque, en mi opinión, Julieta es cáncer también.

—¿Controvertido? —se extrañó Roma—. Yo diría que es muy obvio. Ambos son emocionales y taciturnos.

—Además de dependientes —añadió Alison.

Justine estaba perpleja. ¿De verdad estaba ocurriendo aquello? Pues sí.

—Pero fieles —continuó Roma—. Nosotros, los nacidos bajo el signo de cáncer, si algo somos, es fieles.

Alison sonrió y señaló la escayola de Roma.

—Usted incluso lleva la coraza. Yo me he olvidado la mía en casa, qué tonta.

Los ojos de Roma brillaron.

—¿De qué fecha es usted?

—Tres de julio —contestó Alison.

—¡Yo también! —exclamó Roma.

Las dos rieron, levantaron las copas y las entrechocaron sobre el mantel. Y entonces empezaron a charlar, recordando un tres de julio, mucho tiempo atrás, en el que llegó a cuajar la nieve en las calles de la ciudad, algo que era entre muy raro e inaudito en esa parte del mundo.

—Era el día de mi duodécimo cumpleaños —explicó Roma—. Mi madre me dejó quedarme en casa y no ir al colegio.

—Yo cumplía diez años —dijo Alison—. Hice un ratón de nieve en el jardín delantero. No había suficiente para hacer un muñeco. ¿Sabe que cumplimos años el mismo día que Julian Assange? —continuó.

—Un cáncer muy típico —apuntó Roma.

—Tom Cruise no tanto, en cambio —añadió Alison.

—¡Pero tenemos a Kafka! Ese es más de nuestro estilo, ¿no cree? —exclamó Roma.

Alison asintió.

—Esquivo, misterioso, creativo.

Y así siguieron un buen rato mientras Justine se sentía como la espectadora de un partido de tenis, hasta que todas las filiaciones tribales de Roma y Alison quedaron enumeradas y confirmadas. Después se produjo un breve y feliz silencio en la mesa.

Entonces Justine se atrevió a decir:

—Roma, estoy un poco sorprendida. Nunca habría dicho que tú eras una persona aficionada a la astrología.

Roma sonrió e intercambió una mirada con aire conspirador con Alison, como si, diez minutos antes, ellas dos no hubieran tenido un tenso enfrentamiento sobre el valor contemporáneo del teatro del Renacimiento.

—La mayoría de la gente tiene algún que otro placer culpable —confesó Roma.

—¿Leer novelas románticas? —sugirió Alison.

—¿Robar algún dulce en las fiestas infantiles? —aportó Roma.

—¿Escuchar a The Carpenters? —dijo Alison, y Justine tuvo la secreta sospecha de que esa opción en concreto no la había dicho al azar.

—La mía es una inofensiva predilección por los horóscopos —confesó Roma.

Justine no se habría sorprendido más si su colega, conocida por ser una periodista despiadada, hubiera revelado que la afición a la que dedicaba sus fines de semana era practicar una danza tradicional morris.

—Pero la astrología es tan... —comentó Justine.

—¿Poco científica? —sugirió Roma.

—¿Ilógica? —propuso Alison.

—Bueno..., sí.

—Tal vez tiene que ver con un deseo de entrar en un espacio diferente —dijo Alison soñadoramente—. Un lugar con reglas diferentes.

—Para mí —contestó Roma—, es una forma de reconocer que hay fuerzas que actúan sobre nosotros, cada día y cada hora, que pueden hacer que acertemos en nuestras elecciones o condenar al fracaso nuestros planes. Que nosotros decidimos, actuamos y reaccionamos desde el interior de una gran red de poderes en constante competición.

—Pero... —empezó a decir Justine.

—La astrología proporciona la tranquilizadora ilusión de que podemos conocer esas fuerzas externas —la interrumpió Alison—. Pero al mismo tiempo nos recuerda que están más allá y son mucho más grandes que nosotros.

—Es un misterio —añadió Roma.

—Con un toquecito de magia —aportó Alison.

Cuando volvían en coche al *Star* esa tarde, Justine tuvo la sensación de que estaba pilotando por las calles de la ciudad una cápsula de fantasías. En el interior del coche estaban calentitas y reinaba el silencio; Roma, en el asiento del acompañante, parecía perdida en sus pensamientos.

En el cuaderno que tenía cerrado en el regazo, Roma tenía escrito todo lo que se había dicho durante el segundo, y más fructífero, intento de entrevista a Alison Tarf.

—Lo que busco es una loca convergencia de estilos y tradiciones teatrales —había dicho Alison apasionadamente cuando se puso a hablar del que era su tema—. Quiero que se involucre en este empeño cualquiera que pueda aportar algo, desde cantantes de ópera hasta estrellas del teatro musical. Hay un actor de teatro Noh al que me encantaría convencer. ¡Y no habla ni una palabra de nuestro idioma! Quiero actores de televisión, estrellas del rock, titiriteros, raperos...

«Tal vez incluso actores», había pensado Justine. Y antes de que terminara la comida, buscó la forma de encontrar un momento para hablar a solas con la directora.

Sonrió, imaginándose la expresión de la cara de Nick cuando le diera una tarjeta de visita de Alison Tarf y le dijera: «Está esperando tu llamada».

En los días que siguieron, Justine, que no había encontrado ningún protocolo de apertura de cortinas externo, desarrolló sus propias directrices de cierre. Decidió que los días laborables las abriría a las 7.15 de la mañana y las cerraría a la hora en que llegara a casa por la noche. Los fines de semana las abriría cuando se levantase y las cerraría a las 17.25 de la tarde. Ese sería su protocolo con el horario de invierno. Cuando se estableciera el horario de verano tendría que reajustarlo.

Pero a Justine le quedó patente que Nick no tenía un patrón tan claro como el suyo; parecía que nunca echaba las cortinas, ni de día ni de noche. La mayoría de las noches, cuando Justine (a escondidas, por supuesto) miraba por las puertas cristaleras hacia su apartamento, descubría que el piso estaba a oscuras. A veces veía luz en las habitaciones, pero no había señales de que hubiera nadie en ellas.

Una noche, cuando miró sin querer hacia el apartamento de enfrente, vio a una mujer delgada y morena que señalaba a dos transportistas dónde colocar un sofá de dos plazas nuevo que parecía muy cómodo. Justine la reconoció al instante. Se hizo a un lado, para quedar oculta por el damasco verde, y apartó la tela lo justo para echar un vistazo entre el borde y el marco de la ventana.

Verdi tenía razón. Incluso cuando llevaba algo tan normal como un par de vaqueros oscuros, una camiseta con manga murciélago, el pelo recogido en un moño de cualquier modo y la cara sin maquillaje aparente, Laura Mitchell era increíblemente guapa.

Sintiéndose culpable, pero incapaz de dejarlo estar, Justine siguió mirando cuando se fueron los transportistas y Laura se arrodilló en el suelo para cortar el plástico que envolvía a la perfección una alfombra. Después le dio un empujoncito y la alfombra, del color del trigo y mullida, se desenrolló hasta quedar a los pies del nuevo sofá. No había señal de Nick en el apartamento.

Cuando Laura desapareció tras el marco de la ventana, Justine supo que era el momento idóneo de cerrar las cortinas y dejar de fisgonear. No obstante, lo que hizo fue esperar hasta que Laura volvió con un montón de cojines en elegantes tonos naturales que dispuso y volvió a disponer sobre el sofá, probando diferentes combinaciones. Una vez satisfecha con los cojines, Laura se puso a alisar el pelo de la alfombra con los pies descalzos. Después levantó los brazos y se soltó el pelo oscuro del moño, que le cayó sobre los hombros. Justine la vio tumbarse en el sofá, colocando sus extremidades con tanta gracia como antes había colocado los cojines.

Era consciente de que debía dejar de mirar, pero antes de que le diera tiempo a moverse, Laura se levantó y fue hacia la ventana, como si hubiera notado de alguna forma la presencia de Justine. Laura miró a través del cristal y al otro lado del espacio vació. Justine se quedó petrificada.

Justine: «¡Mierda! ¿Me verá?».

Cerebro: «Pues si cierras los ojos, no podré darte una respuesta, ¿no te parece?».

¿Nick habría mencionado a Laura que su vecina de al lado era alguien a quien conocía?, se preguntó Justine. ¿Le habría mencionado su nombre a Laura alguna vez siquiera? Y, si lo había hecho, ¿la existencia de Justine preocuparía siquiera un poco a Laura? Justine lo dudaba. Se quedó quieta y conteniendo la respiración unos segundos más y después vio, aliviada, que Laura cerraba las cortinas, ocultándose a su vista.

Supuso que Nick no tardaría en llegar, y que se encontraría con una sorpresa: sofá nuevo, alfombra nueva, cojines nuevos y una novia exquisita. Justine siguió suponiendo, y notó una punzada de envidia al pensarlo, que gracias a la mullida alfombra nueva no haría falta que Nick y Laura se fueran al dormitorio. Y supo, con el corazón lleno de tristeza, que ni con todos los horóscopos, champiñones, setas venenosas y Katherine Mansfield del mundo podría hacer frente a eso.

Pasó otra semana y durante todo ese tiempo la tarjeta de Alison Tarf esperó, apoyada en un tarro de café sobre la mesa de la cocina de Justine. Entonces llegó una noche borrascosa en que Justine se halló en el duodécimo piso de Evelyn Towers después de haber cruzado el parque sin paraguas. El pelo le caía en feos mechones húmedos sobre la frente, y sus pies, en unos zapatos de tacón bajo, hacían un ruido como de chapoteo. Mientras buscaba las llaves pensó que era una de esas noches en que nada le gustaría más que entrar en el hogar y no encontrar un apartamento frío y vacío, sino una casa caldeada, una comida recién hecha y señales de vida.

Por eso le pareció que se había obrado magia cuando abrió la puerta y encontró las luces encendidas y un delicioso olor a estofado en el aire. El aroma era inconfundible: la famosa pierna de cordero al estilo marroquí de su madre. Además había un enorme ramo de rosas blancas en un jarrón en la mesa del comedor y se oían risas en la cocina.

—¿Mamá?

—Oh, ha vuelto —oyó decir Justine—. ¡Hola, cariño!

Mandy Carmichael, bajita y sonriente, apareció en la puerta de la cocina con los pies solo cubiertos por las medias y una nube de perfume que acababa de aplicarse. Tenía un trapo de cocina sujeto a la cinturilla de su brillante falda de noche a modo de delantal y llevaba una copa alta con vino espumoso en la mano.

—Oh, Dios mío, estás empapada —exclamó.

Con una mano le quitó el abrigo de los hombros y le peinó un poco el pelo. Satisfecha porque había conseguido cierta mejora en el aspecto de su hija, Mandy le dio un beso en la mejilla.

—Mierda, te he dejado una marca —dijo, y frotó enérgicamente la piel de Justine con un práctico pulgar maternal—. Ven a ver quién está aquí. ¿Por qué no me lo habías contado, bruja? ¡Justo en el apartamento de enfrente!

164

Y ahí, en la cocina de Justine, apoyado en la encimera, también con una copa de vino espumoso, estaba Nick Jordan.

—Hola —saludó Nick. Llevaba ese jersey tan grande que solía ponerse.

Mandy continuó hablando mientras iba a buscar una tercera copa, la llenaba y se la daba a Justine:

—¿Te lo puedes creer? He salido al balcón a regar ese pobre helecho que tienes ahí medio muerto y... ¿a quién he visto, justo ahí, en el balcón de enfrente? ¡Al mismísimo Nicholas Mark Jordan! Tuve a este muchacho en brazos el día que nació y ahora fíjate cómo está de crecido.

—Hola, vecino —contestó Justine.

—Tenéis que disculparme, chicos —continuó Mandy mientras se ponía un par de relucientes zapatos de tacón alto—. He quedado con unas amigas para cenar, y si no me doy prisa llegaré tarde. Cariño, te he preparado una pierna de cordero. Pero déjala reposar media hora. —Se atravesó el lóbulo de la oreja con el cierre de un pendiente colgante de azabache—. Hay cuscús en la despensa. ¿Por qué no le preguntas a Nick si quiere quedarse y cenar contigo? Hay suficiente para un regimiento. Tengo que estar pendiente de ella, Nick, ¿sabes? Apenas come. Puede pasarse todo el día de aquí para allá y se le olvida comer. —Se quitó el trapo que llevaba a modo de delantal y se atusó el pelo—. A mí eso no me ha pasado nunca, qué mala suerte. —Y se dio unas palmaditas en las caderas para ilustrar a qué se refería—. Perdóname, Nick, cariño, tengo que irme. La próxima vez que venga a la ciudad... —empezó a decir, pero hizo una pausa para ponerse otra capa de carmín y apretar los labios para extenderlo. Luego añadió—: Salimos a cenar, ¿vale?

Nick abrió la boca para responder, pero Mandy continuó:

—A Drew le encantaría verte. Y quiero que me cuentes todas tus novedades. Dale un beso a tu madre de mi parte, ¿vale?

Nick intentó decir algo en respuesta, pero acabó boqueando como un pececillo. Justine sonrió; si querías intervenir en el monólogo de Mandy Carmichael tenías que acertar con el momento justo y Nick no estaba entrenado para conseguirlo.

—No sabes la cantidad de veces que he pensado en llamar a Jo, pero entonces me digo que no es buen momento, que lo haré después, y luego es todavía peor. Dile que siento ser tan mala amiga, ¿vale?

Nick se limitó a asentir.

—Me ha alegrado mucho verte, Nick. Estás estupendo —continuó Mandy—. Fantástico, de verdad. No puedo creérmelo. ¡En el apartamento de al lado! Y Justine no me lo había dicho. Eso hace que me pregunte qué más cosas estará ocultándome, ¿eh? Vale, me voy.

Dio un beso de despedida a Justine, que le dejó otra marca de pintalabios, y se estiró para plantar otro en la mejilla a Nick.

—Volveré tarde, así que seguramente no te veré hasta mañana, pajarito. Te prepararé el desayuno, ¿vale? De verdad, Nick, no come nunca. Debo irme ya, en serio. ¡Adiós!

Cuando Mandy se fue, a Justine la cocina le pareció un trozo de desierto tras el paso de un pequeño tornado. Se imaginó las hojas y las ramitas cayendo al suelo después de que el aire se parara inesperadamente, dejando un silencio vacío y extraño.

—No ha cambiado nada —comentó Nick.

—Así es —confirmó Justine.

Y como esa conversación no los conducía a ninguna parte, Nick lo intentó de nuevo:

—¿Qué tal el trabajo? ¿Más artículos importantes en perspectiva?

—Este mes no —respondió Justine, y el silencio volvió a reinar en la cocina.

—Ha sido un día raro hoy —insistió Nick.

—Pero creo que ya va a dejar de llover.

—Al menos aquí se está calentito. Mi piso es una nevera.

—Estás invitado si quieres —sugirió Justine—. A quedarte a cenar.

—Me encantaría —respondió Nick—. De verdad que sí. Pero tengo un ensayo que empieza dentro de media hora. Es una de las desventajas de las obras semiprofesionales: los ensayos son los fines de semana y por las noches.

«Ah, claro. Por eso está tan poco en casa», pensó Justine.

—Hablando de teatro... —Justine cogió la tarjeta de Alison Tarf—. Tengo una cosa para ti.

Nick la cogió y entornó los ojos para leer lo que ponía.

—¿Alison Tarf? ¿Esa Alison Tarf?

—Sí —confirmó Justine—. La conocí la semana pasada. Por un asunto del trabajo.

—¿Y...?

—Está creando una nueva compañía. Se llamará Shakespeare Inesperado. Durante los próximos meses seleccionará a sus actores principales. Confío en que no te importe que le contara lo de tu Romeo. Me dijo, y cito: «Espero que me llame».

Justine se había imaginado ese momento en su mente muchas veces, pero ahora que estaba viviéndolo se sintió un poco vulnerable y avergonzada, como si hubiera rebasado una especie de límite invisible.

Nick se quedó mirando la tarjeta que tenía en la mano sin abrir la boca.

—Bueno, si no quieres... —empezó a decir Justine—. Si no es para ti... Es que me pareció que...

—Oye, ha sido muy considerado por tu parte. Increíble, en realidad —contestó—. Y Alison Tarf... Vaya, me encantaría trabajar con Alison Tarf, pero...

—Pero ¿qué?

Nick inspiró hondo.

—He hecho una promesa, ¿sabes? Le he hecho una promesa a mi novia. Le he prometido que cuando acabe con *Romeo y Julieta* me buscaré un trabajo más serio.

—Oh.

—Laura es capricornio. Y tiene ascendente leo. Así que puedes imaginarte cuáles son sus gustos en cuanto a ropa, vino, joyas...

«Y alfombras. Y sofás», pensó Justine.

—Lo siento, Justine. Te agradezco mucho que te hayas tomado la molestia. Con lo de Alison Tarf, quiero decir. Sería una suerte enorme hacer una audición para ella.

Justine asintió y se dio la vuelta por si se le notaba la decepción en la cara. Se puso un guante de horno y levantó la tapa de la enorme cazuela Le Creuset de Mandy. Una salsa espesa borbotaba en su interior y desprendía un olor que hacía la boca agua.

—Lo comprendo —contestó Justine mientras, inútilmente, toqueteaba con una cuchara de madera los trozos de cordero—. Le has hecho una promesa.

—Y hablando de promesas... —repuso Nick—. Me prometiste que ibas a enseñarme esas vistas misteriosas. ¿Me las enseñas?

—¿Cómo? ¿Ahora?

—Todavía puedo quedarme... un cuarto de hora.

Justine volvió a poner la tapa a la cazuela y meditó la respuesta durante un segundo.

—Puede que haga un poco de viento.

—Por favor... —pidió Nick, y su sonrisa fue exactamente igual que la del antiguo Nick Jordan. Era como si acabara de salir de la clase de segundo: era la sonrisa que habría puesto cuando a ella todavía le quedaba una chocolatina en la bolsa de la comida y a él nada más que unos cuantos bastoncitos de zanahoria.

Parecía poco probable que Fleur Carmichael no hubiera sabido lo de la azotea, pero aunque Justine había ido de visita a Evelyn Towers muchos veranos de su infancia, su abuela nunca la había llevado allí.

La puerta que llevaba a la azotea no era muy obvia. Estaba escondida en un hueco en el rellano de la duodécima planta y pintada del mismo color crema que las paredes, además solo tenía una pequeña cerradura y carecía de picaporte. Justine supuso que Fleur siempre había asumido que era una de esas puertas que no ocultan nada interesante, solo cubos de fregar, escobas y escaleras rotas.

Cuando Justine se mudó a aquel apartamento, su padre le dio

un montón de llaves. Estaba la que abría la puerta principal del bloque, la que abría la puerta de su apartamento, la de las puertas cristaleras del balcón, pero para qué servían las demás era un misterio. Un domingo que no tenía nada que hacer, Justine descubrió que una de ellas abría la puerta del rellano y que tras ella había una empinada escalera metálica.

El aire que se notaba en el hueco de la escalera esa noche era frío y reinaba el silencio, pero cuando Justine abrió la puerta que había arriba se vio azotada por una ráfaga de viento helador. Ni las mangas de la camisa ni el fino chaleco de punto la protegieron de él.

—Joder —exclamó Nick, que salió a la azotea detrás de Justine—. Esto es increíble.

De hecho, la azotea no era nada del otro mundo, solo un cuadrado de hormigón reluciente y resbaladizo por la lluvia de esa tarde y adornado con un tendedero de pie ladeado, dos jardineras vacías y un foco con una bombilla rota. Lo que era mucho más impresionante eran las vistas, que abarcaban toda la ciudad, el río e incluso las luces parpadeantes de las lejanas colinas.

—Suelo subir aquí para contemplar los fuegos artificiales de Año Nuevo —contó Justine—. Y también es un lugar que está muy bien para ver el festival de cine de Alexandria Park, aunque sin sonido.

Hacía mucho tiempo que pretendía dar otro aire a ese sitio, le explicó: ponerle muebles de jardín, plantar hierbas aromáticas y flores en las jardineras. Pero todavía no había conseguido ni siquiera cambiar la bombilla del foco.

Allí de pie, al borde del tejado, Justine se estremeció. Nick, en un acto reflejo, se quitó el jersey por la cabeza y se lo pasó. Debajo solo llevaba una camiseta, y Justine se percató de que, al instante, se le ponía la piel de gallina en los brazos por efecto del frío.

—No —protestó ella—. Estoy bien, no te preocupes.

—No seas tonta. Tiemblas.

El jersey era de lana gris suave y todavía retenía el calor del cuerpo de Nick. Olía un poco a sándalo.

—¿Quién más sube aquí? —preguntó Nick recorriendo el lado de la azotea que daba al parque.

—Nunca he visto a nadie más —confesó Justine—. Algún que otro pájaro, de vez en cuando.

—Podrían hacerse muchas cosas con este espacio —dijo Nick.

Lo vio probar el poste del tendedero y tirar un poco de sus cuerdas flácidas. Se agachó junto al foco para investigar cómo funcionaba, y Justine, al considerar que se encontraba a una distancia prudencial para decir algo que le resultaba un poco incómodo, inspiró hondo.

—Nick, esa promesa que has hecho... a tu novia... Mira, te vi en el escenario, el otro día, con Verdi. Y también te veía allí arriba cuando éramos pequeños, en el colegio, ya sabes... Tú... Tú desprendes... una luz que no desprende todo el mundo. Es un don que tienes.

Nick se acercó a ella, con lo que quedaba de la bombilla del foco en una mano.

—Luz —dijo con una risita—. ¿Y si te traigo una bombilla nueva? Será un regalo para tu azotea.

—Gracias —contestó Justine, pero no estaba dispuesta a cambiar de tema—. ¿Has oído lo que te he dicho?

Cuando lo miró a la cara, tenía tal expresión de vulnerabilidad que la hizo sentir vergüenza.

—¿Cómo sabes...? —empezó a decir, pero rectificó—. ¿Cómo puedes estar segura de que seguir tu vocación es lo correcto? Como te pasa a ti con lo de escribir. Eres una escritora brillante, pero has tenido que esperar mucho. Sigues esperando, de hecho. ¿Cómo mantienes la confianza?

Si se lo hubiera preguntado otra persona, Justine habría podido responderle algo sabio o reconfortante. Pero, como era Nick quien preguntaba, se dio cuenta de que su cerebro había quedado reducido a un conjunto de sinapsis fallidas. Así que se limitó a encogerse de hombros.

Nick suspiró.

—El mes pasado Leo dijo...

Cuando mencionó a Leo, a Justine se le aceleró el corazón.

—Lo sé, lo sé. A ti no te van los horóscopos, pero escúchame. Predijo que me vería en una encrucijada. Y añadió que lo ideal sería que resultara fácil distinguir el verdadero amor del falso como se distinguen los champiñones de las setas venenosas.

Aunque Justine oía el latido de su corazón con fuerza en sus oídos, se recomendó seguir en silencio y dejar que Nick continuara hablando. Mientras esperaba, sus oídos fueron llenándose con el conjunto de sonidos del tráfico nocturno de la ciudad y el ruido del viento que movía las ramas de los grandes árboles viejos del parque que había al otro lado de la carretera.

—¿Sabes? Me dan mucho miedo las setas —continuó Nick por fin—. Nunca, jamás, me comería una que hubiera encontrado en un campo. Ni en un bosque. ¿Sabes lo que quiero decir? Porque soy uno de esos idiotas que se comería una seta venenosa por error y acabaría en un hospital para que me hicieran un lavado de estómago. Lo que quiero saber es: ¿te ama de verdad alguien que lo único que desea hacer es convertirte en quien no eres?

«Funcionó», pensó Justine. Su horóscopo había funcionado.

Arrebujada en el enorme jersey de Nick, apenas podía creer que de verdad, realmente y de una vez por todas, sus palabras hubieran conseguido despertar las dudas que a él ya le rondaban la cabeza. Inspiró el aroma dulzón del sándalo impregnado en el jersey y le dio las gracias mentalmente a Katherine Mansfield, y también a todos los champiñones y las setas venenosas del mundo.

—Laura es impresionante —continuó Nick—. Ha logrado tantas cosas... Todo perfección, organización y rigor. Siempre. Créeme, nunca se coge un día libre para dejar de ser todo lo perfecta que es en todas las cosas en que lo es.

—Pero tú eres muy bueno en algo también —repuso Justine—. Y, como vieja amiga tuya que soy, puedo decirte que estoy convencida de que deberías llamar a Alison Tarf.

—Pero...

—Llamarla no te compromete a nada —lo interrumpió Justine—. No significa que vayas a romper ninguna promesa.

—Eso es un tecnicismo —contestó Nick con aire dubitativo.

Justine se encogió de hombros.

—No es más que una llamada de teléfono.

—Nada más que una llamada —repitió Nick, y Justine lo vio elevar la comisura de la boca poco a poco hasta que por fin cedió y sonrió del todo.

La mañana en que, al entrar en su despacho, Justine se encontró la nueva tanda de horóscopos de Leo, se sentó un momento y se quedó mirando la página, que estaba boca abajo e inescrutable, en la bandeja del fax. No tenía ni idea de cómo iba a actuar. «Tal vez mi horóscopo me dé alguna pista», pensó.

Leyó: «Sagitario: Con Venus en cáncer y Mercurio en virgo, este mes trae las condiciones propicias para el florecimiento de esos éxitos en vuestras carreras que llevaban asomando durante todo el año. Al mismo tiempo, os encontraréis en un momento álgido de atractivo personal, aunque todavía está por ver si la atención que atraéis es del tipo que desearíais».

—¡Ja! —exclamó Justine en voz alta.

«Atractivo personal.», qué tontería. Comparada con Laura Mitchell, ella era igual de atractiva que la hembra del pavo real.

Se saltó capricornio y miró acuario. Aquella entrada decía: «Con Marte en leo, será mejor que pospongáis cualquier confrontación importante, aunque esa misma energía astral provocará cambios en vuestra vida sentimental, ayudándoos a aclarar las cosas. Algo más avanzado el mes, Venus frente a Saturno aconseja gestionar con mucho cuidado lo que tenéis a vuestro alcance, especialmente el tiempo y el dinero. No estaría de más que aprovecharais esos días para analizar vuestra situación financiera».

Justine frunció el ceño mientras pinchaba el fax en el punzón. Transcribió todas las entradas desde aries hasta capricornio, pero cuando llegó una vez más a acuario se quedó parada.

¿Qué hacer? Tal vez Katherine Mansfield y ella ya habían causado suficiente impacto. Quizá incluso más del necesario. Puede que hubiera llegado el momento de dejar de interferir y permitir que el destino siguiera su curso.

«Con Marte en leo...», empezó a escribir, copiando palabra por palabra.

Cerebro: «Gallina».

Justine: «¿Qué has dicho?».

Cerebro: «Lo que has oído».

Justine: «Ya tiene una relación. No considero justo entrometerme. Hay una cosa que se llama "sororidad", ¿te suena?».

Cerebro: «Vaaaleee. ¿Y fue la sororidad lo que hizo que Lizzie Bennet permitiera que Darcy se fuera con la tontaina de Anne de Bourgh? ¿Y que Maria dejara al capitán en manos de la baronesa Von Schräder? ¿Y que Julieta dijera a Romeo que se fuera con Rosalinda?».

Justine: «Ni siquiera conozco a Laura. No quiero hacerme una enemiga».

Cerebro: «Pero puedes ayudar a Nick en su carrera sin convertir a Laura en tu enemiga. Solo limita tus comentarios... a lo profesional».

No era una mala idea. «¿Y si...?», empezó a pensar Justine. ¿Y si, tal como había ideado un protocolo para la apertura y el cierre de las cortinas, se inventaba sus propias reglas? Una ética de la alteración de los horóscopos. Un conjunto de directrices que le permitirían dar consejos sobre temas que tuvieran que ver con su carrera, pero excluyeran los asuntos del corazón.

—Podría funcionar —dijo en un susurro.

Entonces pulsó la tecla de borrado y las palabras de Leo se perdieron en el vacío.

Reflexionó un momento, rebuscó en su memoria y empezó a teclear: «Tolkien escribió: "Todo lo que tenemos que decidir es qué hacer con el tiempo que se nos ha dado"».

Aunque el protocolo de las cortinas exigía que las mañanas de los fines de semana Justine las descorriera cuando se levantara, por lo general hacía un montón de cosas antes. Ese sábado en concreto:

- Se había dado una ducha.
- Se había vestido con pantalones ceñidos y una camisa ajustada con estampado cachemira (una original de 1960 de Fleur Carmichael) y una chaqueta naranja corta.
- Se había puesto las botas rojas.
- Se había aplicado rímel y brillo de labios.
- Se había cambiado la camisa de cachemira y la chaqueta por una camisa azul cobalto con mangas acampanadas.
- Se había quitado las botas rojas.
- Se había puesto las botas marrones con piel por dentro.
- Se había secado el pelo con el secador.
- Había mullido los cojines.
- Había doblado la manta.
- Había vuelto a aplicarse brillo de labios.
- Había puesto un CD de Joni Mitchell en el equipo de música.
- Le había dado al *play*.

No es que esperara que, en cuanto abriera las cortinas, Nick Jordan apareciera sentado en una silla en el balcón con un par de prismáticos y una caja de bombones. Ni tampoco creía que a él le importara mucho cómo estaba su manta o le interesara especialmente el color de sus botas. Solo era... un poco de protocolo de ventana.

Cuando por fin descorrió las cortinas descubrió en el tendedero del balcón de Nick un folio A4 blanco con un mensaje cogido con unas pinzas. Al comienzo de la página había una «J», en el centro un dibujo de una bombilla y debajo de esta se leía: «Dame un grito».

Justine salió al frío, intentando adivinar qué era exactamente lo que debía gritar: «¿Hola?», «¿Nick?», «¿Eeeooo?», quizá.

Pero antes de que se decantara por una opción, Nick cruzó la puerta corredera con unos pantalones de pijama arrugados y una camiseta que parecía suave. Tenía el pelo oscuro chafado típico de acabar de levantarse y estaba claro que hacía días que no se afeitaba.

—Buenos días, vecina —la saludó.

—Buenos días.

—Para ti. —Nick tenía en la mano una cajita: la caja de una bombilla—. Para la azotea. Es la adecuada, y la más luminosa que he encontrado.

Justine estaba impresionada. Le había dicho que le llevaría una bombilla nueva y, en efecto, se la había comprado.

—Muy amable por tu parte —agradeció—. De haberlo dejado en mis manos, no sé cuándo lo habría hecho. Yo también tengo algo para ti. —Entró en el apartamento para coger la nueva edición del *Star*—. Salió justo ayer.

Levantó la revista para que Nick viera la portada: una foto en blanco y negro de la magnate del carbón más famosa del país. La falta de delicadeza de sus facciones contrastaba con el refinado collar con un lazo de diamantes que llevaba al cuello.

Allí estaba Nick con la bombilla y Justine con la revista. Y, entre ellos, entre los edificios, aquella brecha.

—No creo que deba tirarte esto —dijo Nick.

—Lo mejor será que no —contestó Justine.

De repente, Nick se puso la caja encima de su pelo alborotado.

—¡Se me ha encendido la bombilla! Necesitamos una cesta, como en el cuento *The Lighthouse Keeper's Lunch*.

—¡Oh, Dios mío! ¡Hacía años que no me acordaba de ese cuento!

—¿Cuántas veces lo leímos?

—Solo sé que durante el año que estuvimos en la guardería tuvieron que comprar un ejemplar nuevo.

Era una idea muy simplona, pero a la par irresistible: una cestita de picnic, llena de comida, sujeta a un cable y transportada por encima del mar hasta donde estaba el farero.

—¡Una ensalada mixta de marisco! —citó Nick, con un leve acento de pirata.

—¡Galletas marinas con cobertura! —contestó Justine.

—¡Sorpresa de melocotón!

—¿De verdad podemos poner una? —preguntó Justine medio en broma.

Nick enarcó ambas cejas, y Justine se preparó para que se burlara de ella. Pero él dijo:

—Tengo cuerda.

—Y yo una cesta. Mi madre guarda dentro las bolitas de algodón para desmaquillarse.

Tras un lanzamiento de la cesta moderadamente certero y un semicoordinado pase del ovillo y unos nudos bien hechos, Nick y Justine colocaron un sencillo bucle de cuerda que permitía que la cesta fuera de un lado al otro del hueco entre ambos edificios.

Y así fue como una bombilla hizo el primer viaje del que se tiene noticia, por medio de la cesta, hasta el balcón del piso duodécimo de Evelyn Towers desde el balcón de la decimosegunda planta del feo edificio contiguo y un ejemplar del *Alexandria Park Star* fue el encargado del viaje inaugural en dirección opuesta. Y dentro de esa revista, al lado del margen interior de una página par próxima al final, estaban los horóscopos de Leo Thornbury. Más o menos.

Cúspide

✦

Dorothy Gisborne (acuario, anglófila, residente desde hacía años en Devonshire Street, viuda desde hacía cinco años, orgullosa propietaria de la que debía de ser la colección más grande de cerámica conmemorativa de la boda de Carlos y Diana del mundo mundial, y quisquillosa planchadora de sábanas, trapos de cocina y ropa interior) escribió una dirección en el cuadro de búsqueda de Google Maps. En la pantalla apareció una flecha azul en una cuadrícula gris pálida que fue llenándose, a trompicones, con el mapa del pueblo de Fritwell, en Oxfordshire. En contra del consejo del portal de citas que frecuentaban, Rupert Wetherell-Scott y ella habían intercambiado información sobre sus datos reales demasiado pronto, pero a su edad... No tenían tiempo que perder.

Consciente de que se le aceleraba la respiración, Dorothy clicó «Street View». Y ahí estaba, su casa, tal como la fotografió el día nublado de un pasado no tan lejano en el que el coche de Google pasó por su calle. La casa era modesta: un adosado con recubrimiento exterior de gravilla tan poco llamativo que prácticamente nadie en el mundo, excepto Dorothy (nacida en el desierto australiano, pero criada con las prímulas cubiertas de rocío, los setos verdes y los erizos descarados de las ilustraciones de Beatrix Potter) podría encontrarle ni remotamente una pizca de encanto. Pero ella se quedó enamorada, tanto de la poco exigente frialdad de la luz invernal como de la vaga insinuación, al fondo de la imagen, de unos prados verdes, unas campanillas con su cabeza gacha y unos conejos parlanchines.

Eran las dos de la tarde en la casita de una planta de ladrillo de color salmón abrasada por el sol de Dorothy, pero a su ya entrenada mente no le costó apenas nada calcular que eran las cinco de la estival mañana en la lejana Inglaterra. Rupert todavía estaría dormido, su cuerpo un bulto solitario bajo las mantas de su cama de matrimonio que ya no compartía con su mujer, porque no estaba allí.

La mano de Dorothy, aún sobre el ratón, tembló.

—Tonta —se dijo—. Estate quieta.

Dorothy miró la casa en la pantalla. Se fijó en el cuidado jardín delantero y en el buzón en la puerta principal, también en el arbusto de margaritas que había dentro de una gran urna de piedra al lado de unos estrechos escalones. Si fuera, si le dijera que sí, esa sería la puerta que vería cuando llegara a casa y ese el felpudo en el que se limpiaría los zapatos. Y esas serían las margaritas que cogería para ponerlas en un jarrón sobre el lavamanos del cuarto de baño.

Miró la esquina superior de la pantalla. Las 14.05 de la tarde. Las 5.05 de la mañana. Todavía quedaban dos horas y cincuenta y cinco minutos hasta que el Skype pudiera empezar a pitar a través del éter, como un par de esferas de meditación electrónicas en medio de un túnel lleno de agua. Y entonces allí estaría él, Rupert; el ángulo de la pantalla de su portátil hacía que las mejillas se le vieran más flácidas de como Dorothy creía que las tenía, y acentuaba los fulares que llevaba, remetidos por el cuello de la camisa como unas coloridas servilletas.

«Buenos días, Dorothy», diría él.

Y ella le respondería: «Buenas tardes, Rupert».

Era una bromita que tenían, que, si bien carecía de gracia, era una forma dulce y cariñosa de empezar su conversación diaria.

Ya eran las 14.12 de la tarde. Las 5.12 de la mañana. Dorothy suspiró e hizo un lento giro de 360 grados clicando sobre el mapa.

¿Ahí, al final de la calle, había un puentecito? Sí, le parecía que sí. De modo que los dos, Rupert y ella, cruzarían el puente cuando recorrieran la calle de camino a la antigua iglesia de piedra del pueblo los domingos por la mañana o para ir al pub a tomar una cerveza con limón los viernes por la tarde. Su perro border collie los seguiría, despacio como un zorro. Dorothy llevaría botas de goma y tweed y un pañuelo en la cabeza, igual que la reina en Balmoral.

—No seas boba —murmuró, y se dio cuenta, demasiado tarde, de que lo había dicho con un leve acento británico.

Avergonzada, cerró el buscador con un clic definitivo y echó atrás la silla.

Al otro lado de sus ventanas delanteras oyó el zumbido de la moto del cartero y vio que se paraba. Cuando salió, los feos agujeros que había en sus parterres, en los que las dafnes y los rododendros se habían muerto de sed, atrajeron su mirada. Eso no le pasaría en Fritwell, pensó Dorothy mientras sacaba como podía la nueva edición del *Alexandria Park Star* de su buzón.

Cuando volvió adentro, colocó el *Star* en la bandeja para el té con una tetera para un único servicio de Carlos y Diana y una sola galleta Kingston. De una vitrina enorme y atestada sacó la taza de porcelana Reina Ana, con el borde dorado, en la que las caras de Carlos y Diana estaban rodeadas de unas bandas también doradas y enmarcadas por rosas Tudor y flores de lis. Podría haber elegido la taza Crown Trent, en la que Carlos y Diana estaban dentro de un corazón rojo intenso bajo un león dorado. O también una Aynsley, una Royal Stafford, una Royal Albert o una Brosnic. O una Wedgwood, una Royal Doulton o una Spode.

La colección de porcelana de la boda de Carlos y Diana de Dorothy llenaba todas las baldas y los armarios de dos vitrinas grandes que tenía en el salón. Incluía las cosas que eran de esperar, como tazas, platos, jarrones y jarras, así como salvamanteles, dedales, joyeros, apagavelas, ceniceros y campanillas. Wedgwood había sacado una colección de porcelana Jasperware conmemorativa en varios colores y Dorothy se había hecho con todas las piezas de la boda tanto en azul como en lila, si bien ignoró las ocres. Hubo años en los que el principal pasatiempo de Dorothy había sido escribir a los coleccionistas de porcelana de Inglaterra y Estados Unidos. Pero luego llegó eBay y, después de que Reg muriera, Dorothy hizo que forraran de estanterías su cobertizo para colocar en ellas el nuevo botín, imposible de imaginar antes de aquello, de todos esos tesoros que se fabricaron en honor de la gran boda celebrada el 29 de julio de 1981.

Dorothy se sentó a la mesa redonda que había en el saliente junto a la ventana con vistas a su jardín trasero. Se sirvió el té y se comió despacito su galleta. En la portada del *Star* estaba esa horrible heredera de la industria del carbón. En los ojos de esa mujer se veía lo que el amor al dinero podía hacer al alma de una persona, pensó Dorothy. Dio la vuelta al *Star* y, durante un momento, colocó la mano sobre la cubierta trasera, como si al hacerlo fuera capaz de asimilar, a través del papel, todo el contenido.

—A ver, Leo, ¿qué debería hacer? —murmuró.

Inspiró hondo y abrió la revista por donde estaba el horóscopo.

«Acuario: Tolkien escribió: "Todo lo que tenemos que decidir es qué hacer con el tiempo que se nos ha dado". Ni siquiera vosotros, acuarios, los espíritus más libres del Zodíaco, nacidos bajo el más que libre elemento del aire, sois inmunes a los placeres seductores de las cosas terrenales y los éxitos tangibles. Pero hoy debéis preguntaros cómo deseáis realmente pasar las horas que os han sido otorgadas.»

En medio del silencio, Dorothy contuvo la respiración, y el tictac de un pequeño reloj se hizo cada vez más y más fuerte. Era un reloj de cerámica de Carlos y Diana, hecho por Denby. Las 14.35 de la tarde. Las 5.35 de la mañana. Todavía quedaban dos horas y veinticinco minutos. Tic, tac, tic, tac. El día anterior Rupert se había puesto un pañuelo naranja con un estampado de hexágonos de color azul pizarra. Le contó que había llevado a Flossie al veterinario para que le limpiaran los dientes, que había ganado a Nigel a los dardos por primera vez en cinco años y que estaba pensando en tapizar los sillones del salón. Y entonces, inesperadamente, dijo: «Vente, vente sin más. Ven a estar conmigo y a ser mi amor». Dorothy, sorprendida, se había acobardado.

Tic, tac, tic, tac. Tic, tic, tic. Iban pasando los segundos de su vida. ¿Y en qué iba a gastarlos? ¿En eBay? ¿En portahuevos de tamaño grande Royal Worcester conmemorativos de la boda de Carlos y Diana? ¿En... cosas? Dorothy miró una vitrina increíblemente atestada y después la otra. En todas las estanterías Carlos la observaba por encima de su larga nariz. Diana, tímida y hermosa, sonreía bajo el flequillo que le caía sobre la frente. ¿Y dónde estaba Diana ahora? Muerta siendo duquesa. Y un día Dorothy también moriría.

—Oh, Leo —murmuró.

Tenía razón. Tolkien tenía razón. Y Dorothy ya sabía lo que debía hacer. Debía deshacerse de todos los platos, las tazas, los jarrones, los salvamanteles y los apagavelas. Y también de los dedales. Y hasta de las vitrinas. Y de todos los demás muebles. Y de sus joyas, su ropa y sus bolsos. Iba a vender la casa.

«Buenos días, Dorothy», le diría Rupert dentro de dos horas y veinte minutos.

«Buenas tardes, Rupert», le contestaría Dorothy.

Y después, ya sin evitar que ese maravilloso acento británico modulara su voz, le diría también: «Mira, Rupert, he tomado una decisión...».

Blessed Jones (cáncer, famosa cantautora, fan secreta de Dolly Parton y loca por el sonido del banjo, dueña de un corazón roto tres veces y arreglado dos) estaba sentada frente al extremo más oscuro de la amplia barra de madera del Strumpet and Pickle, maldiciendo mentalmente a Margie McGee.

A diferencia de la mayoría de las colegas femeninas del senador Dave Gregson, Margie había estado a salvo. No solo porque ya no era joven, sino también porque tenía demasiados principios. ¿Por qué Margie había tenido que dejar su empleo? Si no lo hubiera hecho, esa ninfa de pelo caoba nunca habría acabado trabajando para el senador Dave Gregson. Ni tampoco, seguramente, habría acabado en la cama que deberían haber compartido Dave Gregson y la propia Blessed Jones.

Blessed, inconscientemente, estaba convencida de que sus gafas oscuras impedirían, de algún modo, que las demás personas que había en el pub se dieran cuenta de que era Blessed Jones la que estaba sentada allí, acodada a la barra, con dos vasos chatos vacíos delante de ella, aparte de un tercero que estaba lleno de sidra. Los puños de la chaqueta de lana que llevaba estaban deformados por la cantidad de pañuelos arrugados que ocultaban, los usados en la izquierda y los limpios en la derecha. A sus pies esperaba la curvada funda de su guitarra.

Por los laterales de las gafas, Blessed advirtió que los parroquianos del lunes por la noche no tenían nada que ver con los jóvenes modernos y guapos, con piercings en la nariz, que no dejaban de cogerse de la mano y de darse besos con lengua que llenaban ese local de jueves a sábado. Las diminutas mesas, que un viernes estarían ocupadas por hipsters con barbas pobladas que no paraban de reír, esa noche no servían más que de apoyo para los vasos de cerveza de ejecutivos aburridos que estaban encaramados a los pequeños taburetes como gigantes solitarios. Blessed comprendió que la noche de los lunes en el Strumpet and Pickle era para la gente que, tras acabar su jornada de trabajo, no tenía prisa por ir a ningún otro sitio. Y también para el aficionado a las teorías de la conspiración residente, que en esa ocasión había acorralado a un pobre diablo junto a la chimenea. Cuando estaba más lúcido, aparentemente escribió un libro polémico sobre el inminente fin del mundo, pero a esas alturas había quedado reducido a soltar divagaciones durante las veladas de micrófonos abiertos y a dar discursos incoherentes sobre colisiones de asteroides y ceniza volcánica.

Blessed se sacó un pañuelo de la manga derecha y se sonó la nariz. Después dio un trago a la sidra. Sintió el frescor del líquido detrás de la frente y en los pómulos, pero la sidra no era lo bastante fuerte para borrar las imágenes que no paraban de repetirse en su mente. La pesada puerta del apartamento abriéndose. La chica, desnuda a la luz de la nevera. Tal vez podía usar eso para una canción: «Desnuda a la luz de la nevera, ya nada está bien fuera, los grados Fahrenheit de su apetito, su relación han prescrito».

Blessed había perdonado a Dave muchas veces ya. Le había perdonado la nerviosa profesora de universidad que lo llevaba todo negro y asimétrico, incluso el pelo, y una línea de pintalabios amarillo en la boca. Le había perdonado la cooperante que olía a pachuli y que pasó un tiempo asesorando a su equipo y a él con Timor Oriental. Le había perdonado la chica de dieciocho años cubierta de tatuajes que hacía de canguro de su hijo de ocho, el hijo único de un matrimonio que se había roto por el peso de las infidelidades de Dave.

Tras cada episodio, Blessed le preguntaba: «¿Qué querías? ¿Qué estabas buscando? ¿Por qué yo no soy suficiente para ti?». Pero Dave se limitaba a encogerse de hombros. Hablar con Dave después de una de sus aventuras era como intentar cavar en el fondo de una piscina, un golpe tras otro contra azulejos cerámicos con la punta de una pala. Y esa vez ya no le quedaba suficiente fe para intentarlo. No quedaba ya nada debajo.

—Eres un hombre —le dijo al tipo que estaba sentado solo, dos taburetes más allá de donde ella estaba, metiendo cuidadosamente una tarjeta de plástico en su lugar en la cartera.

Era algo relacionado con la medicina, llevaba una camisa azul con un logotipo. Atractivo, decidió Blessed. Pelo oscuro que le caía sobre una ceja y el borde de las gafas. Unas gafas elegantes. Labios carnosos, dientes grandes. Peligroso pero en terreno seguro. «Un lobo con buenos modales», pensó Blessed.

El tipo puso cara de sorpresa y se señaló. «¿Yo?»

—Sí, tú —dijo Blessed, y metió el pañuelo en su manga izquierda, con los otros.

Tal vez un poco de sexo intrascendente le vendría bien esa solitaria noche de lunes.

—Simon —se presentó.

—Bronwyn —contestó ella

Él enarcó una ceja, no dijo nada.

—Eres un hombre —repitió Blessed, pasándose al taburete contiguo al de él—. Explícame lo que son los hombres.

En la barra, delante de Simon, había un elegante portátil dorado. Blessed se apoyó en un codo y miró con descaro la pantalla. Tenía abierta la página de un banco. Blessed entornó los ojos para ver mejor y pudo reconocer dos palabras antes de que él cerrara el portátil. «Tansy.» «Brinklow.» Blessed se quedó con el ritmo que tenía ese nombre. «Tansy Brinklow, Tansy Brinklow. Bansy Trinklow.» Se había tomado dos chardonnay antes de la sidra.

Simon Pierce (escorpio, partero y tecnólogo, adicto empedernido al chocolate, aficionado al cine, conductor de una Vespa y dueño de un corazón que habían roto tan recientemente como el de Blessed Jones) sabía perfectamente quién era ella, esa mujer menuda sentada a su lado con la nariz un poco roja y la lengua un poco pastosa. De hecho, sabía que la guitarra que tenía junto a sus diminutos pies era Gypsy Black: una brillante y curvilínea guitarra acústica con dos golpeadores gemelos de carey y un adorno de una rosa de madreperla incrustado en el clavijero. Blessed salía con Gypsy Black en la portada de todos sus CD, y a Simon Pierce no le faltaba ninguno.

Sirvió un vaso de agua a Blessed de una jarra que había en la barra. Y también sacó un complemento vitamínico Berocca de la bolsa que tenía colgada del taburete.

«Mierda, nada de sexo intranscendente por ese frente —pensó Blessed, decepcionada y a la vez aliviada—. Tansy Brinklow, Tansy Brinklow.»

«Joder», exclamó para sí al recordar de qué le sonaba ese nombre. Tansy Brinklow era la oncóloga de su padre.

Abrió mucho los ojos de repente y puso una mano en el brazo a Simon.

—¿Estás muriéndote? —preguntó.

—¿Qué?

—Que si te mueres.

—¡No! ¿Qué? Bueno, como cualquier persona —contestó Simon, desconcertado.

—Oh, bien, no pasa nada por eso —dijo Blessed—. Es un alivio, supongo. ¿No tienes cáncer entonces?

—¿Cáncer? No.

—¿De garganta, de pulmón, de intestino? ¿Cómo se llama eso que tenéis los hombres? Pros... Próstata. Oh, Dios, seguro que no quieres hablarme de tus testículos. Bueno, soy cáncer —divagó Blessed—. Casera. Sensible. Es fácil hacerme daño. ¿Y tú?

—Creo que soy escorpio.

—¡Ja! —soltó Blessed—. ¿Eso no es un código para decir: «Oye, chica, soy un polvo estupendo»?

Simon se apartó un poco y apareció cierta tensión en su sonrisa. Blessed estiró la mano para coger su sidra. El silencio se extendió entre ellos como una ventosidad.

—Mierda, lo siento... —se disculpó Blessed, y después añadió—: Simon.

—Te perdono... —contestó, y después añadió—: Blessed.

Blessed hizo una mueca.

—¿Qué te ha hecho pensar que estaba muriéndome?

—Tansy Brinklow —respondió Blessed señalando el portátil—. Estabas pagando algo a Tansy Brinklow. ¿Estás en remisión o algo así?

Simon soltó una risa compungida.

—No.

—¿Qué le pagabas entonces?

Simon se quedó un momento pensando.

—Mi integridad, supongo.

Blessed apoyó un codo en la barra y lo miró fijamente.

—Continúa —lo animó.

Durante dos horas Simon le contó a Blessed que había estado prometido con Tansy Brinklow y lo bien que parecían estar juntos. Que había sido como si un edificio se le cayera sobre la cabeza cuando ella rompió con él solo por haberle sugerido que se comprara un Alfa Romeo o tal vez únicamente porque tenía miedo. En definitiva, la vergüenza porque sus amigas pensaran que estaban tomándole el pelo le había dolido más que el amor y el sexo con guantes de cuero, que era placentero, y ella lo había llamado cazafortunas y le había enviado una factura por una cantidad de dinero que le había prestado, pero también por otras cosas: comidas en restaurantes y un fin de semana en un resort pijo fuera de la ciudad.

En esas dos horas Blessed fue al aseo dos veces y se terminó su tercera pinta de sidra. Simon se negó a invitarla a la cuarta, pero pidió dos chocolates calientes. Y mientras Blessed amontonaba con la cuchara la espuma de la superficie, explicó a Simon lo de Dave y su política sobre las energías renovables, que aunque se suponía que era una cosa muy ecologista, ella había empezado a sospechar que solo era otra forma de decir que siempre habría otra mujer y que la última tenía el pelo rojo fuego y unos pechos muy blancos que podían hundir una pequeña nación del Pacífico, y cómo ella había llegado pronto y se la había encontrado desnuda delante de la nevera.

Entonces Simon le contó que estaba devolviéndole todo el dinero a Tansy, céntimo a céntimo, a plazos, y que iba a llevarle un año o más. Que todavía la veía en los pasillos del hospital y que estaba acostumbrándose al nudo en el estómago que le provocaba la vergüenza y todo únicamente porque, para él, el dinero solo era algo que se usaba cuando lo tenías y que podías vivir sin él cuando no, mientras que para ella significaba seguridad, tranquilidad, éxito, familia, poder, una armadura y era lo más importante de todo, en definitiva.

—Creí que íbamos a pasar el resto de nuestra vida explorando las profundidades el uno del otro —confesó Simon—. Pero ella no tenía de eso. Solo tenía bajíos ocultos. Error mío.

Blessed se irguió en su asiento y su expresión se volvió repentinamente apremiante.

—Repite eso.

—¿Qué?

—Repítelo.

—Error mío.

—No, no —contradijo Blessed agitando sus manitas—. Lo que has dicho antes de eso.

—¿Que ella solo tenía bajíos ocultos?

La postura de Blessed se volvió más relajada.

—Bajíos ocultos —repitió en voz baja—. Bajíííos ocultos —repitió, dejando que las palabras adquirieran una melodía.

Entonces se agachó y abrió los cierres de la funda de su instrumento, lo sacó y colocó la bonita guitarra negra en su regazo. Gypsy Black era preciosa y Simon Pierce contempló a Blessed mientras esta empezaba a arrancarle una vacilante cascada de acordes de tercera menor agridulces. Cerró los ojos, recolocó los acordes y empezó a tararear muy bajito.

—He cumplido treinta y cinco la semana pasada, ¿sabes? —dijo Blessed sin abrir los ojos—. ¡Treinta y cinco!

Simon estuvo a punto de decir: «Feliz cumpleaños atrasado», pero ella ya no estaba allí con él. Llevaba siendo partero el tiempo suficiente para reconocer la expresión de sus ojos: la que las mujeres tenían cuando alejaban la mirada del mundo exterior y la centraban en su interior, en el proceso del alumbramiento.

La canción fue saliendo de los movimientos de sus dedos sobre las cuerdas doradas, y Blessed pronto estaba entonándola, con la voz como la lija más fina o el gorjeo roto de un pájaro.

> *Busqué en tu interior, pero solo encontré falsedades.*
> *Aprendí que solo podía vadear, no nadar,*
> *[en tus profundidades.*
> *Eres una parodia, no un drama, un diorama vacío,*
> *no la fosa de las Marianas, solo un seductor baldío.*
> *Busqué, pero en ti nunca encontré.*
> *Buceé, pero nunca en ti me ahogué.*
> *Ahora estoy en ti encallada,*
> *en tus ocultos bajíos varada.*

Cantó las palabras del tirón y después dejó a Gypsy Black libre para que interpretara una estrofa con un punteo fluido atravesado por una armonía que a Simon Pierce le pareció madreper-la hecha sonido. Blessed volvió a cantar las palabras, más alto y más lastimeras esta vez, y acto seguido permitió que la canción acabara con un acorde que se alargó. Cuando abrió los ojos, la atención de todos los que estaban en el Strumpet and Pickle, incluido el hombre de los asteroides de la chimenea, estaba totalmente centrada en ella.

LEO

♌

—«Su traje virginal es enfermizo, y solo para necias» —recitó Nick y, mientras decía su verso, recorrió el corto espacio del balcón: cuatro pasos en una dirección, cuatro en la otra—. «¡Quítatelo! ¡Oh, es mi amor, es mi señora! ¡Ojalá que ella lo supiese!»

—No —dijo Justine desde el otro lado del hueco entre los edificios.

Era un sábado por la mañana de finales de julio y Justine había sacado una de las sillas del comedor a su balcón y estaba sentada en ella con las piernas cruzadas y el *Romeo y Julieta* de Arden abierto sobre una rodilla y una caja de Maltesers con tres cuartas partes ya vacías en equilibrio sobre la otra. Llevaba un grueso jersey de ochos y un gorro de lana, porque aunque era casi mediodía había una fina película de escarcha cubriendo el borde de hormigón del balcón y también el pasamanos.

—¿Cómo que no?

—Lo has dicho al revés. Tendría que ser: «¡Oh, es mi señora, es mi amor!».

—Joder, joder, joder —exclamó Nick recorriendo de arriba abajo su balcón.

Llevaba unos vaqueros oscuros que hacían que sus piernas parecieran demasiado delgadas y el jersey que Justine en su mente llamaba «el jersey del sándalo».

—Otra vez —ordenó Justine, y se metió otro Malteser en la boca.

—Vale. «¡Oh, es mi señora, es mi amor!» «¡Oh, es mi señora, es mi amor!» Oye, ¿me das uno de esos?

—No —contestó Justine—. El chocolate hay que ganárselo, amigo. Tienes que acabar el monólogo. Sin cometer errores. Y decirlo dos veces.

—Eres cruel.

—Hay que sufrir por el arte. Vale. Desde el principio. «Aparece Julieta, arriba...»

—«Pero, ¡oh! ¿qué luz asoma a esa ventana? Viene de oriente, y Julieta es el sol. Sal, sol, y mata la envidiosa luna, que enferma de tristeza al ver que tú eres más bella que su luz.»

—Nooo —interrumpió Justine.

—¿Qué?

—«Al ver que tú, su dama, eres más bella que su luz —corrigió Justine.

—«Que tú, su dama, eres más bella que su luz» —repitió Nick.

—No. Siente el ritmo del verso. «Que tú, su dama, eres más bella —enfatizó— que su luz.»

—¡Dios, pero qué pedante eres! —exclamó Nick, si bien no lo dijo en un sentido reprobatorio—. ¿Tienes la luna en virgo? ¿O ascendente virgo?

—¿Y cómo quieres que lo sepa?

—¿A qué hora naciste?

—A las dos de la madrugada —contestó Justine—. ¿Y qué tiene eso que ver con nada?

—Espera, espera —dijo Nick. Escribió algo en su teléfono y bajó por la pantalla—. Dos de la madrugada el veinticuatro de noviembre el año de tu nacimiento significa que... ¡Ja! ¡Lo sabía! ¡Tienes ascendente virgo!

—Pero ¿qué estás mirando? —quiso saber Justine, riendo.

—Una web que sirve para calcular el ascendente, basándose exactamente en cuándo y dónde naciste.

—Es una locura.

—¿Lo es? ¿Sí? Escucha: «Las personas con ascendente virgo son muy sensibles a las irregularidades en su ambiente y reconocerán instantáneamente cuando hay algo que no encaja o que está fuera de su sitio. Invierten mucha energía en recuperar la forma correcta en que deben estar las cosas que las rodean». En otras palabras, que son justo el tipo de gente que guarda un bolígrafo especial en el bolso para el propósito especial de librar al mundo de los «agüacates».

—Bueno, la pedantería tiene su utilidad —repuso Justine—. Por lo que me has dicho, Verdi ya se sabe el texto palabra por palabra. ¿Quieres que te deje en ridículo una cría de quince años?

Nick suspiró.

—Tienes razón. Esa niña es insufrible.

—Pues entonces...

—Pero creo que no puedo seguir sin chocolate. Por favor... Solo uno.

—Oh, vale —concedió Justine. Se levantó, puso un Malteser en la cesta del farero y Nick tiró de la cuerda para acercarla a su lado.

Desde que la colgaron, la cesta había posibilitado un fluido intercambio entre vecinos. Aunque todavía no se habían pasado la típica tacita de azúcar, se habían pasado el DVD de *Romeo + Juliet* de Baz Luhrmann (de Justine a Nick), un CD de Blessed Jones (de Nick a Justine), una tirita (de Justine a Nick) y una ración de palomitas de microondas (de Nick a Justine).

En ese caso, Nick cogió la bolita de chocolate de la cesta.

—Oh, gracias, generosa y amable dama.

—No habrá más hasta que acabes la tarea —le advirtió Justine—. «Aparece Julieta, arriba...»

—«Pero, ¡oh! ¿qué luz asoma a esa ventana? Viene de oriente, y Julieta es el sol. Sal, sol...»

Necesitó media hora para recitarlo de forma exacta y Justine tuvo que reducir mucho el ritmo de ingesta de Maltesers para asegurarse de que quedaban algunos para dárselos a Nick como recompensa.

—¿Tres? —preguntó Nick al ver la caja que acababa de sacar de la cesta—. ¿Tres? ¡¿Tres?! ¿Eso es lo que he conseguido? ¿Tras todos mis arduos esfuerzos?

—Habría más si te hubieras sabido el texto.

Nick se metió todos los Maltesers en la boca de una vez.

—Gracias, por cierto —dijo mientras los saboreaba.

—¿Por qué?

—Por repasar el texto conmigo.

Justine sonrió y cerró el libro que tenía sobre la rodilla.

—¿Llamaste entonces?

—¿A Alison Tarf?

Justine asintió.

—Sí. Bueno, hablé con su ayudante, al menos.

—¿Y?

—Las audiciones se hacen en grupo. Mucha improvisación, aparentemente. Alison quiere ver cómo trabaja junta la gente, lo que se genera entre las personas, esas cosas.

—¿Y cuándo son?

—En septiembre. Que es justo cuando termino con *Romeo y Julieta*, así que ese momento es...

—¿Perfecto? —concluyó Justine—. ¿Tienes que preparar algo? ¿Puedo ayudarte a ensayar?

Nick pareció perder un poco el entusiasmo.

—No sé —dijo desaminado—. Yo... es que... no debería.

—¿No deberías hacer las audiciones? —preguntó Justine—. ¿Por qué?

—Ya sabes. Mi promesa. Laura y yo... pasamos una temporada mal, nos separamos un tiempo, pero desde que hemos vuelto ella ha sido genial. Mucho más relajada. La promesa que le hice... Es importante para ella, y yo quiero hacer lo correcto. Pero tengo sentimientos encontrados. Con esto de Alison Tarf. Supongo que debo reflexionar seriamente.

¿Es que no había leído el horóscopo?, se preguntó Justine. ¿Es que «Leo» no había indicado ya a los acuarios en qué parte de sus almas tenían que buscar? Justine intentó pensar en una forma de colar delicadamente en la conversación una o más de las palabras clave o las frases de Leo. «Cosas terrenales» o «las horas que os han sido otorgadas».

Sin embargo, lo que dijo fue:

—Una audición no es más que una audición, ¿no? Quiero decir, que si te ofrecen un puesto en la compañía, nada te impide rechazarlo. ¿No crees que al menos deberías... intentarlo?

—No lo sé, Justine. Quizá es más fácil así.

—¿Más fácil?

Nick dejó caer los hombros y suspiró.

—Tal vez sea más fácil dejarlo todo atrás sin descubrir si soy lo bastante bueno o no. Así podría imaginarme siempre que pudo ser y me quedaría el consuelo de que fui quien dejó pasar la oportunidad.

—Eso no lo creerás en serio, ¿no?

Nick soltó una carcajada triste.

—Creía que no. Pero después he leído lo que Leo tenía que decir y...

«Continúa», pensó Justine.

—¿Y? —lo animó.

—Bueno, Leo dice que debería pensar en cómo quiero pasar en realidad mi tiempo. Mi vida. Y tal vez no estoy utilizando mi tiempo de la mejor manera posible. Tal vez estoy malgastando mi tiempo en mi carrera de actor. Y si resulta al final que no soy lo bastante bueno, ¿qué habrá pasado con todos estos meses, estos años? ¿Se habrán perdido sin más?

«Ah, así que no es solo cuestión de la promesa que le ha hecho a Laura», pensó Justine. Era también un problema de coraje y confianza, los reyes del autoengaño.

—¿Y si descubres que sí eres lo bastante bueno? —insistió Justine—. ¿Acaso no es una posibilidad?

—¡Mierda! —exclamó Nick cuando miró el reloj—. Los ensayos empiezan dentro de media hora. Tengo que irme ya.

—¿Tanto miedo te da la pregunta que tienes que salir huyendo?

Nick la miró a los ojos y le sostuvo la mirada un momento.

—Tal vez sí que me lo da. Pero prometo pensarlo. Y es verdad que tengo que irme, te lo aseguro.

—Ve corriendo, pues —contestó Justine.

—Gracias, Nodriza —fue la respuesta de Nick.

Y aunque no era el papel que Justine habría elegido como primera opción, supuso que era mejor ese que ninguno.

Todos los años Jeremy Byrne aburría a su personal con una reunión que llamaba «el Estado de la Nación». Si no fuera por el café fuerte que el director preparaba para la ocasión y los pastelitos de Rafaello's que pedía por docenas, no habría habido ninguna compensación por la hora y media de su vida que Justine sacrificaba anualmente para ver el detallado resumen de cifras de ventas y de ingresos, analizar los éxitos del ejercicio anterior y escuchar los objetivos para los doce meses que tenían por delante.

Ese año el Estado de la Nación tuvo lugar un martes a principios de agosto. Por la mañana Justine había estado trabajando en la columna de jardinería de Lesley-Ann. Trataba de la majestuosidad de las peonías, pero la copia manuscrita había llegado en un sobre que también contenía una generosa cantidad de mezcla de tierra para macetas y Justine se pasó más de un cuarto de hora limpiando su teclado.

Cuando terminó (tanto con la limpieza del teclado como con la preparación de la columna), Justine se encontró, seguramente por primera vez desde que empezó a trabajar como secretaria general de redacción, con su bandeja de entrada vacía. La columna de economía, la de gastronomía, las cartas, las reseñas de libros y la columna de jardinería ya estaban hechas, y Doc no había enviado aún el crucigrama, así que no tenía que hacer nada a ese respecto.

Ordenó el escritorio de su ordenador y revisó sus emails: responder, borrar, archivar. Se quedó mirando el fax como si así pudiera hacer que cobrara vida. Pero resultó que no.

Justine se quedó pensando.

Cogió un papel sucio de su pila para reciclar.

Escogió un bolígrafo.

«Acuario», escribió. Pero ¿cuáles serían las palabras mágicas? ¿Cuál era la misteriosa combinación que conseguiría que Nick Jordan creyera que era su destino hacer la audición para la nueva compañía teatral de Alison Tarf?

Justine: «Cerebro, ¿alguna idea?».

Cerebro: «Creo que el momento es la clave».

Justine: «¡Oh! La revista tiene que salir justo la noche del estreno, ¿no? Así que pillará a Nick en pleno subidón de entusiasmo por la obra...».

Cerebro: «Y su elección de profesión quedará validada...».

Justine: «Si el horóscopo suena parecido a una crítica. Una crítica buena».

Cerebro: «Excelente idea».

La página de Justine empezó a llenarse de palabras y frases sueltas: aplausos, elogios, reverencias, bises... Acababa de anotar la expresión «real como la vida misma» cuando se dio cuenta de que había alguien de pie en el umbral de su despacho.

Era un hombre que tenía treinta y pocos años y llevaba las mangas subidas hasta los codos, dejando al descubierto unos brazos que, o bien eran de piel oscura de nacimiento, o bien lucían un bronceado nada propio de la estación. Llevaba el nudo de la corbata de color dorado mate flojo y el pelo, rubio oscuro, un poco largo. Segundos después lo identificó.

Era Daniel Griffin. No era tan alto como ella recordaba, pensó, pero transmitía cierta solidez gracias a la posición de los hombros y en la forma en que su pecho llenaba cómodamente todo el espacio disponible dentro de la camisa. Un adicto al gimnasio, diagnosticó Justine.

—¿Justine?

—¿Daniel? —respondió ella con tono inseguro, aunque ella no lo estaba.

—Ese soy yo.

Daniel entró en el despacho y Justine instintivamente cogió la hoja en la que había estado escribiendo y le dio la vuelta sobre la mesa. «Mierda», pensó. Ese gesto probablemente la había hecho parecer sospechosa.

—¿Has venido para el Estado de la Nación? —preguntó ella.

Daniel inclinó un poco la cabeza.

—Sí.

—Vaya, eso sí que es dedicación.

—Yo soy de lo más abnegado —respondió Daniel con la mano en el corazón—. Oye, ese artículo que escribiste sobre la actriz jovencita... Era bueno. Muy bueno, realmente. Deberías escribir más. Jeremy está malgastando tu talento con este trabajo.

Había un aire burlón en su forma de hablar. ¿Estaba tomándole el pelo? No lo tenía claro.

—Bueno, ya sabes cómo son las cosas por aquí. Es difícil que surja una vacante cuando nadie dimite. Ni se muere.

Daniel enarcó ambas cejas.

—Será mejor que me cubra las espaldas, por si acaso.

—Buena idea —respondió Justine muy seria.

—Te veo en la gran reunión —se despidió Daniel, y salió del despacho. Andando hacia atrás.

Cuando llegó a la sala de descanso, donde habían colocado ya los platos con comida entre la habitual colección de periódicos, revistas, boletines del sindicato fotocopiados y una caja de bombones de apoyo a una organización benéfica que hacía mucho que estaba vacía, Justine reparó en que Jeremy parecía tenso mientras preparaba una cafetera.

Daniel Griffin estaba apoyado en el mostrador de una manera que, a primera vista, a Justine se le antojó demasiado relajada. Sin embargo, tras observarlo un momento se dio cuenta de que estaba totalmente alerta y pendiente de lo que hacían todos.

—No está mal, ¿verdad? —preguntó Anwen pegando su hombro al de Justine.

Pero antes de que Justine se viera obligada a contestar, Jeremy carraspeó.

—Gracias. Gracias... eh... a todos. Gracias por... eh... venir hoy. Y gracias sobre todo a Daniel por haber viajado expresamente para estar... eh... con nosotros.

En la exhaustiva presentación que siguió, Jeremy encontró seis formas diferentes de decir a sus subordinados que las cifras de ventas eran un poco inferiores que las que tuvieron en el mismo período del año anterior y que los ingresos por publicidad se mantenían sin complicaciones. La mañana había llegado a su fin, y la mayoría del personal estaba medio dormido para cuando el director dijo:

—Y así llegamos al punto final de este... informe del Estado de la Nación.

Jeremy hizo una pausa y Justine supo (por el leve temblor que detectó en la comisura de la boca de su jefe y por la humedad casi imperceptible de sus ojos azules) que lo que diría a continuación iba a ser muy diferente a lo que estaban acostumbrados a oírle.

Justine miró a Daniel, que no estaba mirando a nada en especial intencionadamente y mantenía su postura relajada con una precisión excesiva. Entonces se dio cuenta de que él sabía lo que Jeremy iba a decir, que de hecho estaba preparado para ese momento. Había ido hasta allí para formar parte de algo muy especial. Una abdicación. Una sucesión. La primera en toda la historia del *Star*.

Roma también lo había deducido. Asombrada, se acercó la muñeca escayolada al pecho y ese gesto provocó un efecto dominó que envió una oleada de comprensión que recorrió toda la sala de descanso, solo unos segundos antes de que llegaran las palabras de Jeremy.

—Ha habido mucha gente que ha expresado la opinión de que yo solo me iría del *Star* con los pies por delante. Pero he decidido que, a pesar de todo lo que ha significado el *Star* para mí y todo lo que me ha dado, quiero escribir un final diferente... para mí. He decidido... Bueno, yo... Hoy... bueno, no voy a rebajarme. Pero tampoco voy a ascenderme, en realidad. Digamos que me he autootorgado el título de director emérito, un papel que pienso desempeñar en su mayor parte lejos de aquí. En esta nueva situación espero tener tiempo para leer más, aunque sé que mi querido marido tiene planes para que haga mucha más... jardinería. Sea como sea, estaré mucho menos involucrado en... eh... la rutina del día a día.

»Sí, sí, ya veo las expresiones de vuestras caras y aunque os agradezco esos sentimientos que se reflejan en ellas, por supuesto, no olvidemos que este es un día de... celebración. Hoy también le damos la bienvenida de vuelta a casa desde Camberra a Daniel Griffin, que ha hecho una labor excelente como corresponsal político y que ahora será quien tome las riendas del *Star*. Como director. Con efecto inmediato.

Jeremy empezó a aplaudir. Y durante un segundo ese aplauso sonó muy fuerte, demasiado, hasta que el resto del personal, todavía perplejo, se unió a él. Daniel no se movió, solo aceptó ese aplauso con un asentimiento relajado, como si fuera lo más natural del mundo para él ocupar el puesto de Jeremy Byrne.

En cuanto pudo y al parecer por un deseo de superar la acumulación de emociones que sentía, Jeremy siguió hablando.

—Nuestra querida Jenna Rae ha accedido a ocupar el puesto de Daniel, y estoy seguro de que todos querréis, como yo, desearle que tenga muchos éxitos en la capital de la nación.

Hubo más aplausos, durante los que Jenna intentó mantener una pétrea máscara muy profesional en la cara, aunque todos percibieron la satisfacción reflejada en sus ojos.

—Y estoy seguro de que todos comprendéis lo que eso significa —prosiguió Jeremy, y Justine se quedó desconcertada al descubrir que todos los que había en aquella sala estaban mirándola.

Notó un intenso enrojecimiento subiéndole por ambos lados del cuello.

—Significa que ha quedado una mesa libre aquí, en la redacción central. Y, como parte de lo que está resultando ser una importante remodelación del equipo, nuestra querida Justine, que durante tanto tiempo nos ha traído pacientemente las cartas y los cafés, ahora podrá empezar como periodista en prácticas. Tengo que añadir que ya se embarcó en la tarea de forma no oficial y con un estilo espectacular, con el artículo de portada del mes pasado, nada menos. Sé, Justine, que has esperado este día durante mucho tiempo. ¡Pero al fin ha llegado! Y ahora esperamos grandes cosas de ti.

Hubo otro aplauso mientras Justine empezaba a digerir las consecuencias de lo que Jeremy acababa de anunciar. La carrera que se había imaginado y planeado, para la que había estudiado, por la que había sido recadera tanto tiempo, ahora estaba al alcance de su mano. Pasaría a la mesa de Jenna en la sala de redacción, con Roma y Martin. Su firma aparecería en la revista, no ocasionalmente, sino en todos los números. Por fin su carrera estaba encaminada.

En ese punto Jeremy empezó a divagar sobre la proposición para que el peligro amarillo se incluyera en la lista de monumentos protegidos y Justine aprovechó para escribir un mensaje de texto rápido: «Jeremy se va a jubilar. Daniel Griffin asume el timón. ¡Y yo voy a ser periodista en prácticas!». Se lo envió a su madre y a Tara. Y después, en un impulso, a Nick Jordan. Tres respuestas llegaron en el mismo número de minutos. Su madre escribió: «Qué maravilla cariño eres increíble creo que tenemos que ir a comprarte algo bonito que ponerte». Eso hizo sonreír a Justine, pero también tomó nota mental de enseñar a su madre, otra vez, cómo se ponían las mayúsculas en los mensajes y recordarle dónde estaba el menú con los signos de puntuación. Tara respondió: «¡Joder, qué bien!». La respuesta de Nick, que fue la última en llegar, decía: «Te prepararé un pastel relleno de una buena dosis de humildad para celebrarlo y, mientras nos lo comemos, tendrás que reconocerme que es verdad que Leo Thornbury lo sabe todo».

Justine volvió a prestar atención a lo que estaba pasando en la sala de descanso justo a tiempo para oír a Jeremy decir:

—Lo que nos lleva... eh... a Henry.

Henry estaba tan rojo que parecía que toda su cabeza corría el riesgo de convertirse en una especie de ampolla llena de sangre. Justine frunció el ceño. Jeremy no lo haría, seguro que no. No le daría un ascenso a Henry tras solo unos pocos meses de ser asistente de redacción. ¿Qué prácticas eran esas? ¡No era apenas nada! No sería justo. Justine había perdido dos años de su vida llevando el correo y el café. No era posible que Henry fuera a librarse tras solo unas semanas.

—Después de un tiempo relativamente corto como asistente de redacción —continuó Jeremy—, nuestro querido Henry asumirá el puesto de secretario general de redacción y, aunque esto representa un... eh... salto enorme en su curva de aprendizaje, estoy seguro de que todos lo ayudaremos de todas las formas que hagan falta para que vaya aprendiendo cómo van las cosas.

«¡Mierda!», pensó Justine al imaginarse a Henry sentado en su bonito despacho, corrigiendo las reseñas de los libros que ella había encargado. O peor, seleccionando las Cartas al Director. ¡Henry! Con su forma conservadora de ver el universo. Y... ¿de verdad estaba a la altura de la tarea de comprobar las definiciones de los crucigramas crípticos de Doc? Justine sabía que tendría que inculcarle lo fundamental de esa responsabilidad.

Otro estremecimiento de entusiasmo brotó en su interior. ¡Había conseguido sus prácticas! Iba a ser escritora, una escritora de verdad. Aunque fuera muy improbable y por segunda vez, Leo Thornbury había dado en el clavo sobre lo de los éxitos en su carrera, tuvo que reconocer Justine. Y justo después de ese pensamiento cayó en la cuenta de que desde ese momento en adelante sería tarea de Henry transcribir los horóscopos de Leo Thornbury; ella ya no tendría el poder de rehacerlos.

Los sentimientos de Justine colisionaron y entraron en conflicto, y deseó estar sola, o ser invisible, para poder ponerlos en orden sin que nadie la viera. Pero no era invisible. Y estaba en la sala de descanso, a la vista de todos, y cuando levantó la vista, con el cerebro lleno de pensamientos enmarañados, se percató de que Daniel Griffin tenía los ojos de color avellana fijos en ella: directos, inteligentes e inquisitivos.

Al salir del trabajo esa tarde, se detuvo cuando llegó al extremo del camino flanqueado de arbustos de lavanda. Tras asegurarse de que no venía nadie detrás de ella que pudiera ver lo que iba a hacer, se situó justo debajo de la estrella hecha de mosaico, que colgaba llamativa, amarilla y radiante contra el fondo de un cielo cubierto de nubes oscuras, y durante un momento se permitió sentir el cálido brillo de sus rayos inspiradores que caían, por fin, sobre su cara vuelta hacia lo alto. Después, sonriendo por su estupidez, cruzó la cancela y salió a Rennie Street.

Ya estaba a medio camino de casa, cuando su teléfono le anunció la llegada de un mensaje de texto. Era de Nick.

«¿A qué hora te espero para tomar ese pastel con su dosis de humildad?»

Justine, un poco confusa, respondió: «Oh. Creía que el pastel era solo metafórico».

«Pues tu metáfora está en el horno de mi casa ahora mismo. ¿19.30?», contestó Nick.

«Allí estaré», escribió Justine, y siguió su camino preguntándose si acaso sería verdad que las estrellas se hubieran colocado por sí solas en una alineación maravillosamente curiosa.

Justine nunca había pisado el bloque de apartamentos de ladrillo marrón que había al lado de Evelyn Towers. Pero de haberse puesto a imaginar cómo era el edificio por dentro, habría acertado de pleno. Las paredes y los suelos del vestíbulo de la planta baja eran sombríos y en el hueco de la escalera se percibía el inconfundible olor de la basura.

Pero cuando se halló frente al apartamento de Nick sintió alivio, porque aunque detectó un leve olor a moho, quedaba disimulado por el aroma del pastel caliente y el del desodorante Lynx que Nick debía de haberse puesto hacía poco.

—¡Felicidades! —exclamó Nick desde el umbral.

Llevaba unos vaqueros claros y una camisa de rayas, y la esperaba con los brazos abiertos. La estrechó entre ellos, y Justine se sintió poquita cosa, pero a la vez entusiasmada.

—Y no te traigo nada —dijo—. Ni vino, ni bombones ni...

—Oh, calla, anda —contestó Nick con buen humor—. Pasa. El vino está por allí.

En el estrecho pasillo, Justine encontró una serie de percheros repletos de sombreros de lo más loco y ecléctico: vio el sombrero de un jinete tibetano, el casco de un Bobby inglés, un gorro de Daniel Boone con una genuina cola de mapache y un gorro de chef.

En el salón, sobre una rudimentaria estantería de ladrillos y tablas, estaba la colección de ukeleles de Nick: un instrumento marrón y los otros de los colores del atardecer hawaiano, de los bajíos de agua cálida y del color de la guayaba. Apoyados al pie de las paredes había carteles de obras de Brecht y Chéjov, de *La Tempestad* y *Como gustéis*, de *Enrique IV* y de *Noche de Reyes*. También había de *Summer of the Seventeenth Doll* y *Away*, obras teatrales con actores, pero también espectáculos de marionetas, de cabaret y de mimo.

El pastel con una dosis de humildad al estilo de Nick Jordan resultó ser uno con un relleno cremoso de pollo y puerros cubierto por una capa de masa ligera y perfecta. Como Nick no tenía un molde para pasteles, lo había metido en el horno en uno de aluminio desechable del supermercado, pero había salido muy bien y lo sirvió con unas puntitas de espárragos tiernos.

Tampoco tenía nada ni remotamente parecido a una mesa y unas sillas de comedor, de modo que comieron con los platos en el regazo, sentados uno al lado del otro en el sofá que Justine no podía evitar ver como «el sofá de Laura». Él escogió vino blanco muy fresco para brindar, pero tuvieron que beberlo en un par de tazas de desayuno con dibujos de girasoles porque las copas de vino todavía estaban en la lista de cosas que le quedaban por comprar.

—Por ti, Lois Lane —dijo Nick levantando la copa.

Poco después dos platos vacíos descansaban sobre la mesita del café y Nick estaba abriendo una segunda botella que, por lo que Justine vio, era bastante menos cara que la primera. Muy calentita y cómodamente achispada, se había quitado los zapatos y estaba sentada en el sofá con los pies debajo del cuerpo.

—Gracias por esto, Nick. Por la cena... Por celebrarlo conmigo.

—Es un placer. Pero no creas que se me ha olvidado. Todavía tienes que admitir que Leo Thornbury lo sabe todo, ¿te acuerdas?

—Me parece una declaración demasiado ambiciosa —contestó Justine.

—Bueno, no voy a agobiarte. Cuando estés preparada, lo admitirás —dijo con un aire burlón de superioridad.

Justine se echó a reír.

—Vale. Supongo que este momento es tan bueno como cualquier otro. —Dio un sorbo al vino y, después de reflexionar un instante, carraspeó y puso una expresión seria—. Leo Thornbury parece ser un astrólogo bastante bueno.

—¡Bah! ¡Patético! ¡Inténtalo otra vez!

—Vale, vale. Tienes razón. Eh... Las columnas de Leo Thornbury, no sé por qué será, han predicho de una forma bastante precisa lo que iba a pasar en mi trabajo este año.

—Estás escabulléndote —le recriminó Nick—. ¿Qué es eso de «no sé por qué será»? Las palabras precisas son: «Leo Thornbury lo sabe todo».

—Leo Thornbury... —empezó Justine otra vez, pero no pudo seguir porque se le escapó una risita.

Cerebro: «Si él supiera, ¿eh?».

Justine: «¿Tienes que recordarme eso justo ahora que me lo estoy pasando bien?».

—Leo Thornbury... —repitió Nick.

—... muestra una perspicacia inusualmente buena —terminó Justine.

Cerebro: «Muy lista».

Pero antes de que Nick pudiera volver a quejarse, Justine se quedó sorprendida (y vio que a Nick le pasaba lo mismo) al oír una llave que giraba en la cerradura de la puerta principal. Unos segundos después apareció Laura Mitchell en la entrada al salón con un abrigo verde oscuro brillante que le llegaba casi hasta las tiras de sus increíbles zapatos de tacón alto. Tenía el pelo peinado en un complicado recogido que, en opinión de Justine, solo podía haberle hecho un profesional. Era como si Laura acabara de salir de la alfombra roja para encontrase con un silencio sepulcral muy incómodo.

—Hola —saludó Nick. Se puso de pie al instante y dio a Laura un beso en la mejilla—. ¿Me habías dicho que venías?

Laura miró a Nick, a Justine y después otra vez a Nick.

—El acto publicitario era en Westbury, justo al otro lado del parque —explicó Laura señalando con un pequeño bolso de mano, como si quisiera indicar la dirección de la que venía—, así que se me ocurrió pasar por aquí antes de volver a casa. A... saludar.

La pausa que siguió a esas palabras pareció alargarse demasiado y con cada nanosegundo que pasaba, Justine iba sintiéndose cada vez más incómoda.

—Esta es Justine —dijo Nick atropelladamente.

Una expresión de perplejidad cruzó el rostro de Laura, pero Justine pudo observar que conseguía recomponer sus facciones en un segundo, como una verdadera experta.

—Encantada de conocerte, Justine —dijo Laura.

Había algo formal en los estudiados buenos modales de Laura que a Justine le pareció envidiable y a la vez irritante.

—Mi vecina de enfrente —explicó Nick.

—Oh —exclamó Laura, y las piezas del puzle encajaron en su mente—. Fuiste al colegio con Nick. Eres la que lo ayuda con Shakespeare, ¿no?

—Esa soy yo —reconoció Justine y, sin saber por qué, en ese momento recordó la cesta del farero. ¿Laura sabía eso? ¿Le importaba?

Laura se quitó el abrigo y lo colgó de uno de los percheros de los sombreros.

—¿Quieres una copa de vino? —ofreció Nick.

—Agua, gracias —contestó Laura.

Cuando Nick fue a la cocina, Laura se sentó al lado de Justine.

—¿Qué tal va con el texto? —preguntó.

—Muy bien —respondió Justine—. De verdad. Solo necesita trabajar un poco el soliloquio final. Si hay alguna parte de la obra en la que nadie querría pifiarla es la escena de la tumba. ¿Te lo imaginas? Ahí, en la cripta, con Julieta en brazos y te quedas en blanco y tienes que pedir texto... ¡Eso sí que sería cargarse la atmósfera!

Cerebro: «Estás hablando sin parar».

Justine: «Ya lo sé. ¿Y ves su cara? Intenta que no se le note, pero me mira como si yo fuera idiota».

Laura era una de esas mujeres, comprendió Justine. Con todo su porte y sus reservas ponía nerviosa a Justine, y el efecto que eso tenía en su comportamiento era muy pavloviano. Por mucho que lo intentaba, cuando hablaba con mujeres como Laura no podía evitar verse arrastrada a unas incontenibles demostraciones de locuacidad.

Justine: «¿Qué hago?».

Cerebro: «Ponte los zapatos, guapa».

Así, para cuando Nick volvió al salón, Justine había vuelto a ponerse sus queridos, pero definitivamente poco glamurosos zuecos, se había abrochado la trenca que cuando salió de su apartamento consideró que le aportaba cierto aire chic urbano, pero que en ese momento solo le pareció infantil.

—Tengo que irme —dijo.

—No tienes que irte corriendo por mí —apuntó Laura, y Justine se dio cuenta de que lo decía de corazón.

—No, de verdad que tengo que irme. Ha sido un día lleno de emociones en el trabajo.

En la puerta, Nick le dio otro abrazo, pero esa vez Justine no notó el efervescente entusiasmo de antes.

—Lo siento —dijo él en voz baja—. No tenía intención de que pasara esto.

Y Justine supo que se pasaría toda la noche despierta, preguntándose qué era lo que él quería que pasara.

El día en que oficialmente se estrenaba como periodista en prácticas, Justine estaba en la puerta del *Star* a las siete y media de la mañana con una bolsa de una papelería llena de una extravagante selección de bolis negros, un montón de cuadernos elegantes, un surtido de bandejas de escritorio a juego, unos posits muy monos, gomas elásticas con formas de animales, clips con forma de pingüino y gomas de borrar de colores.

Todavía no había llegado nadie más. Justine introdujo el código en la cerradura electrónica y entró en la silenciosa penumbra del edificio. Al llegar a la puerta de la sala de redacción se detuvo un momento y contempló la mesa que había pertenecido a Jenna Rae. Ya no estaban todas las postales y las notitas de recordatorio que solía clavar en unos soportes de fieltro que había rodeando el ordenador; el bote para los bolígrafos estaba vacío, igual que la pequeña estantería que había al lado de la mesa. Justine movió el ratón de su nuevo ordenador para reactivarlo y le agradó descubrir que el escritorio estaba limpio: habían borrado todos los archivos personales de Jenna y habían puesto un fondo de pantalla genérico.

Cambiarse de mesa era como una versión reducida y menos complicada de cambiarse de casa, pensó Justine, y producía la misma mezcla de emoción y novedad, anticipación y una punzada de tristeza por la despedida. Pero en ese momento se alegró de haberse levantado tan ridículamente temprano; agradecía tener ese tiempo para colocar las cosas en su mesa sin prisa, hacerse una taza de té, dejar volar la imaginación un poco... Y también colarse en sus antiguos dominios para mirar el fax.

Allí, en un despacho que ya no era el suyo, había una hoja de papel en la bandeja de salida de la máquina. Pronto todo eso sería de Henry. Pero el fax estaba ahí, en ese momento. Y Justine también.

—Muy oportuno, Leo —susurró al coger la hoja—. Justo a tiempo.

Leyó: «Acuario: Este mes Marte está flexionando sus músculos en la zona de poder de la casa VIII. Es una casa potente; en la casa VIII se encuentran los grandes misterios de la vida, el sexo y la muerte, pero también del renacimiento y las experiencias transformadoras. El eclipse del 21 de agosto os traerá una revelación y condiciones favorables para renunciar a esas cosas de vuestra vida que ya no os sirven».

—Poco... útil, señor Thornbury —murmuró Justine.

Cerebro: «No sé. Lo del sexo y la muerte parece algo bastante relevante para alguien que está haciendo el papel de Romeo».

Justine: «Sí, sí. Pero no queremos que piense en "renunciar" a nada, ¿a que no?».

Miró la hora; todavía era muy temprano, así que se sentó a la mesa. Si Henry llegaba mientras estaba transcribiendo el horóscopo, le diría, y no sería mentira por completo, que solo quería ayudarlo. Al fin y al cabo, eso era lo que Jeremy les había pedido: que todo el mundo echara una mano a Henry.

Justine sujetó el fax de Leo al atril, entró en el ordenador y abrió un archivo nuevo. Sus dedos volaron sobre las teclas para transcribir las entradas de aries, tauro, géminis, cáncer, leo, virgo, libra, escorpio, sagitario, capricornio y...

«Acuario —escribió—: Aguadores, estáis actuando de maravilla. Con Júpiter proyectando su generosidad en todo lo que tiene que ver con vuestra carrera, por fin estáis empezando a ver resultados tras los muchos años de duro trabajo que habéis invertido. Disfrutad del reconocimiento y los aplausos que tanto os merecéis. ¡Una reverencia de agradecimiento, acuarios!»

Acababa de cerrar la exclamación cuando Daniel Griffin apareció en la puerta del despacho. Justine se sobresaltó.

—Perdón, no quería asustarte —se disculpó Daniel.

—No, no, no pasa nada. Creía que era otra persona...

—¿No tenías que estar en la sala de al lado?

—Estoy allí. Bueno, estaba... —balbuceó—. He venido para recoger el resto de mis cosas y, ya que estaba aquí, se me ocurrió que...

Daniel le dedicó una mirada directa, insistente y un poco burlona. Eso solo consiguió que Justine se pusiera más nerviosa. Él se acercó a la mesa, se sentó en el borde y miró la pantalla del ordenador

—El horóscopo, ¿eh?

—Sí.

Justine sintió que el pulso se le disparaba. Si Daniel se fijaba lo bastante, vería que había una discrepancia entre las palabras de la pantalla y las del fax que se suponía que estaba transcribiendo. Pero en ese momento ya no había forma de desplazar la página para que la entrada de acuario quedara oculta a la vista ni de quitar el fax del atril. Al menos sin que aquello pareciera muy sospechoso. Pero tal vez si ella se mostraba tranquila, supertranquila, él no se daría cuenta.

—Es sorprendente cuánta gente hay aficionada a los horóscopos —empezó—. ¿A ti te llaman la atención? Me refiero a los horóscopos.

—Es difícil que no lo hagan.

—¿Ah, sí? ¿Y eso por qué?

—Cuando te toca el mejor signo del Zodíaco, cuesta darle la espalda.

—¿El mejor signo?

—Soy leo. El león. El sol. El rey.

—Ya veo —contestó Justine, intentando que sus cejas no se dispararan y entraran en el territorio de «tienes que estar de broma, joder».

—¿Y tú?

Estaba funcionando. Daniel la miraba a ella, no a la pantalla.

—Yo no soy leo —contestó Justine, tal vez con demasiado énfasis.

—¿Géminis? —aventuró Daniel.

—¿Estás intentando insinuar que tengo dos caras?

—¿Libra?

—Ahora buscas una opción diplomática que no me ofenda, ¿no?

—¿Respondes preguntas con otras preguntas? Cualquiera diría que eres periodista... Pero ya lo pillo. Voy a tener que esforzarme contigo, ¿no?

Justine no estaba segura de si ese era el tipo de conversación que quería mantener con Daniel Griffin el día en que se inauguraba su nueva relación laboral.

—Digamos que algo así.

—Vale. ¿Por qué no terminas lo que estás haciendo aquí y después vienes a verme para que te asigne un trabajo? Tengo una maravilla para ti. Si no fuera el director, me ocuparía yo de ella.

—¿Ah, sí?

—¿Conoces a Huck Mowbray?

—¿El jugador de fútbol?

—Muy bien.

—Lleva un bigote horrible.

Daniel asintió.

—Y los pantalones demasiado cortos. En este momento es el *ruck rover* de los Lions, pero antes de irse a Queensland jugó en un par de clubes del sur.

—¿Y?

—Que vuelve por esta parte del país. Para presentar un libro de poesía. Uno que ha escrito él.

—¿Huck Mowbray es poeta? ¿Lo dices en serio?

—Justine, Justine... No debes caer en los estereotipos. Solo porque parezca un bruto no significa que carezca de sensibilidad.

Despacio, mientras Daniel hablaba, Justine quitó el fax del atril, sin darle importancia, como si nada, y lo dobló por la mitad, aparentemente sin prestarle atención.

—No tienes que preocuparte por el plazo de cierre. El contenido de este mes está casi cerrado y queremos guardar lo de Huck Mowbray para el número de septiembre, para que coincida con las finales de la AFL. Así que dispones de tiempo de sobra. ¿Qué te parece? ¿Podrás hacerlo?

—¿Dolly Parton duerme boca arriba? —fue su respuesta. Entonces se dio cuenta de que acababa de hacer un chiste sobre tetas delante de su nuevo jefe, cruzó los brazos sobre su pecho y se sonrojó.

Daniel sonrió.

—Yo tenía un amigo periodista parlamentario que decía: «¿Gough Whitlam afirma en su cartel electoral que "Ya es hora"?».

—Muy australiano —replicó Justine.

—Oh, pues no es la única que tiene. También decía: «¿Los pedos de los koalas huelen a caramelos de eucalipto?», «¿Tienen dos cabezas los tasmanos?», «¿Bob Brown es Verde?».

Justine se quedó con las ganas de seguir con la enumeración, pero como la única afirmación retórica que quedaba era «¿Tienen los caballitos de balancín el miembro de madera?», prefirió callarse.

—Bien —dijo Daniel a la vez que se levantaba—. Ven a mi despacho en cuanto acabes y te daré los detalles.

Cuando se fue, Justine se acomodó en la silla y dejó que la inundara el alivio. ¡Por los pelos!

Cogió el fax de Leo. Normalmente lo habría ensartado en el punzón para documentos. Pero ese día hizo algo diferente. Sacó una pila de documentos del punzón, clavó el horóscopo de Leo y volvió a poner las otras páginas encima, dejando enterrado el fax en la pila.

Envió el horóscopo para que lo maquetaran y apagó el ordenador que era, de entonces en adelante, de Henry. Antes de salir del despacho, Justine dio una palmadita a la pequeña máquina de fax blanca.

—Gracias, Leo, viejo amigo. Ha sido divertido. Pero se acabó —susurró.

El viernes del estreno de *Romeo y Julieta*, Justine ocupó estratégicamente el aseo del despacho cuando el reloj marcó las 16.40 de la tarde. Al otro lado de la puerta cerrada con el pestillo, se quitó las bonitas merceditas de color cereza y calzó un par de botas negras con plataforma tan espectaculares como incómodas para caminar con ellas.

Sobre el lienzo en blanco de su vestido negro corto, se puso una chaqueta de noche negra con un gran volante en la parte de abajo y otro más pequeño en el cuello.

A las 16.45 le llegó una melosa voz desde el otro lado de la puerta.

—¿Vas a tardar mucho, cariño?

—Estoy casi lista, Barbel —contestó Justine, y sacó su neceser de maquillaje.

Con la cara arreglada, solo le quedaba el pelo. No podía echarse laca; la hacía estornudar. Se decidió por recogerse un poco los rizos castaños claros con las manos y ponerse una horquilla con brillo en la sien. Se miró en el espejo.

Justine: «¿Estoy bien así?».

Cerebro: «Bastante bien, sí».

Le costó recorrer las manzanas que separaban la oficina de Alexandria Park Markets con sus espectaculares botas, así que decidió que lo más sensato era coger un taxi que la llevara hasta el teatro. Pero primero había algo esencial que debía hacer en el mercado. Y esa noche no tenía nada que ver con los «agüacates».

La floristería del mercado se llamaba Hello Petal y la mujer que había detrás del mostrador, con un delantal de un cutí vintage, parecía cansada. Tenía el rímel corrido bajo los párpados y el pelo mustio. Aun así, logró poner una sonrisa para saludar a Justine.

—¿En qué puedo ayudarla? —preguntó.

—Necesito dos ramos, por favor —pidió Justine—. Deben combinar entre ellos, pero uno tiene que ser más juvenil y más femenino y el otro un poco más adulto y más masculino.

La florista la miró intrigada. Pensó un momento, y acto seguido comenzó a ir de un cubo con flores a otro, cogiendo una flor aquí y otra allá, con un movimiento que parecía una especie de vals.

—Y, si no le importa, ¿podría envolver el segundo con esto? —Justine dio a la florista un ejemplar del nuevo número del *Star*, recién salido de la imprenta.

—¡Curiorífico y curiorífico! —exclamó la florista

Tras llegar como pudo a su asiento en medio de la segunda fila del anfiteatro, Justine se percató de que el público que iba entrando estaba compuesto por muchas mujeres de pelo canoso con grandes pendientes y chales de colores llamativos. En general, iban acompañadas por hombres con el pelo tan blanco como ellas que llevaban lo que a Justine le pareció que eran sus segundos mejores trajes. Los asientos baratos del fondo los ocupaban chicos más jóvenes con sus chaquetas de lana con dibujos y gafas de montura gruesa. A Justine le dio la sensación de que muchos de ellos eran estudiantes de arte dramático o de literatura inglesa.

Había dos asientos vacíos en la primera fila del anfiteatro, que destacaban como la mella que hubieran dejado los dos incisivos inferiores caídos de un niño de seis años. Pero entonces entró Laura Mitchell, sonriendo y disculpándose, y pasó delante de la gente sentada hacia esos dos asientos, seguida de una mujer con unos pendientes con perlas colgantes y un chal de lana de color ciruela. Casi seguro que era la madre de Laura, se dijo Justine, porque las dos tenían la misma mandíbula elegante, los mismos pómulos altos, la misma melena tupida que parecía a la vez lisa y con mucho volumen, como dos modelos de un anuncio de Kérastase. Cuando se sentó, Laura vio a Justine y la saludó con la mano. Justine respondió con el mismo gesto.

El Gaiety no era un teatro conocido por sus representaciones de vanguardia. Pero, en cuanto se abrió el telón, Justine vio que aquella no iba a ser una representación de *Romeo y Julieta* convencional. Todos los personajes llevaban el mismo atuendo básico: una camiseta negra sencilla de manga larga y pantalones negros de largo tres cuartos. No obstante, la identidad de algunos personajes quedaba clara de inmediato gracias a unos tocados blancos o grises. Pero, aunque la ropa era minimalista, el maquillaje era intenso. Las caras de todos los actores estaban pintadas magistralmente para acentuar la boca y los ojos.

La escenografía era inexistente: un suelo negro rodeado de un ciclorama cóncavo que pasaba del claro día a una noche con muchas estrellas, dependiendo de la escena. Cuando los actores representaban escenas nocturnas, las constelaciones que se proyectaban en la pantalla rotaban como un lento e inexorable recordatorio de la rueda del tiempo, que no para de girar.

Como a menudo ocurría con las obras de teatro semiprofesional, en esa producción había muchas cosas que amenazaban con despertar la falta de credibilidad en el público. El chico que hacía de Teobaldo había decidido convertir a ese primo Capuleto en una caricatura del mal y se pasó la mayor parte del tiempo que estuvo en el escenario sacudiendo su pelo largo y negro y demostrando unas habilidades en el manejo de la espada que Justine imaginó que había adquirido a marchas forzadas en un cursillo introductorio de esgrima para adultos. La señora Montesco recitaba su texto con una pomposidad rimbombante de lo peorcito del Shakespeare representado por aficionados, y aunque el señor Capuleto no estaba mal, siempre y cuando se quedara quieto al decir su texto, tenía tendencia a perder el hilo si caminaba y hablaba a la vez.

Pero Justine se dio cuenta de que el director había administrado sus variados recursos de una forma brillante. Había convencido a una actriz con experiencia y aire maternal para hacer el papel de la nodriza de Julieta y ella dominaba el complicado límite entre la tragedia y la comedia a la perfección. El papel de fray Lorenzo lo hacía un actor que tenía un parecido impresionante, en su voz y su cara, con el actor inglés Simon Callow.

Y por fin estaban los propios amantes. Ya no eran Nick y Verdi, sino Romeo y Julieta, que no tenían ni el más leve toque de descaro en sus coqueteos. Desde el principio transmitieron su atracción como algo suave, dulce, profundo, y la poesía de los versos hizo de acompañamiento justo a la emoción. Tal vez lo más extraordinario de las interpretaciones de los cuatro actores más destacados fue que, juntos, casi convencieron a Justine de que era posible un final feliz.

En la tumba, el director jugó con el público, porque eligió que Julieta se levantara un segundo después de que Romeo se tomara el veneno, lo que les otorgaba el tiempo justo para darse un beso apasionado y lleno de vida antes de que la ponzoña hiciera efecto. A Justine se le saltaban las lágrimas. Le costaba tragar y le dolía la garganta por el esfuerzo de contener los sollozos.

—«Un beso... y muero» —recitó Romeo, y entonces Justine sí que se echó a llorar, incapaz de evitarlo.

Y lloró tanto que la madre de Laura se volvió en su asiento. Justine se había olvidado de poner pañuelos en su bolso, qué tonta, así que tuvo que arreglárselas con el dorso de las manos.

Gracias a Dios que el director había decidido que él haría el papel de príncipe, para que hubiera alguien que dijera, en el momento oportuno, los últimos versos de la historia: «Pues jamás hubo tan triste suceso como este de Julieta y de Romeo».

El público aplaudió a rabiar. Shakespeare era un puto genio, se dijo Justine. Un pareado, algo tan *kitsch* como un pareado, era suficiente para colmar los corazones. Cuando los actores salieron a saludar, Justine aplaudió hasta que le dolieron las manos.

Las luces de la sala se encendieron y, como por arte de magia, apareció junto al hombro derecho de Justine un pañuelo recién desdoblado.

—Supongo que eres cáncer —le dijo alguien.

Justine se dio la vuelta y se encontró, sentado a su lado a Daniel Griffin, aunque no estaba completamente segura porque su visión borrosa le devolvía una imagen bastante acuosa.

—Oh, Dios. Gracias —dijo Justine, cogió el pañuelo y se limpió los ojos y la nariz de una forma que después pensaría que había sido un poco apresurada—. ¿Qué haces tú aquí?

—¿Crees que el Alexandria Park Repertory no le envía invitaciones al director del *Star*?

Justine cayó en la cuenta al mismo tiempo de que Daniel había utilizado la palabra «invitaciones», en plural, y de que la mujer que estaba sentada a su lado era Meera Johannson-Wong, el pilar del programa de televisión de actualidad más intelectual del país. Era famosa tanto por sus incisivas preguntas como por su vestuario, de lo más vanguardista, y esa noche llevaba lo que parecía ser un peto hecho de trozos de traje de hombre. Justine no pudo evitar quedarse mirando con la boca abierta a Meera, quien, vuelta en su asiento, hablaba con una mujer de la fila de detrás, lo que proporcionó a Justine una vista de los muchos cuellos de traje solapados que conformaban la parte de atrás de ese increíble peto.

—Es Meera Johannson-Wong —susurró Justine a Daniel, sin poder creérselo.

—Ah, gracias por decírmelo —contestó Daniel, burlón—. Somos viejos amigos. Me alegro de no haberla confundido con otra persona durante todos estos años.

Cerebro: «Te has fijado en lo que ha dicho, ¿no?».

Justine: «¿Qué?».

Cerebro: «Eso de que son amigos. "Amigos", ha dicho. Está dejándote claro que solo son amigos».

Justine: «¿Y eso es porque...?».

Cerebro: «Justine, en serio...».

Justine se quedó pensando. Tampoco era tan horrible. Daniel era... Bueno, era agradable. Y siempre había sido entusiasta en cuanto a su trabajo; al final había resultado que no era tan creído como pensó en un principio. Y debía reconocer que su aspecto era agradable. Pero, claro, ahora también era su jefe.

—¿Has venido a ver qué tal la actuación de la señorita Highsmith? —preguntó Daniel inclinándose hacia delante y apoyando los codos en las rodillas—. ¿Para ver si estaba a la altura de lo que escribiste sobre ella?

—Bueno, sí. Por eso, pero también resulta que Romeo es un viejo amigo mío.

Cerebro: «Seguro que él se ha fijado en eso».

Justine: «Oh, vamos, descansa un poco».

Daniel echó un vistazo al programa.

—¿Nick Jordan? Lo ha hecho bien. Muy bien. Los dos protagonistas han estado excelentes. ¿Tenía razón entonces?

—¿Sobre qué?

—¿Eres cáncer?

Justine frunció el ceño de broma.

—¿Y por qué dices eso?

—Está claro que te emocionas fácilmente. Eres enfática y sensible. No cuesta hacerte llorar.

—¿Que no cuesta? Me parece un poco exagerado. Acabamos de asistir a una de las historias de amor más trágicas de todos los tiempos.

—Y... eres un poco impredecible, tal vez muy dura por fuera, pero blanda por dentro...

—Quizá todo eso sea cierto. Pero no soy cáncer —concluyó Justine.

Daniel negó con la cabeza, confuso.

—Supone usted un reto bastante inusual, señorita Carmichael.

Mientras tanto, entre bambalinas, sobre el tocador de Verdi Highsmith había un ramo de rosas de un color rosado pálido, jacintos de un rosa medio y gerberas de un rosa intenso delante de un espejo rodeado por bombillas redondas con una nota que decía: «Para la señorita Highsmith, con mi admiración. De Justine Carmichael».

Al otro lado del pasillo, en el camerino de Nick Jordan, había un ramo de flores aún más grande: rosas blancas, jacintos azules oscuros y nomeolvides. La nota decía: «Para un Romeo de texto perfecto, palabra por palabra, de su pedante favorita». Y dentro del ejemplar del *Alexandria Park Star* que asomaba juguetonamente del envoltorio del ramo, Leo Thornbury esperaba para transmitir su mensaje.

Cúspide

✦

Guy Foley (acuario, filósofo con una moderada tendencia a creer en conspiraciones, músico callejero especialista en la flauta irlandesa y las cucharas, carterista ocasional pero autojustificado, dueño de un saco de dormir con el interior forrado de piel de oveja, asiduo habitante de una red de jardines traseros, sofás y refugios) rebuscaba por las estanterías de un estanco con toda la curiosidad pausada de alguien que lo que persigue es refugiarse del mal tiempo. Silbaba bajo un oscuro bigote que era como una cortina de vello y se esforzaba por no mirar al escaparate que separaba el calor del estanco del frío y el aguanieve de la calle. Porque al otro lado del cristal, en equilibrio precario sobre el saco de Guy, cubierta con una bolsa de basura, con el pelo empapado y las rastas desplazándose hacia un lado con cada ráfaga de viento, estaba Brown Houdini-Malarky, mirándolo suplicante con su único ojo oscuro.

Brown (un terrier callejero nacido bajo la constelación del Can Mayor, que llevaba un desgastado pañuelo azul, hábil practicante del persuasivo arte del vudú perruno, ladrón rapidísimo de las comidas que se apoyaban en los bancos del parque y maestro en la demostración de que tenía una vejiga inagotable) no era un perro guapo. Su cabeza peluda y sus largas orejas no estaban proporcionadas con su cuerpo delgaducho y sus patitas cortas. Tenía la larga cola calva en su mayor parte; solo tenía una borlita de pelo sucio al final. La mandíbula inferior le sobresalía demasiado, lo que hacía que incluso cuando tenía la boca cerrada, se le vieran los dientes manchados. Desde lejos se diría que era una línea de puntadas mal hechas. Entre todas las cosas, y en gran parte por culpa del párpado que tenía cosido en el lado izquierdo, Brown parecía el cadáver de un perro recién exhumado del cementerio.

Brown se estremeció. Guy llevaba varias horas en el saco y no había dejado de llover durante todo ese tiempo. Para entonces, estaba tan calado que le goteaba agua por los canales de piel que se veían entre los mechones apelmazados de su pelo. Aunque estaba dispuesto a soltarle una andanada de ladridos de posesión a cualquiera que intentara siquiera echar un vistazo al bulto cubierto de plástico que tenía bajo las patas, Brown en ese momento consideraba que se había llevado la peor parte.

Era cierto que había sido Guy el que le había conseguido esa mañana un excelente desayuno de bordes de beicon y cortezas de tostadas y que Brown ya le debía varias semanas de noches de suelo cómodo sobre el forro de piel de oveja del saco de dormir de Guy. Pero Brown sintió que con lo que estaba haciendo, todo eso estaba más que pagado. ¿Quién era el responsable de la reciente prosperidad de la actividad de músico callejero de Guy? Si hubiera estado solo, Guy habría tenido que apañarse con Jack Daniel's y cigarrillos Champion Ruby. Incluso cuando conseguía el sitio bueno en la estación de tren, Guy solo le sacaba unas monedas a la buena gente a la que le daba pena y a los hombres que no querían cargar con el peso de las monedas en la cartera. Pero con Brown a su lado, brincando sobre sus patas de atrás y aullando con su potente ladrido de tenor, Guy estaba recibiendo un reconocimiento genuino. ¡Billetes! Alguno de diez dólares, otros de cinco. Hasta los universitarios soltaban un par de dólares.

Guy y Brown se conocieron en un tren y se reconocieron al instante como miembros ambos de la Hermandad de los Sin Billete. A Brown le gustaban los trenes porque a veces conseguía algunas cortezas de sándwich que la gente tiraba y también un poco de cariño que solo duraba un viaje. No le hacía ascos a unos arrumacos y que le rascaran detrás de las orejas de vez en cuando, siempre que acabaran en cuanto salía trotando por las puertas abiertas del tren para seguir felizmente su camino. Pero Guy, además de rascarle las orejas, le había mirado el gastado pañuelo azul y había leído las palabras que tenía allí escritas con rotulador permanente.

—«Brown Houdini-Malarky» —leyó Guy, y se echó a reír—. Bueno, eso es un nombre y dos tercios de otro...

Guy sacó su flauta y sus agudas notas hicieron que Brown se pusiera a aullar.

—¡Bonita canción, hermano *Brown*! —exclamó Guy, y siguió tocando mientras el perro lo acompañaba con sus aullidos.

Tres paradas de tren y medio perrito caliente después, ambos habían establecido una alianza. Una que en ese momento, unas semanas después, empezaba a ir mal.

Brown se sacudió, pero fue inútil. Miró por el escaparate a Guy e insistió con sus poderes de vudú perruno: «Vas a salir de ese saco ahora mismo. Vas a salir ahora mismo. Ahora mismo». Pero Guy le dio la espalda y se metió sin que nadie se diera cuenta un frasco de líquido para rellenar mecheros Zippo en el bolsillo mojado de su gabardina. Brown soltó una maldición canina mirando al cristal, que parecía bloquear sus ondas mentales.

«Una noche más», se dijo Brown. Después abandonaría a Guy. No iba a echarlo de menos a él, sino a su confortable saco de dormir forrado de piel de oveja. Guy dejaba que se acurrucara en un rincón, e incluso ese pequeñísimo lujo le bastaba para dormirse y soñar con tener una casa que fuera suya: una con humanos que lo adoraran y con una cesta con un cojín, un cuenco con galletas que se rellenara solo y un paquete de golosinas para perro que los humanos sacarían inmediatamente en cuanto él hiciera su vudú perruno, hasta el más elemental.

Pero ¿en qué estaba pensando? Mierda. Eso del saco lo estaba ablandando. Una noche más y se acabó. Después le daría la espalda y desaparecería sin previo aviso en un callejón oscuro, solo otra vez. Independiente. Libre. Porque era Brown Houdini-Malarky y no el perro guardián de ningún imbécil.

Dentro, Guy inspeccionaba una hilera de pipas de agua decorativas al tiempo que toleraba pacientemente la mirada hostil del dependiente y repelía los intentos de vudú perruno de Brown. Mientras Guy evitara establecer contacto visual con el desaliñado perro que estaba al otro lado de la ventana, podría evitar también los pensamientos de que debía salir del saco e ir a por una hamburguesa. El dependiente tenía puesta en la radio una emisora local muy mala, y cuando la voz de algún anunciante se oía por encima de los últimos compases de la canción era como si un chorro de queso fundido te chorreara justo en la oreja.

—SSSoooyyy Rrrrick Rrreveeenue —canturreó, y consiguió imprimir a la primera ese cuatro tonos diferentes—. Y esssa era Juice Newton con..., bueno, no tengo que decirlo, ¿no? Pero lo que sí tengo que decir es que son las dos y media. La hora dosificadora, como solía decir mi viejo.

Guy se preguntó si el anunciante de la radio evitaría dar la explicación del chiste.

—¿Dos y media? ¿Dosis y media? —dijo el anunciante, y soltó una risotada tonta.

«Nada de dosis», pensó Guy.

—Ha llegado el momento de los horóssscopos, escritos por esa sssuperessstrella de la esfera celestial: el mismísimo Leeeooo Thornbury, del *Star*.

Guy oyó algo acerca de los géminis y sus posibilidades de tener algún coqueteo y una frase sobre que los virgos tenían las condiciones favorables para las ventas y las renovaciones.

—Para todos esos acuarios que hay por ahí, Leo dice: «Aguadores, estáis actuando de maravilla. Con Júpiter proyectando su generosidad en todo lo que tiene que ver con vuestra carrera, por fin estáis empezando a ver resultados tras los muchos años de duro trabajo que habéis invertido. Disfrutad del reconocimiento y los aplausos que tanto os merecéis. ¡Una reverencia de agradecimiento, acuarios!». Y para finalizar, los pececitos: «Piscis...».

Pero las orejas de acuario de Guy ya habían desconectado.

Se quedó pensando en eso de «con Júpiter proyectando su generosidad» y lo de «por fin estáis empezando a ver resultados tras los muchos años de duro trabajo que habéis invertido».

Bueno, si eso no era una señal, no sabía que podría serlo, se dijo Guy. Pensó en todo lo que había perdido a lo largo de su vida en las mesas de blackjack en el casino Júpiter de Gold Coast. Pero ¿había perdido su dinero? ¿O lo había «invertido», como había sugerido el astrólogo? «Resultados», era la palabra que había mencionado.

¡Júpiter, oh Júpiter! El gran dios de los cielos le señalaba que fuera al norte y le prometía que iba a lanzar uno de sus rayos justo a su bolsillo. «Estáis actuando de maravilla...» «¡Una reverencia de agradecimiento, acuarios!»

Guy miró el tiempo horrible que hacía al otro lado del escaparate e intentó imaginarse el calor del sol de Gold Coast sobre su piel desnuda, la sensación de los dedos de los pies calentándose en la arena en vez de quedarse entumecidos dentro de las botas. ¿Qué mejor momento para ir al norte que lo peor del invierno del sur? Bueno, más bien el inicio de un oscuro invierno del sur, pero lo importante es que ya había empezado. Le gustaba la idea. Le gustaba mucho. Lo de tocar en la calle había ido bien en los últimos tiempos y tenía bastante dinero en el bolsillo para comprarse una maquinilla de afeitar, incluso costearse un afeitado en una barbería de las de diez dólares para arreglarse un poco antes de lanzarse a la carretera. Y aún le quedaría suficiente pasta para volver a cantar ese dueto con Júpiter.

Pero si se largaba, ¿qué pasaría con Brown?, pensó Guy.

Guy se dio la vuelta para mirar a Brown, y en cuanto la mirada de sus dos ojos se cruzó con la del ojo único del perro, notó que inmediatamente pensaba: «Tengo que salir del saco ahora mismo. Y me compraré una hamburguesa grande, sacaré la carne del pan y se la daré a Brown». Las campanillas de la puerta tintinearon cuando la cruzó y al salir oyó un gruñido de disgusto del dependiente.

—Buen chico —dijo Guy a Brown cuando esté saltó desde encima del saco de dormir.

Brown, programado como buen perro que era para responder a los elogios y el afecto, se puso a mover la cola sin querer. Guy recogió el saco y miró a Brown. Se había encariñado mucho con su peludo compañero, pero no podía llevárselo de autoestop con él. ¿Quién iba a recoger a un tipo con un chucho mugriento y con un solo ojo?

Pero Guy decidió que no dejaría a su amiguito indefenso en la ciudad. Así que tomó el camino de la estación de tren y de la hamburguesería mientras iba tomando forma un plan en su mente.

Media hora después, más caliente y casi seco, con la tripa llena de carne picada de ternera, Brown estaba durmiendo en el suelo de un tren que iba al oeste, con su mandíbula sobresaliente apoyada en sus patas delanteras. Cuando despertó tuvo la horrible sensación de que tenía algo que le apretaba el cuello. Era el cinturón de Guy, a modo de collar y correa. Y no solo eso... Brown estaba oliendo «ese» lugar.

«No, ¡no!», pensó, pero era inconfundible.

Gruñó, maldiciendo a Guy y llamándolo «traidor lameculos», el equivalente humano a una humeante pila de caca de gato, pero el hombre lo arrastró sin esfuerzo por la puerta abierta del tren hasta el andén, donde el olor a perro triste reconcentrado se intensificó. Y entonces llegaron los sonidos, que se colaban por las capas de malla metálica y llegaban desde el otro lado de los patios de tierra sin asfaltar. Brown oyó a una jauría de staffordshire bull terrier que se llamaban de todo los unos a los otros desde detrás de los barrotes. Un border collie estaba teniendo un episodio psicótico y no dejaba de gritar: «¡Ovejas! ¡Ovejas! ¡Ovejas!», y un grupo de cachorros sarnosos de chihuahua lloraban llamando a su madre. Brown gruñó junto al tobillo de Guy.

—No pasa nada, amiguito —dijo Guy con voz tranquilizadora, pero continuó arrastrando al perro por el puente de la estación y después por un camino estrecho hasta la oficina del refugio canino.

Brown siguió ladrando, aunque no surtía ningún efecto y estaba ahogándose. ¿Es que ese humano estúpido no sabía cuántos perros de los que iban allí acababan durmiendo el sueño eterno?

Guy abrió la puerta de la oficina y una mujer salió de detrás del mostrador. Era grande como un barco de guerra y llevaba una túnica de color caqui. Enarcó una ceja y se inclinó un poco, aunque Brown se dio cuenta de que mantenía su cara fofa lejos para evitar un ataque desesperado.

Sonrió con frialdad.

—Vaya, vaya. Tú otra vez. Bienvenido de nuevo —saludó a Brown.

Estaban comiendo en el Medici y la gente las miraba. Siempre ocurría. Y aunque se esforzaban por ignorar las miradas, no podía negarse que las dos mujeres jóvenes habían elegido deliberadamente, aunque fuera solo en parte, una mesa que estaba justo delante de la enorme ventana del restaurante, que las enmarcaba de una forma perfecta.

Charlotte Juniper, asesora de imagen del senador por los Verdes Dave Gregson, llevaba un vestido verde oliva con botas altas con mucho tacón. Su pelo pelirrojo le caía sobre los hombros y, aunque tenía un fino pañuelo de lino alrededor del cuello, todavía se le veía mucha piel pecosa entre el borde del pañuelo y el pronunciado escote del vestido.

Enfrente estaba su amiga Laura Mitchell (capricornio, licenciada en Derecho y una modelo de éxito creciente, buena conocedora de quesos importados y persona disciplinada que mantenía un IMC de veinte y que hacía regalos de cumpleaños generosos y espectacularmente acertados). Para calificar el pelo oscuro y brillante de Laura era difícil evitar la palabra «azabache». Ese día se había dejado la melena lisa y suelta. Y aunque el vestido negro que llevaba era suelto también, conseguía sugerir los pechos firmes y pequeños y las caderas estrechas pero con bonita forma que había debajo. Lucía unos zapatos planos negros muy abiertos y las largas piernas morenas sin medias, a pesar de la época del año. El pobre camarero no sabía dónde mirar.

—¿Qué quesos quieren en la selección? —preguntó.

—Fromager d'Affinois, sin duda —dijo Laura.

—Y Leicester —pidió Charlotte.

Laura y Charlotte a veces fantaseaban con abrir su propia tienda gourmet de quesos. Lo harían, según habían acordado, cuando Laura se retirara del trabajo de modelo, ya millonaria, y después de que Charlotte salvara el mundo.

La amistad de Charlotte y Laura era bastante inusual, porque trascendía la política, el gusto e incluso los estándares habituales de compatibilidad. Las dos mujeres solo tenían unas pocas cosas importantes en común: les gustaba ser guapas, adoraban la ropa bonita, les encantaba el queso y las dos tenían dos padrastros y ya iban por el tercero.

En el caso de Charlotte, la sucesión de padrastros reflejaba la total inmersión de su madre en una forma de vida hippy y no posesiva. En el de Laura, se debía a la filosofía que tenía su madre, y que reconocía abiertamente, de que el primer marido era para los genes, el segundo para el dinero y el tercero para más dinero. El cuarto marido de la madre de Laura, su tercer padrastro, era, según afirmaba su madre, un extra que, si bien no era necesario, le hacía compañía, tenía buenos contactos y un barco muy bonito.

Charlotte y Laura se conocieron cuando estaban en el segundo año de carrera. Para entonces, a Charlotte la habían elegido presidenta del sindicato de estudiantes y a Laura para ser la imagen de la universidad (con toga y birrete) en una campaña publicitaria a nivel nacional. Pero su amistad no se consolidó hasta una noche, durante el cuarto año de carrera, en la que un baile universitario coincidió con unas prácticas laborales que ambas estaban haciendo.

Charlotte había solicitado, y obtenido, un puesto en el departamento político de la organización ecologista sin ánimo de lucro Bush Heritage. Laura, por su parte, estaba exultante por haber conseguido un puesto en el departamento legal de la compañía minera BHP. Charlotte llevó al baile un qipao de seda blanca, ceñido y con una abertura en la falda que le llegaba hasta el muslo; Laura se puso un vestido negro sin tirantes con una falda de brocado con mucho volumen. Llamaban bastante la atención ambas cuando entraron en el vestíbulo de uno de los hoteles más elegantes de la ciudad.

—Nunca me acuerdo de cuál de vosotras dos está en Bush Heritage y cuál en BHP —les dijo un desafortunado estudiante borracho.

—¿No es obvio? —preguntó Charlotte. Señaló primero su vestido y luego el de Laura—. ¿No lo ves? Los buenos... y los malos.

—Sí, pero el negro no se mancha —contestó Laura, y acto seguido tiró a Charlotte una copa de cabernet sauvignon.

Charlotte se quedó inmóvil un momento, en shock y con el vestido goteando, antes de que a Laura la pudiera el remordimiento. Acompañó a Charlotte a los aseos del hotel y la limpió lo mejor que pudo. Después pidió un taxi y las dos fueron a su apartamento, donde prestó a Charlotte otro vestido (negro) para que se lo pusiera. Unas semanas después, le compró otro qipao nuevo y muy caro verde oscuro, que a Laura le parecía que iba mejor con el pelo pelirrojo de Charlotte que el blanco. Y habían sido amigas desde entonces.

—¿Qué tal el guapo senador? —preguntó Laura mientras cortaba un trocito de D'Affinois.

Charlotte dio un sorbo al pinot y mostró una sonrisa como la de un gato que acabara de beberse toda la leche.

—Voy a mudarme a su apartamento.

—Qué buena noticia, Lottie —contestó Laura—. ¿Y el resto del personal? ¿Lo saben todos?

—Digamos que es un secreto a voces.

—¿Y esa tendencia que tiene a ir de flor en flor? ¿Cómo te las ingeniarás para que no se aparte del camino?

—Tengo mis armas —respondió Charlotte, y pinchó un trocito de Leicester—. ¿Y tú? ¿Qué tal está Nick?

Laura hizo una pausa dramática.

—Vamos a casarnos —anunció.

Charlotte soltó un gritito de alegría, y medio restaurante se volvió para mirarla.

—Pero no en la vida real —añadió Laura—. Y esperaremos al año que viene.

—¿Qué quieres decir?

—Sabes lo de la campaña de los vinos Chance, ¿no?

Laura llevaba unos años haciendo anuncios para Chance y la campaña estaba convirtiéndose en algo con un hilo conductor: la chica Chance, que estaba creciendo y pasando por las diferentes fases de la vida.

—Pues esta primavera —continuó Laura—, la chica Chance va a conocer a un hombre. Y paseará entre las viñas con él, esas cosas. Y la primavera que viene, ¡tachán! ¡Campanas de boda! Y el año siguiente, la pareja paseará por su viñedo con un bebé en los brazos. Después llegará un niño guapo de pelo oscuro... Ya te haces una idea. Y no te vas a creer lo que están dispuestos a pagarnos por un contrato de cinco años.

—Uau. Pero ¿Nick no odiaba eso de hacer de modelo? —preguntó Charlotte.

—Asegura que lo odia, aunque jamás lo ha probado. Siempre le digo que el trabajo de modelo es como actuar, pero cobrando. Y sin tener que aprenderse un largo texto. Creo que se lanzará de cabeza cuando se entere de la cantidad que ofrecen. A la gente de Chance y a la de la agencia les encanta su aspecto. Todos están de acuerdo en que quedamos perfectos juntos. Y Nick... Me parece que ha empezado a darse cuenta de que actuar nunca le permitirá ganarse la vida.

—¿Qué tal fue *Romeo y Julieta*?

—Bueno, ya sabes —dijo Laura agitando una mano—. Muy Shakespeare.

—Sacrílega.

—No soy una sacrílega. Solo sincera.

—¿Y se lo has dicho a Nick? ¿Lo de Chance? —quiso saber Charlotte.

—No... del todo.

Charlotte enarcó una ceja.

—¿Cómo que no del todo? ¿Y los de Chance? ¿Y la agencia? No les habrás dicho ya que cuenten con Nick para la campaña, ¿no?

—Oye, va a decir que sí. Lo sé —aseguró Laura—. Es más dinero del que ha ganado en toda su vida hasta ahora. Le serviría para asentarse por fin. Lo entenderá. Solo tengo que planteárselo en el momento adecuado.

—¿Estás pensando en aprovechar la ventaja antes del sexo? ¿O en el instante de gratitud de después? —preguntó Charlotte.

—Oh, no dejas de ser abogada ni para esto. Las cosas no son así. Dirá que sí. Lo sé.

—¿Y cuándo será «el momento adecuado»?

—No lo sé con seguridad. Algún momento después de que termine con *Romeo y Julieta*.

—¿Y eso por qué?

—Nick siempre está un poco deprimido cuando acaba una obra. Se queda abatido y tiene dudas. La noche de los estrenos está con el ánimo más alto que una cometa al viento. ¡La siguiente parada: Hollywood! Pero un par de semanas después de acabar, suele volver a la tierra y se pregunta si logrará conseguir otro trabajo de actor. Y entonces yo estaré ahí, con la noticia perfecta para animarlo.

—Bueno, pues brindemos por eso —sugirió Charlotte, y las dos mujeres vaciaron sus copas.

El camarero se materializó junto a su mesa casi al instante.

—¿Otra copa de vino, señoras? ¿Podría recomendarles un merlot de Chance?

Laura soltó una risita.

—¿Chance? Oh, Dios mío, ¡no me bebería esa porquería aunque me pagaran!

En el extremo opuesto de la ciudad respecto del restaurante donde Charlotte y Laura estaban terminando de comer, Davina Divine se encontraba sentada junto a la mesa de su cocina y tamborileaba sobre su superficie con las uñas, pintadas de un color que se llamaba Bosque a Medianoche. Ya eran las dos de la tarde, lo que significaba que casi era hora de ir al colegio para recoger a los niños. Solo quedaban cuarenta y cinco preciosos minutos de su día de la astrología; al día siguiente volvería al negocio de las uñas de gel y todo el mundo que la conociera la vería, no como la increíblemente clarividente Davina Divine, sino como la alegre Nicole Pitt.

Davina suspiró. Al menos iba de camino a encontrarse con su destino, pensó. Había aprobado la titulación avanzada en astrología con buenas notas y, mejor aún, se había asegurado unos cuantos clientes en la vida real. A pesar de que solo eran dos hasta el momento, había pasado tanto tiempo con la carta natal de cada uno de ellos que su tarifa había acabado siendo una fracción de la tarifa mínima por horas. Pero todo el mundo tenía que empezar de alguna forma, ¿no? Ni siquiera Leo Thornbury había nacido siendo astrólogo.

Pero ¿qué demonios estaba pasándole a Leo Thornbury y a acuario?, le preguntó Davina a la carta astral que tenía extendida sobre la mesa. Reconocía que no era más que una principiante, y estaba segura de que Leo sabía calcular fuerzas y ángulos que su visión, todavía en desarrollo, no lograba comprender; sin embargo, durante los últimos meses no había logrado encontrar el menor detalle de las predicciones para los acuarios de Leo en sus propias cartas. En julio, Leo había hablado de tener cautela en el amor, cuando Davina habría enviado a los acuarios a navegar felizmente por las aguas del romance. En julio, Leo se había centrado en el antimaterialismo, pero las estrellas que veía Davina hablaban de una cauta acumulación en los asuntos de dinero. Y en agosto, Leo estaba dando permiso a los acuarios para disfrutar de la gloria ganada con esfuerzo, cuando su lectura de las estrellas decía que los aguadores debían estar acurrucados bajo un grueso edredón de invierno mientras se enfrentaban a las elecciones difíciles que siempre surgían cuando Marte entraba en tromba en la casa VIII. ¿Qué estaba ocurriendo? ¿Qué se le escapaba?, se preguntó Davina.

VIRGO

♍

Los primeros días de trabajo como periodista en prácticas pasaron a una velocidad alarmante. Justine sentía como si su vida fuera la reproducción de una secuencia de fotos fijas; parecía que acababa de levantarse por la mañana cuando ya estaba volviendo a casa por la noche, demasiado cansada para leer más que unas cuantas páginas antes de apagar la luz.

En la oficina se estableció en su nueva mesa y cubrió los tablones forrados de fieltro que rodeaban el ordenador con su propia selección de postales y aforismos. Tras unos días en la sala de redacción, supo que debería aprender a desconectar cuando Martin se pusiera a decir palabrotas y también cuando empezara con su incesante discurso automático sobre sus procesos mentales, pero, en cambio, que tendría que aguzar las orejas y prestar atención a las entrevistas telefónicas de Roma, perfectamente construidas y con su propia forma, elegante y ajedrecística, de formular las preguntas.

Una mañana de viernes, Justine llegó al *Star* y se encontró a Daniel Griffin en la puerta, bajo el peligro amarillo, enfrascado en una conversación con una mujer joven. Llevaba una falda azul pálido, una chaqueta de lana beis y zapatos planos, y no hacía más que asentir y sonreír. Justine consideró que, utilizando la estrategia de bajar un poco un hombro y flexionar la rodilla opuesta, trataba de no parecer más alta que el director.

233

—Justine, quiero presentarte a Cecilia Triffett.

—Hola, Cecilia —la saludó Justine.

Cuando Cecilia le estrechó la mano, la notó huesuda y laxa. Tenía el pelo castaño claro liso, y Justine supuso que no sería fácil de peinar. Su cara estrecha y sus labios finos contrastaban con unos ojos, tras unas gafas sin montura, que eran de un azul muy bonito y con pestañas largas y oscuras.

—Cecilia es nuestra nueva asistente de redacción —explicó Daniel, y de la expresión de su rostro Justine dedujo que la señorita Triffett le resultaba divertida—. Aunque empieza el lunes, pero ha querido venir hoy para... ir aclimatándose. Justine es periodista en el *Star*, pero pasó un tiempo haciendo el trabajo que tú vas a hacer ahora. Estaba contando a Cecilia la historia de nuestra magnífica estrella y que Jeremy me trajo aquí en mi primer día como asistente de redacción, me colocó debajo y me habló...

—... de los rayos de inspiración —concluyó Justine, e imitó con un gesto los rayos cayendo.

—¿A ti también te lo hizo? —preguntó Daniel.

Justine asintió.

—Hay que tener un cariño especial al peligro amarillo. Es muy... único —afirmó Justine.

—La verdad es que no —contestó Cecilia sin dudar.

—¿Perdón? —contestó Justine.

—Bueno, algo es único o no lo es. No puede ser «muy» único —explicó Cecilia.

Justine era consciente del error. De hecho, era el tipo de explicación con la que ella habría respondido a esos locutores de radio que escuchaba cuando estaba en la cocina y que decían tonterías por el estilo. Era justo lo que ella eliminaría en la corrección de la columna de un colaborador. Pero en ese momento no estaba escribiendo ni escuchando la radio. Estaba hablando nada más, joder. Hablando de forma completamente informal, por eso había dicho «muy único», y esa chica, que tenía los dientes tan grandes que no le cabían en la boca cuando la cerraba, le había sacado un defecto a lo que había dicho.

234

—*Touchée!* —exclamó Daniel mirándola con una expresión demasiado burlona para el gusto de Justine.

—Cecilia, ¿no serás virgo por casualidad? —preguntó Justine.

Cecilia pareció encantada y sorprendida al mismo tiempo.

—¿Cómo lo has sabido?

Justine sonrió de una forma que esperaba que pareciera enigmática.

—Bienvenida al *Star*, Cecilia. Creo que encajarás a la perfección aquí.

—Me preguntaba si hay que serlo para reconocer a uno de los tuyos —dijo Daniel a Justine.

Era media tarde y se encontraban en la sala de descanso. Justine estaba delante de la nevera para coger un brik de leche a punto de caducar, cuando llegó Daniel en busca de otro café.

—¿Cómo?

—Que tal vez hace falta ser uno de ellos para reconocerse. Creo que te has delatado esta mañana, con Cecilia. Porque eres virgo, ¿a que sí?

—Bueno... —empezó a decir Justine, pero decidió alargar el momento mientras echaba parsimoniosamente un poco de leche a su taza de té y después la removía—. Tengo ascendente virgo, por lo que sé. Así que te acercas. Pero en cuanto al signo, continúas sin acertar.

—Ascendente virgo. Mierda. Esta vez creía que había dado en el clavo.

—Bueno, sigue insistiendo. Solo hay doce signos. Al final darás con el mío.

Daniel echó tres cucharadas de azúcar a su café, se encogió de hombros al ver que Justine enarcaba las cejas y le dio un sorbo para probarlo.

—¿Qué tal la entrevista con Huck Mowbray? —preguntó—. ¿Es tan grande como se lo ve por la tele?

Justine había quedado con el colosal jugador de fútbol australiano en la librería donde iba a presentar su recopilación de poemas; el acto estaba principalmente dirigido a los medios de comunicación, pero Justine reconoció entre los asistentes a unos cuantos jugadores de la AFL sin afeitar y en su día libre. Parecían demasiado grandes en medio de todo aquello, de pie aquí o allá, en grupos de dos o de tres, con los brazos cruzados o las manos en los bolsillos, un poco incómodos, sin saber qué hacer.

—La verdad es que es incluso más grande —respondió Justine.

—¿Y los poemas?

—La mayor parte son de verso libre. Unos cuantos sonetos. Una villanela titulada «El Coliseo». Aunque parezca raro, no tiene muchos poemas sobre fútbol, pero ese es uno de ellos.

—¿Y son buenos?

Justine notó que elevaba mucho las cejas, tanto que entraron en el territorio de «Me estás tomando el pelo».

—Me ha gustado «Hermes, *full forward*», pero «El guerrero de la hierba» creo que se pasaba de heroico.

—Y cuando no escribe sobre fútbol, ¿de qué habla?

—De amor, sobre todo. O de conquistas, más bien. Creo que «Las secuelas del terciopelo» puede considerarse erótico. Y también «Victoria al amanecer».

Daniel puso cara de preocupación.

—¿«Victoria al amanecer»?

—Me temo que sí. Pero espera. Por lo visto en el campo, en vez de soltar frases intimidantes, recita poemas.

—¿Suyos?

—Dice que normalmente no. Que prefiere a Yeats, Eliot, Cummings o Hughes —explicó Justine.

—Todo machotes, ¿eh?

—Insiste en que no es machista. Me dijo que Plath y Sexton tenían un efecto especialmente potente en los bloqueos.

Daniel rio.

—¿Es una cita literal?

—Sí.

—Júrame que la pondrás en tu artículo sobre él.

—¿Cómo era eso que decía tu amigo...? «¿Gough Whitlam afirma en su cartel electoral que "Ya es hora"?».

Daniel asintió, satisfecho.

—¿Cómo es de largo tu artículo? Si es bueno, y eso parece, podemos darle más espacio.

—Ahora mismo ya es demasiado largo. Es que tengo un material muy bueno. El entrenador me dio unas declaraciones increíbles. ¿Y su exmujer? Digamos que no se calló nada y también que probablemente eso del terciopelo no fue con ella. Además, me pasé por la clase de poesía donde el joven Huck se atrevió con sus primeros versos. El profesor es un personaje. Él...

Daniel chasqueó los dedos de repente.

—¡Capricornio! No virgo. Capricornio.

Justine soltó una risita.

—¿Por qué?

—La ética del trabajo. Siempre llegas a trabajar pronto, o te quedas hasta tarde o todo a la vez. Yo me fijo en esas cosas. Y mucha gente se habría limitado a entrevistar a Mowbray para un artículo como este. Pero tú has ido mucho más allá. A mí me suena a capricornio.

—Una teoría interesante —admitió Justine.

—He acertado, ¿a que sí?

Justine cogió su taza de té y se dirigió a la puerta.

—Señor Griffin, tendrá que seguir pensando. Las buenas noticias son que ya has descartado medio Zodíaco. ¡Solo te quedan seis signos!

El día siguiente era sábado y, antes incluso de que el sol se hallara alto en el cielo, la buena gente de Alexandria Park ya estaba sacando a las aceras sus neveras que no funcionaban y los grandes televisores antiguos, los sofás manchados y las aspiradoras muertas. Mientras Justine Carmichael se pasaba la mañana en la cama del piso duodécimo de Evelyn Towers, las zonas con hierba que había delante de las casas de los vecinos iban llenándose de alfombras desgastadas y mal enrolladas, cajas de revistas de *Reader's Digest*, reproductores de VHS, camitas de perro, sets de *fondue* esmaltados, calefactores rotos, básculas de baño que evidenciaban la vergüenza, percheros para sombreros ladeados y otomanas que eran tan viejas que cuando las compraron eran pufs.

También había montones de artilugios y dispositivos electrónicos que apenas habían tenido uso, como máquinas para hacer rosquillas o masajeadores de pies, aparatos de algodón de azúcar y moldes para pasteles. Las familias normales aportaban sus cajas de Twister, de Tragabolas y de Trivial Pursuit, mientras que los padres con más aspiraciones aprovecharon la oportunidad para admitir que los juegos de matemáticas MathMindz y Pizza Fraction Fun y el de ortografía Roll'n'Spell no eran divertidos. Y todo ello porque ese era el día que el Ayuntamiento había establecido para que todo el mundo sacara de su casa cualquier trasto que quisiera regalar; suponía una oportunidad, que solo se daba una vez al año, de poder librarse de ese tipo de basura doméstica sin verse obligado a alquilar un remolque para llevarla al vertedero, pagar la escandalosamente elevada tasa, aguantar el pestazo o soportar que el coche se te llenara de cagadas de gaviota.

Justine tenía un plan para ese sábado por la mañana. Se despertaría a eso de las ocho, pero iba a quedarse en la cama hasta las diez, al menos, leyendo una novela y hojeando el nuevo catálogo de Howards Storage World. Después se daría un baño, se vestiría con algo primaveral y alegre e iría a Rafaello's, donde pensaba tomarse un cruasán con almendras y un café, leería los periódicos y comprobaría que Raf había corregido en sus cartas el «pollo asado en mitades» por «medio pollo asado» (como Justine le había recomendado hasta la saciedad). Pero el plan no incluía que su teléfono empezara a sonar, insistentemente y a todo volumen, a las seis y media de la mañana desde donde estaba, en el fondo de su bolso que la noche anterior había tirado de cualquier manera en el suelo de su dormitorio.

Justine apretó los párpados, esperó a que el teléfono dejara de sonar y se aferró a la idea de que, en realidad, no estaba despierta todavía. Pero cuando el teléfono por fin se quedó en silencio, solo lo hizo durante apenas cinco segundos antes de ponerse a sonar de nuevo.

—Que le den a quien sea —murmuró Justine.

Cerebro: «Tal vez sea una emergencia. Tal vez el avión de tu padre se ha estrellado y está llamándote con la poca batería que le queda para despedirse. Tal vez tu madre está tirada en alguna parte, apuñalada y sangrando, después de que la hayan asaltado en las calles de Edenvale durante su paseo matinal a buen paso. ¡Justine! Tal vez esta sea esa llamada que el resto de tu vida lamentarás haber ignorado».

Justine: «Te odio».

Cerebro: «Gracias».

Como era de esperar, y según algún artículo de la Ley de Murphy, el teléfono que no paraba de sonar estaba en el último de los bolsillos del bolso que miró Justine. Con unos dedos entumecidos, tocó la pantalla.

—¿Diga? —contestó, medio dormida.

—Levántate y vístete de inmediato.

—¿Qué?

—¡No pierdas el tiempo! ¡No te entretengas!

La voz sonaba ridículamente alegre.

—¿Nick?

—Hoy es el día —contestó él, muy contento—. A mí también se me había olvidado. Ha sido una suerte que estuviera despierto tan tarde y lo haya visto empezar. Vamos, Justine. Tienes que darte prisa.

—¿Por qué?

—Es el día del mercadillo vecinal gratuito del Ayuntamiento en Alexandria Park. ¡Es el mejor del mundo!

—Estoy durmiendo.

—Pues deja de hacerlo. En serio. Deberías ver todo lo que hay aquí. Y, ya sabes, a quien madruga, Dios le ayuda.

—También está «la curiosidad mató al gato». Piénsalo.

—No seas gruñona. ¡Es el nirvana de los mercadillos! Te veo delante de tu edificio dentro de diez minutos.

Quince minutos después, vestida lo mejor que pudo con lo que sacó del suelo del armario, con un pañuelo en la cabeza para cubrirse la alborotada melena de recién levantada de la cama y con los ojos un poco pegados aún, Justine salió a Evelyn Street y se encontró a Nick esperándola. Él llevaba una camisa de franela, pantalones cortos con muchos bolsillos y un par de gastadas botas con los laterales elásticos. A su lado tenía un carrito de supermercado; estaba bastante nuevo, con el asiento de plástico y el manillar todavía de un verde brillante, y parecía que tenía las cuatro ruedas en funcionamiento.

—¿Lo has mangado de Woolworths?

—Solo lo he cogido prestado —aclaró Nick.

—Eres un verdadero profesional —comentó Justine.

—También he preparado un termo con café. Espero que lo tomes sin azúcar.

—Sin azúcar, sí.

—Excelente. He diseñado una ruta.

Nick llevaba a la espalda una mochila pequeña y del bolsillo de atrás de los pantalones cortos sacó un folleto pintarrajeado que Justine reconoció: era el mapa turístico de rutas a pie para visitar los monumentos de Alexandria Park.

Agarró el manillar del carrito con decisión.

—¿Preparada?

Alrededor de las dos de la tarde la azotea de Evelyn Towers estaba completamente transformada. Cubriendo una sección del suelo de hormigón, colocados en espiguilla, había un cuarto de palé de azulejos de color verde musgo sobrantes de la renovación de algún cuarto de baño en Lanux Court. Sobre los azulejos y un poco ladeadas había dos tumbonas de mimbre a juego, que Justine y Nick se habían llevado de Austinmer Street y que solo tenían unos cuantos arañazos de gato y no estaban demasiado desgastadas.

No habían limitado su misión al mercadillo vecinal; habían comprado algunas cosas baratas en el invernadero local. Una mezcla de turba fresca llenaba las jardineras de la azotea y habían plantado unas diminutas semillas (de girasol, albahaca, perejil y pensamientos) que ya deseaban despertar y salir de sus radículas.

Entre las jardineras estaba la mejor adquisición gratuita que Justine y Nick habían hecho: un brasero exterior que encontraron en la otra punta de Evelyn Street, donde alguien lo había tirado con su trípode de hierro forjado y todo. Aunque el borde estaba descascarillado y tenía un par de grietas en zigzag por un lado, aparte de eso el receptáculo del fuego parecía estar bien. Sería perfecto para las noches de invierno.

Entre las tumbonas había dos mesitas auxiliares (Nick había preguntado a Justine: «¿Qué es una mesita auxiliar? ¿Una mesita que te auxilia en qué?») forradas de un linóleo con estampado de estrellas y que tenían unas marcas de tazas del color del café. En ese momento sobre una de ellas estaba el tablero de damas de peltre en perfecto estado que Justine y Nick habían conseguido en la parte rica de Kellerman Circle, aunque no sin ciertos problemas. Nick había sido el encargado de buscar la caja de madera que contenía las fuerzas francesas de Napoleón mientras Justine sacaba el tablero de debajo de un montón de revistas *Healthy Eating*. Pero otra pareja de buscadores de gangas había localizado la caja en la que estaba el ejército inglés. Se produjo un debate y, aunque Justine y Nick adujeron el argumento de que la posesión de dos tercios del juego era igual a nueve décimas partes del derecho a quedarse con todo, tuvieron que ceder y dar a los otros un ostentoso candelabro de bronce como compensación.

Nick, que jugaba con las duramente conseguidas piezas del ejército inglés, había vencido a los franceses de Justine en lo que él definió como la partida de damas «inaugural» de la azotea. De hecho, la partida había sido un baño de sangre y (sin Nick saberlo) en la mente de Justine ya entraba en la categoría de «la primera y única» partida de damas de la azotea. Cuando solo llevaban diez movimientos, mientras observaba la expresión feroz y decidida de la mandíbula de su oponente, Justine se preguntó por qué no se había acordado de que los juegos de mesa estimulaban la parte más primitiva del cerebro de Nick. Algún día, se dijo, le confesaría que fue ella quien sugirió a sus hermanos pequeños que sería buena idea tirar todo el dinero del juego de Monopoly de la familia al incinerador ilegal de basura que Mark Jordan tenía en el jardín trasero.

—La comida ha sido espectacular —comentó Nick estirando la mano para coger la última galleta de chocolate negro Tim Tam.

Dejó la bandeja de plástico de las galletas vacía sobre las bolsas de papel grasientas en las que ya no quedaban ni pastelitos de patata ni de pescado, y tampoco dim sums.

—Gourmet, desde luego —aseguró Justine.

Acomodada en una de las tumbonas, empezó a sentir en los brazos y los hombros los efectos de tanto levantar y cargar cosas. También tenía quemaduras solares, se sentía agradablemente somnolienta y sin duda necesitaba una ducha.

—Si Laura viera esto, me haría correr un maratón como penitencia —comentó Nick con la boca llena de galleta.

—¿Dónde está Laura hoy? —preguntó Justine, encantada de poder hacerle por fin la pregunta que llevaba todo el día rondándole la cabeza.

—En Texas.

—¿Texas?

—Ajá.

—¿Y eso por qué?

—Es la imagen de un perfume y están creando una nueva campaña.

—¿De qué es el perfume?

—De nenúfares. Y en Texas hay un enorme jardín acuático lleno de... eso, de nenúfares.

Justine soltó una carcajada y el sorbo de cerveza de jengibre que acababa de tomar la puso en un aprieto. Cuando su mejor amiga, Tara, quería sugerir que una persona era muy guapa por fuera pero por dentro estaba más bien hueca, siempre decía que era «como un nenúfar».

Nick pasó a Justine, que estaba a punto de escupir, una servilleta con el logotipo del local de comida rápida donde habían comprado todos esos manjares.

—¿Qué? ¿Qué es lo que tiene tanta gracia? —preguntó Nick.

Justine: «¿Se lo digo?».

Cerebro: «Tú eres la miembro de pleno derecho de la hermandad femenina, no yo».

Justine: «Hum... Creo que mejor me lo callo».

—Nada —contestó, aunque no pudo dejar de sonreír.

Nick se terminó su cerveza de jengibre.

—Por más que me encantaría quedarme contigo y dar una buena paliza por segunda vez a tu Pequeño Corso, debo partir raudo.

—Ah, ¿sí?

—El telón se levanta dentro de unas horas y no he dormido mucho. Romeo necesita toda su energía si quiere cortejar a Julieta esta noche.

—¿Hoy es la última función?

—Sí.

Nick se levantó de la tumbona.

—Oh, por cierto, tengo que decirte una cosa.

—¿Sí?

—Alison Tarf me ha llamado.

Justine se incorporó bruscamente.

—¿Alison Tarf? ¿En serio?

—Vino al Gaiety. Vio la obra... —Nick puso cara de falsa modestia—. Y buscó mi solicitud para su compañía y me llamó para decirme que está deseando verme en la audición.

—Nick, eso es estupendo. Ahora sí que tienes que ir a la audición. Si Alison Tarf en persona te lo ha pedido, sería de muy mal gusto no aparecer.

—¿Sabes qué? Creo que tienes razón.

Justine sintió que recorría su cansado cuerpo una oleada de energía, más propia de Lleyton Hewitt que de ella, y estuvo a punto de saltar de la tumbona, ponerse las manos en modo de altavoz alrededor de la boca y gritar: «¡Vamos!».

Cerebro: «Quédate sentada, idiota».

—¿Te plantearías, siquiera, la posibilidad entonces? —fue lo que preguntó.

—Sí, empiezo a inclinarme por el sí. Pero voy a esperar para ver qué tiene que decir Leo. Como ya has comprobado, Leo Thornbury lo sabe todo.

Esa noche, más o menos a la hora en la que el Romeo de Nick Jordan estaba acabando con la vida de un Teobaldo de pelo negro y espada en mano, Justine Carmichael caminaba tranquilamente por Rennie Street, con los pies calzados con chanclas, en dirección al *Star*. Las farolas iluminaban la superficie irregular del peligro amarillo y el haz de luz rebotaba en ángulos imposibles cuando Justine giró al llegar al poste. Subió los escalones de la entrada y abrió la puerta procurando que nadie la viera. No se oía ni un ruido en todo el edificio, aparte del zumbido de la nevera de la cocina.

Desde que el pequeño despacho blanco era de Henry, ya no era un remanso de organización minimalista. Había pilas de revistas, papeles sobre la mesa y en el suelo y posits (naranjas, fucsias, amarillos, azules) llenos de anotaciones, pegados sin ton ni son alrededor del marco del monitor del ordenador. Junto a este último había una fotografía enmarcada de un Henry muy joven, con cara de atemorizado, al lado de Shane Warne. Debajo de la mesa había un par de malolientes zapatillas para correr y un montón de ropa brillante de deporte.

Justine sabía bien que a esas alturas del mes Henry, casi con total seguridad, ya habría transcrito los horóscopos de Leo. Para comprobarlo, rebuscó en su bandeja de entrada. Como el fax de Leo Thornbury no estaba allí, miró en el punzón para documentos. Fue sacando las páginas una por una y colocándolas boca abajo en la mesa, hasta que por fin encontró lo que buscaba.

—Ahí estás, Leo —murmuró, y ojeó la página.

«Acuario: Este mes va a ser testigo de la transición de Venus de leo a virgo —leyó—, lo que traerá al primer plano temas como el sexo, la intimidad y la confianza. Los acuarios os veréis hablando de estos temas con vuestras parejas sentimentales, pero tendréis que anticipar problemas de comunicación en muchas de vuestras relaciones importantes. Cuando el sol entre en libra, otro signo de aire, los acuarios lograréis salir del espeso fango de las complicaciones para emerger en una estación de libertad y expansión.»

Se sentó en la silla del despacho de Henry, releyó el texto y se quedó pensando. ¿Las palabras de Leo conseguirían dar a Nick el empujón que necesitaba para hacer la audición con Alison Tarf? ¿O todo lo contrario?

Cerebro: «Lo que Leo dice no es malo. Lo de "libertad y expansión" puede tener el efecto deseado».

Justine: «¿Eso te parece?».

Cerebro: «¿Te soy sincero? No. Pero si no, ¿cómo piensas hacer lo que has hecho otras veces?».

Justine se acercó al ordenador de Henry y movió el ratón para reactivar la pantalla. Apareció un recuadro de seguridad que le pidió nombre de usuario y contraseña. Justine inspiró hondo y escribió el nombre de usuario de Henry: «hashbolt». Tenía el mismo formato que su nombre de usuario y el de todos los demás empleados del *Star*.

Cerebro: «Se te ha acelerado el pulso».

Justine: «Gracias por comentarlo».

Cerebro: «Creo que estás experimentando culpa y nerviosismo».

Justine: «Chist... Seguro que todavía está por aquí, en alguna parte».

El posit que Justine estaba buscando era naranja. Uno naranja decía: «Cumpleaños de Eloise». Y otro: «No mires atrás; no es allí adónde vas».

—¡Ja! ¡Lo tengo! —exclamó Justine, feliz al encontrar el papelito naranja en el que Anwen había escrito la contraseña de Henry, junto con la instrucción: «Apréndetela y luego tira esto».

En cuanto introdujo ese código, una ruedecita multicolor, que parecía anticipar el desastre, estuvo girando en la pantalla un tiempo que a Justine le pareció muy largo. Y después la pantalla de Henry apareció en Tecnicolor.

—¡Sííí! —exclamó Justine.

Muy orgullosa de sí misma, abrió una carpeta llamada «Número actual» y buscó el documento que se titulaba «Horóscopo»

Cerebro: «Oye, ¿qué dice el tuyo?».

«Sagitario... —leyó para sí Justine—: "Que tu alma se alce tranquila y serena ante un millón de universos", dijo el poeta Walt Whitman, y es como si pensara en vosotros, arqueros, porque estáis a punto de embarcaros en un período de gran incertidumbre. La energía de Marte se proyectará con fuerza en vuestra carta astral durante las próximas semanas, lo que traerá un período en el que los riesgos que habéis corrido pueden merecer la pena y tener unos resultados espectaculares. O, llevados por la emoción, podéis volar demasiado cerca del sol y tener que enfrentaros a las abrasadoras consecuencias.»

Cerebro: «¿Y no crees que tal vez...?».

Justine: «¿Qué? No, no creo nada. Es un horóscopo. Que no se te olvide».

Cerebro: «Si estás segura del todo...».

Justine: «Lo estoy. Volvamos a acuario. ¿Qué vamos a hacer?».

Cerebro: «Bueno, lo que quieres es que Nick piense en Shakespeare, que crea que es su destino...».

Justine: «Continúa».

Cerebro: «Por eso, si Leo citara al mismísimo Bardo de Avon...».

Justine: «Reconozco que es muy buena idea».

Justine abrió la ventana del buscador de internet, a la caza de citas de Shakespeare sobre coraje, y revisó los resultados.

«Otra vez a la brecha, queridos amigos...»

—No —dijo Justine, hablando sola. Nada de *Enrique V*; demasiado belicoso.

«Atornilla hasta el tope tu coraje...»

—Puaj. No, gracias, lady Macbeth.

246

«Mil veces muere un cobarde antes de muerto...»
No, esa tampoco. Demasiado tétrico.
Y entonces la encontró. Era de *Cimbelino*.
—«Ayúdame, atrevimiento. Audacia ármame de la cabeza a los pies» —leyó Justine en voz baja—. ¡Bingo!

Cúspide

✦

En un amanecer rosado, en el interior de un barrio residencial grisáceo cercano a la ciudad, en un pequeño adosado de piedra, en un dormitorio con suelos de pino y en una cama de hierro antigua, con un pijama de franela con estampado floral, estaba Fern Emerson en un estado entre la vigilia y el sueño. Ese iba a ser su primer día de descanso en nueve meses.

A principio de año, Fern (libra, florista que solía llevar una gerbera detrás de la oreja, estilosa reinventora de vestidos vintage, fumadora a escondidas de cigarrillos mentolados y bebedora de cócteles Gin Sling, amante de las películas del Brat Pack y ocasional diva de karaoke) había dado el arriesgado paso de cerrar su camión-floristería móvil y volver a abrir Hello Petal, esta vez como puesto permanente en Alexandria Park Markets, con todos los costes nuevos y alarmantes que entrañaba esa decisión.

Siete días a la semana, Fern se levantaba a una hora disparatada para conseguir las mejores flores de su mayorista. Después, durante las largas jornadas, ella sola se ocupaba de llenar los cubos y anotar los pedidos, cortar los tallos y doblar el papel de seda, arreglar las flores, atar las cintas, sonreír a los clientes que llegaban contentos, ofrecer un pañuelo a los que lloraban, alegrarse con las novias y hacer sugerencias creativas a las señoras ricas. No tenía descanso para comer. Y por las noches se dedicaba a hacer cuentas, papeleos de impuestos, presupuestos, enviar emails, idear propaganda y otro montón de cosas irritantes. Tenía suerte si, justo antes de caer redonda sobre la cama, conseguía encontrar unos minutos para aplicarse crema en las manos enrojecidas y cubrírselas luego con unos guantes de algodón.

Pero todo su trabajo duro estaba dando sus frutos. Los ingresos de Hello Petal habían ido aumentado de forma constante, tanto que Fern había decidido que era el momento de contratar una ayudante. Encontró a Bridie, una joven con ojos grandes que, con su pelo ralo y el delantal de cutí rojo y blanco desvaído, parecía recién sacada de una calle dickensiana llena de hollín. Después Fern decidió que Bridie podía apañárselas un día sola. Lo que significaba que Fern tendría ocasión de tomarse un día libre que hacía mucho que se merecía; un día magnífico, deliciosamente emocionante y todo para ella. Se sentó entre una maraña de ropa de cama blanca, cogió las gafas de la mesita y parpadeó para enfocar la habitación.

¿A qué iba a dedicar el día? Había tantas cosas que tenía ganas de hacer... Quería buscar en su montón de vestidos y telas vintage y coserse una falda, tal vez dos. Y pasarse horas y horas en la bañera releyendo *El castillo soñado*, echando más agua caliente todas las veces que le diera la gana. Y meterse en su Volkswagen Escarabajo clásico e ir hasta la costa para caminar por la orilla y recoger conchas, para terminar la jornada tomando un relajante gin-tonic en algún pub agradable del paseo. Pero lo que más ganas tenía de hacer, decidió, era ir a ver tiendas de segunda mano por toda la ciudad y volver a casa con nuevos tesoros. ¡Vestidos! ¡Chaquetas! ¡Telas! ¿Y quién sabía qué más?

Fern arrancó la página de su agenda anual, que estaba vacía desde finales de enero, humedeció con la lengua la punta roma del lápiz que tenía al lado y esbozó en ella un mapa de la ciudad. Si diseñaba una buena estrategia, podía visitar tres tiendas antes de comer y dos después. Y le quedaría tiempo para regresar a casa, admirar lo que había comprado y ponerse la canción «Pretty in Pink» de fondo mientras separaba faldas de partes de arriba o quitaba volantes a algún cuello. Iba a ser un buen día. No, iba a ser un día estupendo.

La primera parada de Fern fue una tienda de segunda mano Vinnies que era especialmente retro y que estaba en un barrio muy de moda donde había una avenida flanqueada por establecimientos en los que se vendían muebles minimalistas suecos, jabones artesanales, zuecos de madera o frutas de lo más exóticas. Fern se detuvo a admirar la ironía de colores combinados que había en el escaparate, donde una estatua de la Virgen María, eléctrica e iluminada, estaba rodeada de maniquíes vestidos con faldas, camisas, chaquetas, chalecos y zapatos que abarcaban todo el espectro cromático, del morado al azul de Prusia. Al fondo había un biombo amarillo cromo que tenía colgadas pequeñas imágenes religiosas de la Madonna, pero Fern no pudo evitar fijarse en que una de ellas era de la mismísima cantante Madonna en la etapa que cantaba «Like a Virgin».

Fern entró y rebuscó entre los vestidos largos y cortos. Delante del espejo, se colocó sobre el cuerpo un vestido de chifón de color champiñón con un lazo muy ñoño en el cuello y una falda con unas tablas muy delicadas. Pero, aunque la tela del vestido estaba en buenas condiciones, el espejo le reveló que ese color no la favorecía. De paso, también le llamó la atención sobre el hecho de que empezaban a proliferar los mechones blancos entre sus rizos oscuros. Y, como puntilla final, el espejo mostró a Fern la imagen de un hombre que rebuscaba en las cajas de discos de vinilo, detrás de ella. Sonrió al ver la forma en que movía un poco los hombros siguiendo el ritmo de lo que sea que sonara a través de sus cascos de diadema. Tenía una buena mata de pelo: marrón nuez y muy corto, y unas manos bonitas, grandes y bronceadas. Daba la impresión de que pasaba mucho tiempo en el exterior, y eso hizo que Fern se imaginara que su gastada camisa de cuadros olería a tierra y a humo de eucalipto.

«Para, para, para, para ya, Fern», se dijo mientras volvía a colgar el vestido de color champiñón.

Detrás del mostrador, una chica con el pelo rosa estaba colgando guantes con sus parejas. «Astrid», leyó en su chapa identificativa.

—Hola —saludó Fern, y sonrió—. Quería saber si tenéis telas ahora mismo.

Astrid, con unos ojos con una buena cantidad de kohl, parpadeó y después le devolvió la sonrisa.

—Eh... La verdad es que sí tenemos. Llegó un lote increíble el otro día. De alguien que ha muerto, ¿sabe? Debía de tener el armario lleno. Cosas de los cincuenta, los sesenta y los setenta. Chulísimas. Están en el almacén, si no le importa el desorden.

—Puedo con ello —aseguró Fern.

Pero, cuando vio aquel desastre, dudó que realmente pudiera con él. Era el paraíso de los acumuladores de cosas, una trampa mortal cataclísmica de ropa desechada por alguien. A un lado del almacén había una pila, que iba del suelo al techo, de bolsas de basura llenas de donaciones, mientras que en el lado opuesto había una presunta avalancha de ropa, libros y accesorios. La pared del fondo no estaba mucho mejor: la ocupaba una pila inestable de cajas de cartón que se hundían peligrosamente hacia dentro. Habían dejado un pequeño claro para permitir el acceso hasta un diminuto fregadero, sobre el que colgaba una estantería improvisada con cosas apiladas que llegaban hasta el techo. Un hervidor de agua eléctrico se balanceaba en precario equilibrio sobre el borde del fregadero, lleno con una colección ecléctica de tazas de café. Astrid sonrió al ver la evidente impresión que aquello había causado a Fern.

—Detrás de eso, en alguna parte —explicó señalando una barricada de cajas de embalaje—, está la puerta de atrás.

—Estupendo —comentó Fern.

Astrid sacó algunos montones de tela doblada y bien apretada de la enorme pila y Fern contuvo un impulso, fruto de los nervios, de cubrirse la cabeza por si acaso. Pero pronto el placer sustituyó al temor porque lo que tenía delante eran muchos metros de una pana muy apretada de los años sesenta con un diminuto estampado geométrico, una generosa cantidad de una preciosa viyela con flores, trozos de delicada batista de algodón Liberty, retales de cloqué de color prímula y una tela de algodón de cuadros con bordados.

—¡Oye! —gritó Astrid de repente—. ¡Oye, no! ¡Oye!

Fern detectó el problema al instante. La parte delantera de la tienda estaba bloqueada por una fortaleza de cajas de cartón grandes que llegaba más o menos a la altura del pecho. Astrid salió corriendo hacia la puerta de cristal. Justo cuando la abrió, un repartidor con un mono azul estaba añadiendo otra caja de cartón a la pila.

—¿Qué coño cree que está haciendo? —gritó Astrid.

—Devolución del almacén central, guapa —explicó el hombre mientras volvía a la furgoneta.

Fern reformuló mentalmente el plan para su maravilloso día libre. Verse encerrada en la primera tienda a la que iba no estaba en la lista.

—¡No puede dejármelas aquí! —chilló Astrid—. Esto es una tienda, joder. ¡La gente tiene que entrar y salir!

El repartidor atravesó a Astrid con una mirada implacable antes de dejar otra caja en la pila.

—Entrega puerta a puerta, guapa —dijo a través de un hueco que quedaba en la pila—. Yo he recogido todo esto en una puerta y tengo que dejarlo en la tuya. A mí solo me pagan para eso.

—Pero está bloqueando la maldita puerta. ¿Qué voy a hacer?

—Chica, díselo a alguien a quien le importe.

Astrid fue hecha una furia hasta el mostrador para coger el teléfono. Fern se quedó allí, hipnotizada por la pila creciente de cajas. Poco después se dio cuenta de que el guapo cazador de vinilos había aparecido a su lado. En ese momento llevaba los auriculares alrededor del cuello. Tenía ocho o diez discos debajo del brazo. Los Pixies, vio Fern. Y los Sugarcubes. «Tiene buen gusto.» Los dos juntos vieron cómo colocaban la última caja en lo alto de la pila, que ya bloqueaba la puerta por completo, del suelo al techo. Astrid gesticulaba como loca explicando enérgicamente la situación a su colega del almacén central, que estaba al otro lado de la línea. Mientras, el repartidor cerró las puertas de atrás de la furgoneta de un portazo y se fue.

—No pinta bien —dijo el cazador de discos.

—No —reconoció Fern.

—¿Intentamos salir por la puerta trasera? —preguntó, y señaló con el pulgar la parte de atrás de la tienda.

Fern le dedicó una sonrisa compungida.

—En esa zona lo que hay es más de lo mismo.

—Entonces supongo que lo único que podemos hacer es excavar.

Dejó a un lado su botín de discos, apartó un trío de muñecas Repollo que había en un sillón bajo y lo arrastró hasta la puerta para que le sirviera de escalera.

—Madre mía, tenga cuidado —exclamó Fern cuando vio que se subía al asiento de muelles irregulares del sillón.

Él intentó coger la caja que coronaba la pila, pero estaba bien encajada bajo el borde superior del marco de la puerta.

—Creo que tendré que sacar la que está justo debajo —dijo—. Y después seguir desde ahí. Con suerte, no pesarán mucho. ¿Podría echarme una mano, por si acaso?

Fern se subió al sillón a su lado, los dos en equilibrio con un pie en el asiento y el otro en el reposabrazos. Fern se desequilibró y, cuando él la agarró para que no se cayera, fue embriagadoramente consciente de su vigorosa fuerza. Aunque se había imaginado que olería a tierra, desde cerca adivinó, por el leve olor a cloro, que había estado hacía poco en una piscina. Era un olor agradable, muy limpio y activo.

—¿Está bien? —preguntó él.

«Oh, Dios mío... Encima es amable », pensó Fern.

—Sí. Todo bien.

«Para, para, para, para, para ya, Fern —se ordenó—. Tú tienes treinta y ocho años y él... ¿cuántos? ¿Treinta y cinco? Treinta, como mucho. Tu currículum sentimental es una sucesión de un desastre tras otro desastre peor aún y ya estás empezando a peinar canas. Además, debe de estar casado. O al menos pillado. Por alguna profesora de teoría del arte, seguramente. O por la dueña de una sidrería pija de la ciudad.»

Juntos, Fern y el hombre consiguieron sacar la segunda caja

empezando por arriba, tras mucho juego de equilibrio entre sus cuerpos y el peso de la misma. Pesaba tanto que Fern casi tuvo que dejarla caer por su lado. La caja que estaba encima se precipitó sobre la pila y se ladeó. Durante un momento se tambaleó y acto seguido aterrizó en la acera.

—Al final alguien resultará herido —dijo Astrid por el teléfono—. ¿Que qué quiero que hagáis? Quiero que alguien venga a ayudarme. No, dentro de una hora no. ¡Ahora! Tengo aquí dos clientes, subidos a un sillón con mala pinta, bajando una... Dios, ¡que se les va a caer! He de dejarte.

Astrid salió corriendo para ayudarlos y, tras cierta negociación, entre los tres consiguieron bajar la caja al suelo. Fern, mientras intentaba recuperar el aliento, vio que la caja tenía unas etiquetas escritas con un grueso rotulador negro tanto en la parte de arriba como en uno de los laterales.

—BR 12 —leyó—. ¿Qué cree que hay dentro?

—¿Bielas restantes? —sugirió el hombre.

—¿Bandejas renacentistas? —contraatacó Fern.

—¿Bebés rechonchos?

—Pero ¿qué dice? —preguntó ella.

—No sé —admitió él.

—¿Botas requetesexis? —continuó ella.

—¿Botines rojos?

Y podrían haber seguido así durante un buen rato divertido si Astrid no hubiera sacado un cúter, con la actitud de un cirujano furioso, y hubiera abierto en canal con él la cinta de embalar.

Dentro de la caja, envueltos en papel de burbujas y colocados en capas con mucho cuidado, había una incomprensible cantidad de objetos de porcelana que se habían fabricado para conmemorar la boda del príncipe Carlos y lady Diana Spencer, en 1981. Platos, cuencos, platillos, joyeros, relojes y tazas, tazas y más tazas.

—Qué raro —dijo el hombre.

—«BR» significa boda real —tradujo Astrid desenvolviendo una taza con dos asas de Carlos y Diana.

—Esa caja lleva el número 12 —señaló Fern cuando se le ocurrió una idea que no le parecía plausible.

Las cajas que seguían bloqueando la puerta, todas de tamaño y marca idénticas a la que tenían justo delante, serían dieciocho o veinte. No podían estar todas llenas de lo mismo, ¿verdad?

—Menudas nupcias, Batman —dijo el hombre.

—Creo que vamos a necesitar una taza de té —respondió Astrid.

Y así fue como Fern Emerson se pasó su primer día libre en nueve meses abriéndose camino entre un mar de plástico de burbujas y porcelana conmemorativa de la boda de Carlos y Diana, bebiendo un té insípido y comiendo galletas de frambuesa. Eran más de las cuatro cuando volvió a casa con un montón, increíblemente barato, de telas vintage. Al abrir la puerta y entrar en el vestíbulo de paredes blancas tuvo la extraña necesidad de decir «¡Hola!», aunque sabía que nadie iba a responderle.

Para Fern fue un placer meter un trozo de viyela con tonos primaverales en la lavadora y luego en la secadora, estirarlo y plancharlo para, por fin, clavar con alfileres los trozos del patrón de su tipo de falda de tablas favorita y oír el ras, ras, ras de sus tijeras de coser cuando hacían su trabajo. Pero la triste verdad era que no estaba tan contenta como esperaba estarlo la noche de su primer día libre en nueve meses. Y aunque a veces levantaba la vista de su costura y veía a Molly Ringwald mordiéndose sus bonitos labios rosas o a Andrew McCarthy con expresión de dolor y desconcierto, y aunque se puso a cantar «If You Leave», su noche no estaba siendo tan dulce ni sencilla como había deseado. La mera presencia del hombre guapo de Vinnies, con sus auriculares, sus discos y su buen humor tranquilo, habían recordado a la trabajadora Fern Emerson que detrás de su tan ajetreada vida, se sentía sola. Y lo único que había conseguido era que le doliera el corazón. Habría sido mejor quedarse en casa, leyendo en la bañera.

Grace Allenby (piscis, tiempo atrás nadadora de espalda en los Commonwealth Games y profesora de natación jubilada, superviviente de un cáncer de mama y remera en un *dragon-boat*) llegó a la residencia Holy Rosary alrededor de las diez de la mañana del martes.

Ese martes en concreto empezó su ronda, como siempre, con su visita al señor Pollard, en el ala Bluegum. Era un granjero anciano que pasaba la mayor parte de su tiempo sentado en su cama articulada al lado de un peluche de un perro kelpie australiano de tamaño natural. Después Grace fue a ver a la señora Hampshire, en el ala Acacia, donde se sentaba con ella durante media hora y escuchaba todos los detalles sobre el éxito espectacular de su hijo, Dermot, un chef con mucho talento.

A continuación iba al ala Myrtle, donde visitaba al señor Magellan, quien como siempre estaría sentado en su cómodo sillón reclinable, blandiendo el mando a distancia y diciendo palabrotas a su televisor. Se dedicaba a ignorarla, pero Grace leía para él de todas formas. Para Len, siempre escogía noticias alegres y desenfadadas que no tenían ningún interés, lo que a él le molestaba y provocaba que se comportara con la hostilidad algo brusca que Grace sabía que constituía uno de los pocos placeres que le quedaban en la vida. Otro de ellos era su secretito: el que había revelado a Grace, pero no a sus hijos. «Que les den», había dicho. ¡Los había quitado de su testamento! A los tres. Y le había legado hasta el último céntimo al refugio canino.

—¡Perros! —exclamó Len riendo a carcajadas—. ¡Ni siquiera me gustan los malditos perros!

Mientras iba por el pasillo hacia el ala Myrtle, Grace miraba, a través de las rendijas de las puertas entreabiertas, hacia el interior de las habitaciones cómodas y bien arregladas, pero estériles. Solo le quedaban unas puertas para llegar a la habitación del señor Magellan cuando se dio cuenta de algo raro: su puerta estaba abierta de par en par. Entonces le llegó el olor letal del desinfectante. El corazón empezó a latirle más rápido y aceleró el paso, sorprendida de que siguiera haciendo eso mismo en todas las ocasiones, incluso después de tantos años.

La habitación estaba justo como esperaba encontrarla: las alfombras húmedas tras la limpieza con vapor, las piezas de porcelana del cuarto de baño tan relucientes como dientes recién limpiados con lejía, el sofá reclinable en el centro de la habitación y cubierto de pilas dobladas de pijamas de rayas, camisas de cambray y pantalones de pana de anciano. Encima de la pila había un neceser.

Grace se sentó en la cama sin sábanas, cerró los ojos y rezó una oración en silencio.

Un momento después sacó el ejemplar del *Star* que llevaba consigo para leérselo a Len. Se fijó brevemente en que en la portada estaba ese futbolista que daba miedo con esos pantalones tan cortos y después pasó al horóscopo. Sin emitir ningún sonido, pero moviendo los labios, leyó la entrada de acuario: «"Ayúdame, atrevimiento. Audacia ármame de la cabeza a los pies." Escuchad las palabras del Bardo y subid a la montaña rusa de la conclusión y la realización. No es momento para la timidez, sino para que llevéis vuestros proyectos al siguiente nivel o avancéis a un plano superior. ¡Tiraos a la piscina, acuarios!».

A Grace se le dibujó una sonrisa triste e irónica y cerró la revista.

—Nos vemos, Len —susurró—. Viejo capullo.

Y se levantó, inspiró hondo y se fue a ver a la señora Mills.

Mariangela Foster, antes Magellan (tauro, madre de tres hijos dedicada a su cuidado, compulsiva amante del orden doméstico, adicta a las compras en eBay y con un don increíble para jugar al Tetris) sabía qué le iban a decir cuando su teléfono sonó a las 6.37 del martes por la mañana. Y su marido, Tony, también. Tony, ya vestido con el traje y la camisa de cachemira con puños franceses, estaba junto a la cafetera con una taza vacía en la mano. El teléfono dio dos tonos, tres, mientras Tony veía que su mujer recomponía su expresión antes de descolgar. Mariangela tenía la cara ovalada con una piel aceitunada y rasgos muy expresivos de dimensiones razonables. Tony se dio cuenta de que la expresión que buscaba era una mezcla de dignidad y resignación.

—¿Diga? —contestó con una voz que estaba en perfecta consonancia con su expresión. Una pausa. Después—: Oh, buenos días, hermana Clare. Mariangela escuchó un momento y soltó un perfecto sollozo ahogado—. ¿Cuándo? —Otra pausa—. ¿Y... se ha ido en paz?

Mariangela escuchó y una lágrima, tan gruesa como una perla falsa, se escapó por la comisura de uno de sus ojos. Tony la vio caer por un lado de la nariz y descender por la mejilla, donde su esposa se la enjugó con una mano experimentada de antigua esteticista.

—Gracias, hermana. Gracias por llamar. Voy a ponerme en contacto con mis hermanos e iremos esta mañana a recoger sus cosas. Estoy segura de que mi padre habría querido que le diera las gracias por todos sus cuidados... No, no, se lo agradecemos mucho... Sí, claro. Gracias de nuevo. Adiós.

Mariangela colgó el auricular y miró a Tony, con las manos apretadas contra la parte superior de su camisón de satén.

—¿Qué? —preguntó Tony mientras dejaba la taza, todavía vacía. No se atrevió a mostrar la sonrisa que sentía que le tiraba de los músculos de la cara.

Hubo un momento de silencio en el que la cocina pareció estar totalmente vacía, como si no hubiera ni aire. Y después, por fin, Mariangela suspiró y sus facciones mostraron solo alivio.

Tony corrió para abrazar a su esposa. Sus lágrimas de cocodrilo habían quedado sustituidas por unas reales cuando fue consciente de que todos sus problemas habían terminado, sus deudas quedarían saldadas y su futuro asegurado. Se acabaron las cartas de aviso de que habían devuelto el recibo del colegio de Luke, no haría falta refinanciar la deuda de la tarjeta de crédito de nuevo y no más intentos de convencer a los sabuesos de la agencia de cobro de morosos de que se habían equivocado de número, que no eran esos Foster, que se confundían. Llevaría unos meses hacer todos los trámites legales, pero después de eso no les faltaría el dinero.

—¡Uauuu! —chilló Tony, y cogió a Mariangela como para ponerse a bailar.

—¡Vivaaa! —gritó Mariangela mientras Tony la hacía girar por el linóleo de cuadros.

Fue entonces cuando su hijo mayor, Luke, apareció en la puerta de la cocina con el pantalón del pijama cayéndosele por un lado de la cadera y el tupido pelo de punta por el efecto de la almohada. Tony y Mariangela se quedaron petrificados.

—¿Qué pasa? —preguntó Luke con los ojos medio cerrados.

Como los había pillado total y absolutamente in fraganti, no tenían ni idea de cómo decir en ese momento a su hijo que su abuelo había muerto.

LIBRA

♎︎

El 23 de septiembre no solo marcaba el equinoccio de primavera, un breve momento en el que la tierra se colocaba con su eje perfectamente perpendicular al sol, sino que también era el día en que el sol (aunque solo de nombre, no en la realidad) pasaba al signo de libra, la balanza. Y ese año en concreto, el 23 de septiembre era la fecha elegida para la fiesta del cincuenta y cinco cumpleaños de Drew Carmichael.

La noche estaba cayendo cuando Justine cogió con su compacto Fiat 126 la autopista que iba en dirección oeste, hacia Edenvale, mientras cantaba éxitos de los ochenta que sonaban en la radio antigua del coche y metía la mano cada poco rato en una bolsa de gominolas bañadas en chocolate que tenía abierta en el asiento del acompañante, donde también llevaba varios ejemplares del número del *Star* con la entrevista a Huck Mowbray.

Una vez, solo una, Justine había cometido el error de ir a su casa con un único ejemplar del número nuevo de la revista en la maleta. Su padre, que llevaba dos décadas manteniendo una feroz, aunque no correspondida, batalla por la supremacía con el crucigramista del *Star*, Doc Millar, se pasaba la mayor parte del fin de semana con el crucigrama críptico. De vez en cuando gruñía de forma audible cuando desentrañaba un juego de palabras o exclamaba algo como: «¡Maldito cabrón!» o «¡Ja! Creías que me pillarías con eso, ¿eh?».

Cuando Justine aparcó en Curlew Court, dio gracias por tener un coche tan pequeño, dado que el callejón sin salida donde se hallaba su casa ya estaba lleno de Range Rover, Land Rover y camionetas 4×4. La luz y el ruido de la fiesta se escapaban por los laterales de la casa de los Carmichael y se filtraban por el tejado bajo. Con una sonrisa, Justine identificó el ritmo de «Obscured by Clouds» de Pink Floyd.

Desde la calle, el número siete parecía una casa de ladrillo de una planta modesta y sin nada de especial. Pero en la parte de atrás se veía claramente que a Mandy y a Drew les encantaban las fiestas. Gracias a unas puertas de cristal que se plegaban, esa zona se abría, como una casa de muñecas, para que el salón y la cocina se unieran con una terraza de madera, donde en ese momento estaba reunida la mitad de la población de Edenvale. Justine cruzó entre la multitud dando besos en las mejillas y saludando a tías y tíos, tanto reales como honoríficos, hasta que llegó al extremo de la terraza. Junto a ella, sobre la hierba, Drew Carmichael estaba controlando un espectacular asador muy sofisticado que había construido él mismo en el cobertizo de la granja de su hermano mayor, Kerry. Lo que quedaba de un desafortunado cordero daba vueltas sobre una capa de ascuas casi apagadas.

—Feliz cumpleaños, papi.

—No eres tú... No puede ser... ¿No eres... Justine Carmichael, periodista del *Alexandria Park Star*?

A Justine no le sorprendió encontrar a su padre bastante borracho, aunque sabía que le embriagaba tanto el propio hecho de dar una fiesta como el haber bebido una buena cantidad de la cerveza negra que hacía su tío Kerry. Junto a los escalones que bajaban desde la terraza hasta el césped del jardín, había una bañera con patas llena de hielo picado en la que los cuellos de los botellines de cerveza asomaban como si fueran un montón de contenedores de mensajes que flotaran en un mar ártico.

—¡Mandy! —llamó Drew—, ¿dónde estás? ¡Nuestra hija pródiga ha vuelto a casa! ¡Ha llegado el momento de matar al carnero cebado! —Dio un abrazo a Justine—. Oh, mierda. ¡Pero si ya lo hemos matado! Y nos hemos comido la mayor parte también. Sin embargo, todavía queda mucha comida. Está en la mesa de la cocina, si tienes hambre.

Mandy apareció en medio de la gente con una bandeja de copas de vino.

—¡Hola, preciosa! ¿Qué tal el viaje? ¿Tienes hambre, cariño? ¿Tinto o blanco? —preguntó sin dejar de tambalearse sobre un par de botas de tacón que hacían que casi estuviera a la misma altura que Justine, aunque eso tampoco era gran cosa.

Se acercó para darle un beso, y Justine notó el olor de una mezcla de vino blanco, perfume Miracle y la crema autobronceadora que, evidentemente, Mandy se había aplicado en el escote, demasiado blanco por ser final del invierno.

Justine cogió una copa de tinto y oyó que Mandy le susurraba:

—Gracias a Dios que has llegado antes de que tu padre se desmaye. Ha empezado a las dos cuando ha aparecido Kerry con el cordero. Creo que se le ha olvidado que cumple cincuenta y cinco y no treinta. —Entonces se apartó un poco y continuó—: Tu hermano está por aquí, en alguna parte. ¿Aussie? ¿Austin? Austin James Carmichael, ¿dónde estás? Y ha traído a su novia. Ya era hora, por cierto. Me gusta esa chica. De verdad que me gusta. Más le vale que la conserve. Ya me dirás qué te parece.

Justine nunca se había acostumbrado del todo a la idea de que su hermano pequeño se hubiera convertido en un hombre. Era por lo menos treinta centímetros más alto que ella y tenía los hombros tan anchos como el tío Kerry, pero para Justine una parte de Austin siempre sería aquel niño de cinco años con las rodillas manchadas de hierba y un ceceo adorable.

Esa noche estaba rodeando con un brazo a una chica bastante guapa. Llevaba una chaqueta de color rojo intenso con encaje y el pelo oscuro rizado cogido con un pasador, aunque le caían mechones alrededor de la cara.

—Esta es Rose —presentó Austin, con un orgullo evidente—. Rose, esta es mi hermana.

Justine le tendió la mano, pero Rose ignoró su gesto y se acercó a darle un abrazo. Por encima del hombro de Rose, Justine intentó establecer contacto visual con Austin para saber si ese tipo de efusividad era algo habitual o inusual. Pero lo único que la cara de su hermano reflejaba era que esa vez estaba absolutamente enamorado. Mientras seguía abrazando a Rose, Justine sintió una oleada de emociones ñoñas y felices que le costó mucho contener.

—¿Qué tal estás llevando lo de enfrentarte a todos los Carmichael en masa? —preguntó Justine al tiempo que trataba de mantener el control de sus emociones.

—Oh, no he tenido ningún problema —contestó Rose.

—Es clasificadora de lana —comentó Aussie sin apartar los ojos de su novia—, así que sabe arreglárselas entre un montón de granjeros un poco achispados, ¿a que sí?

Rose se encogió de hombros en respuesta al elogio, pero antes de que pudiera decir nada más, apareció Mandy.

—¿Me ayudáis con la Pavlova, chicas?

Se dirigieron a la cocina, donde había una luz sorprendentemente intensa en comparación con el ambiente en penumbra de la terraza. Justine tuvo que entornar los ojos mientras Mandy retiraba el plástico a dos enormes círculos blancos de merengue.

—Tomad: arándanos, frambuesas, fresas. Y ahí hay un par de kiwis que tenéis que cortar. Y... unos plátanos. Fruta de la pasión de lata... Enséñale a Rose dónde está el abrelatas, Justine. Un cuchillo y una tabla para cada una. Y listas.

—Recuérdame por qué Aussie no tiene que ayudar con la Pavlova —dijo Justine solo medio en broma.

—¿La has oído, Rose? —exclamó Mandy, y acto seguido añadió con voz de niña quejica—: «Le toca a Aussie vaciar el lavavajillas. Aussie nunca dobla sus calcetines, no es justo».

—No es justo —insistió Justine, un poco menos en broma aún.

—La Pavlova es un secreto femenino, niña. Si no hubiera postres y ensaladas —explicó Mandy atizando un suave azote a

Justine con un trapo de cocina—, nos pasaríamos las barbacoas dando vueltas a las salchichas y acabaríamos oliendo como si estuviéramos en un matadero.

Y con esa sabia afirmación, Mandy desapareció con un plato de quesos en la mano en dirección a la terraza y dejó a Rose y a Justine solas en la cocina.

—Creo que no he visto nunca a mi hermano tan enamorado —comentó Justine.

Rose se ruborizó.

—Yo también lo quiero mucho. Lo supe inmediatamente. ¿Sabes eso que te pasa que simplemente tienes... la certeza?

Justine, que estaba distribuyendo los arándanos de forma caprichosa, pensó que era una maravilla saberlo, pero ¿qué pasaba cuando la persona sobre la que tú lo sabías parecía no saber lo mismo sobre ti?

Justine no quería tener envidia a nadie. Ni a Aussie y a Rose, por esos fuegos artificiales de alegría que disfrutaban, ni a su madre y su padre, por la forma en que se habían acostumbrado el uno al otro con los años, ni a Kerry y Ray, que estaban bailando juntos en la terraza de esa misma forma predecible y llena de confianza que se les veía también cuando discutían sobre si llovería o no. Pero esa noche iba a ser difícil no envidiarlos a todos.

—Letra, letra, t, letra, r, letra, letra —murmuró Drew—. ¿Futuros? ¿Saturno?

Era primera hora de la tarde y, aunque el frigorífico de los Carmichael estaba a reventar con trozos de queso con formas raras, botellas a medias de vino blanco y un enorme táper lleno de trozos de cordero chamuscado, no quedaba ya ninguna señal de que allí se había celebrado una fiesta recientemente. La parte de atrás de la casa volvía a ser una pared de cristal, los muebles de interior y exterior de la terraza estaban limpios y habían recuperado su posición habitual y la bañera con patas había regresado a la zona de almacenaje al abrigo de la terraza.

Drew, con el pelo alborotado y más arrugas bajo los ojos marrones de las que Justine recordaba, estaba en un sillón con su ejemplar del *Star* abierto por la página del crucigrama. Mandy se encontraba en la barra de la cocina, con su revista colocada en un atril para recetas, escribiendo la lista de ingredientes necesarios para hacer la dartois de pera y avellana de Dermot Hampshire.

Ese día Justine se levantó tarde, se vistió con una combinación rara de ropa que había dejado en los cajones de su dormitorio de la infancia, cedió a los ruegos de su madre para que se comiera una buena ración de huevos con tostadas y se llevó a la vieja spaniel de la familia, Lucy, a dar un paseo muy, pero que muy lento por el barrio. Mientras paseaban, pasaron por delante del lugar donde Nick Jordan, de ocho años, se rompió la clavícula al caerse del patinete cuando intentaba lucirse ante una Justine a la que no le impresionaba en absoluto lo que estaba haciendo. A media manzana de allí Justine y Lucy se detuvieron un momento en una alcantarilla que tenía eco y en la que Justine y Nick practicaban su risa demoníaca.

—Ja, ja, ja, ja, ja —repitió la risa tétrica Justine, por los viejos tiempos.

En ese momento Lucy estaba tumbada en la alfombra al lado del sillón de Drew, tan quieta que costaba creer que siguiera con vida. Justine se sentó junto a la vieja perra y le acarició distraídamente la tripa peluda mientras se acababa la última taza de té que iba a beberse antes de volver a casa.

—Vamos, listilla —animó Drew—. Letra, letra, t, letra, r, letra, letra.

Justine ya lo había ayudado con el crucigrama de ese mes sugiriéndole las palabras «tesela» y «gazpacho», pero esa vez se encogió de hombros.

Drew suspiró.

—¿Meterse? ¿Mutarlo? ¿Motores?

—¿Qué dice la definición?

—«Destierra tus locos pedos.»

—Lo del «loco» indica que es un anagrama.

—Sí, sí. Gracias por nada, Einstein. Pero ¿un anagrama de qué? —insistió Drew—. Este Doc Millar... Es un sádico. Lo sabes, ¿verdad? Disfruta causando dolor y sufrimiento.

—Y tú eres el masoquista que se pone a hacer su crucigrama —respondió Justine, y se acabó el té.

—«Destierra tus locos pedos» —repitió Drew—. «Destierra tus locos pedos.»

Negó con la cabeza.

—Bueno, tendré que dejarte pensándolo, porque la vida urbana me reclama.

—¿Te vas? ¿Ya? —preguntó Mandy desde la barra de la cocina mientras ponía una cara triste muy de dibujo animado.

—Tengo cosas que hacer, gente a la que ver, sitios adonde ir —mintió Justine.

Drew se quitó las gafas de leer, se levantó del sillón y se despidió allí mismo, en el salón, pero Mandy acompañó a Justine por el camino de entrada hasta la acera. Observó a Justine mientras esta metía su bolsa en el Fiat y después la sujetó por los hombros y la miró a los ojos.

—Ayer no parecías tú. ¿Hay algo que deba saber? —preguntó Mandy y, por una vez, esperó a oír la respuesta.

—Bueno, creo que puedo decirte que lo más probable es que tengas una nuera adorable en cualquier momento.

—Te preguntaba por ti —insistió Mandy con la frente arrugada por la preocupación.

—Solo es que... Aussie y Rose... Se los ve tan felices y... —Se detuvo antes de que el nudo de su garganta empeorara.

—Cariño —dijo Mandy, y la atrajo hacia sí para abrazarla—. Ya llegará tu momento.

—Tengo que seguir creyendo eso, ¿no? —respondió Justine contra el hombro de su madre.

—Claro. Porque llegará. Nunca sabes lo que te espera a la vuelta de la esquina.

Ya era de noche para cuando Justine llegó a Alexandria Park y dejó su diminuto Fiat en el peor sitio del ridículamente estrecho aparcamiento de Evelyn Towers. A buen seguro el coche permanecería allí semanas, cuando no meses, hasta la siguiente vez que Justine fuera a casa; su pintura roja seguiría perdiendo color hasta quedarse de un tono óxido y el capó se cubriría con una capa de flores de acacia y caca de estornino.

Con su bolsa de viaje colgada del hombro, Justine pasó entre los arbustos de lilas sin podar que flanqueaban el caminito que llevaba hasta la calle. Cuando llegó al rellano de la duodécima planta, encontró a Nick delante de su puerta. En ese momento Justine deseó no haberse vestido con lo primero que había encontrado en su armario de Edenvale. También le habría gustado haberse cepillado el pelo. O al menos haberse puesto un poco de rímel.

En cuanto a Nick, estaba claro que acababa de salir de la ducha ya que tenía el pelo oscuro húmedo y brillante. Bajo una chaqueta deportiva con muy buena pinta llevaba unos vaqueros un poco mejores que la media y una camiseta de color azul pálido que era casi bonita.

—Señor Jordan, ¿cómo es que anda por ahí esta bonita noche de domingo vestido para triunfar?

Pero Nick parecía distraído. Se pasó una mano por el pelo.

—¿Qué tal la fiesta?

—Genial. Ha estado... genial.

Durante el viaje de vuelta estuvo pensando en contar a Nick todas las novedades de su ciudad natal (que el matón de su colegio se había hecho budista y que habían pillado a Nora Burnside, pilar de la comunidad, robando dentífrico en el supermercado), pero al tenerlo allí delante se dio cuenta de que no era el momento.

—Hay algo que tengo que hablar contigo —dijo Nick.

Justine: «¿Será bueno? ¿O malo?».

Cerebro: «Bueno, en general a nadie le gusta la frase "Tengo que hablar contigo". Se parece demasiado a: "Espero que no te importe que te lo diga, pero..."».

—No lo voy a hacer —anunció Nick.

Justine comprendió inmediatamente a qué se refería, pero de todas formas preguntó:

—¿A qué te refieres?

—A la audición. No puedo hacerla.

Justine volvió a experimentar la sensación de que el alma se le caía a los pies... y más allá. Abajo, abajo, un poco más abajo. Una capa azul tras otra.

—Creía que...

—Lo siento mucho. Sé que querías que lo hiciera y que te has tomado muchas molestias para que tuviera una oportunidad con Alison Tarf. Y deseaba hacerlo. De verdad. Pero resulta que voy a estar viajando la mayor parte del verano y no hay forma de que pueda cuadrar los calendarios. De todos modos, quería decírtelo en persona.

—¿Viajar? ¿Por qué?

—He conseguido un nuevo trabajo.

—¿De actor? —preguntó, esperanzada.

—Alguna vez me han dicho que es como actuar, pero sin el texto —contestó Nick amargamente.

—Ah, ¿sí?

—Laura y yo vamos a ser la pareja de Chance. Los vinos, ¿sabes? Quieren hacernos un contrato de cinco años para realizar una serie de anuncios. Televisión, prensa, internet. No te creerías lo que van a pagarme solo por ponerme un sombrero y sostener una copa de vino.

—¿Un trabajo de modelo? —preguntó Justine esforzándose por ocultar el desdén que le provocaba—. ¿Vas a ser modelo?

—Deja que te lo explique —dijo Nick con cara de aflicción.

Como había demasiadas emociones a punto de estallar en su interior, Justine no sabía hacia dónde mirar, qué postura adoptar ni dónde colocarse.

—No hace falta.

—Necesito que lo entiendas. No sé si lees los horóscopos. Probablemente no, pero nunca adivinarías de quién era la cita de Leo de este mes. Inténtalo. Adivina.

Justine sacudió la cabeza, triste.

—Shakespeare —reveló él—. El mismísimo Shakespeare, ¿te lo puedes creer?

Sí que se lo creía.

—«Ayúdame, atrevimiento. Audacia ármame de la cabeza a los pies.» Esa es la cita. De *Cimbelino*.

Justine se quedó pensando un momento. Después, con pies de plomo y sabiendo que se arriesgaba demasiado, dijo:

—¿Y eso no puede significar que deberías tener la valentía de hacer la audición para la nueva compañía de Alison Tarf, que va a representar a Shakespeare precisamente?

Nick suspiró.

—No, no lo creo. La verdad es que no. Porque para eso no necesitaría valentía en realidad. Eso no me da miento. No hace tambalear mis cimientos. Pero ¿dejar algo que me importa de verdad por la mujer que amo? Eso duele. Para eso hace falta verdadera fortaleza. Y muchas agallas.

Justine esperó a que continuara.

—«Ayúdame, atrevimiento. Audacia ármame de la cabeza a los pies», eso es lo que Leo ha dicho. Así que voy a hacer lo más valiente que puedo hacer. Sacrificaré algo que quiero, que quiero de verdad, para dar a Laura algo que ella quiere.

—Que es...

—A mí, por completo, Justine —respondió Nick con total sinceridad—. Todo. Leo ha dicho que tengo que llevar las cosas al siguiente nivel: «¡Tiraos a la piscina, acuarios!». Eso decía. Así que eso es lo que voy a hacer. Le pediré que se case conmigo.

Cerebro: «Te recomiendo encarecidamente que no digas nada en este momento».

Entonces Justine dijo:

—Se supone que los sagitarios somos francos, ¿no?

Cerebro: «No, no, no, no. ¡Cierra la boca, Justine!».

—Directos, sí —admitió Nick.

Cerebro: «¡Justine! No. Digas. Nada».

—Pues voy a ser muy directa. No me sorprende lo más mínimo que Laura sea la cara visible de un perfume Nenúfar. Es perfecto. No, es mucho más que perfecto.

—¿A qué te refieres?

—Una flor muy bonita en la superficie. Preciosa. Impresionante. Pero ¿le has dado la vuelta a un nenúfar alguna vez? No. Hay. Nada. Debajo.

Nick sacudió la cabeza, decepcionado.

—Esto pasa siempre. Las mujeres odian a Laura. Es porque es muy guapa. La odian antes incluso de conocerla.

—¿Perdona? Yo no la odio. Y aunque la odiara, no sería porque es guapa. Puede que tú estés totalmente obsesionado con la apariencia de la gente, pero yo no.

—¿Obsesionado yo?

—¿Alguna vez te has parado a pensar que lo que os gusta al uno del otro es que sois igualitos?

Cerebro: «No, no, no, no. No sigas por ese camino. ¡Abortar misión! ¡Abortar misión!».

—Quiero decir... —continuó—. ¿En qué se basa vuestra relación? Porque sin duda no en lo que es mejor para ti, Nick. ¿En qué entonces? ¿Eh? ¿Un extraño deseo de reproduciros por ósmosis?

—¿Qué?

—¡Imagínate lo perfectos que serán vuestros hijos! —La voz de Justine rezumaba desprecio.

—Pero ¿de qué estás hablando? Tú no sabes nada sobre mi relación con Laura.

—Sé que no es buena para ti. Alguien bueno para ti no creería que estás hecho para ser un puto modelo.

—¿Y qué te importa a ti?

—¿Sabes? Es verdad, no me importa. Cásate con Miss Nenúfar. Anuncia vino barato. Sí que eres atrevido y audaz. Sí que lo eres.

Justine ya había cruzado su límite y no podía contenerse. Mientras, su cerebro había decidido aislarse en su lugar de retiro: una celda acolchada y mullida donde podía balancearse de un lado a otro y murmurar incoherencias.

—¡Deja que tu talento se vaya por el retrete! Porque ese es el único sitio con agua al que vas a tirarte tú, acuario.

—No pienso escuchar esta mierda ni un minuto más —contestó Nick, se dio la vuelta y se dirigió a la escalera.

—¡Es que no hay nada más que escuchar! —gritó Justine a su espalda, pero no hubo respuesta de Nick, solo el eco de sus pasos en la escalera.

Justine se sentó en su sofá, todavía en shock, y miró hacia el otro lado del hueco entre los dos edificios, a las ventanas a oscuras del apartamento de enfrente. Cuando sonó su teléfono, unos minutos después, lo sacó del bolsillo llena de esperanza, pero en la pantalla no ponía «Nick Jordan», sino que leyó: «Papá». Pensó en no cogerlo, pero eso preocuparía a su padre, porque pensaría que no había llegado bien a casa.

—Hola, papá.

—Tu padre es un genio —fue el saludo de Drew.

Justine suspiró, esperaba que de forma silenciosa.

—¿Y eso por qué?

—«Destierra tus locos pedos.» Lo he resuelto —anunció orgulloso—. A ver, esa hija tan lista que tengo: ¿un sinónimo de siete letras de «destierra», por favor?

—Ahora mismo estoy demasiado cansada, papá.

—Vale, te lo diré. Un sinónimo de siete letras para «destierra» es... «Deporta.»

—Excelente —contestó Justine, y se hundió un poco más en los cojines del sofá.

—Lo que tenemos que preguntarnos ahora es: ¿un anagrama de «deporta»? ¿Y que tenga que ver con las flatulencias?

—Estoy segura de que vas a decírmelo.

—¡Ajá! Esa palabra proveniente del francés medio *péter*, que significa «ventosear», y constituye también el origen etimológico de la palabra «petardo» que, como eres hija mía ya te habrás dado cuenta, es un anagrama de «deporta». Ahí lo tienes. Tu padre es un genio. La palabra es «petardo», y con ella completo el crucigrama y Doc Millar se puede ir a la mierda con viento fresco.

—Eres un erudito y un verdadero caballero —dijo Justine.

—Por cierto, ¿sabes lo que era originariamente un petardo? Siempre me lo he imaginado como algo que tuviera que ver con la piedra. Pero resulta que es una máquina de guerra del siglo dieciséis que se usaba para derribar puertas o muros. Un tipo de bomba, en definitiva. ¡Echar abajo muros a base de petardos! Eso sí que es algo que podría decirse que igual te «estalla en las manos».

—Gracias por la explicación, papá.

—¿Ya estás en casa sana y salva?

—Sí.

—Te dejo, entonces. Solo quería que durmieras tranquila sabiendo que ya no quedan casillas en blanco en el crucigrama. Di a Doc cuando lo veas que no podrá vencerme.

—Buenas noches, papá.

Justine, todavía incapaz de levantarse, volvió a mirar hacia las puertas cristaleras. Las ventanas del apartamento de enfrente seguían a oscuras. Muy audaz y atrevido, Nick iba a pedir matrimonio a Laura Mitchell.

«Una bomba que igual te estalla en las manos», pensó Justine.

Bum.

Durante los últimos días de septiembre, Justine decidió hacerse unos cuantos propósitos de Año Nuevo, aunque no fuera la época habitual para ello. El primero era que iba a dejar en paz la columna de los horóscopos de Leo Thornbury. No importaba si llegaba al trabajo temprano y veía por casualidad el fax de Leo allí, incitante, en la bandeja de salida del despacho de Henry, ni si se quedaba a trabajar hasta tarde un día y oía que el fax cobraba vida y se ponía a imprimir. Fuera cual fuese el momento del día o las circunstancias, no volvería a modificar las predicciones de Leo. Nunca más. Jamás. Porque se había demostrado que era la peor astróloga falsa del mundo.

Su segundo propósito fue que iba a aceptar el hecho de que

Nick Jordan estaba destinado a ser el marido de Laura Mitchell y el chico de los vinos Chance, y que ella se limitaría a admirarlo en los carteles y enviarle un juego de té de Él y Ella como regalo de boda.

Y el tercer propósito era disculparse con Nick.

La semana posterior a hacerse esos propósitos, Justine tuvo bastante éxito con el primero. Ni una sola vez interfirió con el horóscopo de Leo Thornbury. No vio el fax, ni lo buscó ni entró en el despacho de Henry. Diez de diez. Hasta ahí, todo bien.

Pero era difícil medir sus progresos en lo que respectaba al segundo propósito. ¿Cómo se sabía cuándo te habías deshecho completa, absoluta, total y definitivamente de una esperanza y esta se había desvanecido? Justine no estaba segura, a pesar de que sí sabía que estaba haciendo todo lo que podía por no pensar en Nick de cualquier forma que fuera más allá de ser una buena vecina y amiga.

Y estaba también el tercer propósito. Justine se había disculpado con Nick de varias formas. Le había telefoneado y le había enviado varios mensajes de disculpa, pero Nick no había contestado a sus llamadas ni respondido a los mensajes. Entonces dio un paso más: le escribió una carta de sinceras disculpas y se la metió en el buzón. Pero tampoco obtuvo respuesta.

Justine se lo tomó más en serio aún: cogió un par de sólidas tijeras de cocina y recorrió todo Alexandria Park hasta que encontró un seto de arbustos jóvenes de olivo, que crecía en el jardín de una majestuosa mansión de estilo Federación. Cortó una rama de buen tamaño, se la llevó a casa y se la envió a Nick al otro lado del hueco entre los dos edificios con la cesta del farero. Pero al día siguiente la rama de olivo seguía en la cesta, aparentemente intacta. Y allí se quedó la rama, marchitándose un poco más cada día, durante toda la semana siguiente, la semana en la que la ciudad de Justine estuvo paralizada por la gran final de la liga nacional de fútbol.

En todos los barrios residenciales se colocaron banderas en las ventanas que daban a la calle y en las vallas, los coches llevaban cintas con sus colores atados a la antena y la gente se puso sus bufandas de rayas de fútbol e iba con ellas a todas partes (al trabajo, al supermercado), aunque hacía buen tiempo.

La mañana del día anterior al partido, Huck Mowbray llamó a Daniel Griffin para ofrecerle la oportunidad de ver el gran evento deportivo desde la comodidad de un palco. Pero no invitó solo a Daniel Griffin. Lo invitó a él y a un acompañante, y Daniel llamó a Justine a su despacho para explicarle que lo más razonable era que ella fuera su acompañante ya que ella había hecho todo el trabajo duro para el artículo del *Star* sobre Huck Mowbray.

—¿Y bien? ¿Qué me dices? —preguntó Daniel.

Estaba de pie detrás de su mesa, con una bufanda de fútbol sobre los hombros. Tenía los colores de un equipo que había quedado fuera de la competición en la segunda ronda final clasificatoria. Y el equipo de Justine (que ella seguía con mucha lealtad pero poco interés) tampoco había llegado a la ronda final porque había jugado de pena durante toda la temporada.

Justine: «¿Me lo está pidiendo en plan cita o en plan trabajo?».

Cerebro: «Suponiendo que sea eso último, sería una buena oportunidad para establecer contactos. Podría haber gente interesante en ese palco».

Justine: «¿Y si suponemos que es lo primero?».

Cerebro: «En el contexto de tu propósito número dos, es decir, dejar de pensar en Nick Jordan, tal vez esto sea justo lo que necesitas».

—Gracias, Daniel. Me encantaría ir —fue la respuesta de Justine.

Al final, la experiencia de ver la final de fútbol desde uno de los palcos resultó ser una enorme decepción para Justine. Como experiencia para establecer contactos solo habría servido de algo si ella tuviera intención de comprarse un aparato de aire acondicionado o de contratar un seguro para un coche deportivo. Las acompañantes del vendedor de aire acondicionado y de los agentes de seguros de coches deportivos eran unas mujeres que o estaban embarazadas o intentaban quedarse, y Justine pronto se dio cuenta de que tenía poco que aportar a su conversación sobre episiotomías y ácido fólico. Para mantenerse ocupada se comió tantas gominolas con el color del equipo, que había en cuencos sobre todas las superficies y mesas, que después tuvo que ir al aseo para intentar quitarse esos colores chillones de los dientes. La verdad era que habría preferido ver el partido desde uno de los asientos de las gradas, con una empanada de salsa de tomate y una cerveza, en vez de allí dentro, con sus entremeses y su chardonnay.

Cuando quedaban dos minutos para que el partido acabara, momento en que estaba claro que el perenne segundón de la competición ya tenía la copa en sus manos, Huck Mowbray, que se había bebido varios litros de cerveza, se levantó de un salto, alzó su botellín y soltó un fragmento de *La carga de la brigada ligera* de Tennyson con una entusiasta voz de barítono.

—«¿Cuándo se marchita su gloria? ¡Qué valiente carga la suya!» —recitó.

Cuando sonó la sirena final, el estadio se convirtió en un torbellino de ruido y a Justine le pareció que esa marea ascendente de vítores habría sido suficiente para apartar de su rumbo al helicóptero de la televisión que sobrevolaba el estadio. En el campo, los ganadores daban saltos y se abrazaban bruscamente, sin sentir ningún dolor, mientras que los vencidos estaban sentados en el césped lleno de barro, rodeándose las rodillas con los brazos y sufriendo la derrota por partida doble. El sistema de sonido del estadio empezó a atronar con el himno machacón del equipo ganador, y Daniel tuvo que acercarse mucho a ella para que lo oyera. Justine notó su aliento cálido en la oreja.

—¿Nos vamos a tomar una copa en algún sitio tranquilo?

Justine se echó a reír.

—¿Y dónde vas a encontrar un sitio tranquilo esta noche?

—Conozco uno perfecto.

La cogió de la mano, aparentemente porque no quería perderla en medio de la multitud. Pero cuando ya estuvieron lejos del estadio, abriéndose paso por las calles inundadas por la locura del fútbol, Daniel no le soltó la mano. Y Justine tampoco hizo ningún intento por recuperarla.

—¿Adónde vamos? —preguntó.

—A Zubeneschamali.

—Repite eso.

—Zu-be-nes-cha-ma-li —dijo Daniel de nuevo—. Es un bar de Chartreuse, cerca del río.

Y Justine, que no quería parecer ignorante, no formuló la pregunta que se le vino a la cabeza.

Al parecer un bar de Chartreuse era un bar que se especializaba en una bebida del mismo nombre de la que Justine, hasta esa noche, solo sabía que tenía un nombre muy pretencioso para una bebida de color amarillo verdoso.

Zubeneschamali estaba al lado del río, como Daniel había afirmado, en el piso más alto de un almacén reconvertido al que se llegaba por una escalera medio oculta, lo que confería al local cierto aire de taberna clandestina. Dentro, aunque vieron un par de bufandas de fútbol con sus rayas de colores, no había una pantalla de televisión enorme retransmitiendo las agonías y los éxtasis pospartido y, por primera vez desde que Daniel y ella habían dejado el estadio, tampoco se oía a nadie cantando el himno de los ganadores.

Predeciblemente tal vez, el bar estaba decorado con diferentes tonos del color de la bebida. Las paredes estaban pintadas con esos colores, los taburetes estaban tapizados en los mismos tonos y en los reservados había muchos cojines de todos los amarillos imaginables. En los estantes de cristal colocados sobre la barra había botellas y botellas, todas llenas con líquidos de todos los colores del espectro entre el amarillo y el verde, y debajo de esos estantes había ramilletes de lo que a Justine le parecieron hierbas aromáticas secas.

Daniel pidió dos rondas de degustación, a un precio que hizo que Justine pusiera los ojos como platos.

—¿Has bebido Chartreuse alguna vez? —preguntó cuando les pusieron delante de cada uno una hilera de seis vasos de chupito.

—No, que yo sepa.

—Es un brebaje de hierbas. Siglos atrás, lo fabricaban los monjes franceses. Se supone que lleva algo así como ciento treinta hierbas diferentes —explicó Daniel.

Para el gusto de Justine, la bebida era dulce y empalagosa y violentamente alcohólica. Aun así, el contenido de los doce vasitos pareció evaporarse a la velocidad del rayo mientras Daniel y ella charlaban: sobre Alexandria Park, los precios de la vivienda, buenos sitios para comer, la jubilación de Jeremy Byrne, la forma de conducir de Radoslaw, el *Star* y los planes que Daniel tenía para la revista. Cuando los chupitos se acabaron, Daniel pidió dos copas del Chartreuse amarillo que a Justine le había gustado más.

—¿Y echas de menos Camberra? —preguntó Justine.

—La verdad es que no. Está mejor que antes, pero sigue siendo una ciudad de mentira metida en un corral de vacas. Es el sitio perfecto donde poner en cuarentena a los políticos y los parásitos que los rodean.

—¿Como los periodistas políticos, por ejemplo?

—Esos son los peores de todos —contestó Daniel con una sonrisa de autorreprobación.

Hablaron de política y de cine, de libros y de música, de si era posible ser a la vez una persona de Brontë y de Austen (Justine dijo que sí y Daniel que no; él era de Brontë de los pies a la cabeza, confesó). Y mientras hablaban, bebieron más Chartreuse. Y después un poco más.

—Es mejor estar lleno de Chartreuse que de mierda, siempre lo digo —comentó Daniel, y dio otro sorbo.

—¿Eso es lo que dices? Por lo que he oído, entre los periodistas políticos de Camberra es bien sabido que tu lema es: «Con un poco de encanto se consigue tanto...».

Justine vio que Daniel perdía un ápice de su estudiada compostura.

—¿Quién te ha contado eso?

Había sido Tara la que había transmitido a Justine ese cotilleo. Aparentemente Daniel tenía una gran reputación por su estrategia de ablandar a sus presas con su encanto antes de soltarles la pregunta asesina.

—¿Es cierto entonces? —insistió Justine—. ¿Lo del encanto? ¿Y eso no es ser un poco manipulador?

—Pero ¿lo llamamos manipulador? ¿O estratega?

—¿No son sinónimos?

—Oye, en serio, ¿quién te lo ha dicho?

Justine rio.

—Una buena periodista nunca revela sus fuentes.

—Está bien. —Dio otro sorbo al licor amarillo fuerte y se quedó pensando un instante—. Pero lo que eso indica es que... Has estado preguntando por mí.

Justine enarcó ambas cejas en su defensa.

—No he preguntado nada.

—Lo que no puedes negar es que has estado hablando de mí. Lo que indicaría cierto nivel de interés...

Se produjo un silencio durante el cual Daniel se quedó mirando a Justine fijamente, casi demasiado. En ese momento Justine entendió cómo debía ser la vida de una cebra solitaria, separada de la manada, en medio de la sabana africana. Daniel se acercó un poco más a ella, con un codo apoyado en la mesa.

—Me gustas, Justine —dijo sin más.

Ella parpadeó.

¿Estaba a punto de besar a su nuevo jefe?

Al parecer sí.

Justine: «¿Hola?».

Silencio.

Era por la mañana. Sin duda bastante avanzada, pensó, teniendo en cuenta la intensidad de la luz que se colaba por una rendija de las cortinas. Durante un segundo creyó que llegaba tarde al trabajo, hasta que recordó, vagamente, que era domingo.

Justine: «¿Hola?».

Más silencio.

¿Esas eran sus cortinas?, se preguntó intentando ubicarse.

Sí, sí que lo eran. Buena señal. Y allí, colgado en la pared, encima del tocador, estaba su mapa del mundo salpicado de chinchetas rojas, que marcaban todos los lugares en los que había estado, y cubierto de chinchetas verdes para señalar todos los lugares a los que quería ir: Mongolia, Terranova, Noruega, Finlandia, Buenos Aires, las islas Galápagos, Jersey, Lucknow... Sí, era el suyo, sin duda.

A Justine le habría gustado volver a dormirse, pero tenía mucha sed. Además, parecía que en los dientes estaba formándosele una barrera de coral. Y necesitaba hacer pis, lo que significa que, aunque pareciera una misión altamente peligrosa, tendría que salir de la cama.

Cuando se incorporó, sintió una intensa sensación de que se le movía el mundo, como si llevara varios años en alta mar y de repente estuviera intentando adaptarse a un sitio que no se balanceaba, sino que estaba totalmente quieto de una forma peligrosa que la desorientaba. Cerró los ojos, pero la sensación no desapareció. Los abrió y vio que no estaba sola.

«Mierda.»

Daniel Griffin se hallaba en su cama. Estaba tumbado boca abajo, con los hombros desnudos destapados y un brazo de piel olivácea colgando por un lado de la cama. El pelo recio, tupido y alborotado le caía sobre la funda de almohada blanca. Por si a Justine le quedaba alguna duda de cómo habían pasado la noche los dos, de repente en su cerebro apareció un torrente de imágenes: una mano por aquí, una lengua por allá...

Justine: «¿Hola? ¡Hola!».

Pero su cerebro no le respondió. Ese órgano estúpido se había ido de vacaciones. A Villa Chartreuse, seguramente.

Justine salió de la cama. De la silla que tenía al lado cogió un par de calcetines gruesos que le servirían de zapatillas y una chaqueta larga y fina que haría las veces de bata improvisada. De camino al cuarto de baño pasó por la cocina, todavía en un estado de pánico controlado. Su cerebro no hizo su tan esperada aparición hasta que no disolvió una aspirina y se la tomó.

Cerebro: «¡Buenos días!».

Justine: «¿Buenos días? ¿Qué coño buenos días?».

Cerebro: «¿Las cortinas? Están abiertas».

Justine: «¡Mierda!».

Agarrándose los bordes de la chaqueta fue avanzando como un cangrejo, pegada a las paredes del salón, hasta que consiguió correr de un tirón las cortinas de las puertas cristaleras.

Cerebro: «Mejor».

Justine: «¿Mejor? ¿Mejor que qué? ¿Mejor que el puto desastre en el que estamos metidos? ¡Se suponía que iba al fútbol, no directa al infierno! ¿En qué estabas pensando? Por fin consigo el puesto de periodista que estaba esperando... Durante años además, debería puntualizar... ¿Y acabo de acostarme con mi jefe? Pero ¿qué coño...?».

Cerebro: «¿Podemos tomarnos un café antes de hablar de esto?».

En la cocina, echó torpemente los granos de café en su cafetera para cocina de gas.

Cerebro: «Ooohhh. Ese olor... Ya me siento mejor».

Justine: «Esto es malo, es malo, es muy, muy, muy malo. ¿Cómo he podido ser tan idiota?».

Pero su cerebro se quedó callado cuando Daniel entró en la cocina y rodeó a Justine por la cintura con los brazos desnudos. Una de sus manos, cálida y seca, se coló por debajo de la chaqueta. Justine notó el contacto de piel contra piel en el pecho, y tuvo que reconocer que le resultaba dulcemente agradable.

—Buenos días —susurró Daniel.

Justine: «Eh... ¡Ayuda!».

Pero su cerebro no le respondió. Justine notó la otra mano de Daniel sobre su muslo. Y sus labios en la nuca. Se volvió sin apartarse de sus brazos y lo besó como era debido.

—Escorpio —le susurró al oído.

—Me temo que no.

¿Qué se pone una para ir a trabajar el lunes después del fin de semana en que se ha acostado accidentalmente con su nuevo jefe?

Eso era lo que se preguntaba Justine delante del espejo del dormitorio, vestida solo con las bragas y el sujetador.

Escogió un vestido negro y se lo puso delante del cuerpo. Era uno de esos vestidos que, aunque aparentaban ser sencillos, a Justine le quedaban de una forma especial. Parecía que fuera su vestido favorito, único e irremplazable. Pero no era una opción. Tenía un retazo de encaje en la espalda, entre los hombros, y eso podía interpretarse como algo un poco sexy. Así que no. El vestido negro no.

¿Y los pantalones grises y la camisa de color azul cobalto con volantes y mangas acampanadas? No. Era un conjunto que decía a gritos «informal». Decía «cómodo». Y cómodo decía: «No tengo ningún problema con lo que ha pasado». Y solo con pensar en todo lo que había pasado, Justine se ruborizaba. El sofá, la alfombra, la mesa de la cocina... No iban a parecerle lo mismo nunca más.

Daniel se quedó durante la mayor parte del día. Se despidió en la puerta con un beso y después, antes de que Justine la cerrara, se volvió.

—Deberíamos hablar de cómo van a ser las cosas... en el trabajo —dijo.

—¿Y cómo van a ser?

—Somos adultos, ¿no? Y personas inteligentes. El trabajo es trabajo y el juego es juego. Podemos mantener ambas cosas... separadas.

—Claro —contestó Justine—. Inteligentes. Separadas.

—Y, oye...

—¿Sí?

—La parte del juego... Me ha gustado. Mucho, ¿vale?

En cuanto Daniel se fue, Justine entró en el cuarto de baño para darse una ducha. Cuando se quitó la chaqueta, vio en el espejo la marca morada de un mordisco en la base del cuello.

Cerebro: «Tiene estilo».

Justine: «Oh, ahora apareces, ¿no? ¿Alguna idea?».

Cerebro: «Siempre podemos entrar en pánico».

Y eso fue lo que hizo. Y con ganas. Durante toda la tarde del domingo y la mayor parte de la noche. Y de repente era lunes por la mañana, Justine no había dormido más que tres horas como mucho y no tenía nada que ponerse para ir a trabajar. Cuando su armario estuvo medio vacío y la silla de su dormitorio enterrada bajo una avalancha de tela, por fin se decidió por unos pantalones marrones de tweed y un jersey naranja intenso bajo el que asomaban los puños, el cuello y el borde inferior de una camisa blanca. Y se puso un estrecho pañuelo de seda alrededor del cuello para ocultar el mordisco, solo por si acaso.

Era temprano cuando llegó al extremo de Alexandria Park, pero se sentía demasiado rara y tenía el estómago un poco revuelto, así que no podría disfrutar de una parada en Rafaello's. Por eso entró en el mercado. Ese día, al tachar la rebelde diéresis de «agüacates», no sintió el placer habitual ni la satisfacción de ser la guardiana de la ortografía. Ese día solo había irritación. Notó una punzada de dolor en la sien y esperó que no fuera el anuncio de una enfermedad.

—¿Justine?

Daniel estaba de pie en el umbral de la sala de redacción y, aunque su expresión era impecablemente inescrutable, daba igual porque ni Martin ni Roma levantaron la vista de su trabajo para mirarlo.

«Por fin», pensó Justine mirando el reloj de la pantalla de su ordenador. Eran casi las cinco y hasta entonces Daniel no había hecho el esfuerzo de encontrar un momento para estar a solas con ella. Y durante todo el día Justine había estado distraída por eso, aunque sabía que no debería sorprenderla. «El trabajo es trabajo y el juego es juego», había dicho él. Solo estaba cumpliendo con ello.

—¿Puedes venir a mi despacho? —preguntó.

Justine asintió con la misma expresión inescrutable.

Cerebro: «¿Ves? Te lo dije. Únicamente tenías que esperar».

Justine: «Oh, sí, muy listo. Vale, tenías razón».

Pero, tras seguir a Daniel hasta su despacho y sentarse, Justine tuvo la clara impresión de que ese no iba a ser el tipo de momento a solas que había estado esperando.

—¿Qué posibilidades crees que hay... —empezó a decir Daniel con la cara seria mientras se acomodaba en la silla que Justine seguía viendo como la silla de Jeremy, detrás de la mesa que seguía considerando de Jeremy, en el despacho que estaba mucho más ordenado desde que no era de Jeremy— de que «Davina Divine» sea un nombre real?

—¿Cómo dices?

—Esta mañana he abierto una carta de alguien que dice llamarse Davina Divine —explicó Daniel, y le pasó por encima de la mesa una hoja doblada de papel de carta—. Me interesaría conocer tu opinión.

Era el tipo de papel que había en uno de esos juegos de escritorio que compras a una adolescente cuando no sabes qué regalarle por Navidad. La página tenía en el borde una gruesa cenefa con forma de olas de color azul, morado y aguamarina, entre las que jugaban unas sirenas. Justine vio un sobre a juego abierto por arriba encima de una carpeta marrón que estaba justo delante de Daniel. La carta iba dirigida al director; las palabras del sobre y la carta estaban escritas con una tinta morada con purpurina, de la perfumada. A Justine le llegó el olor: dulce pero desagradable, como de chicle a medio comer.

—Léela —pidió Daniel.

Al director:

Le escribo con la esperanza de que envíe esta carta a su astrólogo, Leo Thornbury. Le habría escrito directamente a él, pero no he logrado encontrar su dirección. Soy astróloga también, aunque obviamente mis habilidades no se acercan ni de lejos a las del señor Thornbury. Me gustaría que tuviera la amabilidad de explicarme en qué me equivoco en lo que respecta al signo de acuario, porque en los últimos meses sus predicciones para los aguadores han sido muy diferentes de las mías (casi opuestas en muchos casos). Sé que debo de estar equivocándome en algo, pero no sé en qué y espero que el señor Thornbury pueda darme algún consejo que me ayude en mi carrera.

Atentamente,

Davina Divine
diplomada en Astrología (FAA),
diploma de Astrología Avanzada (FAA)

Justine no había leído más que una frase de la carta cuando su corazón empezó a trotar. Con dos frases, aceleró el trote. Para cuando llegó a la firma, tenía el pulso a todo galope. Le temblaba la mano que sujetaba esa carta con el papel con sirenas tan *kitsch*.

—Me pregunto si puedes aportar algún dato que aclare la duda de la señora Divine.

En medio de un subidón de adrenalina, Justine intentó evaluar la situación. Daniel había recibido una carta de una astróloga aficionada un poco loca. Eso era todo. Y, por sí sola, no tenía por qué implicar ninguna consecuencia. Pero entonces Daniel abrió la carpeta marrón que tenía delante de él. Dentro había un montón de papeles que Justine reconoció perfectamente. Cuando Daniel extendió sobre la mesa el contenido de la carpeta, Justine vio los faxes de Leo, muchos un poco arrugados y todos con unos agujeros más o menos por el centro. Daniel había revisado el contenido del punzón de documentos.

Cerebro: «No pinta bien».

Intercaladas entre los faxes había páginas del *Star*. Las páginas del horóscopo. Tanto en los faxes como en las páginas había subrayados de color fucsia hechos con un rotulador. Acuario, acuario, acuario. A Justine le saltó a la vista la palabra en varios sitios a la vez.

Cerebro: «No pinta nada bien».

En los faxes de Leo, Justine vio que estaban subrayadas las palabras «nuevo camino con determinación», «el tira y afloja de las fuertes influencias» y «Saturno aconseja gestionar con mucho cuidado». En las páginas del *Star* otras, las de Justine, habían ocupado su lugar: «... no pavimentáramos el Paraíso», «... la manera que tiene Dios de permanecer en el anonimato», «... distinguimos los champiñones de las setas venenosas», «Ayúdame, atrevimiento».

Daniel se dio cuenta de que Justine había visto y reconocido lo que había dentro de la carpeta, así que la cerró.

—¿Por qué lo has hecho? —preguntó.

Justine intentó hablar, pero fue como si le hubieran anestesiado la lengua. Así que no le quedó más que encogerse de hombros, impotente.

Daniel siguió mirándola y, mientras lo hacía, Justine fue muy consciente del tipo de problemas a los que tenía que enfrentarse alguien después de haberse acostado con su jefe. Estaba en un buen lío por haber modificado la columna del horóscopo, pero a la vez recordaba con cuánta dulzura le había besado él la nariz. O se le colaba un recuerdo inapropiado sobre que sabía exactamente la expresión que ponía el jefe de una en el momento del orgasmo que, en el caso de Daniel, era una cara con los ojos muy abiertos, como una versión rubia de Astro Boy.

—Habría tirado la carta a la basura, pero he recordado aquella mañana, justo después de que te ascendieran, cuando entré en el edificio y no estabas en tu nueva mesa. Estabas en la antigua, transcribiendo el horóscopo. Para ayudar a Henry, dijiste.

Justine se sintió como si fuera trasparente.

—Tengo una teoría sobre lo que has hecho —continuó Daniel.

Estaba jugueteando con un bolígrafo mientras hablaba, pasándoselo entre los dedos. Tenía una expresión seria, pero un poco ufana, como la de un detective que tuviera una inteligente explicación que permitiría identificar al asesino.

—Solo ha sido con acuario. Con ninguno de los otros. Lo que me hace pensar que tú... Digámoslo así: mi teoría es que, alterando los horóscopos de Leo, querías sacar a la luz tu mejor yo, anular tus aspectos más materialistas y tal vez incluso contribuir a recuperarte de una historia de amor que ha salido mal, con el fin de animarte a ir tras lo que realmente quieres en la vida. De perseguir tu sueño. Porque eres acuario, ¿no, Justine? Y a través de la columna de Leo intentabas cambiar tu propio destino.

Cerebro: «La verdad es que es una explicación genial, Justine».

Justine: «Lo sé. De hecho, es mucho mejor que la verdad».

Justine puso una expresión en la que se mezclaban la contrición y la admiración.

—Vaya, es increíble —dijo a Daniel—. Tienes toda la razón.

¿Se lo estaba imaginando? ¿O realmente el pecho de adicto al gimnasio de Daniel se había hinchado un poco?

—Vale, me alegro de que estemos aclarando las cosas. —No llegó a sonreír, pero sus músculos faciales se movieron en esa dirección—. Aun así, ha sido una gran estupidez por tu parte. —Al oír eso Justine dejó que la parte de la contrición de su expresión ganara protagonismo—. Imagino que pensaste: «Solo es el horóscopo». Y bueno, hasta cierto punto tienes razón. Pero Leo Thornbury es uno de nuestros colaboradores más antiguos y distinguidos. Como sé que eres inteligente, seguro que calculaste que el riesgo de que Leo se diera cuenta de las discrepancias era prácticamente nulo. Pero, Justine, ¿y si hubiera caído en sus manos un ejemplar de la revista? Lo que has hecho demuestra una total falta de respeto. Por no mencionar que va en contra de la ética.

—Lo sé. Y lo siento. No volveré a hacerlo —respondió Justine.

—Por supuesto que no volverás a hacerlo. Porque si lo haces, te enviaré de regreso a las minas de sal del trabajo de asistente de redacción, como mínimo. O te despediré, como máximo.

«El trabajo es trabajo», pensó Justine, acongojada.

—Así que no, no volverás a hacerlo. Y para asegurarnos de que ni siquiera tienes la tentación, quiero que sepas que, aunque no le diré nada a Henry sobre tu experimento con las modificaciones, sí que le pediré que revise con especial atención el horóscopo cuando llegue este mes, porque espero una precisión absoluta en la transcripción. Y voy a comprobarlo en persona.

—¿Quién más lo sabe?

—Solo tú y yo —dijo Daniel—. Y creo que es mejor que quede entre nosotros.

—Gracias.

—Está bien. —Daniel cogió un bolígrafo y dibujó distraídamente una línea en el papel que tenía delante—. Y Justine...

—¿Sí? —contestó deseando que él dijera algo, cualquier cosa, que le confirmara que el fin de semana que habían pasado juntos en la cama había sido real. Que ella le gustaba de verdad.

—Tienes lo que hay que tener para ser una buena periodista —dijo Daniel—. No vuelvas a hacer ninguna tontería como esta, ¿eh?

Esa frase le dolió, como si no fuera justa del todo. Había hecho una tontería. Había sido una imbécil por modificar los horóscopos y también por empezar algo con Daniel.

—No lo haré —aseguró.

—¿Me lo prometes?

—Te lo prometo —respondió, y lo decía en serio.

Cuando llegó a casa esa noche, Justine se sentía descentrada y aturdida. Le dolían todas las articulaciones del cuerpo y no sabía si tenía frío o calor. También le ardían las mejillas, pero estaba tiritando. ¿Tenía fiebre? No, claro que no. Ponerse enferma era inoportuno.

Fue a cerrar las cortinas del salón y allí, en el balcón de enfrente, estaba Nick Jordan, con su jersey del sándalo y las botas de piel de oveja, sacando la rama de olivo de la cesta del farero. Al levantar la vista vio a Justine, sonrió, se puso una mano en el corazón y extendió el otro brazo con la rama marchita, como si fuera una rosa.

Justine abrió las puertas cristaleras y el aire de la noche hizo que comenzara a temblar violentamente.

—¿Esto fue en algún momento una rama de olivo? —preguntó Nick.

—Era una gran petición de perdón.

—He estado fuera —explicó Nick, y dejó caer la rama a su lado.

—¿Tan lejos que no podías contestar mis llamadas?

—No tan lejos. Pero necesitaba un poco de tiempo para procesar esa conversación que tuvimos.

—Lo siento, Nick. Siento todas las estupideces que dije.

—No eran estupideces.

—Sí que lo eran. Y fui muy maleducada. No debería haber dicho todas esas cosas del nenúfar. No pude contenerme.

—Esas cosas les pasan a los sagitarios.

—Creía que no volverías a hablarme —dijo Justine con tristeza. Tenía un grueso nudo en la garganta.

—¿Estás bien?

—Sí... Bueno, no. Tal vez. No lo sé. Me duele la cabeza. Y ahora la garganta.

—¿Estás enferma?

—No. Odio estar enferma. Es aburrido.

Nick sacudió la cabeza como para indicar que era un caso perdido.

—Entra y abrígate. Voy ahora mismo.

No hacía tanto tiempo que Justine había visto a Nick por última vez, solo hacía unas semanas, pero al verlo de nuevo en su puerta tras ese tiempo hubo algo que le trajo a la mente una palabra en alemán. *Unheimlich*. Eso era Nick. Estaba igual, solo que un poco más él, como si le hubieran marcado los contornos y sobresaturado todos los colores. *Unheimlich*: diferente de una forma que solo tenía sentido si lo diferente a la vez lo conocías muy bien. Dios, los alemanes tenía unas palabras estupendas.

Justine olió el aroma a sándalo del jersey de Nick y empezó a preocuparse por si hacía algo irracional, como lanzarse en busca de su calor, echarse a llorar y confesar. Lo de la bronca de Daniel. Lo de los horóscopos. Lo de...

—Tienes una pinta horrible —dijo Nick.

—Gracias.

—¿Tienes limones?

—Puede que haya uno un poco mustio en el fondo del frute-ro. ¿Por qué?

—Tú vete al sofá. Ya. Ahora vuelvo.

Justine se enroscó en un extremo del sofá y se tapó con la manta. Desde la cocina le llegó el ruido de cajones que se abrían y se cerraban y el roce de cubiertos sobre la vajilla. Nick salió por fin y ofreció a Justine dos paracetamoles y una taza llena de un líquido amarillo caliente que parecía tener espolvoreada un poco de la tierra orgánica certificada de Lesley-Ann Stone. Justine le dio un sorbo para probar e hizo una mueca.

—¿Qué demonios es esto?

—Limón con miel —explicó Nick, y se sentó en la otomana que estaba cerca de los pies de Justine—. Lo habitual. Pero también lleva un poco de ajo machacado y una pizca de pimienta cayena. Lo sé, lo sé, pero hará que te sientas mejor.

Justine dio otro sorbo, pero el desagradable brebaje no le supo mejor.

Y entonces Nick hizo algo tan inusual como encantador. Estiró la mano y le puso el dorso en la frente. Ese gesto tuvo el extraño efecto en Justine de hacer que se le llenaran los ojos de lágrimas.

—Bébete eso. Todo. Tómate las pastillas y a la cama, ¿vale?

Y apartó la mano.

—Lo siento mucho, Nick. No quería que te enfadaras conmigo.

—Soy un capullo testarudo a veces. Pero olvídalo.

Aun así, Justine no había acabado.

—Si quieres a Laura, seguro que es porque tienes muy buenas razones.

—Ya está, Justine. En serio. Olvídalo.

—Tu amistad es de toda la vida. No deseo perderla —dijo Justine.

—Yo tampoco.

Justine sabía hacia dónde debía conducir la conversación en ese momento. No le encantaba la idea, pero tenía que hacerlo.

—La última vez que hablamos, estabas a punto de pedirle matrimonio. Espero que fuera todo bien...

—Sí, supongo que sí —respondió Nick.

—Entonces ¿ya es oficial? ¿Cuándo es el gran día?

Nick la miró con aire divertido.

—Ah, creo que estás precipitándote un poco. Por lo que he entendido, lo que Laura y yo tenemos es una especia de precompromiso. Según me han dicho, no es un compromiso de verdad hasta que haya anillo.

—Ya veo. ¿Y cuándo llegará el anillo?

—Por lo que me han dicho, puede ser un proceso muy largo. Hay que comprar una piedra, examinar diferentes diseños, los joyeros necesitan su tiempo para hacer el trabajo...

Justine hizo una mueca.

—Suena caro.

—Lo es —dijo Nick un poco acongojado—. Oye, tengo que irme. Deberías dormir. Cuídate, ¿vale? Si mañana sigues sintiéndote mal, llámame y me paso para hacerte otro brebaje de limón.

—Oh, qué rico —dijo Justine mirando la taza.

Cuando Nick se fue, Justine dio otro sorbo al contenido de la taza y después tiró el resto por el fregadero. En el dormitorio se encontró con el desagradable descubrimiento de que esa mañana había quitado toda la ropa de cama. Las sábanas, la funda del edredón y de las almohadas estaban hechas una pelota en el suelo del cuarto de la colada, pero en ese momento no tenía fuerzas para poner sábanas limpias. También lo de ponerse el pijama se le antojaba un esfuerzo sobrehumano. Se quitó la ropa y la dejó tirada en el suelo. Solo con la bata y con los dientes castañeteándole por el frío, se cubrió con el edredón sin funda, conectó la manta eléctrica y la puso al máximo.

Mientras iba entrando en un sueño inquieto, estuvo segura de dos cosas. Una, que Laura Mitchell era una mujer con mucha suerte. Y la otra, que ya era seguro que tenía fiebre.

Durante los dos días siguiente Justine estuvo demasiado enferma para ir a trabajar, tanto que ni siquiera pudo salir de la cama. A mediodía del tercero se sintió lo bastante mejor para comer un poco de sopa de lata y trasladarse al sofá. Y allí se quedó el resto del día, mirando episodios de *Mi bella genio* y dormitando a ratos.

Estaba en medio de un sueño poco profundo cuando la despertó alguien que llamaba a la puerta de su apartamento. Abrió los ojos y vio que eran casi las seis. Para cuando llegó a la puerta, el rellano estaba vacío, pero había un enorme ramo de rosas de color crema con los pétalos bordeados de rosa. Estaban envueltas en un papel blanco brillante y las acompañaba una nota que decía: «Enferma, ¿eh? Es una excusa muy mala para evitarme. Espero que estés mejor. D. G. Besos».

Justine cogió las rosas y se las acercó a la nariz, pero eran de esa variedad que no olía a nada. Metió el ramo, llenó un jarrón de agua y se quedó pensando. Después buscó en la lista de contactos del teléfono el nombre de Daniel.

—Veo que ya has recibido las flores —dijo él cuando descolgó.

—Sí.

—¿Te gustan?

—Son preciosas, gracias.

—¿Por qué tengo la sensación de que después viene un «pero»?

—Porque es así.

Hubo un largo silencio durante el que Justine reunió el coraje necesario recordándose cómo se sintió el lunes cuando intentó seguir la corriente a Daniel con eso de «el trabajo es trabajo».

—Creo que no puedo hacer esto, Daniel.

—¿Es que estás enfadada conmigo? ¿Por lo de los horóscopos?

—No, no es eso. Obré mal y tú tenías toda la razón. Es todo este tema. Me conozco, Daniel, y simplemente sé que no podré compartir cama el fin de semana y después, cuando llegue el lunes, fingir que no somos más que colegas. Hace que me sienta muy insegura. Y... Bueno, duele.

—Pero, Justine, esto es una oficina. No podemos...

—No creo que tu actitud no sea la correcta. Me refiero a lo de comportarnos así. Es que yo no soy capaz. A ti parece que no te afecta. Pero a mí sí. Soy una persona muy visceral, lo siento.

—¿Y no hay nada que pueda hacer para convencerte?

—No lo creo —aseguró Justine.

—Oye, ya sé que la situación no es la ideal. Sería mejor si no trabajáramos juntos. O si fuéramos... solo colegas. Y sé que todo ha ido un poco rápido. Tal vez demasiado.

—Demasiado, sí —confirmó ella.

—Pero estuvo bien, ¿no?

«Tienes que reconocérselo. Por su autoconfianza», pensó Justine.

—Sí —admitió.

—Vale —contestó Daniel, aunque Justine tuvo la impresión de que ya no estaban hablando de lo mismo—. No quería hacer esto, pero no me dejas otra opción

—¿Hacer qué?

—Han llegado los horóscopos de Leo. Tengo el fax delante de mí y voy a leerte el tuyo. ¿Lista? «Acuario: Es primavera, la estación de la renovación.»

Justine: «¿Acuario? ¿Por qué está leyéndome el de acuario?».

Cerebro: «¿No te acuerdas de esa conversación que tuvisteis en su despacho?».

Justine: «Oh, mierda».

Daniel continuó:

—«Los que estéis albergando sentimientos de rencor e ira deberíais sumergiros en la fuerte y purificadora marea de la gracia y el perdón. Este mes traerá una expansión de vuestro espíritu y una oleada de generosidad hacia todas las criaturas, sean grandes o pequeñas. ¿No merece todo el mundo una segunda oportunidad? ¿O una tercera incluso?».

Justine se preguntó cuántas veces podían estallarle a uno las mismas cosas en las manos.

—¿No sería posible extender esa oleada de generosidad de los acuarios a mí? —preguntó Daniel un momento después—. ¿No podrías darme una segunda oportunidad?

Justine reflexionó un momento.

—Pero el trabajo tendrá que seguir siendo solo trabajo, ¿no?

—Sí, pero concedamos tiempo al tiempo. Dame la oportunidad de demostrarte que puede conseguirse.

—Es que...

—¿Sabes? He estado leyendo un poco sobre los horóscopos. Y me he enterado de que los acuarios y los leos son polos opuestos en el horóscopo. El aire necesita fuego. El fuego necesita aire. Eso afirman los astrólogos.

—¿Qué quieres decir con eso?

—Dame otra oportunidad. ¿Qué te parece este fin de semana?

El ascendente virgo de Justine habría señalado acertadamente que había muchos inconvenientes en la situación en la que se encontraba y que todo apuntaba a que era necesario considerar esa proposición con detenimiento. Pero no fue la parte de su ascendente virgo la que respondió. Fue el impulsivo sagitario.

—¿Qué tienes en mente? —fue lo que dijo.

Cúspide

✦

Esas mujeres con las túnicas de color caqui y los enormes guantes de ante que hablaban en susurros fueron a por Brown Houdini-Malarky aprovechando la oscuridad. Un momento antes estaba dormido en las mantas que había al fondo de su jaula, en el lejano bloque de atrás de la zona de adopción, y al siguiente estaba intentando zafarse y ladrando mientras lo metían en un transportín. Su mundo se ladeaba y se balanceaba mientras caminaban hacia el edificio principal. Pronto lo sacaron en una habitación iluminada con fluorescentes y lo empujaron para que entrara en una jaula más pequeña que tenía el suelo cubierto de periódicos. Después le cerraron la puerta y echaron el pestillo. Y Brown sabía perfectamente lo que significaba eso.

Brown no estaba solo en la habitación iluminada. Lori, la caniche con sarna y los ligamentos cruzados fastidiados, estaba encerrada en la jaula de al lado. La puerta volvió a abrirse y las mujeres volvieron a entrar con el transportín. Esa vez traían a Fritz, un cruce de teckel que no controlaba muy bien sus esfínteres. Viaje tras viaje, las mujeres llenaron también las jaulas de los niveles superiores: Dumpling, el carlino, cuya cara era una masa de ojos glaucos y pliegues babosos; y Esther, la kelpie vejestorio que había sobrevivido a su humano y era demasiado mayor para encontrar otro hogar. Después se apagaron las luces. Brown sabía que la próxima vez que se encendieran sería al día siguiente, cuando los cinco perros que estaban allí tendrían que ver al veterinario.

Poco después de que amaneciera, dieron a cada uno de los perros condenados un cuenco con carne troceada para desayunar. Fritz, que era un eterno optimista, engulló la comida. Ni Dumpling ni Lori dejaron de aullar el tiempo suficiente para comerse la suya. Esther, de cintura ancha y temperamento pacífico, se comió con calma su último desayuno y se tumbó tranquilamente con la cabeza sobre las patas, reconfortada por las historias que le habían contado sobre otra vida conocida como Puente del Arcoíris.

Brown no tenía el estómago para aceptar comida. Había dado muchas vueltas a la jaula, por eso sabía que era inexpugnable. Maldijo al cabrón de Guy. Maldito fuera él y su madre perra y todos los cachorros comidos de gusanos que hubieran nacido alguna vez de sus enfermas entrañas. ¡Maldito! Brown logró un relativo placer tras proferir todas esas maldiciones y en ese momento se preguntó si sería el último placer que iba a tener en la vida. Sin opciones, se aovilló al fondo de la jaula y durmió un sueño inquieto.

La veterinaria llegó a mediodía. Era Annabel Barwick, una mujer joven con un mullido casco de pelo anaranjado y una flamante alianza en su mano izquierda. Brown la miró con su único ojo y tuvo que reconocer que al menos les hablaba con un tono de tristeza cariñosa, como pidiéndoles disculpas. Para ayudarla estaba el auxiliar veterinario Jesse Yeo, un chico con piernas delgaduchas, pelo muy negro y ojos demasiado sensibles inyectados en sangre.

Brown se concentró y visualizó un rayo láser de poder de vudú perruno que salía de su único ojo. «El perro de un solo ojo no tendría que estar aquí. El perro de un solo ojo debe volver a su jaula ileso», transmitió. Pero la veterinaria y el auxiliar estaban ocupados en otra cosa y la mirada de Brown no se cruzó con la de ninguno de los dos.

Fritz, pobrecillo, pensó que aquello no era más que otra oportunidad de poner a prueba su encanto, así que salió de un salto por la puerta de la jaula con una alegre andanada de ladridos. Pero eso solo sirvió para que él fuera el primero: el auxiliar le sujetó la patita delantera de color castaño mientras la veterinaria le rasuraba un poco de pelo con una maquinilla y le clavaba la aguja. Poco después el pequeño Fritz estaba en una bolsa de basura en el suelo. Brown fue testigo de todo. Vio que pinchaba a Lori y oyó que gritaba llamando a una tal Prudence, hasta que sus ladridos se volvieron incoherentes y después los aullidos cesaron. También vio que Esther cerraba los ojos y se iba al encuentro de su amo.

Brown tenía claro que él sería el siguiente. Pero estaban listos si creían que iba a dejar que lo durmieran sin luchar. Tras haber estudiado detenidamente la sala desde su jaula, sabía que era un lugar endemoniado, en el que no había recovecos ni rendijas. El recubrimiento de fácil limpieza del suelo llegaba hasta la base de las paredes y apenas había muebles. La puerta que daba al pasillo, y al mundo que había más allá, estaba cerrada. Ese lugar estaba sellado.

Pero hubo un golpe de suerte. Justo cuando Jesse, el auxiliar, se agachó junto a la puerta de la jaula de Brown, Annabel, la veterinaria, dio varios pasos hacia la puerta principal y estiró la mano hacia el picaporte. El momento era simplemente perfecto, pensó Brown. Lo único que tenía que hacer era salir como un relámpago de la jaula, dejar atrás a Jesse y dirigirse a toda velocidad a la puerta. ¡Sí! La veterinaria empujó hacia abajo el picaporte. La puerta empezó a abrirse. Era una ventana de oportunidad muy restringida, pero suficiente para un terrier callejero como él, con una energía infatigable.

Brown saltó y esquivó sin problema las grandes manos de Jesse, que intentaron cogerlo. A sus uñas les costó encontrar tracción en el suelo resbaladizo, pero a pesar de todo tenía que dejarse la piel en aquello. Empujando con las patas de atrás como un conejo, avanzó como pudo. La puerta estaba un poco entornada, pero conseguiría sacar la cabeza por allí, estaba seguro. Saldría, recorrería el pasillo, cruzaría la puerta... ¡y sería libre!

—Cabroncete —murmuró Jesse—. ¡Annabel! ¡Cierra la puerta!

Zas. Se oyó el pestillo. La pesada puerta blanca se fundió con la pared. Y Brown se quedó en el lado equivocado. Corrió y corrió, obligando a Annabel y a Jesse a dar vueltas por la habitación en una loca danza, una, dos, tres veces. Pero fue inútil. En un momento estuvo acorralado. Jesse lo agarró de la piel del cuello. Y de repente Brown estaba en el aire, retorciéndose, arqueándose y gruñendo, y el auxiliar lo llevaba a la mesa. Mientras, la veterinaria estaba cargando un líquido verde en una jeringuilla.

Luke Foster, de quince años (libra, centrocampista-delantero de fútbol en invierno, guardameta de críquet en verano, denodado alisador de un vergonzoso remolino de pelo que iba de la frente hacia el centro, fan incondicional de las películas, originales, de *La guerra de las galaxias*) metió la mano en la guantera del Saab de su madre, sacó un pañuelo de papel con aloe vera y se lo dio a ella. Era viernes por la mañana y estaban aparcados a unas manzanas del instituto público que sería su *alma mater* a partir de ese día.

Había dejado St. Gregory's un día antes de lo previsto y sin grandes despedidas. Ni una sola parte de él había querido sufrir las miradas de lástima de los chicos cuyos padres eran médicos, empresarios, buceadores que pescaban ostras o gente que contaba con una fortuna familiar desde hacía generaciones y podía financiar la educación de sus hijos con dinero de verdad y no apoyándose en una herencia imaginaria. Sus compañeros de la escuela privada, vestidos con sus chaquetas de uniforme, sus gorras y sus pajaritas rojas y azules, seguirían encontrando la forma de ganar más trofeos de remo, de recibir clases particulares de chelo o de bombardino y de lograr plazas en las mejores universidades. Y él no. Él tendría que encontrar su destino vestido con un polo amarillo.

—Lo siento —dijo su madre, Mariangela, sollozando—. Oh, Luke, queríamos lo mejor para ti, de verdad.

En los dos años que Luke había estado en St. Gregory's nunca se había planteado ni una sola vez, siquiera por curiosidad, cómo podían permitirse sus padres costearle aquel colegio. Los señores Foster habían inscrito a Luke y a sus hermanos menores, quienes, por suerte, habían quedado al margen de ese lío porque aún estaban en la escuela primaria, en la lista de espera para acceder a ese exclusivo colegio para chicos cuando todavía llevaban pañales, y tal vez esa era una de las cosas que a él le habían hecho creer que sus padres tenían algún plan para afrontar los costes. Y aunque nunca lo había pensado realmente, de haberlo hecho habría creído que ellos tendrían un plan mejor y más infalible que aumentar las deudas de sus tarjetas de crédito y esperar a que su abuelo muriera. Sobre todo, teniendo en cuenta que cuando su abuelo murió por fin lo único que legó a su madre era la alianza de su esposa, unos feos muebles de palisandro y un piano desafinado.

Una parte de Luke quería preguntar a Mariangela qué demonios se les pasó por la cabeza. ¿Por qué no lo enviaron al instituto público desde el principio? Ese día, cuando entró en una clase que no conocía, con su polo amarillo demasiado nuevo, limpio y almidonado, ya todos hablaban de él. «Ese es el chico que han tenido que sacar del St. Gregory's.»

Otra parte de Luke, la parte que odiaba ver a su madre con los ojos enrojecidos y la nariz hinchada, quería cogerle la mano, acariciársela, decirle que todo iba a salir bien, que a él no es que le gustara tanto el St. Gregory's, que a partir de entonces podría ir a buscarlo al colegio con sus botas Ugg y un plumífero negro, en vez de con traje de diseñador o ropa de gimnasia de señora de buen ver, y que el instituto público tenía algo que el St. Gregory's nunca le habría proporcionado: chicas. Y eso haría reír a Mariangela.

—¿Estarás bien hoy, Luke? —preguntó Mariangela.

—Claro.

Luke abrió la visera del Saab, desplazó la tapa del espejo y se alisó el remolino. Pero, cómo no, el cabello recuperó su posición original en cuanto Luke salió a la calle con su mochila.

—Adiós, mamá.

—Adiós, cariño —contestó Mariangela, y le tiró un beso triste y lloroso.

—Que tengas un buen día —deseó Luke.

—Lo intentaré —respondió ella sorbiéndose la nariz.

Imitando extrañamente bien la voz de Yoda, Luke dijo:

—No lo intentes. Hazlo, o no lo hagas.

Patricia O'Hare (virgo, ama de casa de toda la vida convertida en víctima del nido vacío, madre de dos hijas adultas que se llamaban Larissa y Zadie, pronto abuela, genio de la Bolsa y repostera de los bizcochos de fruta de la pasión más ligeros que el mundo hubiera conocido) era voluntaria todos los viernes en el refugio canino. Era una de las muchas actividades que había empezado a hacer para mantenerse ocupada desde que sus hijas eran independientes. Aunque tenía que gestionar su cartera de acciones y mucho que tejer desde que Zadie estaba esperando un bebé, esas cosas no eran suficientes para mantener a una mujer eficiente como Patricia lejos de las resbaladizas cuestas abajo que empezaban con el programa del Dr. Phil a la hora de comer y seguían con una copa de chardonnay a las cuatro de la tarde.

Patricia descubrió el refugio canino cuando fue allí a por un nuevo perro, tras un período de luto por Bonnie, su pastor australiano. En su primera visita paseó entre las hileras de jaulas y encontró un galgo de pelaje rojizo y blanco sentado tímidamente sobre sus patas traseras en la parte de delante de la jaula, con una pose que le recordó a una corista de los años veinte sentada al lado de su maleta esperando que alguien la llevara en su coche. El perro miró a Patricia como si estuviera diciéndole: «Oh, ahí estás por fin». Y la pareja funcionó, porque tanto la mujer como el perro compartían un aire de respetabilidad inherente, un amor por los sofás cómodos y apreciaban una buena sesión de peluquería.

En su primer viernes como voluntaria, Patricia paseó perros.

Con pastores alemanes, huskies, vizslas, pastores de Shetland y shih tzus recorrió los gastados senderos que cruzaban lo que quedaba del bosquecillo que rodeaba el refugio. Se había comprado especialmente para la ocasión un sombrero para el sol y un par de zapatillas de deporte con unos colores juveniles y alegres. No lo pasaba tan bien los días en que la necesitaban para recoger cacas de perro, pero no se engañaba: si lo que hacía no fuera desagradable o inconveniente, todo el mundo lo haría.

Pero al personal de administración del refugio canino no le llevó mucho tiempo percatarse de que Patricia tenía unas habilidades que la hacían insustituible en la oficina. A los dos meses de empezar como voluntaria ya estaba seleccionando el correo, corrigiendo el boletín informático, ocupándose de las cuentas bancarias y coordinando la base de datos de los voluntarios.

Pocos meses después, cuando Patricia se despertaba por la mañana y se daba cuenta de que no solo era viernes, sino que era uno de esos viernes, deseaba ir ese día a cualquier sitio menos al refugio canino. Esos viernes eran los días en los que la encantadora y joven veterinaria Annabel Barwick liberaba de citas su agenda de la clínica que tenía en la ciudad e iba hasta el refugio para pasar una triste mañana de trabajo voluntario y gratuito.

Mientras Annabel hacía su trabajo en la consulta que había al final del pasillo, Patricia se quedaba en el despacho, intentando con todas sus fuerzas no pensar en el contenido de las recias bolsas de plástico que, unas horas después, acabarían en la parte de atrás de un vehículo municipal.

A media mañana de ese viernes, que era especialmente malo, la papelera de Patricia estaba hasta arriba de pañuelos usados. Adoraba a la vieja kelpie Esther. Se la habría llevado a casa con ella si no fuera porque había prometido a Neil que no iba a llevarse a casa a todas las causas perdidas que le tocaran el corazón.

Patricia sacó otro pañuelo de la caja y quitó la gruesa goma elástica que sujetaba la pila de correo. Vio la carta inmediatamente. Era grande y voluminosa, y el sobre era de un papel recio y con pinta de caro, nada que ver con el tipo de cartas que solían recibir en el refugio canino. Miró el remite: era del importante bufete de abogados Walker, Wicks and Clitheroe.

Lo primero en lo que Patricia se fijó cuando abrió el sobre fue en que la firma, bastante majestuosa, que había al pie de la carta era la del propio Don Clitheroe. Y pensó que, fuera cual fuese el contenido, debía de ser importante. Se subió las gafas por el puente de la nariz y leyó. Al parecer, un cliente del señor Clitheroe, un caballero que se llamaba Len Magellan, acababa de fallecer y había donado todo su patrimonio al refugio canino. Las instrucciones que había dado eran liquidar todos sus activos para que el refugio canino tuviera acceso al capital de la forma más útil y rápida. La cantidad que esperaba obtenerse de la venta de los activos del señor Magellan era de aproximadamente...

—¡Maaadre míaaa!

El chillido de Patricia resonó como una sirena en la recepción y se extendió por el pasillo, la sala de descanso y los baños, hasta finalmente penetrar en la consulta en la que Annabel acababa de medir la dosis de Lethabarb que iba a inyectar en la pata de un desaliñado terrier con un solo ojo. El chillido traspasó los muros del edificio e hizo que toda la población canina del refugio se lanzara a una cacofonía de ladridos y aullidos. Con ellos de fondo, Patricia se levantó y empezó a hacer unos movimientos que podían parecer lejanamente los de la danza de la lluvia. Con los ojos como platos, echó a correr por el pasillo con sus zapatillas de colores alegres.

—¡Annabel! ¡Annabel! ¡Annabel! —gritó—. ¡Detente! ¡Detente! ¡Detente! ¡No sigas!

Annabel Barwick y Jesse Yeo ya se habían detenido y miraban nerviosos desde la puerta de la consulta, porque el grito les había hecho preguntarse si habría un pistolero suelto por el refugio o algo así. Pero lo que vieron fue a una Patricia O'Hare con los ojos llenos de lágrimas de alegría, que se dirigía hacia ellos por el pasillo agitando una hoja de un papel de color crema que contenía una información que significaba que el refugio canino iba a poder permitirse dar otra oportunidad en la vida a Brown

Houdini-Malarky, que jadeada sobre el suelo cubierto de papel de periódico de su celda, aliviado por el indulto.

La quinceañera Phoebe Wintergreen (leo, reticente pero recurrente favorita de sus compañeros de clase, consumidora de batidos de lima, hija única y lectora omnívora, amante de Shakespeare y apasionada recitadora de grandes soliloquios ante el espejo del cuarto de baño) estaba enfadada. Llevaba toda la tarde enfada. Había estado enfadada en la clase de matemáticas, donde había estado resolviendo ecuaciones de segundo grado con una violencia suficiente para romper tres minas de su portaminas, y también en la clase de educación física, donde se lanzó a un entrenamiento por intervalos con la energía de una boxeadora que se preparara para el combate vengativo más importante de su carrera. Apareció en su clase de música de después del colegio con la cara enrojecida y de muy mal humor, y se puso con las escalas de calentamiento como si su saxofón barato y prestado fuera en realidad una serpiente peligrosa e inflexible con la que tenía que pelear para someterla.

Phoebe siguió enfadada durante toda la agotadora subida por la escalera del paso elevado que cruzaba sobre la autopista y también durante toda la bajada por el otro lado, mientras su mochila llena de libros botaba dolorosamente contra su espalda y la funda del saxofón le golpeaba un lado de la rodilla. Y continuaba enfadada cuando subió por el puentecito bajo y roto que había delante del feo chalet de ladrillos de una planta alquilado en el que vivía. La nube de rabia que rodeaba casi de forma visible a Phoebe hizo que la gata saliera corriendo a buscar un lugar seguro y se escondiera debajo de un arbusto de hortensias. Oh, sí, Phoebe Wintergreen estaba enfadada.

Alice Wintergreen (géminis, reponedora del turno de noche de Woolworths y organizadora del sindicato de su empresa, madre soltera juvenil y adicta a los programas de cocina de la tele) no estaba enfadada. Estaba cansada, pero de esa forma que los cuerpos de los que trabajan a turnos acaban aprendiendo a soportar. Y estaba un poco preocupada: por la factura de la luz, por el sufrimiento de los refugiados de las noticias de la televisión, por el aumento de los precios de los productos frescos, por el comportamiento errático del señor Spotswood el vecino de al lado que estaba cada vez peor de la cabeza, por el calentamiento global y el coste de las clases de saxofón de Phoebe y por el cinturón de seguridad roto de su coche. Pero, igualmente, esas preocupaciones le resultaban ya tan familiares que no merecía la pena fijarse mucho en nada de eso. Hacer dulces la ayudaba, y en ese momento estaba preparando una tanda de galletas de doble chocolate y chile caramelizado. Estaba troceando el chocolate y vigilando las finas rodajas de chile que se cocinaban en un sirope azucarado en la cocina cuando oyó que la puerta principal se abría y después se cerraba con un portazo.

—Entra en el escenario por la izquierda —dijo entre dientes antes de que su hija irrumpiera en la cocina.

—Lo odio —se quejó Phoebe.

Dejó caer la funda del saxofón al suelo y tiró su mochila.

—Hola, cariño —saludó Alice.

—¡Lo odio! Lo odio más que cualquier otra persona, viva o muerta, ha odiado a alguien. ¡En toda la historia del odio, no ha habido odio tan grande y terrible como el que yo siento por ese tarado de cara blanquecina!

—¿Quieres un té? —preguntó Alice.

—Me repugna. Lo detesto, lo desprecio, lo aborrezco y... abomino de él. Tenías que ver cómo lee a Shakespeare. Se cree muy listo, pero no reconocería un pentámetro yámbico aunque se le metiera en el culo y se le atascara para siempre. No se merece vivir.

—¿De quién hablas?

—De Luke... Foster —dijo Phoebe, casi como si lo escupiera—. De él hablo.

—¿Quién es?

—Un chico nuevo.

—¿A estas alturas del curso?

—Sus padres ya no pueden permitirse pagar la cuota del St.

Gregory's, así que lo han sacado y nos han obligado a soportar su estúpida presencia. ¡A mí me han obligado! Dime, que me lo diga el universo: ¿qué tengo yo que hace que la deidad que está en lo más alto, sea cual sea, crea que me merezco un sufrimiento de esta magnitud? ¿Por qué pecado, pregunto, se me obliga a compartir la clase de teatro con ese poco agraciado «saco de humores, con ese barril de bestialidad, con esa masa hinchada de hidropesía, ese gigantesco pellejo de jerez, ese saco de tripas...»?

—¿De qué obra es eso?

—De *Enrique IV*. Primera parte —aclaró Phoebe, en un inciso, y después continuó—. Lo maldigo. Y no solo lo maldigo, sino que maldigo a su padre y a su madre igualmente. ¡Maldigo a todos y cada uno de sus antepasados cuya concupiscente estupidez desembocó en que ese abominable, horripilante y grasiento quiste acabara en mi clase de teatro! ¡Ojalá unas arañas de espalda roja pongan sus huevos en su escroto! Espero que se contagie de una enfermedad dermatológica rara y asquerosa que lo obligue a quedarse en casa y nunca, jamás...

—Estaría bien que no te admiraras en el espejo mientras despotricas —interrumpió Alice.

—¿Qué? ¡Si aquí ni siquiera hay un espejo!

—Cariño, no estoy ciega. Veo que estás mirándote ahí.

Alice tocó levemente con un nudillo lleno de harina la puerta de cristal del microondas y dejó una mancha que parecían unas comillas.

—Eso hunde tu interpretación, cariño. Siempre te pasa. Incluso cuando tenías tres años.

—Maaamááá... Esto es serio. ¡Me ha destrozado el examen de teatro! ¡Lo ha destrozado del todo! Y ahora voy a suspender. Y cuando lo haga, será solo por esa repugnante y reseca verga de dugón y su iPhone.

—Creía que solo era un control.

—¿Y eso qué importa? ¡Es la asignatura que mejor se me da! Pero ¿qué persona que no sea un total... forúnculo tiene «Bad to the Bone» como tono de llamada?

—Un momento. ¿Odias a ese Luke... porque su teléfono sonó cuando estabas haciendo el examen de teatro?

—La ha destrozado. A mi hermosa Julieta. ¡Ya sabes todo lo que me he esforzado! Había llegado hasta «y aullidos de mandrágora arrancada», así que estaba muy metida en el papel y entonces, ¡pam!, empezó a sonar a todo volumen el gilipollas de George Thorogood. Perdí totalmente la concentración y ya no pude retomar el texto.

—Oh, Phoebe. Lo siento, cariño —intentó consolarla Alice.

Ante la delicada empatía de su madre, Phoebe se deshinchó como un globo sin nudo. Se dejó caer en una silla y reclinó la parte superior del cuerpo sobre la mesa de la cocina. Sus rizos castaños claros se desperdigaron sobre el mantel.

—Lo odiaré siempre —dijo.

Y entonces sonó el timbre.

—Oh, Dios —exclamó Phoebe—. Será el señor Spotswood, ¿verdad?

—Probablemente —contestó Alice con una sonrisa tensa.

—¿Cuántas veces ha venido?

—Hoy tres.

—Supongo que quieres que vaya a abrir —aventuró Phoebe.

—¿Te importa? Por favor...

—Vaaale —accedió, y se puso de pie.

En los años que hacía que el señor Spotswood, su anciano vecino, estaba perdiendo la memoria, Phoebe había aprendido un par de cosas sobre cómo hablar con él. Si el señor Spotswood le decía que tenía intención de votar, otra vez, a Robert Menzies, Phoebe le contestaba que le parecía una buena decisión. Y si el señor Spotswood le contaba que se había sorprendido mucho porque ese día, al encender el televisor, había descubierto que las imágenes salían en color, Phoebe le respondía que los avances de la tecnología eran espectaculares. De camino a la puerta, Phoebe fue preparándose mentalmente para la improvisación. Pero cuando abrió la puerta, a quien vio no fue al señor Spotswood, sino a Luke Foster.

Phoebe sacudió la cabeza, como si quisiera disipar la evidente alucinación de que en su puerta estaba un chico adolescente con unas cejas gruesas y pícaras y un notable remolino en medio de la frente.

—Yo... he preguntado a Maddie dónde vivías —dijo Luke mientras le tendía un vaso alto y blanco de batido que tenía el logotipo de un café pijo del que Phoebe había oído hablar pero en el que nunca había estado.

Como la asombrada Phoebe no respondió nada, Luke continuó atropelladamente:

—También me ha dicho que te gustan los batidos. Es de lima. Espero que Maddie no me haya tomado el pelo.

Inclinó un poco el vaso hacia ella, invitándola a cogerlo. Pero Phoebe solo parpadeó, incapaz de conseguir que desde su cerebro acelerado y sobrecargado llegara alguna palabra a su boca.

—Es una disculpa —aclaró Luke—. Por lo de hoy. Siento haber sido tan idiota. Y no solo porque te has enfadado tanto, sino porque tu monólogo ha sido la única cosa que ha merecido la pena oír en todo el día. Tienes mucho talento.

No había una gran distancia entre la puerta principal de la residencia de las Wintergreen y la cocina eléctrica de 1970 junto a la que Alice Wintergreen estaba removiendo sus chiles caramelizados, así que oyó la mayor parte de la conversación entre Phoebe y Luke. Oyó a Luke decir a Phoebe que iban a representar *Romeo y Julieta* en el Jardín Botánico en verano y que, si ella quería, él compraría entradas para disculparse como era debido y que Phoebe aceptaba, un poco vacilante. Cuando Tiggy anunció su presencia en el alféizar de la cocina, con un maullido cotilla que parecía decir: «No adivinarías nunca quién ha aparecido en la puerta», Alice dedicó una sonrisa del tamaño de la del gato de Cheshire a su felina.

—Creo, señorita Tiggy —dijo Alice, pasando a remover los chiles caramelizados en el sentido opuesto—, que nuestra niña va a necesitar una buena forma de contrarrestar una maldición, ¿no te parece?

ESCORPIO

♏

Cada año la llegada de Halloween, fiesta bajo cuya capa hecha jirones todavía se veía el esqueleto del festival pagano de Samhain, preparaba a los habitantes del hemisferio norte para enfrentarse a la prueba de vida o muerte que suponía el invierno y les recordaba que debían hacer las paces con los muertos. Pero en el hemisferio sur, en el que Halloween caía justo antes del inicio de la temporada de críquet y en la época del año en la que más se vendían las cremas solares, la noche de los muertos era en realidad una oportunidad para ponerse un disfraz terrible y elaborar bebidas alcohólicas de colores llamativos.

Para el personal del *Alexandria Park Star* Halloween era un gran momento, porque la directora de publicidad, Barbel Weiss, siempre daba una fiesta por todo lo alto. Durante su infancia, los padres europeos y nómadas de Barbel habían vivido durante un tiempo en Minnesota. Allí la joven Barbel empezó a adorar el festival anual de tallado de calabazas, disfraces, historias de miedo y salidas de truco o trato. Así que cada 31 de octubre su mujer, Iris, y ella daban una fiesta de Halloween en su casa de Austinmer Street e invitaban a un gran grupo de amigos y colegas. Año tras año la reputación de la fiesta crecía y los invitados se tomaban los disfraces más en serio.

Justine empezó sus preparativos comprando un arco y una flecha de pega en una juguetería y sacando un tocado de Estatua de la Libertad, hecho de gomaespuma verde menta, de la maleta en la que guardaba los recuerdos de sus viajes. Después embadurnó el tocado con forma de estrella con pegamento para PVC y fue recubriéndolo con una capa de purpurina plateada que tenía extendida en una bandeja de horno.

Ese año Halloween caía en martes. A las cinco de la tarde Justine ya iba por Rennie Street, de camino a casa, mientras charlaba por teléfono con su mejor amiga, Tara.

—Bueno, está bien —dijo Justine.

Estaban hablando de Daniel. Más específicamente, de salir con Daniel, lo que había estado haciendo Justine durante las últimas semanas.

—¿Bien? —repitió Tara—. ¿Eso es todo?

—Creo que ahora mismo puedo dar el paso y llegar a «muy bien».

Justine se detuvo a la altura del escaparate de una agencia inmobiliaria, donde acababa de ver un cartel sobre una mansión con ventanas en saliente en el que se leía que estaba en «un barrio muy demandable». Sujetó el teléfono entre el hombro y la oreja, metió la mano en el bolso y sacó su boli. El bolígrafo hizo una especie de chirrido cuando Justine escribió, directamente sobre el cristal del escaparate: «Creo que querían decir "demandado"».

—Según todos los cotilleos de los periodistas políticos que he oído —continuó Tara, ajena al hecho de que mientras ella hablaba Justine estaba salvando al mundo de un crimen ortográfico—, Daniel Griffin es adorable. También que es encantador, listo, bueno en su trabajo, divertido y está macizo. Tú misma dices que el sexo estuvo bien, pero ¿ahora pasáis el rato bebiendo vino caro y besuqueándoos al final de la cita? No lo entiendo. ¿Qué está pasando?

Justine suspiró.

—Es una situación muy rara. Cuando estamos juntos fuera de la oficina lo pasamos genial, pero entonces surge algo, como lo de la fiesta de esta noche. Todas las personas con las que trabajamos estarán allí, así que tenemos que fingir que no hay nada entre nosotros. Hace que me sienta muy incómoda. Supongo que por eso tirarse a un compañero de trabajo no se considera la mejor idea del mundo.

—Oh, vamos —respondió Tara—. Mucha gente lo hace. La humanidad ha estado haciéndolo desde que... empezó a hacerlo. Supongo que la verdadera pregunta es: ¿por qué tú no quieres hacerlo?

Esa era una buena pregunta.

Una noche Daniel la había llevado a cenar al Cornucopia (donde se sintió muy satisfecha al ver que los «fettuccini» de la carta tenían todas sus tes y sus ces), un gesto que consideró muy espléndido por parte de Daniel. Pero la sorprendió cuando pagó la cuenta tras el plato principal y la llevó al Raspberry Fool para tomar un vino dulce y tarta de queso. Y después pidió un taxi acuático para ir, en un recorrido por el río más largo de lo necesario, a Clockwork, donde tomaron café y chocolate. Daniel no dejó que Justine pagara nada, ni siquiera los cafés, y eso que ella se dio cuenta de que lo de esa noche debía de haberle costado un ojo de la cara.

Un domingo la llevó a comer a un viñedo junto al mar. Las viñas se veían de un bonito verde y todo el lugar olía estupendamente a hierba de primavera. Daniel y Justine bebieron un vino diferente con cada plato y pasaron unas cuantas horas después de comer tumbados en unos pufs bajo unos parasoles y rodeados de una brisa marina que no era ni demasiado caliente ni demasiado fría, ni demasiado fuerte ni demasiado leve. Todo fue justo como tenía que ser.

Aun así, Justine no podía librarse de la sensación de que había vivido la misma cita muchas veces. En todas las ocasiones la comida era excelente, el vino del mejor, la conversación entretenida y Daniel muy caballeroso. No había nada, absolutamente nada, que no le gustara.

—Es difícil de explicar —dijo Justine con un hilo de voz.

—Inténtalo —pidió Tara.

—Me da la sensación de que falta algo.

—¿Como qué? —insistió Tara.

Justine: «¿Qué es lo que estoy intentando decir exactamente?».

Cerebro: «Lo siento, no tengo ni idea».

—Quizá... —empezó Justine—. Tal vez no sé explicarlo porque lo que falta es algo que no he tenido nunca antes. Es posible que ni siquiera exista, por mi experiencia.

Justine oyó que Tara suspiraba profundamente.

—No contenta con tener a Daniel Griffin en bandeja de plata y ser el objeto de todas sus atenciones, mi mejor amiga quiere, además, un maldito unicornio.

Cuando la abuela de Justine murió, no dejó nada al azar; su testamento tenía un montón de páginas. A Justine le legó un precioso surtido de pendientes, colgantes, pulseras, anillos y un juego de una porcelana tipo Belleek, increíblemente frágil. Pero ella valoraba mucho más que eso las otras dos cosas que había heredado de Fleur Carmichael, que eran: un armario lleno de ropa vintage y una figura menuda que le permitía ponérsela.

Aunque era una mujer que vestía muy bien, Fleur no creía en la moda ni en comprar prendas que solo duraran una temporada. Siempre adquirió ropa de buena calidad y esperaba que le durara toda la vida. Por eso nunca tiró sus vestidos de cuadros con bordados de los sesenta, las chaquetas a medida, los vestidos de noche, los pantalones de cintura alta ni las blusas con estampado Liberty. A Justine le gustaba ponerse esa ropa, no solo por lo bonita que era, sino también por cómo se sentía cuando llevaba una prenda del armario de su abuela.

Para la fiesta de Halloween de Barbel, Justine decidió llevar una prenda de su abuela que nunca antes había tenido oportunidad de sacar a pasear: un vestido hasta la rodilla de lúrex plateado y brillante muy ceñido. Rascaba un poco al rozar la piel, pero era perfecto para esa noche. Y le pareció especialmente apropiado ponerse uno de los vestidos de su abuela esa noche porque el 31 de octubre era el cumpleaños de Fleur. De estar viva, habría cumplido ochenta y ocho años.

El vestido plateado estaba colocado sobre la cama de Justine, junto con unas medias plateadas, unos botines también plateados y un tocado de Estatua de la Libertad recién recubierto con purpurina plateada. En el cuarto de baño había una bolsa llena de otras cosas que Justine necesitaba para completar el disfraz.

Primero se pintó la cara de plata mate y se aplicó un toque de purpurina en los labios, las mejillas y la frente para realzar esas zonas. Se colocó unas estrellas adhesivas formando caprichosas constelaciones junto a las comisuras se los ojos. Después se tiñó el pelo de plateado con un espray y, antes de que se le secará, se echó un puñado de purpurina por la cabeza, sin dejar de pensar todo el rato que durante años encontraría purpurina en lavamanos y en el suelo. Acababa de ponerse la ropa y colocarse el tocado cuando oyó el pitido del teléfono que indicaba la entrada de un mensaje.

Era de Nick.

«¿Estás en casa?»

Con los dedos llenos de purpurina, Justine respondió: «Más o menos».

Nick: «¿Cómo se puede estar "más o menos" en casa?».

Justine: «Quiero decir que la que está en casa soy yo, más o menos».

Nick: «Qué misterioso. ¿Puedes salir al balcón?».

Justine se miró en el espejo. Estaba cubierta de ungüentos brillantes.

«Murphy, eres un cabrón», murmuró para sí.

En el balcón, Nick tenía un aspecto perfectamente normal, con unos vaqueros y una camiseta. Justine intentó justificar lo rara y plateada que estaba comportándose de una forma estrafalaria en exceso. Por eso adoptó una desgarbada pose que quería transmitir un «¡tachán!».

Nick enarcó ambas cejas.

—Supongo que eso es en honor a Halloween.

—Brilla, brilla, estrellita.

—Se supone que eres... ¿una estrella?

—Casi.

Justine entró, y regresó al balcón con el arco y la flecha.

Nick frunció el ceño hasta que se le encendió la bombilla.

—Una estrella fugaz, veloz como una flecha. Mejor. Oye, ¿tienes Tabasco?

—Estás haciendo unos Bloody Mary, ¿eh?

Nick asintió.

—Es que es Halloween.

—Un momento.

Justine encontró el bote de Tabasco en el fondo de la nevera y se lo envió a Nick con la cesta.

—Puedo preparar un Bloody Mary para ti —ofreció Nick.

—Creo que habrá bebida de sobra a donde voy.

—¿Adónde vas?

—A una fiesta. A una de mis colegas le gusta mucho Halloween —explicó Justine—. ¿Y tú? ¿No vas a hacer truco o trato?

—Íbamos a ir a no sé qué, pero Laura está fuera y hay *overbooking* en su vuelo, así que no llegará hasta mañana. Supongo que podría ir solo, pero es que no conozco a nadie. De modo que nadie verá mi fabuloso disfraz.

Eso dio a Justine una idea, que salió de su boca antes de que pudiera considerar las repercusiones.

—A no ser que vengas a la fiesta conmigo.

En Austinmer Street, Justine y Nick se encontraron junto al buzón a Gloria, que acababa de salir del trastero. Era un esqueleto de cuerpo entero y ese año llevaba como accesorios una peluca rubia cutre y una rosa roja entre los dientes. Ya en el patio de atrás, Barbel se les acercó con una bandeja de vasos de cóctel. Su pelo rubio platino, habitualmente liso, estaba todo enmarañado y tenía mechones morados y verdes, y su maquillaje típico del día de los Muertos era impecable.

—Oh, Dios mío —exclamó—, ¡pero si es una estrellita fugaz! Estás preciosa, cariño. ¿Y este es...?

Justine le presentó a Nick, y Barbel lo miró de arriba abajo con el ceño fruncido.

—Azul. Muy azul. Vas a tener que explicármelo.

Nick estaba muy azul, era cierto. Llevaba una peluca gris de pelo liso, una camisa azul oscura con diminutas estrellas plateadas pegadas y tenía la cara y el cuello cubiertos de ondas hechas con pintura corporal azul. Cuando se dio la vuelta y se agachó un poco, Barbel vio que había recortado dos agujeros con forma ovalada en la zona del trasero de su pantalón, uno para cada nalga, que también llevaba pintadas de azul.

Barbel echó atrás la cabeza con el pelo alborotado y se partió de risa.

—¡Parecen los cráteres de la luna! ¡Me encanta! ¿Queréis un cóctel?

La mitad de las bebidas que llevaba en la bandeja eran negras y tenían un olor muy intenso a anís y la otra mitad cubrían el espectro que iba del amarillo al naranja y tenían encima un ojo de plástico flotando en medio de un poco de sirope rojo.

—¿Un Aguijón? —preguntó Barbel señalando—. ¿O un Apocalipsis Zombi?

Justine eligió el Aguijón; Nick, el Apocalipsis Zombi.

—Me alegro mucho de que hayáis venido —dijo Barbel—. Vosotros como si estuvierais en vuestra casa, ¿vale?

Justine vio que en la fiesta estaba Radoslaw y también Anwen. Jeremy y su marido, Graeme, ocupaban un sillón doble con sus disfraces de vaqueros a juego, y Glynn estaba de pie junto a la barbacoa exterior, con un delantal de goma con dibujos en relieve de órganos internos del cuerpo que hacía que pareciera que había estado realizando su propia autopsia antes que le pidieran que diera la vuelta al queso haloumi.

Justine y Nick se habían tomado ya varias copas para cuando Daniel llegó. Llevaba traje y corbata, y Justine no detectó nada raro en su apariencia, aparte de que se había peinado el tupido pelo con raya y se lo había echado hacia atrás con algún tipo de gomina. Pero cuando se acercó vio que llevaba una chapita en la solapa del traje que decía: 007.

—Ah —exclamó Justine al comprender. Levantó el vaso hacia él—. Saludos, señor Bond. Nick, este es Daniel Griffin, el director del *Star*. Daniel, ¿te acuerdas de mi amigo Nick? Nick Jordan.

—La última vez que te vi eras Romeo —respondió Daniel—. Tengo que decir que hoy estás muy diferente, muy... azul.

A ese intercambio siguió una explicación de su disfraz y el de Justine, durante la que Daniel le recolocó un mechón de pelo plateado. Fue una transgresión, aunque muy leve, del acuerdo de «el trabajo es trabajo», y Justine se preguntó si lo había hecho sin darse cuenta o si quería dejar algo claro delante de Nick.

—También conocerás a la novia de Nick —dejó caer Justine—. ¿O debería decir prometida? Seguro que, al menos, la has visto.

Daniel parecía un poco escéptico.

—¿Tú crees?

—Es modelo. La del anuncio del perfume Nenúfar.

Justine vio la mirada de arriba abajo, incrédula, que Daniel dedicó a Nick y que claramente decía: «¿Cómo un tipo como tú consigue a una mujer como esa?».

—Entonces tú eres el nuevo director —dijo Nick.

—Sí, desde agosto. Ha habido muchos cambios en el *Star* este año. Probablemente más que en los últimos veinticinco años.

—Leo lo predijo, claro —apuntó Nick de esa forma un poco burlona que contenía cierto grado de seriedad.

Cerebro: «Oh-oh».

—¿Leo Thornbury? —preguntó Daniel—. ¿Nuestro famoso astrólogo?

—Sí, él lo dijo a principio de año —comentó Nick—. Justine tiene que admitir ahora que él tenía razón, pero en su momento no se lo creía.

—Ah, ¿no? Pero si a ella le interesan mucho los horóscopos... —Y al decirlo, Daniel dio un suave codazo a Justine, el segundo contacto de la noche que traspasaba el límite de «el trabajo es trabajo».

Nick puso cara de incredulidad.

—¿Que le interesan los horóscopos? ¿A esta Justine?

Cerebro: «¡Peligro! ¡Peligro! ¡Cambiar el rumbo de la conversación! ¡Inmediatamente!».

—¿No tenéis hambre? —dijo Justine de repente.

Pero fue como si Nick y Daniel no la oyeran.

—¿Sabes? Me costó mucho descubrir el signo del Zodíaco de Justine —dijo Daniel—. Pero al final lo conseguí.

—¿En serio? —preguntó Nick—. Yo diría que es muy prototípica. Ya sabes: todo le genera curiosidad, nunca está quieta, es sincera. —La miró con las cejas enarcadas—. Más de lo necesario, a veces.

Justine: «Joder, joder, joder, joder. Dentro de un segundo alguien va a decir "acuario"... o "sagitario", qué más da, y entonces estaré bien jodida».

Cerebro: «Tendrás que hacerlo mejor si quieres distraerlos».

Justine: «¿Qué hago?».

Cerebro: «¡Di algo!».

—*Erklärungsnot!* —exclamó Justine.

—¿Qué? —preguntó Nick.

—¿Necesitas un pañuelo? —dijo Daniel.

—No, no. Es que el otro día estaba pensando en esas palabras del alemán que no tienen traducción, ¿sabéis?

—¿Y esa es una de ellas? —preguntó Nick. Por culpa de la pintura azul que los rodeaba, sus ojos parecían tener una expresión más sorprendida de lo normal.

—*Erklärungsnot*, sí. Significa algo así como: «explicación de emergencia». Como cuando te pillan mintiendo y no sabes cómo salir de la situación.

—Aaah —dijo Nick, y dio un largo sorbo a su Apocalipsis Zombi.

—¿Qué tal el cóctel? —preguntó Daniel señalando con la cabeza la bebida de Nick y haciendo girar en el vaso los restos negros de la suya

—Malísimo, pero muy alcohólico —admitió Nick.

—Estoy de acuerdo —dijo Daniel.

—¿Preferirías vino? Yo sí, y he visto que hay allí dentro —sugirió Nick.

—Sí, mejor —reconoció Daniel.

—¿Y tú, Justine? —preguntó Nick.

—Yo estoy bien —contestó Justine deseando que se le calmara el pulso.

Había conseguido escapar, justo en el último momento, escurriéndose entre los dientes que coronaban el portón a punto de cerrarse. Pero había sido por muy poco. Y las palabras de Nick aún resonaban en su mente.

«Sincera. Más de lo necesario.»

Leo Thornbury (sagitario, octogenario, astrólogo y ermitaño reconocido, mejor amigo de una vieja perra de aguas portuguesa que se llamaba Venus, aficionado a la playa y bebedor habitual de un refrescante cóctel Tom Collins a las cuatro de la tarde) solo hizo una concesión porque era Halloween. En vez de prepararse su cóctel diario con Bombay Sapphire, lo elaboró con la ginebra que tenía para las ocasiones especiales, que se destilaba en la Selva Negra alemana y costaba una fortuna importar y transportar hasta ese lugar tan remoto.

Leo llevaba los últimos veinte años viviendo lejos del mundanal ruido, en una isla al lado de otra isla que a su vez estaba, técnicamente hablando, junto a otra isla. La había elegido por la limpieza del aire y la negrura de cielo nocturno, y se había construido una casa cuyo centro era un pabellón octogonal con un techo de cristal. La enorme mesa hecha a medida de Leo también era octogonal, y la había colocado de forma que su punto medio quedaba perfectamente alineado con el del techo. Estaba forrada de un cuero azul medianoche cubierto por una fina capa de arena blanca de la playa, que parecía colarse por todas partes en ese remoto destino costero del mundo.

El sol se había puesto y el cielo por encima del techo octogonal de Leo estaba oscureciendo su lienzo, preparándose para la noche. Leo colocó un folio en la máquina de escribir Remington. «Aries», escribió. Después se acomodó en la silla de cuero, apretó los nudillos de una mano contra la boca y se puso a pensar. Alrededor de la máquina de escribir había varias efemérides astrológicas, cerradas y abiertas, unos cuantos mapas astrales, enrollados y desenrollados, unos libros de referencia muy usados, notas manuscritas, varios compases de dibujo regulares y de puntas fijas, reglas y lápices 2B.

Era una ardua tarea en esos tiempos crear los horóscopos para el *Alexandria Park Star* un mes tras otro. A veces Leo murmuraba entre dientes y se preguntaba por qué lo hacía. Sin embargo, conocía la respuesta. Escribía para el *Star* porque era un admirador de Jeremy Byrne y también porque él era un adulador nato que siempre conseguía lo que quería. Le costaba imaginarse que el joven Jeremy hubiera alcanzado ya la edad de la jubilación.

Durante un tiempo, Leo proporcionó sus servicios astrológicos a la madre de Jeremy, Winifred, una exuberante leo con ascendente aries. Era una mujer de armas tomar, recordó Leo, y de repente notó que necesitaba enjugarse una capa de sudor de la frente. Tras guardarse el pañuelo, volvió a poner los dedos sobre las teclas de la máquina. Creó un párrafo con las predicciones para aries, tauro, géminis, cáncer, leo, virgo y libra. Para cuando terminó el de escorpio, la oscuridad era total. Miró hacia arriba y se sintió satisfecho al ver un cielo nocturno copiosamente salpicado de estrellas. Así, a la luz de las estrellas, era como más le gustaba escribir los horóscopos, aunque debía admitir que contaba con la ayuda de la luz suave y nacarada que proyectaba la pequeña lámpara eléctrica de su mesa.

«Sagitario», escribió Leo. Obedeciendo a un acto reflejo, consultó las notas manuscritas que ya había preparado. Aunque realmente no necesitaba hacerlo. Conocía su perturbador contenido a la perfección.

—Vamos, Leo —se animó, y volvió a colocar los dedos sobre las teclas.

Aun así, en lo más profundo de su ser todavía estaba reticente. Nunca le había gustado especialmente escribir el horóscopo de su propio signo, pero esa noche tenía menos ganas de hacerlo de lo habitual. Se quedó mirando la palabra «sagitario» hasta que empezó a perder su significado. Al final, con un profundo suspiro, bajó un poco y dejó un espacio en blanco en la página. Tendría que volver a eso después. En ese momento prefería pasar a capricornio.

Así que Leo completó el horóscopo de los representados por la cabra y después llegó a acuario. Se quitó las gafas, se frotó los ojos, volvió a ponerse las gafas y buscó en su mesa el trozo de papel correcto.

—Acuario, acuario... —murmuró—. ¿Dónde estáis, mis pequeños aguadores? Ah, ahí.

Leyó sus notas y pensó un rato, con la frente fruncida por la concentración. Le gustaban los acuarios, esos espíritus libres y emprendedores apasionados. Tal vez no estaban tan evolucionados a nivel emocional como los piscis; los acuarios, según la experiencia de Leo, tendían a tener unos extraños puntos ciegos en lo que respectaba al amor y la amistad. Pero ¿quién no disfrutaba de su valentía y su pensamiento original? Julio Verne fue acuario, y también Virginia Woolf. Y Thomas Edison, lord Byron, Mozart y Lewis Carroll. Charles Darwin... ese sí que era un buen acuario.

«Acuario: Ursula K. Le Guin escribió "Es un don bastante extraño, saber dónde necesitas estar, antes de haber estado en todos los lugares en los que no necesitas estar". Y aunque pocos poseemos ese extraño don, acuarios, no hace falta que os esforcéis tanto como lo habéis hecho en buscar en los más infructuosos rincones de la realidad. Las estrellas este mes aconsejan que dejéis de buscar y que simplemente miréis. Que dejéis de tejer y aprendáis que un patrón puede aparecer por sí solo.»

Leo terminó de escribir y repasó sus palabras con satisfacción.

—Sí —murmuró para sí—. Sí, así está bien.

Sin presiones, Leo acabó el horóscopo de piscis. Después volvió a desplazar el papel en la máquina para regresar al espacio en blanco que había dejado al lado de la palabra «sagitario». Pero antes de que tuviera tiempo de reunir el coraje suficiente, vio los ojos castaños y suplicantes de Venus. Aunque estaba tumbada y quieta en el suelo, su cuerpo estaba alerta, con los músculos listos para responder a la palabra más insignificante o el menor gesto que sugiriera un paseo por la playa.

—Un signo más —le dijo Leo—. Solo quedan los arqueros, mi niña. Y con eso termino.

Venus emitió un ruidito de protesta, algo que estaba entre un bostezo y un gemido, y la resolución de Leo se desvaneció.

—Mi niña, mi niña querida. Ya sabes que no puedo negarte nada. Vale... Vayamos a dar un paseo.

Venus se levantó en un segundo y los dos salieron por las puertas cristaleras del pabellón a la noche que olía a sal. La achacosa y vieja perra iba delante por el camino erosionado a la luz de la luna llena. Cuando los helechos dieron paso a unas dunas cubiertas de hierba, los oídos de Leo se aguzaron para escuchar el rítmico sonido de las olas que llegaban a la arena para morir. En cuanto ambos llegaron al principio de la arena blanca, Venus se fue como una centella hacia el agua. Ese era su elemento y parecía restar años a sus doloridas articulaciones. La perra mostró una alegre sonrisa canina, que dejó al descubierto los dientes gastados y romos que salían de su mandíbula inferior.

Leo miró las estrellas. Esas hermosas estrellas. Las divinas pero también perturbadoras estrellas. «Algo llega a su fin para ti, sagitario», susurraron los cielos a Leo y supo que, cuando volviera a su mesa a completar su horóscopo de sagitario, esas serían las palabras que tenía que escribir en el espacio en blanco que había dejado en la página. «Algo llega a su fin.»

Tal vez lo que llegaba a su conclusión no era más que su octogésimo segundo año, pensó Leo esperanzado. Pero no. Sabía que no era eso. Miró a su perra, que estaba de pie en la parte poco profunda, con unas hojas de color verde lima fosforescentes que formaban espirales junto a sus patas. «Por favor, Venus no. Todavía no», deseó mirando hacia las estrellas.

Los sentidos caninos de Venus registraron la aparición repentina de la tristeza de Leo, como si fuera una gota que alterara la presión barométrica, y salió trotando del agua para acercarse a él a investigar. Quizá fue la payasa que llevaba dentro la que la impulsó a sacudirse, haciendo que cayera sobre las piernas de Leo una fina ducha de agua y arena. Él rio y Venus sonrió más. El anciano se agachó hasta la arena y se sentó a su lado para rascarle las orejas húmedas.

«Algo llega a su fin», pensó de nuevo.

—No escribiré esas palabras —dijo a la perra, y ella ladeó la cabeza para escucharlo—. No voy a hacerlo.

A medianoche de la noche de Halloween, una estrella fugaz y una luna azul cruzaban Alexandria Park. La estrella fugaz iba descalza y llevaba unos botines plateados colgando del hombro por los cordones atados, mientras que la luna azul parecía estar derritiéndose bajo el aire nocturno especialmente cálido. Los dos llevaban manzanas de caramelo (las habían comprado a un vendedor callejero disfrazado que había plantado un puesto nocturno de comida de Halloween cerca del cruce principal de los muchos caminos del parque) y de vez en cuando les daban un mordisco pegajoso mientras caminaban.

Aunque sudaba bajo su pintura corporal y a pesar de que las manzanas de caramelo eran difíciles de morder, Nick Jordan supo que estaba viviendo un momento que iba a recordar. Había aprendido a reconocer esos momentos: eran aquellos en los que el tiempo parecía ralentizarse y los sentidos se ponían alerta, en los que no quería nada, ni tenía prisa por llegar a ninguna parte, ni pensaba en lo que pasaría ni en lo que había pasado. Solo estaba en el momento y el momento era bueno. Eso tenía algo que ver con el viento cálido que soplaba en el parque, con la música zydeco que tocaban unos músicos callejeros en un cenador y también un poco con Justine. En un mundo verdaderamente perfecto, lo que haría en ese momento sería cogerle la mano, reconoció.

—¿Qué es lo que pasa entre Daniel y tú? —preguntó Nick.

—Oh, lo has notado.

—Tal vez. Pero la verdad es que no estoy seguro de qué he notado —confesó Nick.

¿Por qué pareció que Daniel se había cabreado porque Nick y Justine se fueron de la fiesta juntos? Y, si le molestaba tanto, ¿por qué Daniel no se había ofrecido a acompañarla a casa?

—Entonces vosotros... ¿Qué? ¿Estáis juntos? ¿Flirteáis? ¿Habéis cortado? No es fácil de saber.

Justine se echó a reír.

—No sé lo que somos.

—Pero ¿estáis saliendo juntos? —insistió Nick.

Justine frunció el ceño de manera ostensible.

—Algo así. ¿Cómo explicarlo? Me gusta Daniel, pero siempre que salimos acabo preguntándome si es demasiado caviar y rosas para mí.

—Porque tú eres ¿qué?

—Creo que yo soy más Vegemite y diente de león —explicó Justine—. Él es un adulto de verdad y yo... no.

Nick rio.

—Te entiendo. Tú y yo seguimos siendo, en el fondo, un par de niños de Edenvale, no hay duda.

—Te eché mucho de menos, ¿sabes? Cuando te fuiste de Edenvale.

—Y yo a ti.

—Llevo un tiempo queriendo preguntarte esto: ¿te acuerdas de aquel día? ¿El del fin de semana del día de Australia? ¿En Australia Meridional?

Justine siguió caminando mientras hablaba y Nick se fijó en que no apartaba la vista del suelo, como si lo que estaba haciendo fuera menos arriesgado si lo hacía así.

—Ya pensaba que nunca íbamos a hablar de ello —contestó—. Creía que tal vez era un mal recuerdo para ti o algo parecido.

—¿Eso creías?

—Bueno, dejaste bastante claro que te arrepentías. Ni siquiera saliste de tu habitación para despedirte.

—¡Nick! —Justine se detuvo en medio del camino y se volvió para mirarlo—. ¡Teníamos catorce años!

—¿Qué quieres decir con eso?

—Quiero decir que no es que no deseara hablar contigo. Al contrario, tenía demasiadas ganas de hablar contigo.

En vez de darle la espalda y seguir caminando, Justine se quedó quieta, mirándolo a la cara con esas implacables cejas Carmichael tan unidas que apareció una arruga de piel entre ellas. Tenía los labios brillantes y azucarados y un trocito de caramelo rojo en la barbilla, pintada de plateado. Estaba tan graciosa y se la veía tan intensa que a Nick le dieron ganas de echarse a reír.

Le cogió las manos.

—Esa es una de mis noches favoritas —confesó Nick, aunque no se percató de que lo era hasta que lo dijo en voz alta.

En la playa, con Justine, medio borracho por culpa del vino de jengibre Stone's Green, vivió otro de esos momentos perfectos, como una foto instantánea, que sabía que jamás olvidaría.

—¿De verdad?

Justine levantó la vista para mirarlo y las estrellas que tenía desperdigadas junto a los ojos brillaron.

—¿Justine?

—¿Sí?

—Cuando estoy contigo, yo... —empezó a decir Nick, y entonces se detuvo porque sabía que, aunque había muchas cosas que quería expresar, en ese momento había un montón de razones por las que no podía hacerlo. No sería justo ni con Laura ni con Justine. Sin embargo, aunque desearía que hubiera una forma de mantener las cosas que deseaba decir encerradas en la burbuja de ese momento, sabía que era imposible. Así que al final simplemente le dio un beso en el pelo plateado y dijo—: Me alegro de que seas mi amiga, Justine, y de habernos encontrado de nuevo.

Y después siguieron su camino: la luna azul y la estrella fugaz.

En casa, en la duodécima planta de Evelyn Towers, Justine se dio una larga ducha fría. Regueros de pintura brillante y estrellas plateadas daban vueltas alrededor de sus pies como galaxias y después desaparecían por el desagüe. Se quedó debajo del agua hasta que esta empezó a salir limpia por fin.

Justine: «Supongo que eso es lo que hay. Se alegra de que sea su amiga».

Cerebro: «Supongo que sí».

Justine: «Lo hemos intentado, ¿no?».

Cerebro: «Sí. Sin duda. Y tener amigos es importante».

El día después de Halloween hizo un calor sofocante y al día siguiente la temperatura aumentó aún más. Pero no era una de esas ciudades donde el sol brillaba días y días seguidos en un cielo sin nubes; era un lugar en el que incluso una concatenación de días abrasadores breve pronto se compensaba con tormentas eléctricas y lluvia. El cambio de tiempo llegó esa misma semana, el jueves por la noche, con una exhibición espectacular de relámpagos y un granizo que abolló tejados y capós de coches. Los contenedores de basura de la ciudad acabaron desperdigados en todas direcciones y más de una cama elástica salió volando. El viernes amaneció gris, húmedo y poco cálido, y el pelo de Justine, vulnerable a la climatología, se rizó como la lana de una oveja merina.

Eran más de las seis y Justine se había pasado la mayor parte del día intentando inyectar una chispa de creatividad a un artículo sobre el mercado inmobiliario en Alexandria Park, un tema que resultaba siempre fascinante para los lectores de la revista. Ya no quedaba nadie en el despacho, excepto Justine y Daniel. Parecía que así era como habían decidido tácitamente que las cosas iban a funcionar: los dos se quedaban en la oficina hasta que todos se iban a casa y entonces tenían un poco de privacidad para hablar un rato o hacer planes.

Esa noche, cuando Daniel entró en la sala de redacción, se llevó la silla de Martin hasta la mesa de Justine y se sentó con el respaldo por delante. Apoyado en él, le sonrió de una manera que la hizo imaginarlo de niño. Se había sentado lo bastante cerca para poder tocarla, pero no lo hizo. En la mano tenía dos entradas negras con brillo y letras rojas.

—Son para la sala con la nueva pantalla del cine —dijo Daniel, muy orgulloso de sí mismo—. La respuesta de Orion a la Gold Class. La directora está intentando convertirme en uno de sus contactos.

Justine ya había dicho a Daniel que le encantaba ir al Orion y ver lo que fuera que tuvieran en cartel. Su forma favorita de ver una película era sin ideas preconcebidas y sin saber nada de la promoción. De hecho, cuanto menos supiera de la película antes de sentarse a mirarla, mejor.

—¿Vamos a ver algo de lo que ninguno de los dos haya oído hablar? ¿Y cenamos en Afterwards? ¿Un paseo bajo la lluvia?

—Suena todo muy bien —dijo Justine, y era cierto.

—Tienes razón. Voy a ir cerrando.

Justine apagó el ordenador, ordenó su mesa y se puso el abrigo. Cogió su taza de té con intención de vaciar los restos en el fregadero de la sala de descanso. Pero de camino por el pasillo pasó delante de la puerta del despacho de Henry Ashbolt y vio una hoja de papel en la bandeja de salida de la pequeña máquina de fax del escritorio.

Cerebro: «¡Ejem! El propósito número uno dice que no volveremos a alterar los horóscopos».

Justine: «Pero no dice nada sobre leerlos».

Cerebro: «En otras palabras: ¿estás a punto de sacar la botella del bar?».

Justine: «No voy a hacer nada. Solo quiero saber lo que Leo ha dicho».

Cerebro: «¿Lo que le ha dicho para Nick? ¿O para ti?».

Justine: «Para los dos. Vamos... Solo un vistacito. Por favor... Tú también sientes curiosidad, lo sé».

Cerebro: «¿"Solo un vistacito", has dicho?».

Justine: «Sí. Nada más. Me llevo el fax a la sala de descanso y lo leo, y cuando vuelva a pasar por delante del despacho de Henry lo dejo donde está».

Cerebro: «¿Lo prometes?».

Justine: «Palabra».

Al otro lado de la ventana de la sala de descanso, las flores moradas de una raquítica jacaranda estaban cayendo al suelo por el peso de tanta agua de lluvia. Justine dejó el fax en el mostrador, al lado del fregadero, para poder leerlo mientras enjuagaba su taza: aries, tauro, géminis, cáncer, leo, virgo, libra, escorpio, sagi...

—Hola —dijo Daniel cuando apareció al lado de Justine junto al fregadero. Sujetaba las asas de varias tazas de café con los dedos.

A Justine se le cayó la suya, que aterrizó con un sonoro golpe en el fregadero.

—Oh, mierda. Perdón —se disculpó.

Cerebro: «¡El fax, Justine! ¡El fax!».

Justine: «Ya lo sé, lo sé. ¿Qué hago? ¿Qué hago?».

Cerebro: «Dóblalo y métetelo en el bolsillo antes de que lo vea».

Justine: «¡Pero se arrugará! ¡Y no puedo volver a poner una página arrugada en el fax!».

Cerebro: «Tienes razón. Eh... Puedes hacer una fotocopia después y poner la versión sin arrugas en la máquina otra vez».

—Ahí fuera hace un tiempo que solo haría feliz a un pato —comentó Justine señalando la ventana con la cabeza.

Justine: «Oh, Dios mío, estoy hablando del tiempo. Peor, estoy hablando del tiempo como los compañeros de golf de papá. Daniel va a darse cuenta».

Cerebro: «¡Al bolsillo, Justine! ¡Al bolsillo!».

—¿Estás bien?

—Sí, estoy bien. Muy bien —dijo Justine, y con la sonrisa más inocente que consiguió poner dobló el fax de Leo y se lo metió en el bolsillo del abrigo.

A las 3.47 de la madrugada de ese día, Justine, sola en su cama de Evelyn Towers, se despertó con una idea horrible en mente. Por lo general, cuando le pasaba eso se daba cuenta pronto de que se trataba de ideas irracionales. Que el apartamento se hubiera convertido en un enorme tubo de Pringles y que alguien estuviera intentando poner la tapa para asfixiarla era algo claramente poco probable. Que hubiera perdido el código PIN del cajón de su ropa interior o que se hubiera olvidado de recargar el hígado no eran situaciones muy convincentes una vez que llevaba unos minutos despierta. Pero la idea horrible de esa madrugada no era inverosímil como las que se le pasaban normalmente por la cabeza a las 3.47 de la madrugada. ¿De verdad había vuelto del cine sin el abrigo?

Justine salió de la cama y miró en la pila de ropa que había en la silla de al lado. No había abrigo. Fue al salón, pero no había abrigo colgado del respaldo de la silla del comedor o arrugado sobre la mesa de la cocina. Tampoco estaba en el cuarto de baño y no se le había caído sin darse cuenta en el rellano de su planta. Y cuanto más lo pensaba, más claro veía se había dejado el abrigo rosa y morado de su abuela en el asiento de un taburete del bar del cine Orion. ¿Era posible que, tras las tapas y las bebidas, se hubiera levantado y se lo hubiera olvidado?

Cuando el Orion abrió sus puertas a las once de la mañana, Justine ya estaba esperando en la calle. Aunque el chico de la taquilla insistió en que él buscaría entre los abrigos del guardarropa y miraría en la caja de objetos perdidos, al final cedió ante las súplicas de Justine y le permitió buscarlo. Pero aunque Justine revisó todo el guardarropa con mucha minuciosidad y miró debajo de todos los abrigos olvidados para asegurarse de que el suyo no estaba en una percha, oculto por otro, y aunque buscó en todos los cubículos del aseo de señoras, e incluso en el de caballeros, y consiguió, tras suplicar, que le dejaran pasar a la parte nueva y lujosa del cine donde Daniel y ella habían visto una loca película mexicana sobre un idiota chovinista al que abandonaba su mujer, que llevaba muchos años soportándolo, todo fue en vano. El abrigo de Justine no apareció por ninguna parte, lo que significaba que también se habían esfumado los horóscopos de Leo Thornbury.

Justine: «Estoy con la mierda hasta el cuello».

Cerebro: «Y me temo que ya no te quedan ases en la manga».

Volvió a su apartamento, se preparó una taza de té e hizo una lista de todas sus opciones, sin desechar ninguna. No le llevó mucho tiempo, porque el impresionante total era de dos. La primera era decir a Daniel que había perdido los horóscopos de Leo junto con su abrigo y que alguien tenía que ponerse en contacto con él para que enviara otra copia. Esa opción tenía la ventaja de ser la correcta, pero conllevaba la seria desventaja de que Daniel se enteraría de que ella se había llevado el fax.

La segunda opción era más compleja. Tendría que conseguir una máquina de escribir e inventar los horóscopos de los doce signos del Zodíaco. Después iría a la oficina por la noche, fotocopiaría la página escrita a máquina para que pareciera un fax, y dejaría la fotocopia en la bandeja de la máquina de Henry.

Justine: «¿Por qué me dejaste coger el fax?».

Cerebro: «El control que tengo sobre tus impulsos es, como bien sabes, frágil en el mejor de los casos. Y, por cierto, ¿has pensado que los faxes de Leo tienen un encabezado que muestra el número de quien lo envía? Y claro, está en una fuente totalmente diferente a la del resto de la página...».

Su cerebro tenía razón. Pero podría hacerse con alguno de los faxes antiguos de Leo. Y fotocopiarlo. Y recortar el encabezado. Solo era cuestión de pegar el número en la parte de arriba de su página escrita a máquina y fotocopiarla así, pero era un poco más peliagudo que no se vieran en la fotocopia las líneas que rodeaban al trozo pegado. Aun así, seguramente podría lograrlo con la ayuda del Tipp-Ex y ajustando el brillo de la fotocopiadora, se dijo Justine.

Pero ¿de dónde iba a sacar uno de los faxes antiguos de Leo? No lo encontraría en el punzón de documentos de Henry; debían de estar todos en la carpeta marrón de Daniel. Así que, además de todas las cosas fraudulentas que tendría que hacer para llevar a cabo la opción dos, habría de cometer un hurto en el despacho de Daniel.

Justine se mordió una uña, dio un sorbo al té y abrió la página de objetos de segunda mano Gumtree.

Era media tarde del domingo cuando Justine llegó a casa con una máquina de escribir manual Olympia SM9 restaurada, un paquete de folios A4 y una cuenta bancaria que había mermado proporcionalmente. De todas las máquinas que había visto en la casa de las afueras de un entusiasta de las máquinas de escribir semiprofesional, había elegido la Olympia SM9 porque ese hombre le dijo que Don DeLillo había tenido una. Por lo visto, había escrito con ella todas sus novelas, incluida *Libra*. Justine la eligió porque le pareció una señal.

Aunque todavía no era la hora habitual de cerrar las cortinas del salón, las corrió. La Olympia SM9 era bastante bonita, con un cuerpo redondeado gris claro y las teclas de mayúsculas del mismo verde vivo en que estaba escrito el nombre de la marca, en cursiva, en el centro de la tapa superior.

¿Cómo iba a hacer aquello?

No era astróloga. Ni siquiera estaba segura de saberse el orden correcto de los planetas del sistema solar y mucho menos de saber qué cuerpos celestiales estaban dando vueltas por el cielo en ese momento. E, incluso aunque supiera dónde se encontraban y cuál era su posición en relación con los otros, si estaban directos o en retrógrado, no tenía ni la menor idea de lo que significaba nada de eso. Se sintió como si se hallara entre bambalinas y estuvieran a punto de darle el pie para que entrara a escena, aunque no se sabía el texto, ni siquiera la obra en la que se suponía que iba a actuar.

Cerebro: «Pues no menciones ningún planeta. Que todo sea... vago».

Entonces Justine tuvo una idea. Se acordó de algo que Tara le había dicho sobre la radio. Su amiga dijo que el secreto de la radio radicaba en no pensar en que hablabas para un montón de gente que estaba ahí, en la tierra de los radioyentes, sino imaginar que hablabas solo para una persona, que podía ser un amigo, un pariente o un oyente ideal inventado.

—Igual puedo hacer algo con eso —murmuró para sí Justine.

Lo único que tenía que hacer era pensar en una persona de cada signo del Zodíaco y escribirle un mensaje personal. Justine flexionó los dedos y empezó.

Para aries pensó en la madre de Nick, Jo Jordan, y le escribió un mensaje sobre los viejos amigos que nunca desaparecían del todo de tu corazón. Para tauro dijo a Tara que el mundo era su ostra; para géminis, su madre, predijo que pronto habría una boda en la familia. Eligió a Roma Sharples para cáncer, y le dijo que siguiera siendo mentora de los jóvenes que había en su lugar de trabajo. Estaba empezando a pasárselo bien buscando citas y reproduciendo el tono casi místico de Leo. Las teclas de la máquina eran diferentes de las del ordenador, pero había algo agradable en su especie de trote y, haciendo un poco de esfuerzo extra, las letras empezaron a aparecer en la página con una tinta uniforme.

Pero entonces llegó leo.

«Leo», escribió y supo que su modelo del león tenía que ser Daniel Griffin.

Pero ¿qué iba a decirle a él?

Apartó las manos de las teclas de la máquina y pensó un rato.

Al final escribió: «El filósofo británico Bertrand Russell escribió una vez que, para la mayoría de la gente, la vida real era "un largo sucedáneo, un perpetuo compromiso entre lo ideal y lo posible". Pero vosotros sois leones, y los leones no se comprometen. Tanto en el trabajo, como en el hogar, en las relaciones románticas y en las amistades, llega la estación en la que vosotros debéis dejar ir todo lo que querríais que fuera ideal pero que sabéis que solo es posible».

Era muy triste, pero era cierto.

Retorno de carro, retorno de carro.

Y había llegado a virgo. Su hermano era virgo, así que se centró en el tema del amor y citó a Elizabeth Barrett Browning. Para su padre, un libra, escribió que en las siguientes semanas iba a brillar en los juegos que implicaran habilidad y tenacidad y posiblemente también en los que tuvieran que ver con palabras; y aunque la escorpio favorita de Justine, su abuela, ya no estaba en este mundo, eso no significaba que no pudiera escribirle un mensaje sobre lo mucho que los demás admiraban a quienes vivían su vida al máximo.

Como no tenía capricornios a mano, Justine tuvo que parar un momento en el décimo signo. Después recordó que Nick le había dicho que Laura Mitchell era capricornio, así que escribió un mensaje sobre que el trabajo duro y el talento natural traerían muchos éxitos y alegrías. Y eso le hizo sentirse momentáneamente muy magnánima. El duodécimo signo del Zodíaco, piscis, era mucho más fácil porque Jeremy Byrne era uno de esos pececillos. Para él escribió un párrafo sobre las nuevas fases de la vida y encontrar el placer en las cosas pequeñas.

Y, claro, al crear el horóscopo para sagitario, escribió para ella: «Puede resultar difícil saber cuándo es suficiente. Este mes algo llegará a su fin para vosotros, arqueros, y cuando suceda es posible que os resulte difícil, pero sabréis que dejarlo ir será para bien. Recordad que, cuando todo falla, un viaje suele reconfortar. Tal vez ha llegado la hora de que saquéis la maleta de debajo de la cama y os toméis al pie de la letra las palabras de Susan Sontag, que podrían ser un mantra para los sagitarios: "No he estado en todas partes, pero lo tengo en mi lista"».

Y lo que escribió para los acuarios, para Nick (para su buen amigo Nick) fue también una especie de despedida, de cierre: «Con vuestra mirada centrada en el mundo de ahí fuera y en el futuro, a veces es fácil olvidar que hay otra fuente de inspiración y sabiduría: vosotros mismos. ¿Qué pasaría si, en vez de buscar el consejo de los que os rodean y de aquellos a los que admiráis, confiáis en los murmullos de vuestro corazón? Como dijo la gran Jane Austen: "Todos llevamos en nosotros mismos un guía mejor de lo que pueda serlo otra persona"».

Después se llevó la Olympia SM9 al sótano de Evelyn Towers y la tiró al triturador de basura. Cuando oyó el sonido del plástico que se rompía y el metal que se retorcía, repitió en su mente las palabras que había escrito «algo llegará a su fin para vosotros, arqueros».

Cúspide

Un viernes de noviembre Daniel Griffin (leo, periodista político de éxito reconvertido en director del *Alexandria Park Star*, persona a la que eligieron en el anuario del último curso del instituto como la que tenía más posibilidades de aparecer en la portada de la revista *Esquire* y el agobiado pero aún no derrotado receptor de todas las puyas de una entrenadora personal que se llamaba Sadie) levantó la vista cuando oyó una llamada inesperada en la puerta de su despacho muy temprano.

En el umbral había un mensajero: un chico joven con piernas musculosas y afeitadas que asomaban bajo unos *shorts* brillantes. En los brazos llevaba algo que parecía un rollo de tela de jacquard.

—¿Daniel Griffin?

—Sí.

—Con los saludos de Katie Black, la directora del Orion. Me ha dicho que su novia se dejó el abrigo en la barra. Y como Katie lo reconoció a usted, lo guardó en su despacho para asegurarse de que se le devolvía a su dueña.

Daniel se quedó desconcertado.

—Pero eso fue hace semanas.

—También quería que le diera esto. —El mensajero le tendió un comunicado de prensa—. Katie me ha pedido que le diga que acaban de cerrar el programa del festival de cine de verano, que le encantará ver que el *Star* da cobertura a los actos y que está disponible para hacer una entrevista cuando a usted le venga bien.

Daniel mostró una sonrisa torcida.

—Gracias, amigo. Di a Katie que le agradezco que se haya tomado la molestia —contestó. «Y de una forma completamente desinteresada, claro», pensó.

Daniel agarró el abrigo por los hombros y notó un leve olor a alcanfor. La tela estaba cubierta de pequeños hexágonos rosas y morados, los botones eran de baquelita y la prenda probablemente dejó de estar de moda en 1963. Justine tenía un gusto extraño para la ropa, muy de tienda de segunda mano, pero Daniel creía que superaría esa fase, sobre todo desde que su salario había aumentado.

Se fijó en que el abrigo era bastante pequeño. No le parecía que Justine fuera tan menuda, pero esa prenda probaba que debía serlo. Y eso le hizo pensar que si había algo que no había cambiado a lo largo de su relación con Justine, era que él siempre estaba equivocándose con lo que pensaba sobre ella. «¿Relación? ¿Qué relación?», se dijo. Si habían tenido o estaban teniendo una relación era casi como si estuvieran haciéndolo marcha atrás. Con cada cita, las cosas se volvían menos apasionadas, no más.

Colgó el abrigo de una percha en la parte de atrás de la puerta de su oficina y al hacerlo se percató de que de uno de los bolsillos sobresalía un poco la esquina de una hoja de papel doblada. Era consciente de que debería dejarla donde estaba. Pero ¿qué tipo de periodista sería si no le echara al menos un vistazo? ¿Acaso no buscaba pistas todavía en lo que respectaba a Justine?

En cuanto desdobló la hoja, supo lo que era. Y de inmediato deseó no haberlo hecho.

—Joder —exclamó.

Había vuelto a hacerlo, ¿verdad? Él la había reprendido y le había dado una oportunidad, pero Justine había vuelto a hacerlo.

—Joder —repitió.

Después, tras respirar hondo varias veces, se preguntó qué

tipo de periodista sería si no contrastara los hechos. Los buenos periodistas no sacaban conclusiones precipitadas, se recordó.

Una hora después, Daniel estaba sentado a su mesa mirando todas las pruebas que necesitaba pero que desearía no haber encontrado. Estaba petrificado, porque quedaba claro que en esa ocasión Justine no había sido simplemente impulsiva. Había obrado con un impresionante grado de premeditación. Y además no se había limitado a acuario.

El texto de todo el horóscopo que aparecía en la edición más reciente del *Star* era diferente del texto del fax que había en el bolsillo del abrigo de Justine. Pero lo peor era que Daniel había encontrado, en el punzón de documentos de Henry, un sustituto del fax «original» que sí coincidía con el texto publicado. Al inspeccionarlo detenidamente, vio unas leves sombras alrededor del número de fax de Leo, en la parte superior de la hoja, prueba de que habían falsificado el documento.

A primera vista el fax falso de Justine era igual que el de Leo, pero al examinarlo de cerca Daniel reconoció que la letra del falso difería un poco de la de todos los demás «originales» de Leo.

—Dios —dijo Daniel frotándose la frente.

Justine era, hasta donde Daniel sabía, una persona normal, lógica, razonable e inteligente. ¿Por qué iba a meterse en un lío como ese para jugar con los horóscopos?

¿Y qué significaba que para el signo zodiacal de Daniel hubiera redactado lo siguiente: «El filósofo británico Bertrand Russell escribió una vez que, para la mayoría de la gente, la vida real era "un largo sucedáneo, un perpetuo compromiso entre lo ideal y lo posible". Pero vosotros sois leones, y los leones no se comprometen. Tanto en el trabajo, como en el hogar, en las relaciones románticas y en las amistades, llega la estación en la que vosotros debéis dejar ir todo lo que querríais que fuera ideal pero que sabéis que solo es posible».

Tenía que ser un mensaje personal para él. Daniel empezó a recorrer arriba y abajo su despacho. Pensó y pensó. Entonces se dio cuenta de que había alguien en el pasillo, delante de su oficina, y que parecía perdido. Llevaba una camiseta de «Donde viven los monstruos» que había conocido tiempos mejores y aguantaba un casco de bicicleta boca arriba, a modo de cuenco. Dentro guardaba lo que parecían ser, básicamente, un puñado de malas hierbas. Era el amigo de Justine. Romeo. ¡Nick! Ese era.

—Buenos días, Nick —saludó Daniel.

—Hola... eh... ¿Dan? —probó Nick.

A Daniel no le gustaba demasiado que lo llamaran Dan; aun así, lo dejó pasar.

—Perdona que te interrumpa. Solo pasaba a ver a Justine, pero no sé cuál es su despacho.

—Es ese de ahí —dijo Daniel señalando la puerta de la sala de redacción—. De todos modos, creo que no ha llegado todavía. Lo que es raro, porque suele ser muy madrugadora.

—Ah, vaya —exclamó Nick—. ¿Te importa que le deje esto en su mesa?

Levantó el casco de bici con su contenido vegetal. Daniel vio unos cuantos dientes de león que asomaban entre un montón de hierbas y también ortigas, cerrajas y acederas recién cogidas. En la otra mano Nick llevaba unas rebanadas de pan integral envueltas en plástico.

—Es su cumpleaños —explicó Nick.

—Y le has traído... ¿unas hierbas? ¿Y un sándwich?

—De Vegemite —especificó Nick.

—¿Y eso por qué?

Nick pareció a punto de decir algo, pero cambió de idea y se limitó a contestar:

—Es una especie de broma.

—Ah, vale —respondió Daniel.

—Entonces ¿puedo...?

—Nick, ¿estás seguro de que su cumpleaños es hoy?

—Sí, es hoy.

—¿Estás seguro por completo?

—Nos conocemos desde que nacimos. Y, hasta donde yo sé, no se lo ha cambiado ante notario o algo así.

—Pero ahora no es la época de acuario, ¿no?

Nick pareció confuso.

—No, eso es en febrero. Y unos cuantos días de finales de enero.

—Oye, ¿podrías...? —empezó Daniel, volvió a entrar en su despacho y con un gesto indicó a Nick que lo siguiera—. Mira, tú que la conoces desde siempre, tal vez puedas decirme lo que necesito saber. ¿Te importaría echar un vistazo a una cosa?

Entonces Daniel le enseñó las pruebas que tenía sobre la mesa. Desde abril hasta septiembre Justine había estado cambiando los horóscopos de acuario, pero seguía copiando el resto de los faxes originales de Leo, explicó Daniel. En noviembre, sin embargo, incluso después de que Daniel la reprendiera por hacer eso en octubre, Justine había llevado las cosas a otro nivel y había sustituido el fax real de Leo por uno falsificado con el texto de todos los signos del Zodíaco reescrito de principio a fin.

—Me prometió que no lo haría nunca más. Pero no solo ha continuado, sino que ha empeorado. Debería estar furioso, supongo, aunque sobre todo estoy sorprendido. Y decepcionado —admitió Daniel—. Imagino que te parecerá una tontería. Debes de estar pensando: «No es más que el horóscopo, ¿dónde está el problema?».

Nick dejó sobre la mesa de Daniel el sándwich de Vegemite y el casco lleno de dientes de león y hierbas silvestres y se puso a revisar los documentos, uno por uno, minuciosamente. Daniel se fijó en que a Nick no parecía divertirle aquello lo más mínimo. Unos minutos después, Daniel empezó a inquietarse por la atención que Nick estaba prestando a los documentos y por la expresión seria de su cara.

—No debería estar enseñándote nada de esto. Ni a ti ni a nadie. Pero es que no la entiendo. Necesito un poco de perspectiva, porque estoy totalmente perdido —reconoció Daniel—. ¿Por qué lo habrá hecho? Es una terrible falta de respeto hacia Leo. Y es muy poco ético. Además de... estúpido. Y Justine es cualquier cosa menos estúpida. ¿Por qué lo habrá hecho entonces? Me dijo que ella era acuario y que estaba intentando cambiar su propio destino o algo así. No, espera, eso no es exacto. Lo que ocurrió es que yo le sugerí todo eso. Pero ella dejó que yo siguiera creyéndolo. Aunque no era cierto, ¿no?

Nick negó con la cabeza.

—Así pues ¿qué pasa con acuario? —continuó Daniel, cada vez más nervioso—. ¿Qué pasa con Justine y acuario? Debe de haber un acuario en su vida, pero ¿quién? ¿Tú lo sabes?

—Sí que lo sé.

—¿Quién es?

Nick se pasó la mano por el pelo.

—Soy yo.

SAGITARIO

El viernes 24 de noviembre, Justine Carmichael abrió las cortinas del salón a las 7.15 en punto. No esperaba precisamente que Nick Jordan estuviera de pie en su balcón con un gorro de fiesta en la cabeza y unos cuantos globos de helio ni había anticipado que pudiera haber un regalo o una tarjeta esperándola en la cesta del farero. Aun así, cuando vio que la cesta estaba en el lado de Nick, vacía, y que no parecía haber nadie en el apartamento de enfrente, se sintió un poco decepcionada.

De todos modos, pronto empezó a recibir mensajes y llamadas de felicitación por su cumpleaños. Mandy la llamó cuando iba en coche al trabajo y le habló a gritos, porque por lo visto creía que eso era lo que había que hacer cuando se utilizaba el altavoz del coche. Después la telefoneó su padre, que estaba en el campo, ahuyentando unos caballos salvajes que se metían en una pista de aterrizaje; sonaba un poco ahogado, pero feliz. Justine se rio con el chiste verde que su hermano le envió por mensaje y sonrió al leer el de Tara, mucho más civilizado y en el que le prometía llamarla más tarde para tener una conversación de verdad.

Luego la llamó la tía Julie, la hermana de Mandy, que ni una sola vez en su vida había olvidado llamarla en la mañana de su cumpleaños. Y, para su sorpresa, a las ocho en punto le llegó un mensaje de Tom. Era un poco impersonal, incluso para ser un mensaje de un ex. «Mis mejores deseos y que el día te traiga muchas alegrías», decía, y Justine se preguntó si Tom se habría instalado en el móvil alguna aplicación que mandaba automáticamente mensajes de felicitación estándar a todos los contactos de su lista por su cumpleaños a diferentes horas, dependiendo de la zona horaria en la que estuvieran.

Cuando acabó esa vorágine de llamadas y mensajes, un silencio muy incómodo se instaló en el apartamento vacío de Justine y la envolvió. Puso dos tabletas y media de Weet-Bix en un cuenco y pensó que no tenía ningún regalo que abrir. Cuando se sirvió la leche, se obsesionó con que no tenía a nadie con quien compartir un desayuno de cumpleaños. Mientras troceaba las tabletas de Weet-Bix con el borde de la cuchara, Justine se alegró de que la gente que la quería no la hubiera olvidado, pero también la entristeció no ser la persona más importante de la vida de nadie.

Los cumpleaños eran diferentes cuando era una niña, se dijo Justine mientras cruzaba Alexandria Park de camino al trabajo. Cuando cumplió siete, ocho o nueve se despertaba por la mañana ese día sabiendo que sería especial, que era su día. Y seguía siendo especial hasta que se iba a la cama por la noche. Entonces el 24 de noviembre era más luminoso, intenso, brillante y sorprendente que cualquier otro día del año.

Después, durante la adolescencia y cuando era veinteañera, llegó la época en la que Justine experimentó esa sensación de cumpleaños solo de forma ocasional. El 24 de noviembre era casi normal, excepto cuando se acordaba, de repente, de que era su aniversario. Entonces la sensación de cumpleaños la recorría con la efervescencia y el colorido de un paquete de caramelos de frutas refrescantes. Pero ese año, que cumplía veintisiete, solo sentía el desvaído espíritu de aquella felicidad sólida y brillante, y la entristeció pensar que todavía podía ir desvaneciéndose más y más hasta que algún día su cumpleaños no le pareciera nada fuera de lo común.

Para animarse y alejar esos pensamientos sombríos, Justine decidió pasar por el mercado de camino al trabajo y contribuir a la dignidad ortográfica de los aguacates. Ya en la frutería, vio la preciosa exposición de frutas de verano. Había fresas, frambuesas, moras, arándanos azules y rojos y grosellas negras, así como una cajita con cerezas tempranas, todas brillantes como montones de gemas. Eso fue suficiente para hacerla recordar con añoranza los púdines de verano y la Pavlova llenas de frutas que su madre hacía para las fiestas de cumpleaños de su infancia, y casi bastó para que pasara por alto lo de la diéresis en el cartel que había junto a la pila de aguacates.

Pero no llegó a tanto.

Con el bolígrafo listo, Justine miró desde detrás de una pila de melones cantalupo. Miró a la izquierda, a la derecha y después a la izquierda otra vez, antes de tachar esos puntos ofensivos con una gruesa y satisfactoria equis.

Tal vez tuvo poco cuidado ese día en su reconocimiento del terreno, o quizá solo tuvo mala suerte, pero antes de que pudiera volver a poner el capuchón al bolígrafo, notó una pesada mano en el hombro.

El frutero solo era un poco más alto que Justine, pero era mucho más fuerte. Tenía la mandíbula retraída y los colmillos prominentes e, incluso en un día bueno, esas facciones le daban aspecto de bulldog. Agarró a Justine la mano en la que todavía tenía el bolígrafo sin tapar y se la estrujó hasta que le dolieron los dedos y el boli empezó a mancharle la palma de tinta negra. Ese hombre estaba tan cerca de Justine que le vio restos de comida blanquecina entre los dientes, lo que sugería que no había usado la seda dental desde hacía mucho tiempo. Tal vez nunca.

—Salga. De. Aquí —dijo él y, aunque no le gritó, le faltó poco—. Y no regrese. Y no se le ocurra volver a tocar mis carteles o no respondo de mí.

—Pero solo quería...

—¡Fuera! ¡Que se vaya! —En esa ocasión sí estaba gritando.

—Pero es «aguacate», no «agüa...».

—Maldita gamberra... ¡Lárguese!

Tanto los clientes como los empleados se quedaron mirando a Justine cuando salió por piernas con las mejillas muy rojas por la vergüenza y el miedo. Asustada y agobiada, siguió por Dufrene Street en dirección al *Star*. Ya se había alejado varias manzanas del mercado cuando se dio cuenta de que se le había caído el boli. Pero seguía teniendo la tapa en la mano, que no dejaba de temblarle, aunque ya no le sirviera para nada.

El propio Rafaello estaba detrás del mostrador cuando Justine entró por la puerta abierta de su cafetería, con las mejillas muy calientes y las manos temblorosas aún. ¿Era posible que la mirada iracunda del frutero le hubiera provocado algún tipo de quemadura?, se preguntó.

—Ah, la chica del día —la saludó Rafaello—. Hoy invita la casa a tu *caffè latte* y el cruasán de almendras. Y aquí tienes todo lo que necesitas para corregir el nuevo menú del verano. —Rafaello puso sobre el mostrador una hoja de papel y un lápiz bien afilado—. He decidido que es mejor que lo hagas ahora. Así no tendrás excusa para hacerlo cuando me lo traigan de la imprenta, ¿vale?

Justine miró a Raf con una sonrisita débil.

—¿Puedo pagar el café y el cruasán y ya está? —preguntó.

Raf se extrañó.

—¿Una oportunidad de oro para corregir mi menú y la reina de la ortografía la rechaza?

—Te prometo que no te pondré correcciones en el menú —aseguró con toda sinceridad Justine.

—¿Ni siquiera le pondrás la eme a «franbuesas»?

—Ni siquiera eso.

—¿No le pondrás la hache a «suflé con doble orneado»?

Justine lo pensó.

—Bueno eso...

—¡Ja! ¿Lo ves?

—¿Podría venir y echarle un vistazo mañana? Hoy estoy un poco... rara.

—Muy bien, señorita —dijo Raf, y guardó el folio y el lápiz—. Mañana entonces.

Justine se sentó en un rincón apartado de la cafetería, lejos de la ventana. Eran más de las nueve, lo que suponía que, técnicamente, llegaba tarde al trabajo. Pero necesitaba un café y un poco de tiempo para que se le quitara el enrojecimiento de la cara.

Cuando por fin se sintió más serena, se fue a la oficina. En la puerta de entrada del *Star* vio que alguien había dejado una bicicleta apoyada en la valla. Se parecía mucho a la de Nick. Pasó bajo el peligro amarillo y subió los escalones.

Cecilia estaba en el pasillo, en la fotocopiadora.

—Buenos días, Cecilia —saludó Justine.

—Hola, Justine —contestó Cecilia.

Justine pasó ante la puerta abierta del despacho de Barbel.

—Buenos días, Barbel.

—Buenos días, Justine.

Y entonces llegó a la puerta abierta del despacho de Daniel. Estaba a punto de saludar con un: «Buenos días, Daniel», pero entonces vio que él no estaba solo. En el despacho de Daniel, con unos pantalones cortos de lycra y su camiseta de «Donde viven los monstruos», estaba Nick Jordan. Tenía el semblante muy serio y Daniel también. Sobre la mesa estaba el casco de la bici de Nick, con un ramillete de dientes de león un poco ajados dentro.

—Justine —la llamó Daniel.

Pero Justine ya se había dado la vuelta y se había ido.

Justine: «Que te coman viva unas pirañas».

Cerebro: «Que te quemen en la hoguera».

Justine: «Que te donen al cirujano de Michael Jackson para que haga pruebas contigo».

Cerebro: «Dar un beso con lengua a un montón de excrementos humanos».

Justine: «¡Puaj!».

Cerebro: «¿Cuál es el problema? Se supone que queremos sentirnos mejor haciendo una lista de todo lo que se nos ocurra que sea peor que lo que ha pasado, ¿no?».

Justine: «Ya, pero no hay necesidad de ponerse asquerosos».

Cerebro: «Ah, vale... Eh... Que te haga cosquillas durante cuarenta y ocho horas un niño de cinco años que baila claqué y que canta la canción del cumpleaños feliz un poco desafinada sin parar».

Justine: «No sé... Creo que habría preferido eso a lo que ha pasado esta mañana. ¿Eres consciente de que voy a perder mi trabajo? Y nadie volverá a contratarme. Al menos no como periodista. Tendré que trabajar en un McDonald's. O tal vez me pase toda la vida sujetando las señales de «Modere la velocidad» y «Pare» en las carreteras. Y Nick me odiará. Y también Daniel».

Cerebro: «¿Han llamado a la puerta?».

Justine: «No».

Cerebro: «Justine, han llamado».

Justine: «Que no».

Cerebro: «Sabes que sí, ¿no?».

Justine: «Ha sido en el 12B».

Cerebro: «No, ha sido en la tuya».

Justine: «No quiero abrir la puerta. No quiero ver a ningún ser humano. Nunca más. En lo que me queda de vida. Ni hablar con nadie. Por eso he cerrado las cortinas y la puerta con llave y he apagado el teléfono».

Cerebro: «Vas a tener que abrir la puerta, Justine».

Justine: «Tal vez sean los Testigos de Jehová».

Cerebro: «No me gusta decirte esto, amiga, pero estás en fase de negación».

Justine: «¿Y quién crees que es entonces?».

Cerebro: «Seguramente Daniel. O Nick».

Justine: «¡No, no y no! No quiero ver a ninguno de los dos. ¿Cuál de los dos es?».

Cerebro: «¿Cuál sería peor?».

Justine: «Nick».

Cerebro: «Entonces será él. Hoy es el día para eso».

Pero en esa ocasión su cerebro se equivocaba. En la puerta estaba Daniel, con los puños de la camisa doblados hasta las muñecas, la corbata aflojada y una expresión valiente sujeta, metafóricamente, con alfileres. Justine se ruborizó por la vergüenza.

—¿Puedo entrar?

Justine asintió y abrió más la puerta.

Daniel miró el apartamento como si fuera la primera vez que lo veía. Tal vez estaba intentando ver de otra forma tanto el lugar y como a ella.

—¿Quieres una taza de té? —ofreció Justine.

—No, estoy bien.

—¿Café?

—No, gracias.

No se sentó. Solo se apoyó en el borde de la mesa del comedor. De encima de ella cogió el arco de plástico que había formado parte del disfraz de Halloween de Justine. Ella lo observó mientras lo giraba entre sus manos y probaba la resistencia de la cuerda.

—Bueno... —empezó a decir Daniel.

Justine se sentó en un reposabrazos del sofá del salón a esperar que continuara. Se sentía como una presa en el banquillo, aguardando que anunciaran su sentencia.

—Creo que entenderás que tengo que suspenderte de empleo en el *Star*.

—¿Suspenderme?

—Alejarte, Justine. Y tienes suerte de que no...

—Lo sé, lo sé. A eso me refiero. ¿Solo vas a suspenderme? Es increíble. Es más de lo que merezco. Es...

—Voy a suspenderte y dejarte solo con la mitad del sueldo mientras decido qué hacer. Todavía puede que tenga que despedirte.

—Oh.

—¿Y por qué? ¿Por el maldito horóscopo? Justine, ¿en qué demonios estabas pensando? No puedo creer que una escritora que prometía tanto haya podido comportarse como una... verdadera imbécil.

—Lo siento, Daniel. Lo siento mucho.

Pero Daniel hizo un gesto con la mano para rechazar la disculpa, como si ya no pudiera decir nada que él fuera a creer.

—Lo último que quería hacer era darte una excusa del tipo «el perro se comió mis deberes» —continuó Justine—. Sé que todo lo que he hecho ha estado mal, y punto. Y lo siento. Pero si hay algo que pueda decir para convencerte de que...

—Dadas las circunstancias, yo no soy la persona adecuada para tomar la decisión definitiva. Soy incapaz de pensar con claridad en este caso. Así que lo dejaré en manos de una autoridad superior.

—¿Jeremy? —susurró Justine y, solo con pensar en la expresión decepcionada de su antiguo jefe, sintió una nueva oleada de vergüenza.

—Sí. Y, para poner todas las cartas sobre la mesa, tendré que contarle que mi relación contigo ha sido algo más que profesional. Creí que podríamos hacer esto, Justine. Tal vez soy un optimista empedernido, pero pensé que lo lograríamos.

—Lo siento, yo...

—Y tendré que hablar con Leo Thornbury también.

—¿Tienes que hacerlo? ¿Y qué vas a contarle?

—Los hechos. Tal como yo los veo.

Justine asintió.

—Otra cosa más —continuó Daniel, sin mirarla—. Algo que no tiene que ver con el trabajo.

—¿Sí?

En ese momento sí que la miró, muy fijamente.

—¿Cuánto tiempo llevas enamorada de Nick?

Justine vio cuánto le dolía formularle esa pregunta. Comprendió que era un privilegio que alguien te permitiera conocerlo hasta el punto de dejarte ver su ternura y su dolor transparentándose bajo su expresión de valentía. No había tenido cuidado con sus sentimientos y lo menos que podía hacer a esas alturas era decirle la pura verdad.

—Toda mi vida, creo.

Daniel sujetó el arco con las dos manos.

—Sagitario, ¿eh?

—Sí.

—Un espíritu libre.

—Sí.

—Impulsiva.

—Muchas veces.

—Sincera. Más de lo necesario, a veces.

Justine hizo una mueca de dolor. Daniel se irguió y dejó otra vez el arco en la mesa.

—Te mantendré informada —aseguró—. Y, Justine...

—¿Qué?

—Feliz cumpleaños.

En los días que siguieron, Justine se quedó en casa y dejó las cortinas del apartamento echadas. Al principio se dijo que, para que su sufrimiento fuera tota, lo único que le faltaba era que Nick Jordan apareciera en su puerta y le gritara. Pero pasado un tiempo empezó a pensar que se equivocaba y que tal vez unos cuantos gritos le proporcionarían el alivio que necesitaba. Al menos sería algo. Pero Nick no apareció en su puerta. Ni la llamó.

Habría querido telefonear a Tara y contarle toda la terrible historia, pero no sabía si podría soportar descubrir la decepción de otras personas a las que quería y admiraba. Así que se encerró en casa y subsistió con lo poco que había en su nevera y su despensa.

Pronto se le acabó la leche en polvo, así que el té y el café no le resultaban muy apetecibles, y después se terminó el pan del congelador y ya no pudo hacerse tostadas. El congelador estaba vacío, solo había bandejas con hielo, y en la nevera no quedaban huevos ni yogures. Y en el frutero solo había una naranja que estaba poniéndose verde por el moho. Al final, Justine tuvo que enfrentarse a la realidad de que iba a tener que salir del apartamento a por provisiones.

No encontró las gafas de sol, así que cuando salió a la calle tras varios días de semioscuridad, el repentino fulgor del sol del verano le resultó cegador. Durante un rato se quedó de pie en la entrada del edificio, parpadeando. Cuando por fin se le aclaró la visión, se fijó en que había una pequeña furgoneta de mudanzas, con las puertas de atrás abiertas de par en par, aparcada delante del feo bloque de apartamentos de ladrillo marrón. Dos hombres estaban metiendo cajas en la furgoneta mientras un tercero las apilaba.

Justine supo inmediatamente lo que estaba pasando. Lo supo en el fondo de su corazón antes de ver que subían a la furgoneta el sillón de dos plazas que conocía tan bien. Cuando vio a Nick salir por la puerta delantera con una maleta en cada mano, sintió el impulso de acercarse a él, de hablarle, de explicarle. Pero fue más fuerte la necesidad de darse la vuelta y alejarse apresuradamente por la calle en el sentido apuesto.

Cuando volvió con la comida, la furgoneta se había ido. Arriba, abrió las cortinas y vio justo lo que esperaba ver: el apartamento de Nick Jordan más o menos vacío. Donde había estado la alfombra de color trigo no quedaba más que la moqueta verde. En el cuarto de baño, la ducha carecía de cortina otra vez. Y en el suelo de hormigón del balcón, como si la hubieran tirado allí, estaba la cesta del farero. La cuerda que había conectado los dos apartamentos había desaparecido. Justine no sabía si la habían desatado o cortado.

Cúspide

✦

Tansy Brinklow se quedó de pie bajo el arco que había en un extremo de la sala de espera de su consulta. En las manos tenía un portadocumentos y llevaba las gafas casi en la punta de la nariz mientras revisaba la lista de citas con el ceño un poco fruncido.

—Giles Buckley —anunció.

Vio que un hombre alto se levantaba y se ajustaba los tirantes. Ella lo miró a los ojos y lo saludó con una expresión que se parecía a una sonrisa.

—Tenga cuidado con el arco —le advirtió, y siguió por el pasillo hasta su consulta.

Estaba amueblada con solemnidad, con mucho cuero y madera pulida. Ella no era el tipo de persona que ponía fotos de sus hijas en marcos de plata en la mesa o colocaba un calendario con chistes. Tenía pañuelos de papel, pero los guardaba en un cajón.

Hizo un gesto para que el paciente se sentara y ella también lo hizo. Abrió una carpeta y colocó las manos sin anillos sobre los documentos que había dentro.

—Vayamos al grano, ¿vale, señor Buckley? —empezó—. Su tumor es benigno.

—¿Perdón?

—Son buenas noticias, señor Buckley. El tumor es benigno. Solo se ha alojado en un mal sitio de su pulmón. Por eso la falta de aliento, los silbidos al respirar y la sangre al toser.

357

La doctora Brinklow habló durante un rato sobre la cirugía, los riesgos de la operación y los tiempos de recuperación, pero se dio cuenta de que el señor Buckley no estaba del todo allí, con ella. Estaba sentado mirándose las palmas de sus manos inmensas. De vez en cuando negaba con la cabeza un poco, como si quisiera espantar un insecto que se hubiera posado en su cabeza.

—¿Señor Buckley? ¿Tiene alguna pregunta? —dijo.

Él la miró con la frente arrugada.

—Entonces ¿qué hago?

Tansy parpadeó. No todos los días tenía buenas noticias que dar a un paciente y aun así ese pobre hombre parecía más confuso que aliviado.

—¿Hacer? ¿Se refiere a la cirugía?

—No, no —continuó él—. No me refiero a eso. Quiero decir, ¿qué haría usted, doctora, si acabara de descubrir que todavía le queda el resto de su vida por delante? Que todavía le pertenece, después de todo.

—Oh —comprendió Tansy—. Bueno, es difícil de decir. ¿Con qué cosas... disfruta usted, señor Buckley?

Él levantó las manos con las palmas hacia arriba, como si estuviera a punto de empezar a hacer malabares con frutas.

—Si te dan una segunda oportunidad, ¿no deberías, ya sabe..., hacer algo con ella?

A Tansy se le hizo un nudo en la garganta, que creció rápidamente. Sin saber por qué, pensó en las suaves manos de Simon Pierce, tan diferentes a las manos de Giles Buckley. Era como si de repente pudiera notar el contacto de Simon en su cuerpo, en seis sitios diferentes a la vez.

—¿Qué haría usted, doctora?

—Me compraría un Alfa Romeo. Uno descapotable —dijo Tansy Brinklow en voz alta, y se sorprendió al oírse.

Después cerró la boca con fuerza antes de que el resto de la respuesta escapara de sus labios: «Y me casaría con Simon Pierce».

—Esa no —dijo Laura con una risita—. Esa.

La rebasó y se dirigió a una cola considerablemente más corta: la de los pasajeros de primera clase y *business*. Pero estar en la cola más corta no cambió el hecho de que fuera tan temprano y de que Nick tuviera esa sensación de frío, reticencia y anquilosamiento (en el cuerpo y el alma) que siempre sentía cuando lo obligaban a levantarse antes del amanecer. Iban a Australia Meridional en un vuelo de primera hora de la mañana para pasar varios días posando ante las cámaras en los senderos entre las viñas. Había enviado a Chance un email con todas sus medidas para que pudieran tenerle preparados unos pantalones de muletón ceñidos. Y un sombrero de la talla correcta.

—¿Estás bien? —preguntó Laura.

Ya se lo había preguntado una vez antes, en el apartamento. Aunque oficialmente había vuelto a mudarse a casa de Laura, las cajas de cartón que contenían la mayor parte de sus pertenencias seguían apiladas en la entrada. Durante el tiempo que habían estado separados, Laura había hecho que quitaran casi todos los ganchos de las paredes y las había pintado de nuevo, así que los pósteres de teatro de Nick seguían apoyados contra una pared. Ninguno de sus libros, sus CD o sus DVD había encontrado un sitio tampoco.

—¿Por qué no esperamos a ver lo que necesitamos antes de volver a desordenar toda la casa? —era lo que decía Laura continuamente.

A solo unos días de Navidad, los mostradores de la aerolínea estaba adornados con tiras de espumillón plateado y montones de bolas rojas y verdes. Delante de Nick en la cola había una mujer con un mono corto con estampado de cebra que le dejaba al aire los hombros, zona en la que se había pasado con el bronceado en espray. De hecho, Nick vio que el producto le manchaba la tela de los tirantes.

—¿Nick? ¿Estás bien? —repitió Laura, y le puso suavemente la mano en el brazo.

En esa consagrada forma que la gente que no estaba preparada para decir por qué no estaba bien tenía que decir que lo estaba, Nick respondió:

—Estoy bien.

Detestaba comportarse así, pero se sentía un poco más seguro encerrado en sí mismo. Aunque no sabía exactamente qué le pasaba, lo que sí sabía era que exteriorizar en ese momento sus pensamientos y sentimientos solo serviría para causar daño.

—Vale —contestó Laura, y se encogió de hombros como diciendo: «Tú sabrás».

Llegaron al principio de la cola y, cuando se acercaron para facturar las maletas, la chica que había detrás del mostrador se quedó mirando a Laura.

«Ya empezamos otra vez», pensó Nick.

—¿No es usted...? ¿Lo es? ¡Sí que lo es! ¡Lo es! Es la del anuncio de Nenúfar —exclamó la chica—. ¡Oh, Dios mío! Esos anuncios son increíbles.

Y Laura, que llevaba el brillante pelo negro recogido en una sencilla coleta, el maquillaje justo para resultar perfecto y de la que nadie diría que se había levantado a una hora tempranísima, sonrió encantada.

—¿Podría...? —La chica se sacó el iPhone del bolsillo de la chaqueta del uniforme de la aerolínea—. ¿Le importaría?

A Nick le asombraba que a Laura nunca le hubiera importado atraer tanta atención de ese tipo. Siempre era muy generosa y paciente cuando la gente quería hacerle fotos y hacérselas con ella. Cuando la chica salió de detrás del mostrador, sonriendo y ruborizada, Nick vio que Laura ponía sin esfuerzo su cara de modelo, que era un poco diferente a su cara de diario. Era como si fuera capaz de solidificar las facciones o estandarizarlas. Su trabajo consistía en saber con exactitud qué hacer con los ojos, las mejillas y los labios para conseguir un resultado precioso y completamente predecible.

—¿Estás seguro de que estás bien? —preguntó Laura a Nick cuando se sentaron en la sala de espera del vuelo, después de haber cruzado el control de seguridad.

—Sí, estoy bien —repitió Nick.

—Es que pareces...

Y tenía razón, claro. Sí, él «parecía». Porque lo estaba.

—Creo que voy a buscar algo para leer en el avión —dijo Nick—. ¿Quieres que te traiga alguna cosa de la tienda?

Laura sonrió con aire triste.

—Un Nick un poco más alegre, nada más.

En el quiosco de la terminal, Nick compró una caja de pastillitas de grosella y hojeó el último número del año del *Alexandria Park Star*. En la portada había una viñeta de Ruthless Hawker, y Nick rio entre dientes cuando la entendió. La escena estaba situada en un salón en Navidad. Al lado de la chimenea, en la mesa, había un plato con migas, una copa de brandy casi vacía y una zanahoria mordisqueada. En el centro de la imagen, vestido con un pijama de cuerpo entero, había una versión infantil del primer ministro, que reaccionaba con una alegría espontánea ante lo que le habían dejado por la noche en la repisa de la chimenea. Allí, colgados de unos cordeles, como estarían los habituales calcetines inmensos, había unos regalitos hechos con los testículos de los líderes de los cinco sindicatos más importantes del país, cada uno de ellos atado con una cinta roja adornada con una ramita de acebo.

Nick abrió la revista por la página en la que Leo Thornbury lo miraba desde debajo de sus cejas gruesas y peludas.

«Acuario: Una vez terminados los altibajos de este año, aguadores —leyó para sí—, habéis encontrado vuestro camino hacia el lugar que os corresponde. Podéis esperar tener suerte en vuestra carrera, sobre todo si esta implica estar ante el ojo público. Y, cuando las fuerzas espirituales del universo converjan en vuestro interior, surgirá una nueva claridad en la que podrá florecer el amor. Estad seguros de que, tanto si lo tenéis claro en este momento como si no, estáis en camino hacia el lugar en el que debéis estar.»

Como sabía por Daniel Griffin que a Justine la habían suspendido de empleo en el *Star* y que el director revisaba personalmente los horóscopos, Nick estaba seguro de que esas palabras las había escrito el auténtico Leo Thornbury. A pesar de todo, tener la revista en las manos le hacía sentir un cóctel de emociones y ninguna de ellas era agradable.

Todavía quedaba algo de enfado en la mezcla, pero no demasiado. Ya no quería ir al apartamento de Justine y colgarla por los pies del balcón hasta que le explicara en qué coño estaba pensando.

Lo había engañado. Y de una forma brillante. Durante meses. Lo había dejado por idiota. Porque al pensar en todo lo que «Leo» había escrito, debería haberle resultado obvio que un ventrílocuo había introducido la mano en la camisa de Leo. Pero ¿de qué iba esa farsa que Justine había montado? ¿Era su forma de demostrarse a sí misma que era ridículo prestar atención a los horóscopos? ¿Tenía intención de revelarle alguna vez esa estratagema? ¿O iba a seguir riéndose de él a escondidas para siempre?

Sí, Justine lo había dejado por idiota, pero lo peor era que le había quitado algo. Lo había estropeado: ese toque de magia en un mundo que era muy pragmático el resto del tiempo, ese puñado inofensivo de polvo de estrellas y misterio que salía una vez al mes en las páginas de una revista.

En cuanto la ira se calmó, se quedó confuso. Tenía demasiadas preguntas sin respuesta. Por ejemplo, si un falso guía era quien marcaba tu camino, ¿acabarías necesariamente en el destino equivocado? ¿O el destino tenía complicadas formas de asegurarse de que acababas donde tenías que estar, pasara lo que pasase?

Durante la mayor parte del año no habían sido las predicciones astrológicas de Leo Thornbury, sino las falsas de Justine Carmichael, las que Nick había utilizado como brújula. Era el equivalente de confundir un satélite con una estrella, de escribir toda una página de texto antes de darte cuenta de que tienes los dedos colocados en las teclas incorrectas, o de intentar orientarte en Londres con un mapa de Nueva York. Entonces ¿sería cierto lo que Leo sugería, que Nick había llegado al lugar en el que tenía que estar? ¿O se encontraba en un barrio equivocado, perdido por completo?

Estaba en un sitio que muchas otras personas le envidiarían. Se había mudado y casi comprometido con una mujer increíblemente hermosa, tenía un trabajo nuevo y ganaba mucho dinero; ya no estaba haciendo el tonto en una exposición de comida sana con un traje hinchable de pimiento o promocionando ostras con un maloliente disfraz de pez. Debería estar feliz, lo sabía. Pero no lo estaba.

Nick volvió a dejar el número del *Star* en el estante de las revistas, cogió un ejemplar de *GQ* y fue al mostrador con la revista y las pastillitas.

—Son once con treinta y cinco —dijo el chico del mostrador.

CAPRICORNIO

♑

El consenso humano de que la tierra termina su recorrido anual alrededor del sol el 31 de diciembre no es más que un accidente de la historia, una decisión arbitraria que podía haberse tomado de muchas otras formas. 364,25 otras formas, en realidad. Pero no. Se tomó la decisión de que fuera el 31 de diciembre, lo que supuso que esa fecha se convirtiera para siempre en sinónimo de la idea de fin, que, por supuesto, no cabía separar de la de comienzo. Porque incluso cuando decimos un alegre adiós a todos los borrones y tachones de la página sucia del año que se va, estamos deseando pasar a la nueva, que aún está en blanco y llena de potencial. El mañana.

Como muchas otras personas, aunque seguramente con más razones que la mayoría, ese año Justine Carmichael se levantó la mañana del 31 de diciembre con una sensación de alivio en el fondo de su mente. El año casi había acabado. Y al llegar la medianoche, con el sonido del reloj, todo aquel desastre sería historia. Terminado. Atrás. Guardado como una experiencia más y archivado. En un lugar oscuro y polvoriento.

Ese año Nochevieja caía en domingo. Justine se levantó pronto en el dormitorio de su infancia en Edenvale. El sol ya brillaba con intensidad cuando salió a la terraza de atrás. Se colocó la mano sobre los ojos para hacer pantalla y vio la silueta de su madre en el jardín, con un cubo. Mandy solía tenerlo siempre a sus pies mientras regaba. Llevaba un vestido corto de algodón y estaba distribuyendo agua entre sus queridas matas de cordilina Red Sensation y de patas de canguro Big Red.

Justine respondió al saludo de su madre y planeó, sin ganas, salir a pasear con Lucy en algún momento. Aparte de eso, pretendía pasar el resto del día en pijama, matando el tiempo sentada en el sofá y mirando la trilogía original de *La guerra de las galaxias*.

En los días anteriores a Navidad, Patricia O'Hare pasó mucho tiempo en centros comerciales y supermercados, y la consiguiente exposición a las canciones navideñas en bucle le había dejado clavado en el cerebro el estribillo de una de ellas, como si fuera una dulce astilla de caña de azúcar. Ya era Nochevieja, pero la canción se le había pegado tanto que no parecía tener intención de abandonarla; por eso Patricia se vio tarareando «It's the Most Wonderful Time of the Year» mientras caminaba por los senderos de hormigón del refugio canino.

En el tradicional pico de actividad posterior a la Navidad, el refugio se llenaba hasta los topes de caros cachorros de cockerpoo y de cavoodle que habían dejado unos inesperados charquitos en unas alfombras aún más caras que ellos. Ese año también había muchos cachorros de carlino, que parecían más monos antes de destrozar a mordiscos varios pares de zapatos. Un labrador de color chocolate de tres años había acabado allí después de comerse las bolas del árbol de Navidad otra vez, y una familia había dejado a su pastor alemán, ya mayor, con la intención de recogerlo cuando volvieran de Bali, si todavía seguía allí.

Por lo general, era una época del año difícil en el refugio canino: no solo había más animales de lo habitual, sino que además la mayoría de los voluntarios estaban de vacaciones. Aunque a Patricia la consideraban la especialista en asuntos de oficina, en esa época no era momento de hacerse la diva. Así que a primera hora de la tarde entró con su pala para recoger cacas en la jaula de un perro que debía de ser el más feo de aquellas instalaciones.

Era un terrier callejero habitual del refugio y no tenía ninguna posibilidad de encontrar un hogar de acogida. La última vez que lo habían llevado tenía atado al cuello un sucio pañuelo azul en el que alguien había escrito un nombre: Brown Houdini-Malarky. Y por ese nombre lo conocían todos y era el que estaba escrito en la pizarra que colgaba de su jaula.

—Hola, Brown —saludó Patricia.

Brown movió su cola pelada y esmirriada con una borla en la punta. Sabía que no tenía sentido ser gruñón con la gente que iba a ayudarlo. Observó a Patricia mientras recogía un montoncito de excrementos con la textura de una *mousse* de chocolate. Después, como no era un perro cascarrabias por naturaleza, añadió un aullido afinado a la canción que ella estaba tarareando.

—Tienes una voz muy bonita, Brown —dijo Patricia, y le rascó detrás de las orejas.

A Brown le habría gustado llevarse el mérito por lo que pasó después. De hecho, decidió que se lo adjudicaría. En el futuro, cuando caminara por las calles de la ciudad, un terrier callejero en su hábitat natural de nuevo, contaría lo irresistible que era su vudú perruno, que había conseguido que una mujer saliera corriendo de su jaula con la pala y el cubo para recoger cacas. Aseguraría que fueron sus poderes mentales superiores los que causaron que se fuera apresuradamente con sus zapatillas de colores alegres y el teléfono pegado a la oreja, sin mirar atrás ni una vez, y no tuviera cuidado de cerrar bien la puerta.

—¿Que Zadie qué? —preguntó Patricia por el teléfono—. ¿Que se ha puesto de parto? ¿Ya?

Brown la vio detenerse y quedarse quieta en el camino.

«No vas a mirar atrás, no vas a mirar atrás», repitió mentalmente.

—¿Que le han provocado que rompiera aguas...? Ajá.

«No vas a mirar atrás, no vas a miras atrás.»

Estaba funcionando, vio Brown. La mujer no miró atrás. En vez de eso, se le llenaron los ojos de lágrimas y pareció ajena a todo lo que la rodeaba.

—Está pasando de verdad, ¿no? Voy a ser abuela... Vale, vale. Voy para allá.

Después de que la mujer desapareciera de su vista, Brown esperó un intervalo de tiempo prudente. Luego empujó la puerta de la jaula con el hocico.

«¡Sí!» Se abrió con facilidad. Brown sacó la cabeza, miró a la derecha y después a la izquierda, aunque la falta de su ojo izquierdo lo obligaba a tener que ladear mucho la cabeza para poder mirar en esa dirección. Cuando vio que todos los caminos estaban vacíos, dio gracias a las estrellas que le habían traído ese golpe de suerte. En lo que respectaba a las adopciones, era una desventaja estar en la parte más alejada del complejo. Pero si de lo que se trataba era de escapar, era una ventaja enorme estar en los bloques de atrás, donde había menos humanos.

A cierta distancia por el camino, Brown vio un par de carretillas apoyadas contra un muro de hormigón. Dedujo que, como eran más estrechas por sus bases, podría colarse en el espacio que había entre las dos. Para un terrier callejero valiente y con recursos como él, desde las carretillas ya solo sería cuestión de echar una breve carrera hasta las puertas de atrás del complejo. Y allí Brown solo necesitaría esconderse y esperar.

Se había escapado de su jaula y le habría gustado decir que había resistido a una tentación indigna que lo arrastró cuando pasó corriendo hacia las carretillas, pero la verdad es que no lo hizo. Al pasar ante la jaula de un pequeño pomerania, que no dejaba de ladrar y que había estado poniéndolo de los nervios durante meses, Brown le lanzó un rápido mensaje en forma de pis por un lado de la jaula: «¡Libre al fin! ¡Soy Brown Houdini-Malarky y soy libre al fin!».

Caleb Harkness (sagitario, arquitecto paisajístico los días laborables y capitán de hockey subacuático los fines de semana, solterón no oficial y coleccionista de discos de vinilo) no había olvidado a la mujer de pelo oscuro con la gerbera detrás de la oreja que conoció en la tienda de segunda mano Vinnies, donde también encontró un LP *Doolittle* de los Pixies en perfectas condiciones. Desde el día en que la conoció había estado maldiciéndose por imbécil. No solo había sido demasiado tímido para pedirle el teléfono, sino que había sido tan tonto que ni siquiera le había preguntado ni su nombre ni dónde trabajaba.

Y en aquel fatídico día de la porcelana de la boda de Carlos y Diana dispuso de mucho tiempo y no le faltaron oportunidades. Con aquellas veinte cajas llenas de porcelana bloqueando la puerta de la tienda, podría haber averiguado algo útil. Incluso cuando despejaron la entrada, todavía tuvo tiempo de sobra. Para ayudar a la dependienta, Caleb y la mujer de la gerbera se pusieron a abrir una caja tras otra con una incredulidad que rayaba cada vez más la histeria. Tenían que saberlo: ¿qué cantidad de porcelana de Carlos y Diana podía poseer plausiblemente una persona?

Durante todo el episodio, lo único que sacó en claro, y solo porque ella lo mencionó de pasada, fue que era florista. ¿Dónde? ¿En la ciudad? ¿En qué barrio? No se lo preguntó. Era un imbécil rematado.

Cierto era que había muchas posibilidades de que estuviera casada, probablemente con algún pintor abstracto, intenso y sofisticado, o un dramaturgo con patillas. O tal vez con una dramaturga de pechos exquisitos. Pero ¿y si no? Caleb nunca había tenido mucho tiempo para fijarse en cosas como la química, pero estaba convencido que en ese caso lo había cautivado cómo olía ella. Le recordaba a la fragancia de las lilas después de la lluvia. Era delgada y morena y tenía un tono de voz muy sexy. También era inteligente y de risa fácil, y sobre todo tenía algo que le resultaba familiar, como si ya supiera cómo sería despertarse con su cabeza, llena de rizos, acomodada junto a su brazo. Y por eso había decidido hacer una lista e ir a todas las floristerías de todos los barrios de la ciudad hasta encontrarla.

Nunca imagino que hubiera tantas. No la encontró en la lujosa floristería comercial que había cerca del hospital, que vendía ositos azules y rosas y globos plateados con mensajes alegres. Tampoco la vio en las floristerías-boutique con más clase del distrito financiero. Tenía muchas esperanzas puestas en una floristería de inspiración asiática, con los escaparates llenos de orquídeas y otras flores tropicales, que no estaba lejos de Vinnies, pero tampoco estaba allí.

Caleb empezó la búsqueda con mucho optimismo, pero llegó al final de la lista desesperado. Ya era Nochevieja y tenía en mente añadir «olvidar a la florista guapa» a su lista de propósitos de Año Nuevo, que también incluía «no perder ni una noche más buscando discos en eBay», «encontrar un mejor sistema de archivo para los documentos de los impuestos» y «ahorrar dinero llevándome al trabajo la comida de casa».

Ese día, el último del año, la hiperorganizada hermana de Caleb iba a celebrar una cena familiar. Y como su hermana no lo consideraba capaz de preparar una ensalada o un postre lo bastante impresionante, le asignó la tarea de llevar las gambas. Lo único que tenía que hacer era comprar dos kilos de camino a su casa, le dijo.

Así que allí estaba Caleb, en Alexandria Park Markets, a eso de las cuatro de la tarde, en Nochevieja, con un paquete de gambas crudas envuelto en papel que nunca llegarían a la mesa de su hermana. Porque justo enfrente de la pescadería había un puesto de floristería que él no tenía en su lista. Se llamaba Hello Petal y en el mostrador, con una gerbera naranja intensa detrás de la oreja, estaba la florista guapa. Caleb no se paró a pensar ni un segundo: fue hacia ella. Y para cuando se dio cuenta de que no había preparado qué iba a decirle, ya estaba a menos de un metro de ella.

La mujer llevaba un delantal de tela a cuadros con bordados y, sujeta en él, una etiqueta de algodón con su nombre bordado: Fern. Se llamaba Fern. Le iba que ni pintado. Caleb sintió que empezaban a sudarle las manos mientras la observaba poner una bandeja de macetas de aterciopelados pensamientos en el mostrador. Entonces ella levantó la vista y lo vio.

Caleb se dio cuenta de que lo reconocía.

—Hola otra vez —saludó ella.

Estaba contenta, se le notaba.

—Hola, estaba buscando...

Y miró nervioso alrededor, en busca de un nombre con el que acabar la frase. ¿Rosas? «Aburrido. Obvio.» ¿Lirios? «De funeral.» La frase se estaba quedando en el aire durante demasiado tiempo. Caleb parpadeó. Fern sonrió un poco más. Ella sabía lo que él buscaba. Era preciosa. Sería mejor que le dijera la verdad.

—Te estaba buscando a ti —confesó.

Desde el interior de una alcantarilla que había junto a una autopista con mucho tráfico, fue donde Brown Houdini-Malarky vio desaparecer en el cielo el último rayo de luz del día, que también era el último del año. Se había pasado varias horas calurosas escondido entre esas carretillas, esperando a que alguien abriera la puerta de atrás. Ya cerca del final de la jornada empezó a pensar que no iba a ocurrir. Pero por fin pasó, y fue un espectacular golpe de suerte porque quien la abrió fue un voluntario con las rodillas destrozadas y muy mala vista; Brown escapó sin que nadie lo viera, aunque el spaniel que el hombre llevaba con una correa se puso a ladrarle como un loco.

Una vez que cayó la noche, Brown fue trotando por el arcén de la autopista hasta que se encontró con las potentes luces y el olor a comida de un restaurante de carretera. Delante del local había un contenedor de basura lleno hasta arriba de manjares. Al suelo ya habían caído los restos de una hamburguesa casi terminada. Brown se los comió. Después, apoyó las patas en un lateral del contenedor y usó el hocico para hacer que cayera un vaso de batido que se balanceaba en el borde. Una leche amarillenta con sabor a plátano fue deslizándose por un lado, y Brown la lamió encantado. Esa era la primera comida que hacía en meses que no consistía en pienso o mejunje enlatado para perro.

Brown se retiró a un lugar seguro entre las sombras y se sentó sobre sus patas traseras a ver llegar e irse los tráileres. Como modo de transporte, esos camiones eran imperfectos. Sabía por experiencia que por lo general rodeaban las afueras de la ciudad y solo en contadas ocasiones entraban en el centro. Pero los camioneros muchas veces se sentían solos, lo que hacía que fueran más propensos que los taxistas a subir al vehículo a un compañero de viaje peludo. Si Brown conseguía que lo aceptaran en uno de los tráileres, eso lo acercaría, al menos un trecho, a las calles que tan bien conocía.

En cuanto vio al primer camionero, tuvo claro que no era del tipo que necesitaba. Tenía la cara alargada, una actitud muy eficiente y la ropa impecable, lo que significaba que detestaría el pelo de perro. El segundo parecía más adecuado, pero salía de la ciudad, no entraba. «A la tercera va la vencida», pensó Brown mirando a un camionero corpulento y con pinta desaliñada que salía del restaurante con un montón de comida grasienta y bebidas azucaradas. Para cuando el camionero llegó a su tráiler, Brown estaba sentado en el suelo al lado de la cabina, moviendo la cola de forma amistosa, pero sin pasarse.

El camionero vio al perrillo feo e inmediatamente se le pasaron por la cabeza una secuencia de pensamientos: «Voy a abrir la puerta de la cabina. Voy a dejar que este amiguito se suba y voy a llevarlo de viaje. También voy a abrirle la ventanilla del lado del acompañante para que pueda sacar la cabeza y oler el aire».

Un momento después, Brown Houdini-Malarky iba a buena velocidad de vuelta a la ciudad, con el viento alborotándole el pelo y el único ojo muy abierto, en busca de su siguiente oportunidad.

Laura Mitchell llevaba un vestido negro hasta la rodilla con falda de tubo, con un sutil detalle de encaje en el cuello y el dobladillo, y sandalias de tiras negras con tacón. El pelo le caía sobre los hombros en ondas cuidadosamente construidas y, aunque el maquillaje que lucía no era sutil, tampoco era exagerado.

—Estás increíble —dijo Nick, quien, ante la insistencia de Laura, se había puesto un esmoquin.

Se hallaban delante de su bloque de apartamentos, esperando el taxi que los llevaría al casino Galaxy. Allí se encontrarían con los colegas de Laura, Eve y Sergei, quienes habían sugerido cenar en Capretto, el más ostentoso de los restaurantes del casino, donde los platos eran diminutos y la cocina no cerraba hasta tarde. Después de cenar, los cuatro habían planeado dirigirse al salón de baile de la planta más alta del Galaxy para ver el tradicional concierto de Año Nuevo, que en esa ocasión ofrecía una de las cantantes favoritas de Nick, Blessed Jones.

Laura dedicó a Nick una de sus exquisitas sonrisas.

—Será una noche para recordar, ¿no crees?

Nick asintió. Sabía a lo que se refería. Aunque ninguno lo había reconocido abiertamente, tanto Laura como él tenían claro que en algún momento de la noche Nick sorprendería a Laura sacando la cajita con el anillo que llevaba en el bolsillo y haciéndole la proposición de matrimonio.

El diseño del anillo era tan poco sorprendente como la elección del momento en que se lo daría. Laura había participado en todo el proceso: seleccionó el joyero, eligió la piedra (un rubí rojo oscuro), dibujó el engarce (simple, elegante, oro blanco), se aseguró de que fuera la talla correcta y envió a Nick un mensaje de texto para decirle que ya podía ir a recoger el anillo.

Laura había dicho que lo más práctico era que una mujer se ocupara de seleccionar toda la joyería de su boda. Al fin y al cabo, si iba a ser para siempre, tenía que ser perfecta, le había dicho.

Tansy Brinklow pisó el acelerador de su flamante Alfa Romeo Spider para sentir otra vez el subidón de la estimulante velocidad. Eran justo después de las ocho de la noche de Nochevieja, había bajado la capota, «You Sexy Thing» atronaba por los altavoces y los extremos del pañuelo de cachemira gris plateado con el que Tansy se cubría el pelo ondeaban al viento.

Tansy no tenía un destino fijo en mente. En ese momento lo único que le importaba era adelantar a un tráiler que le bloqueaba la vista de la carretera que tenía por delante. Indicó la maniobra. Cuando pasó al lado del monstruoso camión, por un instante le pareció ver que algo había salido volando por la ventanilla del pasajero, algo así como un trapo sucio o un peluche raído. No obstante, cuando miró por el espejo retrovisor, no había nada en la carretera. Se encogió de hombros y siguió conduciendo hacia la ciudad, sin darse cuenta de que un pequeño polizón marrón estaba acurrucado en el suelo de detrás del asiento del conductor, jadeando de alivio.

Eran más o menos las nueve de la noche cuando el taxi que llevaba a Nick y Laura pasó junto al margen occidental del Jardín Botánico. Nick se sentía como siempre que era otra persona la que conducía: agradablemente hipnotizado y un poco distraído, a pesar de que le apretaban un poco el cuello de la camisa y la pajarita.

—¿En qué piensas? —preguntó Laura.

—¿Hum? —contestó, aunque la había oído.

—Te he preguntado que en qué piensas.

—Estaba pensando en mi horóscopo —dijo Nick y era verdad, en parte.

Leo había escrito: «... cuando las fuerzas espirituales del universo converjan en vuestro interior, surgirá una nueva claridad en la que podrá florecer el amor». Pero, claro, pensar en el horóscopo y en Leo Thornbury obligaba a Nick inevitablemente a pensar en Justine.

—Tú y tus horóscopos —bromeó Laura apretándole la mano.

En ese momento Nick vio a un perrillo, una especie de terrier, salir de un salto de un descapotable negro y aterrizar en la carretera. Perdida completamente la sensación de estar hipnotizado, Nick se inclinó para ver al perro abrirse paso entre los coches que iban en la misma dirección que su taxi. Vio que llegaba ileso a la mediana, esperaba un instante, y después salía como una centella entre el tráfico hacia el Jardín Botánico. Durante la mayor parte del tiempo el perro consiguió esquivar los coches increíblemente bien. Pero entonces calculó mal y un coche que iba muy rápido le dio un golpe en el costado izquierdo. El perro acabó patinando por el asfalto. Había sangre en la carretera, pero el conductor no detuvo el coche.

—¡Joder! ¿Ha visto eso?

—Sí, no tiene buena pinta —dijo el taxista.

—Pare el coche —pidió Nick.

—¿Qué ocurre? —preguntó Laura, y miró a los otros coches—. ¿Ha habido un accidente?

—Han atropellado a un perro. Voy a recogerlo.

Nick abrió la puerta de su lado del coche.

—¿Un perro? —preguntó Laura sin poder creérselo—. Nick, tenemos una reserva para cenar.

—Ve tú. Luego me uno a vosotros. Pide por mí, ¿vale? Llegaré lo antes posible.

—¡Pero no puedes salir corriendo detrás de un perro! ¡Hoy no! Es Nochevieja, Nick. Y tenemos planes.

Pero Nick ya había salido a la concurrida carretera y le lanzó un beso por la ventanilla de la puerta cerrada del taxi.

Tal como el perro había hecho, Nick consiguió llegar sano y salvo a la mediana y se detuvo allí. Pero a diferencia del perro, él tenía la ventaja de que los conductores de los coches que venían a toda pastilla por esa parte de la carretera lo veían bien. Levantando las dos manos en un gesto que era en parte rendición, en parte súplica y en parte disculpa, consiguió cruzar entre el barullo de coches y cláxones hasta el otro lado de la carretera, donde el perro había dejado un errático rastro de sangre en la acera.

Nick continuó siguiendo las señales, hasta que encontró al animal escondido entre el follaje en la base de un seto. Con su único ojo el perro, que temblaba de arriba abajo, vio a Nick acercarse. Había sangre en su pelaje y tenía una pata delantera retorcida de una forma que parecía dolorosa.

—Pobrecillo —le habló Nick—. Creo que será mejor que te busquemos ayuda, ¿no? Vamos, amigo. Ven, ven aquí.

Se agachó y fue aproximándose al chucho sin dejar de emitir sonidos suaves y tranquilizadores. Pero el único ojo del perro se abrió de par en par y se oscureció por el miedo y, justo cuando Nick ya estaba a punto de alcanzarlo, utilizó tres de sus cuatro patas y salió corriendo por un hueco estrecho del seto.

—Mierda —exclamó Nick, y echó a correr detrás siguiendo el seto e intentando recordar cuántas entradas al Jardín Botánico había y dónde demonios estaban.

Unos minutos después llegó a un par de puertas con altas puntas de hierro forjado. Pegado a la de la izquierda había un programa del *Romeo y Julieta* de Shakespeare Inesperado.

Nick empujó la puerta de la derecha, que se abrió. Dentro de ese remanso de verdor y paz, inspeccionó la colina de césped a oscuras, los sinuosos senderos y las siluetas de los árboles. Las farolas a ambos lados del camino eran casi invisibles en la penumbra y sus pantallas redondas parecían colgar en medio de la noche, como dientes de león con los bordes difusos. Nick buscó por allí hasta que reparó en un fugaz movimiento: algo cojeaba en la parte más alta de una colina.

El perro le llevaba mucha ventaja, y a Nick, que corría todo lo que podía con esos zapatos brillantes que no tenían apenas agarre, le costó varios minutos coronar la colinita, donde había visto al perro. Desde allí era visible el famoso estanque de los nenúfares del Jardín Botánico, pero una vez más el perro había desaparecido.

«Oh, bueno, he hecho todo lo posible», pensó Nick.

—Oye, Siri —dijo a su teléfono—, llama a Laura Mitchell.

—Lo siento, no te he entendido —contestó Siri. Su asistente estaba haciéndose mayor y últimamente la notaba muy dura de oído.

—Llama a Laura Mitchell —repitió Nick, pero mientras hablaba vio al perro subiendo como podía una pendiente de césped en el otro lado del agua, en dirección a unas coníferas altas.

—¿A qué Laura quieres llamar? —preguntó Siri, y le mostró las opciones en la pantalla del teléfono.

Nick la ignoró.

Se preguntó por dónde debería ir. ¿Qué camino sería el más

corto para rodear el estanque, el de la derecha o el de la izquierda? O había una tercera opción...

En medio del estanque había una estrecha presa de hormigón sobre la que fluía el agua y caía en una suave cascada. Si pudiera cruzar por allí apenas se mojaría los pies, pensó. Lo haría así, decidió, y cruzaría lo más rápido posible al otro lado del estanque.

La presa de hormigón no era más ancha que la planta de un pie; no es que fuera un cable entre dos rascacielos. Aun así, Nick sintió que se le aceleraba el pulso como si estuviera intentando una hazaña en la que desafiaba a la muerte. Pie izquierdo, pie derecho, pie izquierdo, derecho... Pero entonces, en su precipitación, pisó una hoja de nenúfar en vez de poner el pie debajo con cuidado. Sin pensar, estiró los brazos para recuperar el equilibrio y al hacerlo soltó el teléfono que tenía en la mano. Solo se oyó un leve sonido de salpicadura cuando, obedeciendo a la gravedad, el aparato se fue directo al fondo del estanque de los nenúfares.

—¡No! —gritó Nick, porque aunque no se trataba del último modelo, ni mucho menos, era la segunda posesión más valiosa que tenía, después de su bicicleta.

Se quedó de pie con las manos en las caderas y miró el agua oscura, cubierta de hojas que flotaban. El teléfono había desaparecido y supo que no había nada que pudiera hacer. Pero en esas circunstancias estaba obligado a encontrar al perro. Si lo encontraba, la pérdida del teléfono habría obedecido a una buena causa. Si no, solo habría sido una estupidez.

A Phoebe Wintergreen le pareció que Luke y ella eran los dos únicos miembros del público que habían ido a ver *Romeo y Julieta* sin una manta de picnic y una cesta llena de snacks y galletas, vino y vasos de plástico. Aunque Luke puso su chaqueta en el suelo para que ella pudiera sentarse, Phoebe tenía las palmas de las manos dormidas de tanto apretarlas contra la hierba húmeda y notaba la falda empapada.

Fueron bebiendo alternativamente, de la botella, un vino de jengibre Stone's Green que Phoebe había escamoteado de la balda de la despensa donde su madre guardaba el vino para cocinar, pero aunque la noche prometía mucho al principio, las esperanzas de Phoebe empezaban a desvanecerse. Seguro que si Luke hubiera tenido intención de cogerle la mano en algún momento ya lo habría hecho. Estaban en el tercer acto, por todos los santos.

El papel de Teobaldo, que cruzó el escenario blandiendo dos grandes espadas, una en cada mano, lo interpretaba una mujer. Era alta e imponente, con el pelo cobrizo muy bien recogido en dos trenzas y un disfraz que la hacía parecer una escudera vikinga. Mercucio, ya en el suelo detrás de ella, no iba vestido con un estilo vikingo como el de ella, sino con una chaqueta formal de terciopelo que podría haberse puesto Oscar Wilde.

—«El alma de Mercucio está flotando aún sobre nosotros —dijo un afligido Romeo mirando al cielo— esperando a que le hagas compañía: tú, yo, o los dos habremos de ir con él.»

El traje de Romeo era de otro estilo diferente. Llevaba una camisa blanca sencilla y unos pantalones rústicos hasta la rodilla que hacían que pareciera que acababa de llegar de apacentar cabras en un prado austríaco.

Teobaldo, con un completo desdén, acercó la punta de la espada al cuello de Romeo, y el público dio un respingo colectivo cuando la actriz recitó el siguiente verso:

—«¡Maldito imberbe! Estabas concertado con él, ¡pues ve con él!»

Pero Romeo esquivó el mandoble, cogió su espada con más fuerza y se preparó para luchar.

—«Esto lo decidirá» —gritó Romeo, y se lanzó a por Teobaldo.

Mientras Romeo y Teobaldo se batían en duelo, Phoebe vio algo, que parecía un perro que iba cojeando, rodear al público por la derecha. Lo perseguía un chico con un esmoquin.

—Mira. Allí —susurró Phoebe a Luke.

—¿Es parte de la obra? —preguntó Luke, también en voz baja.

—No en la versión que yo conozco.

—¿Qué hace?

—Quiere atraparlo, creo.

Phoebe se percató de que el hombre del esmoquin quería pasar desapercibido, pero no estaba consiguiéndolo.

Cuando el perro llegó al borde del haz de luz que iluminaba el escenario, el hombre del esmoquin se abalanzó sobre él. Pero el animal no tenía intención de dejarse atrapar. Aulló y luchó, y la sangre que tenía en el hocico manchó toda la camisa blanca del hombre. Después se zafó de sus brazos y saltó al suelo otra vez, donde aterrizó con un grito de dolor, pero volvió a echar a correr cojeando, al tiempo que volvía la cabeza cada poco tiempo para vigilar con su único ojo a su perseguidor. Phoebe se tapó la boca con la mano cuando advirtió que el perro se dirigía corriendo hacia el centro del escenario, donde estaba desarrollándose el duelo entre Romeo y Teobaldo.

—Pero ¿qué demonios...? —gritó Teobaldo, olvidando el texto de repente cuando un relámpago peludo y sucio pasó corriendo junto a sus pies.

A Phoebe le pareció que el perro cruzaría el escenario y saldría por el otro lado, pero el animal cambió de dirección al ver el arco que hacía la espada que blandía Romeo. Los asistentes a la representación dejaron escapar risas nerviosas, desconcertados por lo que estaba pasando, mientras el pobre perro corría de acá para allá, metiéndose entre las piernas del primero de los duelistas y después entre las del otro, hasta que el hombre del esmoquin apareció en un lateral del escenario iluminado con los brazos extendidos, como si esperara así atrapar al perro si pasaba por su lado.

Entonces Alison Tarf, directora de la obra y de la compañía, apareció, con el pelo claro flotando y su ropa negra, acompañada de parte del equipo de escena e intentó también atrapar al problemático perro. Pero el animal se zafó de ella y corrió entre las piernas de Teobaldo, quien perdió el equilibrio, cayó a plomo sobre Romeo y lo golpeó en la cara accidentalmente con el puño que sujetaba la espada. Romeo soltó la suya y dio un grito de dolor. La mayoría del público se había levantado o puesto de rodillas para poder ver lo que pasaba.

—¡Mi *fiente*! ¡Mi *fiente*! ¡He perdido un *fiente*, joder! —gritaba Romeo.

—¿Esto va en serio? —preguntó Luke a Phoebe.

—No tengo ni idea de qué es lo que está pasando.

Romeo tenía las manos y la cara llenas de sangre, y Mercucio, muerto en el suelo, se levantó de repente.

—Es el puto *fiente* de delante —insistió Romeo.

Teobaldo, a cuatro patas, estaba buscando por el suelo.

—¡Lo tengo! ¡Lo tengo! —aseguró ella, que sujetaba algo entre el pulgar y el índice.

Entonces Alison Tarf consiguió por fin atrapar al escurridizo perro cogiéndolo por los costados. Seguía abrazando al cansado animal contra el pecho cuando fue al centro del escenario.

—Les pedimos disculpas por esta inesperada interrupción de la obra —dijo con voz un poco ahogada—. Por favor, conversen unos instantes entre ustedes mientras nos reorganizamos.

A Phoebe, que pudo oír fragmentos de la conversación posterior («¿Qué vamos a hacer...?», «Es una puta catástrofe...», «No tenemos suplente...», «¡Que se vayan todos a casa!», «Que les devuelvan el dinero», «¿Dónde está James?», «Que alguien lo lleve a un dentista de urgencia...»), le costaba creer la mala suerte que había tenido. ¿Por qué no había sido Julieta la que se veía obligada a abandonar el escenario? De haber sido Julieta, ella, Phoebe Wintergreen, se habría acercado y habría dicho a Alison Tarf: «Yo me sé el papel de Julieta. ¡Nuestras almas son hermanas! Yo puedo ser tu Julieta».

Nick, sometido a la fulminante mirada de Alison Tarf, abrió la boca para decir algo.

Sin embargo, se lo pensó mejor.

¿Pero en qué estaba pensando? En el bolsillo llevaba un anillo con un rubí descomunal que su novia estaba esperando que él, en algún momento de la noche, le pusiera en el dedo. Y en los brazos de Alison Tarf había un perro sangrando que se había convertido en la responsabilidad de Nick. El animal necesitaba un veterinario. Pero Nick también se sabía el papel de Romeo. Tuvo que reconocer que todavía recordaba todas y cada una de las palabras, y pensó en Justine, sentada en su balcón, con las piernas cruzadas, el guion abierto sobre una rodilla y una caja de Maltesers en la otra.

—Yo podría... —empezó a decir Nick.

—¿Qué es lo que podrías? —preguntó con sequedad Alison Tarf.

—Podría... hacer el papel de Romeo —soltó Nick—. Me lo sé. He hecho de Romeo este mismo año. En el Gaiety. Todavía me acuerdo del texto.

Entonces Alison Tarf lo miró con detenimiento. Con la visión más clara, se lo quedó mirando fijamente.

—Te vi. Fui a ver esa obra. ¿Y no te llame? ¿Para hacer una audición?

—Sí, lo siento, es que...

—¿Y este quién es? —preguntó Julieta, perpleja

—Este es nuestro nuevo Romeo —contestó Alison Tarf con la cara iluminada de repente y con aire juguetón.

Nick acarició la cabeza del perro agotado.

—¿Ves a toda esta gente, amiguito? Necesitan que el espectáculo continúe. ¿Crees que podrás aguantar hasta que baje el telón? Por favor... Te llevaré al veterinario en cuanto pueda, ¿vale, amigo?

¿Sería la imaginación de Nick o de verdad vio un brillo de comprensión en el único ojo oscuro del perro?

—¿Y el vestuario? —preguntó Nick a la directora.

Alison Tarf sujetó a Nick por los hombros y examinó el esmoquin y la camisa manchada de sangre.

—Estás bien tal como estás.

Annabel Barwick (cáncer, veterinaria los días laborables, apasionada de la costura con retales los fines de semana, estrella de las fotos de boda junto a su compañera en el estrellato, una cacatúa ninfa que se llamaba Sheila, voluntaria en numerosos refugios de animales de la zona y fundadora de una organización benéfica para la vacunación de perros nepalíes sin hogar) estaba trabajando hasta tarde en Nochevieja.

No tenía intención de hacerlo, pero le habían llevado un kelpie joven de pelo rojizo y marrón que se mostraba apático y no paraba de vomitar, y las radiografías habían revelado que un trozo de un juguete se le había quedado atascado en el intestino. El perro estaba despertando de la anestesia con una de las costuras de puntos inmaculados de Annabel cruzando su barriga afeitada.

Tras enviar a casa a todo el personal menos a una enfermera, Annabel se sentó detrás del mostrador de su clínica para rellenar el informe de la operación del kelpie. Al otro lado de la puerta de cristal que daba a la calle, la ciudad estaba de fiesta y Annabel percibía el ritmo que imprimía en el ambiente. La puerta se abrió a las 23.15 de la noche y se coló una ráfaga de ruido: el sonido de los graves de una música, los gritos de quienes estaban de celebración, el irritante zumbido como de mosquito de las vuvuzelas. Junto con el ruido entró un chico joven y guapo con un esmoquin que llevaba en brazos a un terrier lleno de sangre.

«No, no, no, no, no», pensó Annabel, y su última esperanza de salir de la clínica antes de medianoche se desvaneció por completo. Durante un segundo pensó en decir al hombre que no podía ayudarlo, que buscara otra clínica. Pero entonces miró al ojo del perro herido. Necesitaba ayuda. Y de repente cayó en la cuenta de que lo había visto antes.

—Es Brown Houdini-Malarky —dijo Annabel, y salió de detrás del mostrador.

—¿Lo conoce? —preguntó el chico del esmoquin.

—¿Lo ha adoptado? —preguntó Annabel, sin poder creérselo.

—¿Qué?

—Del refugio canino. ¿Lo ha adoptado?

—¿Qué? No, no. No lo había visto nunca. Lo atropelló un coche cerca del Jardín Botánico. Yo lo vi, lo perseguí hasta que lo atrapé y lo he traído lo más rápido posible. Bueno..., he tardado un poco. Mierda. No va a morirse, ¿no?

La veterinaria apartó el pelo que caía sobre el ojo bueno de Brown. Al perro le costaba respirar, pero no parecía que tuviera algo grave. Había manchas pegajosas de sangre coagulada en su pelo y en la camisa del hombre del esmoquin.

—Oh, Brown. ¿Has hecho un Houdini otra vez? —preguntó Annabel al perro. Y entonces miró al hombre y dijo—: Tráigalo por aquí.

Con Brown tumbado sobre la mesa de la consulta, Annabel solo necesitó unos minutos para darse cuenta de que tenía una fractura muy mala en la pata y otra no tan mala en la mandíbula. También sospechó que había cierta hemorragia interna.

—No está bien —dijo Annabel al hombre—. Lo que quiero decir es que creo que podría salvarlo, pero la cuestión es si debería o no.

Le explicó que Brown Houdini-Malarky había estado entrando y saliendo del refugio canino durante la mayor parte de su vida. Le habían dado más de una oportunidad de encontrar un hogar, pero como le faltaba un ojo y..., bueno, dado que no era exactamente el perro más guapo del mundo, pues nadie lo había querido. Ya había estado a punto de ser sacrificado una vez, le contó. Que no hubiera acabado así fue un verdadero milagro. Teniendo en cuenta todo eso, si llamaba al refugio canino y preguntaba qué querían que hiciera, seguramente la respuesta sería...

—No.

—¿No?

El chico inspiró hondo.

—Mire, tengo que irme. Ya llego mucho más que desastrosamente tarde al lugar donde se suponía que tendría que estar. Pero hágale la cirugía. Yo la pagaré.

—¿Se da cuenta de que puede que lo esté curando ahora para

que lo sacrifiquen dentro de seis meses o un año? Si nadie lo adopta. Es una cirugía cara. Le haré el mayor descuento que pueda, pero... —Annabel no terminó la frase.

—Sí que es bastante feo, ¿verdad? —dijo el hombre mientras le rascaba el pelo sucio de detrás de una oreja.

—Terriblemente —confirmó Annabel.

En otro momento Nick Jordan a buen seguro habría tomado una decisión diferente. Pero gracias a los aplausos estaba henchido de orgullo y de confianza en sí mismo y creía en la elasticidad de su cuenta bancaria.

El público de la noche del estreno en el Jardín Botánico, asombrado de que Shakespeare Inesperado hubiera conseguido que el espectáculo continuara con un Romeo improvisado, se puso de pie al final de la obra y dedicó al elenco y al resto de la compañía una sonora ovación. Más aún, cuando Nick se adelantó para saludar con una reverencia, el aplauso se intensificó. Hubo gritos, silbidos y puños en el aire. Había sido un héroe. El héroe de la noche.

—No me importa lo que cueste, lo pagaré —prometió Nick.

Nick subió de dos en dos los escalones que daban acceso al casino Galaxy y, tras empujar la puerta giratoria que, en su opinión, tardó una eternidad en dar la vuelta, entró en el lujoso ambiente del vestíbulo. Una pared estaba ocupada por una enorme cascada por la que parecían caer cortinas de diamantes. A su alrededor había mujeres con vestidos brillantes y hombres envueltos en nubes de colonia.

Nick, con la camisa manchada de sangre, la pajarita desanudada y el pelo alborotado, estaba atrayendo todas las miradas. Pero no tenía tiempo para preocuparse de eso ahora. Se tocó el bolsillo de la chaqueta arrugada para asegurarse de que, aunque su teléfono estaba en el fondo del estanque de los nenúfares, el anillo de compromiso de Laura seguía aún ahí. Localizó un ascensor y pulsó varias veces, impaciente, el botón de subir. Por fin se abrieron las puertas dobles.

Las palabras «Salón de baile» estaban grabadas en el metal al lado del botón superior de la botonera. Nick lo pulsó, y las puertas empezaron a cerrarse. Pero no llegaron a hacerlo del todo porque, justo antes de que se unieran en el centro, se detuvieron bruscamente y volvieron a abrirse. Nick sintió una punzada de frustración cuando dos adolescentes, una chica y un chico, entraron corriendo en la cabina con el aire de dos niños que acabaran de encontrar un buen escondite. Al ver que no estaban solos en el ascensor intentaron comportarse, pero ninguno de los dos consiguió que las sonrisitas tontas desaparecieran de sus caras.

Eran demasiado jóvenes para estar allí, pensó Nick. Y habían bebido un poco. De hecho, Nick estaba bastante seguro de que una botella asomaba por el borde del sucio bolso de retales de la chica. Tenía el pelo rubio que llevaba en una melena corta y era guapa de una forma poco convencional; en su opinión, tenía algo que ver con sus ojos, que eran verdes azulados y muy grandes.

La chica hizo un amago de decir algo a Nick, pero se lo pensó mejor. Nick cayó en la cuenta de que debía de tener una apariencia un poco alarmante, con la camisa manchada de sangre, así que intentó mostrar una actitud nada impaciente ni amenazante cuando señaló los botones y preguntó a los chicos:

—¿A qué planta vais?

—Eh... Al salón de baile —dijo el chico.

Las tres paredes externas del ascensor estaban hechas de un cristal levemente tintado y, cuando toda la estructura empezó a subir por la fachada del edificio, Nick y los otros dos pasajeros se encontraron ante una vista cada vez más impresionante. Esa noche los espacios abiertos de la ciudad (los parques y jardines, las plazas y los paseos a orillas del río) estaban llenos de gente.

Nick miró el reloj.

Eran las 23.55.

Todavía tenía tiempo de hacer que aquella fuera una noche para recordar, se dijo.

Fern Emerson creía firmemente que Nochevieja era la celebración más decepcionante, desilusionante y engañosa que se había inventado. Eso era en gran parte porque, cuando tenía veintipocos, había acabado en el hospital tres Nocheviejas seguidas.

La primera vez había salido esa noche con unos zapatos de tacón nuevos que le hacían un daño terrible. Mucho antes de medianoche tuvo que admitir la derrota, se quitó los malditos zapatos y los dejó en el banco de un parque. Pero justo después, descalza, pisó un gran trozo de cristal roto y necesitó anestesia local para que pudieran extraérselo.

El año siguiente, Fern estaba ayudando a una amiga muy borracha a entrar en un taxi cuando esta, sin querer, le dio una patada accidentalmente con un pie que no controlaba y Fern salió volando en dirección al tráfico que se acercaba y acabó con una buena conmoción cerebral.

Y un año después, en un intento por romper el maleficio, Fern se largó de la ciudad. Con unos cuantos amigos se fue a un resort tropical en la costa, donde planeaba celebrar la llegada del Año Nuevo con un Mai Tai y un baño en cueros. Por eso estaba completamente desnuda cuando pisó las espinas venenosas de un pez piedra. Tuvieron que llevarla a toda prisa al hospital más cercano, con un dolor insoportable y envuelta en una toalla, mientras juraba y perjuraba que nunca, jamás, bajo ninguna circunstancia, volvería a celebrar la Nochevieja.

Pero ese año sintió que su convicción se disolvía hasta desaparecer cuando Caleb Harkness miró nervioso al otro lado del mostrador de Hello Petal y dijo:

—No quiero ser atrevido. Bueno, no, eso es mentira, sí que quiero serlo. ¿Qué haces esta noche? Seguro que hay tantas posibilidades de que estés libre como de que nieve en el infierno... Libre para salir, quiero decir. Conmigo. Seguramente es un poco tarde para conseguir entradas para el concierto del Galaxy. Pero hay un lugar desde donde podemos escucharlo, uno muy exclusivo, solo para los que lo conocen.

Y así fue como Fern se encontró, a las 23.45 de la noche, en la azotea del casino Galaxy, apretada contra el lateral de un gran aparato de aire acondicionado desde el que llegaba la preciosa voz de Blessed Jones. Más allá del borde de la azotea había una vista de 360 grados de la ciudad, vibrante e iluminada. Todo era perfecto. O casi.

Fern se estremeció. Eran gajes del oficio estar siempre un poco húmeda y la chaqueta que se había echado encima de su uniforme de trabajo era bastante fina.

—Tienes frío —se fijó Caleb.

La ayudó a levantarse y la llevó a una sala de calderas que había en la azotea y que parecía una nave espacial recién aterrizada. La puerta estaba abierta.

—¿Siempre es así de fácil? —preguntó Fern, sorprendida.

Para llegar hasta la azotea habían tenido que entrar y salir de ascensores, subir tramos de escaleras y cruzar puertas con carteles que advertían de la posibilidad de funestas consecuencias, pero Fern se dio cuenta de que realmente no habían encontrado ningún obstáculo.

—Casi siempre —contestó Caleb, y mantuvo la puerta de la sala de calderas abierta para que pasara.

—¿Cómo es que conoces este sitio?

—Una juventud rebelde —confesó con una sonrisa que sugería un amplio repertorio de historias divertidas, locas, estúpidas y ciertas.

Dentro de la sala de calderas el aire vibraba con un zumbido eléctrico. Por todas partes había artilugios mecánicos cuya función Fern no habría logrado adivinar en su vida. Había palancas y poleas y unas grandes ruedas que giraban mientras unos cables se enrollaban y desenrollaban con el movimiento. A lo largo de toda una pared había unos enormes armarios metálicos con las puertas abiertas de par en par y en el interior se veían montones de interruptores, botones y cables.

Caleb cerró la puerta y se quedó allí, inseguro, con las manos en los bolsillos. A Fern le dio la impresión de que, una vez dentro de ese espacio con aquella iluminación tan potente, ni Caleb ni ella tenían la menor idea de qué decir o cómo comportarse. Soportó unos segundos de incomodidad, y después inspiró hondo y decidió arriesgarse.

—¿De verdad estabas buscándome? —preguntó.

—Desde el día que coincidimos en el Vinnies.

—¿En serio?

—¿Por qué te sorprende tanto?

—Es que esas cosas no pasan. Al menos no me pasan a mí.

—Pues sí que pasan. Puedo demostrártelo.

Caleb sacó de su cartera un trozo de papel muy manoseado y se lo dio a Fern. Era la lista de todas las floristerías de la ciudad.

—Viendo esto, me preocupa que seas un acosador.

Fern miró la lista: The Tilted Tulip, The Bloom Room, Mother Earth, Laurel... Y seguía y seguía.

—Tu tienda, sin embargo, no estaba en las páginas amarillas —se excusó Caleb.

—Se me pasó la fecha para enviar la información.

—Y por eso he estado a punto de no encontrarte —sentenció Caleb.

—Pero piensa que hubo alguien que se deshizo de toda esa porcelana de Carlos y Diana —contestó Fern, un poco alucinada—. Si no lo hubiera hecho, tú habrías salido por la puerta con tu LP de los Pixies y no habríamos llegado a hablar.

—Te acuerdas del LP que compré... —comentó Caleb sonriendo.

Fern, abrazándose aún por el frío, le devolvió la sonrisa.

Y ahí, en la sala de calderas de la azotea del casino Galaxy, a las 23.55 de Nochevieja, Caleb Harkness besó a Fern Emerson por primera vez. El beso tuvo un comienzo suave, pero pronto subió de intensidad. Fern no tardó en empezar a tirar de los botones de la camisa de Caleb y él metió la mano bajo la falda negra de Fern, donde descubrió que tenía las medias negras sujetas con un liguero.

—Oh, Dios, qué sexy —exclamó.

En un abrir y cerrar de ojos, Fern y Caleb ya eran una maraña de brazos, piernas y lenguas. Dieron unos pasos hacia atrás, tambaleándose, y el pie de Caleb pisó una escoba; el palo cayó hacia un lado y aterrizó en un armario abierto que tenía dentro un conmutador. Entonces se oyó una serie rápida de fuertes ruidos eléctricos y empezaron a salir chispas, sin que ni Caleb ni Fern se dieran cuenta, y uno de los ascensores de cristal del casino Galaxy se quedó parado con un estremecimiento entre la planta veintitrés y la veinticuatro del edificio.

Caleb abrazó a Fern contra su pecho con actitud protectora cuando un leve olor a quemado llenó el aire de la sala de calderas.

—Joder —exclamó él.

—Fuegos artificiales —dijo ella.

Nick notó que el ascensor frenaba y después daba un par de sacudidas, como una caja que colgara de una cuerda.

—Esto no tiene buena pinta —dijo la chica del bolso de retales mirando al techo del ascensor.

Nick pulsó varias veces el botón que decía «salón de baile», pero no pasó nada. Después lo intentó con los botones de «planta baja», «salón» y «entreplanta». Desesperado, pulsó una secuencia de botones al azar y también el de apertura de las puertas. Sin embargo, no se abrieron. Ni tampoco el ascensor se movió un milímetro. Pero la melodía relajante de «We're All in This Together» de Ben Lee siguió sonando por los altavoces que había sobre las puertas cerradas.

—¡Joder! —exclamó Nick.

Entonces recordó que su teléfono móvil estaba siendo devorado por las carpas.

—¡Joder, joder! —gritó, y dio una patada a la puerta.

El chico y la chica se juntaron y después se separaron bruscamente como si se hubieran dado calambre.

—Oh, mierda. Perdonad. Oye, no pasa nada. Estoy bien. Lo siento —se disculpó Nick—. He tenido una noche un poco extraña, ¿sabéis? Y he perdido mi teléfono. Tendremos que usar uno de los vuestros.

—El mío no tiene batería. Nada de nada —dijo el chico.

—Yo no tengo móvil —respondió la chica.

—¿En serio? ¿Qué tipo de adolescentes sois vosotros?

—Yo una sin blanca —contestó la chica encogiéndose de hombros—. Él es descuidado.

—Lo siento, lo siento. Mierda, lo siento. Es que... Mirad, llego varias horas tarde a una cita con mi novia y llevo un rubí enorme en el bolsillo que ella espera que le ponga en el dedo esta noche. Además, tenía muchas ganas de ver a Blessed Jones y seguro que para esta hora ya se habrá acabado el concierto. Y esta noche se suponía que tenía que ser importante...

—Pero seguro que no estaremos aquí mucho rato, ¿no? —dijo la chica, y ella también intentó pulsar varios botones—. Volverán a poner los ascensores en funcionamiento pronto, ¿verdad?

—Mirad —dijo el chico señalando.

En otra parte de la fachada del edificio, Nick vio que otro de los ascensores de cristal del casino subía sin dificultad.

—Joder, joder, joder, estamos jodidos —repitió, pero esta vez sin enfadarse.

—¿Por qué? —preguntó la chica.

—Porque los humanos somos vagos. Si no funcionara ninguno de los ascensores, alguien lo notaría enseguida, pero si solo hay uno parado, pues simplemente coges otro, ¿no? Es posible que estemos aquí un rato.

—Podemos probar con el teléfono de emergencia —sugirió el chico, y Nick sintió que se ruborizaba un poco, porque se dio cuenta de que hasta el momento no había demostrado ser el adulto responsable en esa situación.

Encontró el botón con el símbolo del teléfono y lo pulsó. Entonces por el altavoz que había al lado se oyeron una serie de pitidos largos. Continuaron durante mucho rato y de repente cesaron.

Nick pulsó el botón otra vez. Pero el teléfono de emergencia tampoco llegó a ponerlo en contacto con alguien capaz de ayudarlos.

—Es Nochevieja —dijo el chico encogiéndose de hombros—. ¿Una noche complicada?

A unas manzanas del casino, las pantallas electrónicas de un banco, con imagen y luces parpadeantes brillando, destacaban en el horizonte de la ciudad. En la pantalla cuadrada del centro había una cuenta atrás que Nick supuso que eran los segundos que quedaban hasta medianoche. 10, 9, 8, 7, 6, 5, 4, 3, 2, 1...

—Feliz Año Nuevo, chicos —dijo con voz triste Nick y, mientras hablaba, el cielo que había detrás del banco se llenó de las relucientes flores que producían los fuegos artificiales: blancas, rosas, rojas, azules y verdes.

»Vamos, besa a tu novia —animó Nick—. Yo no miro.

El chico se puso de color escarlata.

—Ella no es... Eh..., solo somos amigos.

Y aunque el chico estaba demasiado agobiado por la vergüenza para darse cuenta, Nick vio perfectamente la expresión desolada que apareció al instante en los ojos verdes azulados de la chica, como si en ellos acabara de apagarse uno de los fuegos artificiales.

A dos horas al oeste de la ciudad, en Edenvale, Justine Carmichael estaba sentada en el extremo del sofá de cuero de sus padres, el que se hallaba más cerca de la mesita del café en la que tenía una botella de ginebra casi vacía, un platito con rodajas de lima un poco secas y una botella de tónica ya sin gas. Llevaba algo que parecía, y realmente era, un pijama: una enorme camiseta con rayas rosas y blancas y la palabra «Dream» estampada en letras doradas sobre el pecho, y un par de leggings negros con un gran agujero deshilachado en una rodilla. Cuando el reloj pasó de las 23.59 a las 00.00 Justine estaba sola, aparte de la compañía del gin-tonic que tenía en la mano, del spaniel que roncaba en la alfombra del salón y de la retransmisión en directo de los fuegos artificiales de la ciudad que se veía en la pantalla del televisor sin sonido.

Unas horas antes Mandy Carmichael, que llevaba un uniforme de enfermera demasiado corto, y Drew Carmichael, con unas gafas y una vieja chaqueta de cuero de aviador habían intentado convencer a Justine de que fuera con ellos a una fiesta de Nochevieja. Se celebraba en el granero donde los MacPherson esquilaban las ovejas y el tema de la fiesta era: «¿Qué quieres ser cuando seas mayor?».

—Yo no puedo ir de nada —contestó Justine, aunque sabía que sonaba muy pagada de sí misma.

—Pero puedes ir de lo que quieras, cariño —la contradijo Mandy—. Cualquier cosa. Tampoco es que yo haya querido ser enfermera nunca. He decidido que si lo único decente que me queda son unas buenas piernas, pues las luciré, ¿no te parece?

—Mac va a hacer un barril de más de ciento cincuenta litros de ponche —añadió Drew.

Cincuentones medio borrachos, conversaciones de los padres orgullosos de los amigos del instituto de Justine sobre sus bodas y sus bebés, polvo de heno, estornudos y el olor de la caca de oveja y la lanolina impregnándolo todo.

—Creo que no podré con ello, papá. Esta noche no.

Y de repente era medianoche y había llegado un nuevo año. Justine dio un sorbo al gin-tonic. En la tele la gente cantaba, saltaba y se besaba, y unas reporteras demasiado emocionadas decían cosas con bocas de labios con mucho brillo mientras el nitrato de potasio ardía por todo el cielo. El mundo seguía sin ella, pero Justine no necesitaba saberlo. Pulsó el botón de apagado en el mando a distancia, salió a la terraza y arrastró uno de los sillones de interior y exterior de su madre hasta el borde de las tablas, donde tenía mejor vista del cielo.

Y entonces, mirando a las estrellas, Justine susurró:

—A ver si lo hacemos mejor este año, ¿vale?

Por debajo del ascensor de cristal parado a un lado del casino Galaxy, los semáforos cambiaban de verde a ámbar y después a rojo. Los coches aceleraban y se detenían. Una noria iluminada giraba sin parar, transportando una nueva tanda de pasajeros hacia sus futuros cada diez minutos. Nick volvió a pulsar el botón del teléfono de emergencia otra vez, y otra y otra más, hasta que por fin se rindió y se sentó.

La chica sacó la botella de su bolso y, aunque parecía prácticamente vacía, se la tendió a Nick.

—¿Vino de jengibre Stone's Green? —preguntó Nick—. ¿En serio? No puedo creer que a vuestra edad sigáis bebiendo esa mierda.

Aun así, le dio un buen trago. El sabor dulzón quemaba un poco al principio y provocó que hiciera una mueca, pero después desencadenó en él un breve recuerdo. Una playa de arena, el retumbar de los graves de una canción en la lejanía y una versión adolescente de Justine apoyada contra su pecho y señalando un cielo de color índigo. ¿Qué fue lo que dijo?

—«Pero había una estrella que bailaba...» —murmuró Nick para sí y la chica, que estaba al otro lado del ascensor, le sonrió.

—«Y yo nací bajo ella» —terminó.

—¿Qué has dicho?

—«Pero había una estrella que bailaba, y yo nací bajo ella» —repitió la chica.

Nick parpadeó.

—¿Conoces la cita?

—Claro. Es de Beatriz, de *Mucho ruido y pocas nueces*. Y yo diría que tú ya lo sabías..., Romeo.

Nick hizo una mueca.

—¿Estabais en el Jardín Botánico esta noche?

Los dos asintieron.

—¿Visteis al perro? ¿Todo?

—Sí —contestó la chica—. Fue increíble cómo te lanzaste a hacer el papel, sin saber las posiciones en el escenario ni nada. Parecías el propio Romeo, el de verdad.

—Gracias —respondió Nick—. He llevado al perro al veterinario. Después de la representación. Creo que se pondrá bien. Me llamo Nick, por cierto.

—Phoebe. Y él es Luke.

—Ella también es actriz —dijo Luke.

—Ah, ¿sí? —preguntó Nick.

Phoebe puso cara de humildad.

—Alucinarías con cuánto le gusta Shakespeare. Es impresionante —continuó Luke, y esa vez fue Phoebe quien se ruborizó—. Se sabe un montón de citas, soliloquios y de todo. Hasta insultos. Da miedo cuando se pone así. Ponla a prueba. Vamos. Seguro que se sabe cualquier cosa que se te ocurra.

Nick se encogió de hombros. Tampoco es que tuvieran mucho más que hacer.

—«Ay, tiempo, tócate a ti desenredar el nudo, pues para mí...» —citó.

—«Resulta demasiado oscuro» —terminó, sin el más mínimo signo de humildad—. Viola, *Noche de Epifanía.*

—«Hermoso es lo feo y es feo lo hermoso» —probó Nick.

—Las tres brujas de *Macbeth* —respondió Phoebe, y se tocó un lado de la nariz mientras recitaba—: «Volar por la niebla y el aire apestoso».

—¿Lo ves? —dijo Luke.

—Tengo una amiga que es igual que tú —dijo Nick a Phoebe—. Tiene una memoria impresionante. Con solo ver un guion una vez, es como si lo tuviera grabado a fuego en la memoria. Da miedo a veces, pero es genial para repasar el texto. Bueno, era...

—¿Era? —preguntó Phoebe, a quien le había despertado el interés.

Nick suspiró.

—Es una historia muy larga. Y, con suerte, no estaremos aquí el tiempo suficiente para poder contárosla.

Al otro lado del cristal, la pantalla electrónica del banco más grande y que estaba más alta cambiaba de contenido. Un glamuroso anuncio rosa intenso y dorado que promocionaba un musical fue pixelándose hasta desaparecer en la oscuridad y apareció otro nuevo. Nick conocía muy bien esa imagen.

Ahí estaba Laura, metida hasta la cintura en un estanque de nenúfares, con su torso perfecto cubierto por un vestido con un corpiño que le llegaba hasta los pechos, cubriéndoselos con unos pétalos rosas acabados en punta. Su expresión era entre meditabunda y seductora; tenía las manos en alto, las muñecas curvadas hacia fuera, muy sensuales, y se tocaba los pulgares con las puntas de los dedos índice. En enormes mayúsculas al pie de la imagen se veía una sola palabra: «NENÚFAR».

Nick rio entre dientes, triste.

—¿Qué? —preguntó Phoebe, confusa.

—Esa es mi novia —explicó Nick.

Cuando Phoebe volvió la cabeza, sus gruesos rizos apenas se movieron.

—¿Quién? ¿Dónde?

—Ahí, en el luminoso.

—¿La chica de Nenúfar? ¿En serio? —preguntó Luke—. Vaya... Eres un tío con suerte.

Phoebe se quedó pensando. Luego frunció el ceño y abrió la boca para decir algo, pero se detuvo. Al final se decidió a preguntar a Luke:

—¿Cómo lo sabes?

—¿Cómo sé qué? —preguntó Luke, desconcertado.

—¿Cómo sabes que tiene suerte? Es que no quiero sonar como la típica feminista quejica, pero solo porque sea guapa no significa que él tenga suerte.

—No, pero...

Phoebe miró a Nick.

—«No con los ojos mira el amor...»

—«Mas con el alma» —terminó Nick.

—«Por eso...»

—«A aquel alado dios lo pintan ciego.»

—Muy bien, Nick —lo felicitó Phoebe, y dio un sorbo al vino—. ¿Lo intentamos con el teléfono de emergencia otra vez?

—Inténtalo tú —dijo Nick—. Tal vez tú tengas magia en los dedos.

Phoebe pulsó el botón, y el altavoz emitió varios pitidos largos e irritantes. Entonces se oyó una voz, aunque al principio costaba saber si era humana o de una máquina.

—Hola, ha contactado con los servicios de mantenimiento del edificio CTG. Soy Nashira. ¿En qué puedo ayudarlo?

En ese preciso momento, como en cualquier otro, los cuerpos celestiales estaban conectados por una red única y momentánea de magnetismo. Cuando el mundo giró (como hacía siempre, porque no había forma de pararlo) esa red se tensó, y una nueva y flamante alma salió de la oscuridad para aparecer, brillante, bajo la luz de las estrellas. Unas largas piernas recién nacidas patalearon en un espacio misterioso y una boca indignada expulsó inevitables ráfagas de un extraño y ligerísimo aire.

Había llegado Rafferty O'Hare (capricornio, futuro dueño de unos enormes ojos azules de pestañas impresionantemente largas, rodillas marcadas por un accidente y receptor de la plena indulgencia de todas las mujeres que tenían algo que ver con él e incluso de muchas que no). Para ser sinceros, aunque estaba muy enrojecido y cubierto de mucosidad, se había hecho de inmediato con el corazón de su madre, Zadie, tumbada y agotada en la cama del hospital, de su abuela, Patricia, encaramada en el borde de la cama con lágrimas en los ojos, y de su tía, Larissa, que parecía tan cansada como su hermana.

Durante las últimas horas a Zadie la habían desgarrado, dilatado, cortado y abierto a la fuerza, pero en ese momento sentía una oleada enorme de amor que estaba inundando toda una sucesión de nuevos espacios en su interior. Pronto empezó a salírsele por todos los poros y necesitó alguien en quien volcarlo. Agarró la mano a su madre y se la acercó a la mejilla.

—¿Mamá? —dijo casi sin aliento—. Te quiero, mamá. Te quiero mucho. ¿Rissy? ¿Larissa? Dios, te quiero. Eres la mejor hermana que podría tener cualquiera.

Entonces se volvió hacia el otro lado de la cama donde Simon Pierce, el partero, se limpiaba las manos con una toalla blanca y observaba a esos cuatro seres humanos transmitiéndose amor. Esa era su parte favorita, siempre. Aunque no se trataba de un milagro que hiciera él, al menos podía rozarlo.

—Simon —dijo Zadie con pasión—. Te quiero, Simon. Te quiero mucho.

Era totalmente verdad y, a la vez, no lo era. Bueno, todavía no, al menos.

Para cuando los técnicos del ascensor lograron cruzar las calles atestadas de la ciudad y subir las escaleras hasta la sala de calderas de la azotea del casino Galaxy, ya era la 1.05 de la madrugada y Fern Emerson y Caleb Harkness ya no estaban allí. Estaban en casa de Caleb (una rechoncha lancha motora que tenía atracada en el extremo de un puerto muy poco salubre) y Fern empezaba a reconocer que no todas las Nocheviejas tenían que acabar necesariamente en desastre.

Mientras los técnicos inspeccionaban los daños y se quejaban por haber sacado la pajita más corta que hizo que les tocara trabajar en Nochevieja, Laura Mitchell estaba en los aseos de la planta más alta del casino Galaxy, iluminado por luces de neón, marcando muy enfadada el número de teléfono de Nick Jordan por centésima vez esa noche. Y por centésima vez su llamada fue directa al buzón de voz de Nick. Aunque eso no sorprendió lo más mínimo a Laura, sí que añadió un poco más de ira a la mucha que ya sentía.

A los técnicos no les llevó demasiado rato hacer un diagnóstico del problema, y no era nada serio: el palo de una escoba había provocado un cortocircuito.

Cuando Nick Jordan, Phoebe Wintergreen y Luke Foster notaron que el ascensor volvía a la vida, Phoebe se puso a dar saltos y pareció a punto de abrazar a Luke, que no se percató de nada, ocupado como estaba dando el último trago al vino de jengibre.

—Aleluya, joder —exclamó Nick.

Blessed Jones se colocó en el centro del escenario del salón de baile del casino Galaxy con Gypsy Black en las manos, y sus músicos y coristas se situaron formando un semicírculo detrás de ella. La última parte del concierto casi había acabado, y Blessed notaba que el sudor le corría entre los pechos y le empapaba el vestido entre los omóplatos. Tenía el pelo más rizado que de costumbre por su propia humedad y empezaba a sentir en la garganta los efectos de tantas horas cantando. Pero estaba absolutamente feliz. Porque allí era donde ella pertenecía: al escenario, bajo el foco, con la guitarra, cantando ante cientos de personas cuya atención pendía de un hilo formado por su aliento. Blessed pulsó una cuerda e hizo una señal al técnico de sonido para que diera un poco más de retorno a Gypsy. Cuando se aproximó al micrófono, se percató de que la gente se acercaba para ir a su encuentro.

—Esta es una canción que escribí cuando me rompieron el corazón —contó Blessed, y no necesitó decir más.

Solo esas palabras ya fueron suficientes para hacer que la multitud que llenaba el salón de baile del Galaxy se pusiera a silbar y vitorear.

—Oh, vaya, parece que algunos de vosotros habéis estado esperando esta canción —dijo Blessed con fingida sorpresa.

Los vítores y los silbidos aumentaron, y empezó a oírse un cántico: «"Bajíos ocultos", "Bajíos ocultos", "Bajíos ocultos"...». En los meses que habían pasado desde que la escribió, «Bajíos ocultos» había ascendido por las listas y elevado la popularidad de Blessed Jones hasta límites estratosféricos.

«"Bajíos ocultos", "Bajíos ocultos", "Bajíos ocultos"...» Todos los que estaban allí, incluidos los que nunca antes habían visto a Blessed Jones en directo, los que no tenían ninguno de sus discos y los que no la conocían seis meses antes, estaban deseando oír esa canción.

—¿Sabéis? Es raro... —dijo Blessed a la multitud, y después hizo una pausa durante la que sintió el poder que tenía una pausa como esa, en la que todo el mundo estaba atento a lo que iba a hacer o decir después—. Es un misterio cómo llegan las cosas a nuestras vidas. Porque a mí me sugirió la letra de esta canción un hombre en un bar...

Ya estaba casi cantando.

—Un hombre que tenía el corazón roto, como el mío. Esté

donde esté ese hombre esta noche, quiero que sepa que ya tengo el corazón recompuesto y que espero que el suyo también esté curado.

La multitud vitoreó y volvió con su cántico: «"Bajíos ocultos", "Bajíos ocultos", "Bajíos ocultos"...». Y Blessed empezó a tocar las primeras notas en las cuerdas de Gypsy.

—¿Estáis seguros de que esa es la canción que queréis?

«"Bajíos ocultos", "Bajíos ocultos", "Bajíos ocultos"...»

—Que así sea entonces.

La multitud soltó una última tanda de vítores antes de guardar silencio para escuchar el punteo de Blessed y su voz, mezcla de seda y lija. Cuando Blessed empezó a cantar experimentó la sensación de retroceder en el tiempo, ver a la chica desnuda al lado de la nevera y sentir el dolor que vino tras el gancho directo de la traición, y fue desde ese dolor desde el que cantó.

De pie en medio de ese óvalo de luz, Blessed no veía toda la sala, pero sí las caras de la gente iluminada que bailaba en la pista a sus pies. Y también vio subido a una silla, junto al pie de un foco, a un chico con esmoquin, la pajarita desanudada y la pechera de la camisa blanca manchada de algo que parecía sangre. Era joven y guapo, con el pelo oscuro, el rostro franco y tal expresión de reconocimiento en la mirada que Blessed supo que esa noche estaba cantando esa canción sobre todo para él. De hecho, ladeó el cuerpo hacia donde estaba. Cuando llegó a la tercera repetición del estribillo, su mirada se encontró con la del chico mientras cantaba.

Nick Jordan no sabía de qué manera funcionaba la música, tan solo que lo hacía. Sabía que no eran solo las palabras ni tampoco solo la melodía. No era solo la mujer menuda con ese peinado alocado y la voz agridulce, ni solo el brillo de la guitarra negra ornamentada con detalles de madreperla. Sabía que era todo eso junto (y también algo más) lo que le llenaba el corazón tanto que dolía, pero del mejor modo posible.

De pie sobre una silla, a la que se había subido para poder

otear la sala, con la intención de localizar a Laura Mitchell, Nick Jordan acabó siendo el receptor de la mirada dolida de Blessed Jones y quedó atrapado por la suavidad de su voz. Estaba cantando su canción más famosa. Y se la cantaba a él.

Busqué en tu interior, pero solo encontré falsedades.
Aprendí que solo podía vadear, no nadar,
[en tus profundidades.
Eres una parodia, no un drama, un diorama vacío,
no la fosa de las Marianas, solo un seductor baldío.
Busqué, pero en ti nunca encontré.
Buceé, pero nunca en ti me ahogué.
Ahora estoy en ti encallada,
en tus ocultos bajíos varada.

Cuando sus palabras se colaron en sus oídos, llegaron hasta su mente y empaparon la esponja roja que era su corazón, Nick supo que el nenúfar no era Laura Mitchell y que nunca lo había sido. Que no era Laura la que no tenía nada en el interior, aparte de unas enfermizas raíces diseminadas. Que era él, nada más que él. Y que Justine lo había sabido todo el tiempo. Personificando a Leo Thornbury lo había intentado todo para decirle que mirara más hondo, que escarbara más, que profundizara. Que fuera más profundo.

Justine.

Blessed Jones y su banda tocaron un largo interludio instrumental que conjuró un *collage* de recuerdos en la mente de Nick. Ahí estaba Justine, empequeñecida dentro de su jersey una noche fría en su azotea, con las mangas demasiado largas ondeando como un par de alas sin huesos. Y Justine en el rellano de la duodécima planta, gritándole como una loca que estaba tirando su talento por el retrete. Y Justine con las cejas formidablemente unidas mientras libraba la batalla de Waterloo con las damas, intentando ganar a un rival demasiado competitivo. Justine con el maquillaje plateado estropeado, los labios pegajosos y rojos por el caramelo de una manzana, alzando la cara hacia Nick.

Justine de pie en la puerta de Evelyn Towers mirando desolada la furgoneta de mudanzas mientras él estaba allí parado, con las maletas en la mano, fingiendo que no la había visto.

Justine no había alterado los horóscopos para engañarlo ni para burlarse de él. Lo había hecho porque estaba intentando decirle algo que él debería haber sabido por un centenar de razones: que ella era la adecuada para él.

Blessed Jones cantó el estribillo por última vez y cerró los ojos para entonar las últimas notas altas agridulces. Cuando por fin la canción llegó a su fin, abrió los ojos y miró a Nick una vez más.

—Gracias —pronunció él, y Blessed Jones asintió con su cabeza llena de rizos en un gesto, apenas perceptible, que quería transmitirle «De nada» justo antes de que la multitud que celebraba la Nochevieja enloqueciera.

Había muchas mujeres en el mundo que no sabían andar bien con zapatos de tacón alto, pero Laura Mitchell no era una de ellas. Cuando Nick apartó la vista de Blessed Jones y vio a Laura entrando por la puerta del salón de baile del Galaxy, lo primero que pensó es que caminaba de una forma tan elegante con esos zapatos de tacón negros de tiras que parecía que formaran parte de sus piernas.

Nick bajó de un salto de la silla y se abrió paso entre la multitud alegre que olía a sudor, a tequila y a celebración. Cuando llegó cerca de la puerta, la llamó:

—¡Laura! ¡Laura!

Mientras ella registraba varias cosas en una rápida sucesión (que él estaba allí, que iba hacia ella, que estaba hecho un desastre con la camisa llena de sangre y el esmoquin arrugado), a Nick su cara le recordó a un día de borrasca en el que podía pasar de todo, desde ratos de sol hasta truenos y granizo. Pero para cuando llegó a su lado, Laura había conseguido controlar su semblante para que solo transmitiera un frío helador.

—Veo que estás vivo —dijo.

—Lo siento mucho. Te habría llamado; de hecho, iba a llamarte, pero el teléfono se me cayó en un estanque —explicó Nick—. Y después he hecho todo lo posible para llegar hasta aquí. He tardado horas en conseguirlo. Lo siento, Laura.

Nick metió la mano en el bolsillo de su esmoquin y sacó la caja con el anillo.

—¿Aquí? —preguntó Laura mirando a su alrededor, sin poder creérselo—. ¿Ahora? ¿En serio?

Nick abrió la cajita y vio que Laura intentaba no mirar el rubí que había dentro.

—Ahora no —dijo—. Esto no está bien. Has jodido completamente nuestra Nochevieja. Ahora vamos a tener que esperar hasta San Valentín.

—No —contradijo Nick—. Creo que este es el momento perfecto.

Le cogió la mano, pero no la volvió hacia abajo, como uno hacía cuando iba a poner un anillo en el dedo de alguien. Se la dejó con la palma hacia arriba, y allí le puso el anillo, dentro de la caja. Después vio que el tiempo de su cara cambiaba de nuevo y pasaba de sol a tormenta.

—Quiero que te quedes con el anillo. Como regalo de despedida.

—¿Qué? Pero ¿de qué estás hablando?

—Laura, eres la mujer más guapa que he conocido en mi vida. Seguramente eres la más hermosa que veré en la vida real. Durante toda mi existencia estaré viéndote en carteles por todo el mundo y maravillándome con tu belleza. Cuando seas una mujer de pelo canoso que anuncie cremas antiarrugas, te miraré y me sentiré agradecido de haber podido admirarte de cerca.

»Eres una de las personas más fuertes y más trabajadoras que conozco. Tendrás un éxito extraordinario y, cuando vea esos éxitos desde la distancia, te admiraré y te aplaudiré. Pero no voy a casarme contigo.

—¿Estás rompiendo conmigo? ¿Con un anillo?

—Mira, Laura, jamás seré quien tú quieres ni lo que quieres que sea. No puedo prometerte que no seguiré montando en bicicleta y comiendo fideos instantáneos cuando tenga sesenta años.

Lo siento, Laura, pero no soy el hombre adecuado para ti. Sin embargo, ahí fuera, en alguna parte —dijo Nick señalando vagamente en dirección a la ciudad, el país, el mundo— hay una persona que sí lo es. Y quiero que la encuentres. —Entonces se acercó a Laura para darle un beso en la mejilla—. Que Eve y Sergei te llevan a casa, ¿vale?

—No me lo puedo creer. Pero ¿adónde vas?

Nick no respondió. Se despidió de ella con un gesto cariñoso y se alejó.

Después salió del edificio.

Pero por la escalera.

La noche era cálida, y Justine se quedó dormida en la terraza, bajo las estrellas. Y durmió plácidamente, porque una de las ventajas de la perpetua sequía de Edenvale era que el aire allí estaba libre de mosquitos.

A eso de las tres de la madrugada se despertó al oír a sus padres, que regresaban de la fiesta: Mandy hizo carantoñas a Lucy mientras Drew buscó en la cocina una aspirina para tomársela. Poco después las luces de la casa se apagaron de nuevo y Justine volvió a dormirse escuchando el sonido de los insectos del interior de la tierra del jardín.

Tal vez refrescó en las horas previas al amanecer y fue eso lo que la despertó. O tal vez fue un sexto sentido que la avisó de que había alguien cerca, mirándola dormir. Fuera lo que fuese, cuando abrió los ojos se encontró a Nick Jordan sentado a un par de metros de donde ella estaba, con la camisa llena de sangre y una chaqueta negra sobre el regazo. Justine se incorporó y se lo quedó mirando.

—¿Nick?

—Pregunta: ¿por qué lo hiciste? —dijo él.

—¿Qué haces aquí?

Nick se inclinó hacia delante y apoyó los antebrazos en las rodillas.

—Necesito saberlo. ¿Por qué lo hiciste?

—Pero ¿cómo sabías que estaba aquí?

Nick había ido corriendo desde el casino Galaxy hasta el otro extremo de la ciudad, a Evelyn Towers, donde Aussie Carmichael fue quien abrió la puerta del apartamento de Justine, con unos pantalones de correr y en medio de una fragante nube de humo de marihuana.

—Me lo dijo tu hermano —explicó Nick.

Justine se miró la muñeca, pero no llevaba reloj, y después miró hacia la luna.

—Pero deben de ser las... ¿Qué hora?

—Son las cuatro y media.

—¿Cómo demonios has llegado hasta aquí?

Esa parte no había sido fácil. Cuando Nick se enteró de que tenía que ir a Edenvale, ya no había trenes. Habría ido en bicicleta si hubiera hecho falta, pero era un viaje de ocho horas y no tenía tanto tiempo. Habría pagado un taxi, pero esa noche ya había regalado un anillo que valía más dinero de lo que él había ganado en los últimos dieciocho meses y había escrito un cheque en blanco a un chucho herido de un solo ojo.

—La respuesta corta es que he hecho autostop —contestó.

—¿Y la larga?

—Luego te la cuento. Pero primero quiero que me respondas. ¿Por qué lo hiciste?

Justine se mordió el labio.

—Lo siento, Nick. Nunca deseé...

Nick negó con la cabeza, impaciente.

—No quiero una disculpa. No es eso lo que quiero. Quiero entenderlo.

—¿De verdad no lo sabes?

—Creo que lo sé, pero no quiero dar nada por supuesto.

Justine abrió la boca para decir algo, pero se lo pensó mejor. Volvió a intentarlo. En vano.

—Lo hice —dijo por fin— porque no quería que dejaras de ser tú. Lo hice porque no quería que abandonaras todo lo que eres. Todavía... sigo sin querer que lo hagas.

—Pero eso no es todo, ¿verdad? —insistió Nick—. ¿Por qué

te importa tanto? Lo bastante como para arriesgar tu trabajo.

—Fue una estupidez. Y estuvo mal.

—Cierto. Ambas cosas son ciertas por completo. Pero eso no responde a mi pregunta. ¿Por qué te importa tanto lo que hago con mi vida? ¿A ti qué más te da?

Las gruesas y oscuras cejas de Justine se unieron y pareció que le temblaban las facciones.

—Oh, vamos, Nick. Ya lo sabes.

Nick reparó en que las lágrimas se acumulaban en los párpados inferiores de Justine y que tragaba con dificultad, intentando no llorar. Pero no funcionó. Una lágrima rodó por su mejilla y, aunque Nick sintió una punzada de culpabilidad, no cejó en su empeño.

—Estoy empezando a hacerme una idea, pero todavía quiero que me lo digas.

Una segunda lágrima corrió por la otra mejilla de Justine.

—Creo que tal vez... estoy enamorada de ti —confesó.

Nick fue a sentarse a su lado. Levantó la mano para tocarle el mentón con una mano y le acarició la mejilla con el pulgar.

—Pues eso está bien.

—¿Lo está?

—Sí. Porque yo también estoy enamorado de ti.

—Ah, ¿sí?

—Y siento haber sido tan estúpido como para no darme cuenta. Hasta ahora.

—¿Por qué ahora?

—Bueno, esa respuesta es mucho más larga que la otra.

El cielo todavía estaba oscuro y cuajado de estrellas cuando Nick Jordan empezó a contar a Justine Carmichael la historia de todo lo que había pasado esa noche. Le contó lo del perro que saltó de un descapotable y otro coche lo atropelló. Lo del actor que hacía de Romeo que había perdido un diente. Lo de la veterinaria que reconoció al perro del refugio canino. Lo del ascensor parado y lo de Phoebe Wintergreen, que estaba tan versada en Shakespeare como la propia Justine y que casi seguro que estaba enamorada de Luke Foster, que era un chico inmaduro y que no sabía que él estaba tan enamorado de Phoebe como él de ella. Lo de Blessed Jones: cómo la cantante lo había mirado a los ojos y cómo la canción que había escrito gracias a un encuentro casual en un bar en cierta manera iba dirigida a él. Que se había despedido de Laura en la puerta del salón de baile del Galaxy y que había creído ver cierto alivio en los ojos de Laura. Que había pensado en Justine en el taxi, antes incluso de que el perro saltara del coche, y después cuando llegó el momento de decidir si quería interpretar a Romeo o no, y otra vez en el ascensor. Y también le dijo que creía que tal vez todo el mundo tenía unos bajíos ocultos en su interior, pero que él sabía en ese momento (y quizá eso guardaba relación con que Neptuno estaba en acuario y con las fuerzas espirituales del universo que convergían, justo como había dicho Leo Thornbury) que los bajíos no serían suficientes. Y que ese era su propósito de Año Nuevo.

Para cuando terminó, el cielo ya no estaba oscuro, sino de un tono que podría definirse como gris, hasta que lo mirabas el tiempo suficiente para fijarte en todas sus demás dimensiones.

—Así que he llegado por el camino largo —concluyó Nick—. El más largo. Pero ya estoy aquí. Y... ¿puedes prometerme que si alguna vez quieres que sepa algo me lo dirás, directamente? No intentes que un astrólogo me lo diga, ¿vale? Y no finjas ser astróloga. Es demasiado confuso.

Justine se echó a reír.

—Ni siquiera funcionó —dijo—. Ahora que lo pienso, todo lo que hice se volvió en mi contra. «Ayúdame, atrevimiento. Audacia ármame de la cabeza a los pies.» ¿Podría haberme salido peor?

—Pero de todas formas aquí estoy. Aquí estamos los dos.

—Solo gracias a la suerte —afirmó Justine—. Solo gracias a... un caos aleatorio y afortunado. Date cuenta de que si no hubieras visto que atropellaban a un perro callejero y si el ascensor no se hubiera parado el tiempo suficiente para que esa chica citara a Shakespeare, ¿qué habría pasado? Hay elecciones dentro de otras elecciones marcadas por el azar. Es todo muy complicado y confuso. ¿Cómo salen las cosas como deberían salir?

—No sé cómo funciona, Justine. Solo sé que lo hace.

—Es más... ¿Y si Blessed Jones nunca hubiera escrito esa canción o nunca hubiera ido a ese bar o no le hubieran roto el corazón o...?

—Chist —interrumpió Nick.

Cerebro: «Estoy casi seguro de que va a besarte».

Justine: «Creo que tienes razón».

Cerebro: «¿Y estamos contentos?».

Justine: «Creo que estaremos exultantes».

—Feliz Año Nuevo, Justine —dijo Nick.

Y la besó. Y ella le devolvió el beso.

Cúspide

✦

En la costa oeste del país, el día de Año Nuevo acababa de empezar cuando Joanna Jordan, que había dado la bienvenida al año con varias copas de vino espumoso, se despertó al oír el sonido de su teléfono, que llegaba desde la mesita de noche. El calor ya empezaba a colarse en el dormitorio en forma de rayos de sol que asomaban por los bordes de las persianas. Iba a ser un día abrasador.

Mark Jordan, en la cama junto a su mujer, gruñó medio dormido y abrió un ojo lo justo para ver la hora.

—Joder, son las cinco —dijo, y después se volvió y enterró la cabeza debajo de la almohada.

No había necesidad de tener colchas o mantas en esa época del año ni tampoco de ponerse mucha ropa para dormir. Con un ligerísimo camisón de seda, Jo se sentó en la cama y cogió el teléfono. En la pantalla había un número de la costa este. Sintió un tirón en su vínculo de unión maternal y pensó inmediatamente en Nick.

—¿Diga?

La voz del otro lado de la línea era de una mujer.

—¿Jo? ¿Eres tú?

—¿Quién es? —preguntó Jo.

—¡Soy Mandy! Mandy Carmichael. Cariño, sé que es temprano donde tú estás, y lo siento, pero es que...

—Oh, Dios mío —exclamó Jo lo bastante alto para provocar que Mark emitiera otro gruñido.

Entonces salió de la cama, recorrió el pasillo y entornó los ojos cuando llegó al salón inundado de luz.

—¿Cuánto tiempo ha pasado? ¿Diez años? Y todos los días de Año Nuevo me prometo que te buscaré, pero nunca lo hago...

Mandy se echó a reír. Era esa risa familiar, chispeante y contagiosa.

—Lo sé, lo sé. A mí me pasa exactamente igual. Pero esta mañana he tenido que buscarte. Y he despertado a unos cuantos M. y J. Jordan que viven en Perth. Pobrecillos. Pero no he podido evitarlo. Tenía que llamarte —dijo Mandy, y sonaba extasiada—. Tenía que contárselo a alguien. ¡Tenía que contártelo a ti!

Jo estaba desconcertada.

—Vale, vale. Frena un poco. ¿Decirme qué?

—Mira, estoy aquí, en Edenvale, en la misma casa de siempre, y esta mañana he abierto la puerta de la habitación de Justine, porque iba a llevarle una taza de té, pero me he quedado de piedra al ver que tenía... compañía.

—¿Qué?

—Nick está aquí. Aquí.

—¿Estás diciendo...? —preguntó Jo.

—¡Sí! —dijo Mandy con un chillido.

—Pero ¿quieres decir en serio que...?

—¡Sí!

Jo agitó una mano junto a su cara en un gesto inespecífico que tenía algo que ver con sentir demasiadas emociones al mismo tiempo.

—Sé que habían estado viéndose —dijo Jo—, pero nunca creí... Ni siquiera me atrevo a... —Dejó la frase sin terminar.

—A tener esperanzas —concluyó Mandy.

Y entonces, durante un breve momento, a través de un milagro hecho de metal y magia y que conectaba los dos extremos de un continente, las voces de las viejas amigas se unieron a la hora de emitir unos gritos agudos y un poco llorosos de pura felicidad.

A última hora de la tarde del día de Año Nuevo, Daniel Griffin estaba sentado debajo de la pérgola sombría del patio trasero de la casa de Jeremy Byrne, bebiendo Pimm's en un vaso alto, mientras el director emérito del *Alexandria Park Star* leía el contenido de la carpeta marrón que Daniel le había llevado. Solo hacía un día que Jeremy había regresado de un crucero de un mes por las islas del Pacífico y tanto él como Graeme, quien en ese momento regaba los parterres de flores, estaban morenos y sumamente relajados.

Poco a poco y con las gafas colocadas en la punta de la nariz, Jeremy había ido leyendo todos los documentos de la carpeta: los horóscopos que Leo Thornbury había enviado al *Star* y las páginas del *Star* con las alteraciones de Justine subrayadas. Acababa de llegar el último documento: una carta de Leo, escrita en un grueso papel azul claro que había llegado en un sobre a juego, y que estaba sellada con una gota de cera gris plateada. La carta decía:

Querido Daniel:

Recordarás que acepté a regañadientes tu encargo de darte una opinión sobre cuál debía ser el futuro de la señorita Carmichael en el *Star*. Pues bien, he asumido esa responsabilidad con gran dolor de mi corazón.

Me parece que el motivo que impulsó a la señorita Carmichael a adaptar los horóscopos a sus objetivos no tiene nada que ver con la avaricia o la maldad. Extrañamente, su visión astrológica resultó ser, por lo menos en una ocasión, más clara que la mía. Eso ha hecho que me pregunte si tal vez mi visión está difuminándose por culpa de mi avanzada edad. Confieso que ha sido la perspicacia de la señorita Carmichael (en cuanto a que ella ha identificado correctamente que este es un mes de finales para los que nacieron bajo el signo del arquero) la que me ha llevado a tomar la decisión que voy a compartir contigo a continuación: he decidido dejar de ser el astrólogo del *Star*. Aunque ha sido un gran placer servir a esa publicación durante muchos años, ahora debe recaer en otras manos la tarea de dirigir a los lectores en los asuntos que tienen que ver con las estrellas.

En cuanto a la señorita Carmichael, mi consejo es que te decantes por el lado de la generosidad y el perdón. Confieso que el romántico que hay en mí desearía que alguna mujer se hubiera lanzado a una conducta tan impetuosa para conseguir mi amor.

Con cariño,

LEO THORNBURY

Jeremy devolvió la carta a la carpeta, que dejó en su regazo. Daniel esperó a que el editor emérito levantara la vista y le pareció que su rostro mostraba la expresión de seriedad que reservaba para los casos de mala conducta grave. Pero cuando Jeremy levantó la cabeza, Daniel se sorprendió al ver que sus ojos tenían una expresión divertida.

—Deja que te cuente una historia —dijo—. En el oscuro y remoto pasado, cuando era subdirector de un diario, yo estuve muy enamorado de un chico. Un músico, nada menos. Contrabajista, ¿sabes? Con mucho talento. Al poco de conocerlo, el periódico hizo un concurso cuyo premio era una caja de un champán extremadamente caro.

Jeremy hizo una pausa y se puso a mascar una hoja de menta que tenía en su vaso de Pimm's.

—Continúa —pidió Daniel.

—Bueno, no olvides que fue hace mucho tiempo. Las cosas no estaban tan... reguladas como ahora. Cuando llegaron las inscripciones para el concurso, a mí solo me dieron instrucciones para que sacara un sobre de un saco lleno de ellos. Si no recuerdo mal, saqué el de una tal señora J. Phipps. ¿No es raro que todavía recuerde el nombre? Pues la señora J. Phipps fue la ganadora original. Pero, por extraño que parezca, cuando los resultados salieron en el periódico, el nombre del ganador era el de un joven contrabajista de Alexandria Park. —Jeremy le hizo un guiño travieso.

Daniel estaba perplejo.

—Pero...

—Si bien no había participado en el concurso —continuó Jeremy—, no iba a rechazar ese champán. Y alguien tuvo que llamarlo para concertar la entrega del premio.

—¿Así que tú... y él...?

—Sí, sí. Mi pequeña estratagema funcionó. Aunque de poco me sirvió. ¡Toda la relación fue un desastre, de principio a fin! Pero cuando se terminó, me tomé unas vacaciones para arreglar mi corazón magullado y apaleado. ¿Y sabes quién se sentaba a mi lado en el avión?

Jeremy miró hacia donde Graeme echaba agua a las hojas de un esplendoroso arbusto de hortensias.

Daniel se quedó mirando a Jeremy.

—¿Y no crees que lo que hiciste estuvo... mal?

—Desde cierta perspectiva, sí, claro. Pero si miras la imagen completa, Daniel, es muy difícil juzgar estos asuntos. Tal vez al perder el premio la señora Phipps quedó privada de un par de noches de burbujas y romance. O tal vez nuestra señora Phipps era una alcohólica empedernida y el champán solo le habría servido para acelerar su muerte a causa de una cirrosis hepática. Puede que le hiciera un favor, ¡quién sabe!

Daniel suspiró.

—¿Qué crees que debo hacer entonces?

—¿Con Justine? —preguntó Jeremy.

Daniel asintió.

Jeremy sonrió indulgente.

—Dale otra oportunidad, Daniel. No creo que te arrepientas.

ACUARIO

Margie McGee se levantó con las primeras luces en medio de un mar de hojas y la nave en la que navegaba en esa marea verde era una pequeña plataforma de madera encaramada a sesenta metros sobre el suelo, en el tronco de un eucalipto gigante. La fecha era el 14 de febrero y era el día ciento treinta y seis de su sentada en el árbol.

Salió de su saco de dormir, se abrigó con un anorak de plumas y se dispuso a prepararse una taza de té. Aunque no sentía la nariz por el frío y notaba la espalda rígida tras pasar la noche en esa colchoneta tan fina, Margie sonrió al oír el sonido alegre del coro del amanecer. Cuando echó el agua sobre las hojas de té que había en el fondo de su taza de peltre, se le ocurrió un haiku:

> *Pálida niebla de la mañana*
> *alcanza más alto que las notas*
> *del canto de un petirrojo.*

Margie se sentó con los pies colgando por el borde de la plataforma para que se sumergieran entre las hojas, como si fueran agua. Nadie iba a pavimentarle su paraíso. No, al menos, mientras ella estuviera vigilando.

Charlotte Juniper condujo en hora punta junto al torrente humano que salía de los barrios residenciales cercanos a la ciudad y después caminó unas manzanas hasta las oficinas del senador de los Verdes Dave Gregson. Dave llegó media hora después y fue directo a la cocinita que tenían en la oficina con el propósito de hacerse un café.

Aunque vivían juntos, Dave y Charlotte creían que era mejor que llegaran al trabajo por separado, que se fueran a horas distintas y que hicieran todo lo posible para que el resto del personal mantuviera la endeble ficción de que la relación de Charlotte y Dave era estrictamente profesional. Pero esa mañana el resto del personal estaba fuera ocupándose de algo, de vacaciones o de baja por enfermedad. Así que Charlotte supo que era su oportunidad.

Se coló en la cocina con sigilo y cerró la puerta con llave. Aunque el sonido del pestillo avisó a Dave de la presencia de Charlotte, ella fue más rápida que él. Dave seguía de pie al lado de la mesa, sujetando el tarro del café y una cucharilla, cuando Chalotte le metió la mano entre las piernas desde detrás con la precisión de una serpiente en pleno ataque.

Dave notó, a través de la tela de los pantalones, sus uñas en el escroto.

—Solo quería que supieras, Dave Gregson —dijo ella—, que si alguna vez me eres infiel, lo primero que haré será ponerte en los huevos una de esas anillas verdes que usan los granjeros para castrar carneros. Te dolerá durante un momento, y después los huevos se te secarán y... se te caerán.

—¿Y lo segundo que harás? —preguntó Dave.

—Empezaré a ponerme ropa interior para venir a trabajar —anunció Charlotte.

A primera hora de la tarde Fern Emerson, que había dejado Hello Petal en las capaces manos de Bridie, llevó una pesada caja de cartón al café Rafaello's, en Dufrene Street. La dejó en una mesa vacía, abrió las solapas y se produjo un estallido momentáneo de papel de burbujas.

—Pon esta —dijo a Rafaello.

Rafaello frunció los labios y se rascó la cabeza.

—¿Estás segura? ¿Para tu fiesta de compromiso? ¿Quieres la porcelana de la boda del príncipe Carlos y Diana?

Fern asintió encantada.

Raf volvió a pasarse la mano por lo que le quedaba del pelo oscuro y brillante, un poco preocupado.

—Pero con la cantidad de gente que, por lo que hemos hablado, asistirá a la fiesta, no habrá suficientes piezas. No llegará para todo el mundo.

A Fern le pareció que Raf estaba aliviado al decirlo.

—La verdad... —Fern señaló la minivan de Caleb, aparcada delante de la cafetería—. Raf, tengo muchas más ahí esperando.

En el pueblo de Fritwell, en el condado de Oxfordshire, Dorothy Wetherell-Scott, antes Gisborne, anterior dueña de la colección de porcelana conmemorativa de la boda de Carlos y Diana más grande del mundo, se despertó y vio que su marido ya se había levantado. Le sorprendió porque Rupert no era, por naturaleza, muy madrugador. Esperó que no estuviera enfermo.

Al pie de la escalera Flossie, la border collie, aguardaba como un vigía y al ver a Dorothy puso una sonrisa conspiradora antes de darle la espalda e ir trotando hasta la cocina, con las uñas resonando contra el linóleo.

Rupert estaba junto al fogón, cocinando huevos.

—Vaya, buenas noches, señora Wetherell-Scott —saludó Rupert con un guiño.

—Buenos días, señor Wetherell-Scott —contestó Dorothy.

Nunca se cansaban de esa bromita.

Dorothy se fijó en que Rupert había puesto la mesa con un mantel blanco y había sacado la mejor plata. Había un sobre esperándola en su sitio y en un jarrón de porcelana en la mesa había una docena de rosas rojas. Dorothy dio un respingo al ver que era un jarrón conmemorativo de la boda de Guillermo y Catalina.

—¡Oh, Rupert! —exclamó Dorothy con un suspiro.

—Feliz día de San Valentín, cariño —respondió Rupert.

La mujer deslizó una uña, pintada con un color que se llamaba Polvo de Duendes, por debajo de la solapa del gran sobre blanco. Entonces se detuvo. Y miró al gato anaranjado, que estaba perfectamente sentado sobre la mesa de la cocina, observando cada uno de sus movimientos.

—Bueno, Idiota, allá vamos —le dijo.

Dentro del sobre había una revista. La mujer pasó las páginas con rapidez y de repente se detuvo, clavó la mirada en una página y se quedó petrificada, sin poder creérselo. Pasaron los segundos y el corazón del gato mantuvo su sonido rítmico. Pero la mujer apenas respiró ni parpadeó durante ese tiempo.

Y después:

—¡Síííí! —chilló.

Ya era oficial. Estaba impreso. Y la prueba era la pequeña fotografía cuadrada: una foto de perfil, con su cuello largo y elegante y el pelo peinado por la peluquera local para que sus rebeldes rizos escaparan de los pliegues del pañuelo estampado que llevaba en la cabeza. Era ella. De verdad lo era. Y era Davina Divine, astróloga del *Alexandria Park Star*.

Daniel Griffin dejó que la edición de febrero cayera cerrada sobre su mesa y después se arrellanó en la silla de su despacho con una sonrisa satisfecha. Era un número estupendo, aunque no debería ser él quien lo dijera. Jenna había revolucionado a toda la prensa política al destapar un nuevo escándalo sobre las dietas de los viajes de los representantes públicos que amenazaba con hacer perder su escaño a un miembro del Parlamento con larga trayectoria, y un par de citas de la columna de Martin, hipercrítica con el estado del rugby australiano, se habían hecho virales. En cuanto a Justine, Daniel tenía que reconocérselo: no había perdido ni un segundo desde que volvió al *Star*, y su artículo sobre la jubilación de un locutor estrella de la radio de voz privilegiada era tan delicadamente mordaz que él no había podido evitar reírse a carcajadas en varias ocasiones.

Justo cuando el teléfono empezó a sonar en su mesa, Daniel estaba pensando que él también se merecía una palmadita en la espalda. Sustituir a Leo Thornbury por Davina Divine había sido arriesgado, pero si su primera columna servía de muestra, su jugada ofrecería resultados excelentes. La forma de escribir de Davina era contemporánea, tenía chispa, un punto sexy y, lo que era mejor, su horóscopo de febrero prometía que habría oportunidades románticas espectaculares para los leones del Zodíaco. Daniel, todavía arrellanado en su silla, dejó que el teléfono sonara tres, cuatro veces. Los leones respondían a las exigencias cuando a ellos les venía en gana, se dijo.

—Daniel Griffin —respondió por fin.

—Daniel, hola —dijo una voz de mujer—. Soy Annika Kirby.

«Annika Kirby, Annika Kirby...», pensó Daniel, intentando ubicar ese nombre. Necesitó un momento, pero lo consiguió. Era la subdirectora de esas revistas de mujeres que no hablaban más que de sexo y moda, excepto por el artículo final sobre el matrimonio infantil o la eliminación de las minas antipersona. Pero ¿qué quería Annika Kirby de él?

—Te llamo porque ocupas el puesto diecisiete en nuestra lista de los veinte solteros más deseados del país —dijo— y me han asignado a mí la feliz responsabilidad de llenar unas líneas con..., bueno, contigo.

«Diecisiete», se dijo. El séptimo habría sido mejor. Pero bueno, al menos había entrado en la lista.

—Ya veo —contestó Daniel intentando no sonar tan satisfecho como estaba—. Bien, Annika, ¿y qué quieres saber exactamente?

Len Magellan se sintió confuso al verse en el cielo. Primero porque siempre pensó que lo del cielo era una patraña. Y también estaba el hecho de que no es que hubiera sido un ciudadano ejemplar. Muchas veces había sido un capullo integral.

Pero allí estaba, sentado en una cómoda mecedora al borde de una nube. Y con Della a su lado. Su pelo había recuperado el rubio de la juventud y lo llevaba al estilo Grace Kelly. Vestía un traje con falda de color amarillo pastel que era el que ella había elegido para el día de su boda.

Len esperaba que Della se enfadara con él por su decisión de eliminar a sus hijos del testamento, pero la verdad era que ella ni lo había mencionado. El cielo era así; las cosas que importaban en la tierra, allí arriba no tenían ninguna transcendencia.

—Mira, Len —le dijo Della en ese momento—, ahí está nuestro Luke.

Len vio Alexandria Park, extendido como si fuera un mapa, con sus senderos serpenteantes que cruzaban entre extensiones de césped y las manchas azules de los lagos. Luke estaba esperando en un banco del parque con aire nervioso y un ramo de tulipanes envuelto en papel de seda detrás de él.

Una chica se acercó. Llevaba un bonito vestido largo y vaporoso con mangas largas con volumen y unos bordados muy coloridos, y se secaba a escondidas las manos sudorosas en la parte de atrás de la falda.

Luke, al verla, agarró a toda prisa los tulipanes y, con ellos ocultos de detrás de la espalda, se levantó para saludarla.

—Hola —dijo Luke.

—Hola —respondió la chica que era, como no podía ser de otra manera, Phoebe Wintergreen.

Luke se había pasado la mayor parte de enero encerrado en un coche caluroso en un horrible viaje con su familia y durante las dos últimas semanas Phoebe había estado fuera, en un campamento de arte dramático. Ese era el momento, tras todo ese tiempo, en que volvían a verse y los dos estaban nerviosísimos.

—Feliz día de San Valentín —dijo Luke, y le ofreció bruscamente el ramo de tulipanes. Dios, qué gilipollas era. Casi se los había metido por la nariz.

—Gracias —dijo Phoebe—. Son preciosos.

Tras decir esa frase tan poco especial, Phoebe pasó mentalmente la página del guion, pero lo que encontró después fue una página en blanco. Vacía por completo. Así que no dijo nada. Luke tampoco. Y se produjo un silencio. Uno incómodo. De hecho, Phoebe estaba convencida de que era el silencio más atroz de la historia.

Entonces ambos a la vez tuvieron la misma idea fugaz e insensata. «A la mierda», pensaron los dos. Y se besaron.

Luke besó a Phoebe justo de la forma en que se había visualizado haciéndolo y resultó que ella olía a menta. Y Phoebe le devolvió el beso justo como se había imaginado que lo haría, y la piel de la mejilla de él le rascó un poco la suya. El beso fue largo y dulce.

—¡Sííí! —exclamó Len Magellan desde su mecedora, agitando el puño en el aire celestial.

De vuelta en la tierra, Justine Carmichael caminaba por Dufrene Street. Aunque la luz de ese día ya estaba desapareciendo, se bajó las gafas de sol de lo alto de la cabeza y se las puso para dirigirse, como si nada, hacia el mercado. Fue directa a la frutería del fondo y ahí estaba, en letras grandes, negras y gruesas: «AGÜACATES». Inspiró hondo, preparándose, y metió la mano en el bolso en busca de su nuevo bolígrafo, que había sacado del armario de los suministros de papelería del *Star*. Ese era rojo.

Sería arriesgado. Detrás del mostrador estaba el frutero, con ese delantal largo de rayas que solo servía para acentuar su formidable redondez. Por suerte, no obstante, el expositor de los aguacates estaba en el extremo izquierdo del puesto, de modo que, tras echar un vistazo para evaluar la situación, Justine decidió que podría entrar y salir sin que la vieran utilizando una gran pirámide de manzanas Granny Smith como parapeto.

Se acercó, rápida y decidida, quitando la tapa al bolígrafo

mientras lo hacía. En esa ocasión, en vez de tachar la diéresis de «AGÜACATES» cuando se halló delante del cartel, dibujó un pequeño corazón debajo. Después se fue sin mirar atrás y salió del mercado, cruzó la carretera y las puertas de hierro forjado y entró en Alexandria Park sin dejar de sonreír un solo instante.

A un lado de uno de los senderos serpenteantes del parque había un grupo de practicantes de taichí. Con su ropa blanca y suelta, y en perfecta sincronía, pasaban sin brusquedad de una postura a la siguiente. Al otro lado del camino, debajo del cenador, había una chica tumbada boca abajo mirando la cara de un chico tumbado boca arriba con un ramo de tulipanes envueltos en papel de seda a su lado. Justine no pudo evitar observarlos cuando el chico levantó las manos, envolvió la cara de la chica con ellas y tiró de ella con ternura para darle un beso. Siguió sonriendo mientras avanzaba y se preguntó si Nick ya habría llegado a casa tras los ensayos. Ella prácticamente se sabía de memoria ya el libreto completo de *El sueño de una noche de verano*.

Casi en el extremo del parque, el sendero dibujaba una curva y desde allí Justine pudo ver con claridad Evelyn Towers. A cada lado de sus bajos escalones de entrada unos jóvenes olmos atrapaban los últimos rayos de luz en sus hojas, un poco amarillentas. Dentro, al otro lado de las molduras en forma de arco de la entrada, un par de puertas con vidrieras brillaban gracias a los fragmentos de cristal de color rosa pálido, melocotón y verde. Justine aceleró el paso.

En el salón, las paredes tenían una nueva decoración que consistía en pósteres de obras teatrales. Justine encontró una nota en la mesa del comedor. Nick había garabateado en mayúsculas: «SUBE A LA AZOTEA». Justine se quitó los zapatos del trabajo y se puso un par de chanclas viejas de Nick. «Descarada», pensó mientras las suelas de goma hacían ruido sobre los escalones que conducían a lo más alto del edificio.

Cuando abrió la puerta vio toda la escena a la vez y rio encantada. Las tumbonas estaban juntas bajo la sombra que ofrecían las cuerdas del tendedero, y en ellas había colgadas muchas estrellas de papel de plata. Había cientos, o más que eso incluso, moviéndose con la brisa, y centelleaban porque Nick había colocado el foco de modo que causara en ellas ese efecto.

En una de las mesitas auxiliares forradas con linóleo con estampado de estrellas había una botella de vino espumoso y un par de vasos hechos con tarros de Vegemite. Allí estaba también Brown Houdini-Malarky, moviendo la cola con la borla en la punta. El perro fue corriendo con sus patas cortas y torcidas a saludarla. Y también estaba Nick Jordan (acuario, amante y amigo), tirado en una de las tumbonas con un sombrero de paja estropeado echado sobre la frente. Al ver a Justine, pulsó las cuerdas del ukelele que tenía en las manos.

Cuando Nick cantó los primeros versos de «I Don't Care if the Sun Don't Shine», Brown levantó las orejas y se unió con un aullido alegre.

Justine quitó el sombrero a Nick de la cabeza y le alborotó el pelo antes de besarlo en medio de la frente. Nick dejó el ukelele y se apartó para que ella se tumbara a su lado. Pero Brown no quería quedarse al margen.

—Ay —dijo Nick cuando todo el peso de un rollizo terrier callejero aterrizó bruscamente sobre su vientre.

—Siéntate, perro tonto —le dijo Justine, y Brown adoptó una postura de total satisfacción, con las patas sobre el pecho de Nick.

La tumbona de mimbre no era especialmente cómoda y el aliento cálido de Brown no tenía un olor muy agradable, pero nada haría que Justine se moviera de donde estaba.

—¿Qué dicen las estrellas esta noche? —preguntó Nick.

Justine miró arriba entornando los ojos.

—Dicen, acuario, que tu vida nunca ha sido mejor.

—¿Es eso verdad?

—Claro que sí —aseguró Justine.

Por encima de Nick Jordan, Justine Carmichael y Brown Houdini-Malarky, una constelación de estrellas de papel de plata resplandecía y giraba. Y por encima de ellas, más allá de una capa de niebla provocada por el hombre y de otra de nubes, las verdaderas estrellas también giraron.

Agradecimientos

Un enorme agradecimiento para: Johnny Jones y Morris Jones, por crear la letra de «Bajíos ocultos»; Wallace Beery, por sus consejos sobre crucigramas crípticos; Sarah LeRoy, por su asesoramiento sobre Shakespeare; The Picky Pen, por su exquisita pedantería; Gaby Naher, por ser la estrella dorada de este libro; Beverley Cousins, Hilary Teeman, Francesca Best y Dan Lazar por toda su fe, trabajo duro e ideas brillantes; y Camilla Ferrier y Jemma McDonagh por hacer su magia especial.

Escribir este libro me habría resultado mucho más difícil sin: Freda Fairbairn (tauro, la mejor de todas las lectoras), Sugar B. Wolf (leo, exploradora y hermana del alma), Jean Hunter (leo, chica del Renacimiento), Lagertha Fraser (sagitario, brújula infalible), Pierre Trenchant (escorpio, caballero de brillante armadura del mundo electrónico), Marie Bonnily (cáncer, verdadera creyente), Lou-Lou Angel (leo, creadora de felicidad), The Noo (Can Mayor, calentador de pies y compañero fiel), Alaska Fox (géminis, luminosa estrella de mi cielo), Dash Hawkins (capricornio, máquina de abrazos) y Tiki Brown (capricornio, milagro). Y todo habría sido imposible sin Jack McWaters (acuario, mi amor).

Descubre tu próxima lectura

Si quieres formar parte de nuestra comunidad,
regístrate en **libros.megustaleer.club**
y recibirás recomendaciones personalizadas

Penguin
Random House
Grupo Editorial

megustaleer